CHRISTIANE SADLO

Das Jahr der Kraniche

Buch

Dieser weite Himmel. Die unendlichen Seen. Die glühend bunten Wälder. Eine wunderbare Landschaft, in der Laura sofort die Seele aufgeht. Die junge Krankenschwester kann ihr Glück kaum fassen: Neben ihr, am Steuer des Cabrios, sitzt der Mann ihres Lebens, der attraktive Witwer Jan Plathe. Er nimmt sie mit in seine Heimat. Gemeinsam wollen sie ein neues Leben auf seinem Landsitz beginnen, der idyllisch inmitten einsamer Wälder an einem See liegt. Doch Laura ahnt nicht, dass das Haus ein dunkles Geheimnis birgt – und dass die Schatten der Vergangenheit sie bald einholen werden …

Autorin

Christiane Sadlo arbeitete als Regie- und Dramaturgieassistentin, Dramaturgin und Journalistin. Seit 1991 schreibt sie äußerst erfolgreich für Film und Fernsehen. Aus ihrer Feder stammen unter anderem viele Drehbücher für Fernsehserien wie *Familie Dr. Kleist* (ARD) und die *Inga-Lindström*-Verfilmungen im ZDF.

Außerdem von Christiane Sadlo bei Blanvalet lieferbar:

Wilde Wellen (37780)

Christiane Sadlo

Das Jahr der Kraniche

Thriller

blanvalet

Die Handlung und alle handelnden Personen sind frei erfunden.
Jegliche Ähnlichkeit mit lebenden oder realen Personen
wäre rein zufällig.

MIX
Papier aus verantwortungsvollen Quellen
FSC® C014496

Verlagsgruppe Random House FSC® N001967
Das FSC®-zertifizierte Papier *Holmen Book Cream*
für dieses Buch liefert Holmen Paper, Hallstavik, Schweden.

1. Auflage
Originalausgabe Januar 2014 bei Blanvalet,
einem Unternehmen der Verlagsgruppe
Random House GmbH, München.

Umschlaggestaltung: bürosüd, München
Umschlagmotiv: Plainpicture/Eddie Granlund
Redaktion: Rainer Schöttle
ES · Herstellung: sam
Satz: Buch-Werkstatt GmbH, Bad Aibling
Druck und Einband: GGP Media GmbH, Pößneck
Printed in Germany
ISBN: 978-3-442-38122-7

www.blanvalet.de

»Es gibt kein Licht ohne Schatten,
und man muss auch die Nacht kennen.«

Albert Camus

I.

September

Die junge Frau schlug die Augen auf. Es war dunkel um sie herum.

Als sie versuchte aufzustehen, bemerkte sie, dass sie an Händen und Füßen gefesselt war. Die Kabelbinder waren fest zugezogen und schnitten ihr ins Fleisch. Panik überfiel sie. Sie musste hier weg. Mühsam rollte sie sich zur Seite, rutschte über den feuchten Boden, bis sie an eine Bretterwand stieß.

»Hilfe! Hört mich jemand? Hilfe!«

Sie lauschte in die Dunkelheit. Nur das Rauschen des Windes war zu hören. Sie schrie noch einmal um Hilfe und wusste doch, dass niemand sie hören würde. Sie schob sich mit dem Rücken an der Wand hoch. Schwindel überfiel sie. *Jetzt nicht wieder ohnmächtig werden.* Mühsam um ihr Gleichgewicht kämpfend, rutschte sie an der Wand entlang, bis sie die Türklinke in ihrem Rücken spürte. Hoffnung stieg in ihr auf. Mit dem Ellbogen gelang es ihr, die Klinke hinunterzudrücken. Die Tür war abgeschlossen. Es gab keine Chance zu entkommen. Ihr Schluchzen ging in den hellen Schreien der Kraniche unter, die mit tosenden Flügelschlägen auf der Insel landeten.

II.

März – sechs Monate früher

1

So fühlt es sich also an, wenn man glücklich ist.

Laura blinzelte, den Kopf in den Nacken gelegt, in den knallblauen Himmel, der sich über die Uckermark spannte. Ein paar weiße Kumuluswolken segelten über die durchsichtige Bläue. Wie Sahnehäubchen sahen sie aus.

Sahnehäubchen auf meinem Glück.

Sie hätte singen wollen, jubeln, die Welt umarmen – hinausschreien, dass sie selig war.

Ich habe den Mann meines Lebens gefunden, habe ihn geheiratet und will für immer und ewig mit ihm im siebten Himmel leben.

Unwillkürlich griff Laura nach Jans Hand. So, als wolle sie sich vergewissern, dass dieser Mann neben ihr, in dessen altem Cabrio sie seit Stunden an kristallenen Seen vorbeifuhr – ruckelnd über schmale gepflasterte Landstraßen, die von uralten Eichen gesäumt waren, deren knorrige blattlose Äste sich zu einem filigranen Dach über ihnen verbanden –, auch wirklich real war.

»Na, Frau Plathe, geht's dir gut?«

Jan legte den Arm um sie und zog sie an sich. Sie spürte seine Lippen auf ihrem Haar, sog den Duft seines Rasierwassers ein.

»So gut wie noch nie in meinem ganzen Leben.«

Sie drückte einen Kuss auf die Stelle über seinem Herzen, lauschte auf das Pochen in seiner Brust. Ruhig und gleichmäßig, beruhigend. Wie konnte sie sich nur dermaßen sicher fühlen bei jemandem, den sie vor vier Monaten noch nicht einmal gekannt hatte?

»Du bereust es noch nicht?«

Sie hob den Kopf, und ihr Blick tauchte in das Blaugrau seiner Augen ein. Zwar fand sie ein Lächeln darin, aber im Vordergrund stand ein ernsthaftes Forschen, vielleicht sogar ein wenig Besorgnis. Das war nicht die schnell dahingeworfene, verspielte Frage eines Liebenden, der die Antwort schon wusste. Nein, das war ernst gemeint.

»Ich habe doch gesagt, dass ich deine Frau sein will. Erinnerst du dich nicht? Ja, dass ich bei dir sein will, bis der Tod uns scheidet, in guten und schlechten und überhaupt in allen Zeiten.«

Sie schob sich näher an ihn heran und küsste ihn auf die Lippen.

»Ich bereue *nichts.*«

Im nächsten Augenblick steuerte Jan das Cabrio an den Straßenrand. Er zog sie an sich, seine Zunge öffnete ihre Lippen. Der Kuss war voller Leidenschaft.

»Laura.«

Es klang wie eine Beschwörung.

»Ich werde alles tun, was ich kann, damit du es nie bereust.«

Sie hätte ewig so in seinen Armen liegen können: festgehalten, geborgen, geliebt.

War die Katastrophe mit Thomas, den sie mehr als drei Jahre ihren »Lebensmann« genannt hatte, bis zu dem geradezu klischeehaften Moment, als sie ihn in den Armen ihrer besten Freundin ausgerechnet in ihrem Bett gefunden hatte, tatsächlich erst ein Jahr her? Ihr Leben und ihre Zukunft mit dem Internisten, der auf der gleichen Station gearbeitet hatte wie sie und mit dem sie nicht nur Kind, Hund und Haus geplant hatte, sondern auch einen gemeinsamen Lebensabend, hatten damals von einer Minute zur anderen in Trümmern gelegen. Der Schmerz und die Enttäuschung darüber hatten sie in die Knie gezwungen. Sie hatte einen einsam verheulten Tag nach dem anderen in ihrer hastig bezogenen winzigen Wohnung verbracht, Wut und Verzweiflung waren in Wellen über sie hinweggeschwappt, um schließlich in den Entschluss zu münden, so etwas nie mehr erleben zu wollen. Kein Mann sollte ihr jemals wieder so wehtun können. Sie würde sich einfach nie mehr auf einen Mann einlassen, keinem Mann jemals wieder die Chance geben, ihr nahezukommen. Ihr Herz, das so lange gebraucht hatte, um zu heilen, würde niemals wieder von einem Mann gebrochen werden. Es war ihr schlagartig besser gegangen, als sie diesen Entschluss gefasst hatte. Das Leben war durchaus auch interessant und lebenswert ohne einen Kerl an ihrer Seite. Sie hatte sich in ihre Arbeit gestürzt, hatte mehr Nacht- und Sonntagsdienste übernommen als jede andere Krankenschwester auf ihrer Station. Sie hatte angefangen, Sport zu treiben: Joggen, Schwimmen, Radfahren. Und langsam war es ihr wieder gut gegangen. Sie war sich selbst genug, und sie hatte eine spannende Zukunft. Es gab so viel, was sie erleben, was sie sehen wollte, worauf sie neugierig war. Männer aber gehörten nicht mehr dazu.

Bis an jenem denkwürdigen Freitagnachmittag vor drei Monaten – München war seit Wochen in den Wassermassen eines sich über Bayern einkringelnden Januar-Tiefs versunken – Jan Plathe aus dem Nichts in ihr Leben gesprungen war und sie mit einem entschlossenen Griff davor bewahrt hatte, von einem aus einer grauen Regenwand heranpreschenden Golf überfahren zu werden. Zehn Wochen später hatte sie ihn, zu ihrem eigenen Erstaunen und zu dem ihrer Mutter und ihrer Freundinnen, geheiratet. All die wütenden Schwüre, die sie sich selbst gegenüber abgelegt hatte, waren in jenem Moment Makulatur geworden, als sie sich in den Armen dieses Fremden wiedergefunden hatte, dem der Schrecken über die Vorstellung ihres vorzeitigen Ablebens – das er verhindert hatte – in die Augen geschrieben stand. Es war nichts anderes gewesen als Schicksal. Dessen war sie sich von diesem ersten Moment an sicher gewesen, in dem es schien, als hätte die Welt um sie herum aufgehört zu existieren. Sie hatte den Regen nicht mehr gespürt, der unaufhörlich auf sie herunterprasselte, der Verkehrslärm der nahen Lindwurmstraße war verstummt, das aufgebrachte Toben des Fahrers, dessen Auto mit quietschenden Bremsen genau da zum Stehen gekommen war, wo sie die Straße hatte überqueren wollen, war nicht bis an ihr Ohr gedrungen. Nur den Herzschlag ihres Retters, an dessen Brust sie lag, hatte sie gespürt, die Wärme seiner Arme, die sie umschlungen hielten, und seinen Atem an ihrer Wange, auf der sich die Regentropfen mit ihren Tränen mischten.

»Sie müssen besser auf sich aufpassen«, hatte sie seine belegte Stimme flüstern hören.

Wieso eigentlich? Das könntest doch du übernehmen. Du, der du mir das Leben gerettet hast, könntest doch einfach für den Rest meiner Tage dafür sorgen, dass mir nichts mehr passiert.

Es war alles so einfach gewesen. Und so richtig: dass

dieser Mann sie nach Hause brachte, dass er ihr Tee kochte und ein heißes Bad einließ, dass er sie in ihr verblasstrotes Lieblingsbadetuch wickelte und ihre Haare trocken föhnte. Und dass er, nachdem er sie wohlbehalten im Bett wusste und ihr eine gute Nacht gewünscht hatte, zwar seine nasse Jacke genommen und sich mit einem Lächeln und der Ermahnung, in Zukunft wirklich besser auf sich aufzupassen, verabschiedet hatte, zwei Minuten später aber wieder vor ihrer Tür stand mit der Frage, ob es nicht vielleicht doch besser sei, wenn er sie in dieser Nacht nicht allein ließe. Möglicherweise stand sie ja unter Schock.

»Ja«, hatte sie gemurmelt, »Sie haben recht. Ich glaube, ich stehe wirklich unter Schock.«

Wie anders hätte sie sich sonst diesen merkwürdigen schwebenden Zustand, in dem sie sich befunden hatte, erklären sollen? Er hatte die Nacht in dem verschlissenen Sesselmonster, das sie als Studentin auf einem Flohmarkt erstanden und seitdem durch ihr ganzes Leben geschleppt hatte, verbracht. Und auch am nächsten Morgen, als sie wie gerädert aufgewacht war aus ihren unruhigen Träumen, die von Autos handelten, die auf sie zuschossen, und von Regenschwällen, die sie wegzuspülen drohten, war er nicht weggegangen.

»Ich heiße übrigens Jan Plathe.«

Als hätte er ihren Blick in seinem Rücken gespürt, hatte er auf ihre unausgesprochene Frage geantwortet, während er in ihrer Puppenküche Kaffee machte.

»Guten Morgen, Jan Plathe. Ich weiß nicht, ob ich mich schon bei Ihnen bedankt habe.«

Er hatte sich zu ihr umgedreht. Dieser Blick … Wie unabsichtlich tastete sie nach einem Küchenstuhl, in der

Hoffnung, dass es ihm nicht auffallen würde, dass sie sich an dessen Lehne geradezu festkrallte, weil ihre Knie zitterten. Einen Moment lang musste sie die Augen schließen, als die Erinnerung daran, wie sie tags zuvor im strömenden Regen an der Brust dieses Mannes gelegen hatte, über sie hereinbrach.

Peinlich! Sie fühlte sich wie ein Teenager vor seinem ersten Date. Nein, sie fühlte sich deutlich schlimmer. Als Fünfzehnjährige war sie entschieden cooler gewesen als in diesem Moment. Sie war zu ihren Dates gegangen in der Gewissheit, dass ihr nichts passieren konnte. Wenn es nicht der Typ von heute war, dann würde morgen ein anderer kommen. Und wenn der auch nicht zu ihr passen sollte, dann würde es noch viele geben, denen sie begegnen würde. Herzklopfen, Magendrücken, Kniewackeln, rauer Hals, gerötetes Gesicht – diese Symptome hatte sie allenfalls bei ihren Freundinnen registriert, wenn es um Jungs ging. Sie dagegen hatte nie etwas erwartet und war deshalb umso entspannter geblieben, was sowohl ihre Freundinnen als auch die betroffenen Jungs in Ratlosigkeit versetzte. Thomas war der erste Mann gewesen, der sie nervös gemacht hatte. Vor dem ersten Date mit ihm hatte sie den halben Tag vor dem Kleiderschrank verbracht, hatte dessen Inhalt auf Bett, Sessel und Fußboden verteilt und war dann doch in Jeans und T-Shirt zu dem Kino gegangen, vor dem er auf sie wartete. Ja, Thomas war der erste Mann gewesen, in den sie sich verliebt hatte. Der ihr wichtig gewesen war. Aber was aus dieser Liebe geworden war, hatte sie ja gesehen. Noch gestern hätte sie – wäre sie gefragt worden – im Brustton der Überzeugung gesagt, dass Männer und die Beziehungen zu ihnen völlig überbewertet seien und dass sie sich nichts Schöneres vorstellen könnte als ein selbst bestimmtes Leben, und zwar ohne Mann. Und vermutlich hätte sie hinzugefügt, dass der Typ, auf den sie sich eventuell einmal einlassen würde, erst noch geboren werden müsste.

Und dann hatte er in ihrer Küche gestanden: Jan Plathe, ihr Lebensretter. Da stand er in seinen schwarzen Jeans und dem dunklen Hemd, mit seinen braunen Locken, die von ein paar grauen Fäden durchzogen waren, mit seinen unergründlichen Augen, die jetzt im Sonnenlicht – ja, der Regen hatte in der Nacht aufgehört – einen Grünschimmer hatten. Er stand einfach nur da, mit der italienischen Zwei-Personen-Espressokanne, die er gerade mit Kaffeepulver befüllt hatte, in der Hand.

»Soll ich Sie vielleicht zum Arzt bringen? Möglicherweise brauchen Sie etwas für …«

Ich brauche überhaupt nichts. Nur dich.

In diesem Moment hatte sie wirklich nichts anderes gewollt, als seine Lippen auf den ihren zu spüren.

Wieso steht er nur da? Wieso küsst er mich nicht? Wieso trägt er mich nicht ins Bett und …

Ihre Gedanken hatten sich überschlagen und mit einer aufsteigenden Panik gemischt: Was, wenn ihr Retter möglicherweise einfach nur freundlich und besorgt gewesen war? Lediglich ein guter Mensch, der sich um jede andere Person genauso gekümmert hätte? Der in keiner Weise das Gefühl gehabt hätte, dass hier das Schicksal mit aller Wucht in das Leben zweier Menschen eingegriffen hatte? Vielleicht hatte er ja Frau, Kind und Hund zu Hause und überhaupt keinen Platz für eine Zufallsbekanntschaft.

»Sind Sie eigentlich verheiratet?«

Bevor sie den Satz zu Ende gedacht hatte, waren die Worte ihrem Mund entschlüpft. Wie entsetzlich peinlich! Und die Situation wurde durch ihr Gestammel auch nicht besser.

»Ich meine, was denkt sich eigentlich Ihre Frau, nachdem Sie heute Nacht nicht nach Hause gekommen sind? Also, was ich sagen wollte … Es wäre mir nicht recht, wenn Sie meinetwegen vielleicht Probleme kriegen … Aber … Sie haben sie wahrscheinlich informiert, nicht wahr? Dass Sie auf mich aufpassen mussten, weil …«

Er hatte sie einfach geküsst, hatte mit seinen Lippen ihren Redeschwall unterbrochen.

»Mach dir keine Gedanken.«

Ich soll mir keine Gedanken machen? Ist er verrückt geworden? Hilfe – ich kenne ihn gerade mal vierzehn Stunden, und ich bin ihm auf Gedeih und Verderb ausgeliefert.

»Vielleicht müssen Sie ja gehen? Ins Büro, meine ich. Oder …«

»Willst du, dass ich gehe?«

Jan hatte sie ein wenig von sich weggeschoben. Ein Lächeln lag in seinem Blick. Er wusste die Antwort, das war klar. Er wusste, dass sie nichts mehr wollte, als dass er bei ihr bliebe. Jetzt. Später. Morgen. Und in aller Zukunft.

Hol Luft und nimm dich zusammen!

»Nein«, hatte sie gesagt und darüber gestaunt, wie ruhig ihre Stimme plötzlich klang, ernst und erwachsen. »Nein, ich will nicht, dass du gehst.«

»Gut! Das will ich nämlich auch nicht, Laura.«

Und er war geblieben. An diesem Tag, den sie im Bett verbracht hatten, am nächsten und auch an allen darauf folgenden. Seit drei Monaten waren sie nie mehr als acht

Stunden getrennt gewesen, jene acht Stunden, in denen Laura ihren Dienst im Krankenhaus tun musste. Eine Woche nach ihrer ersten Begegnung – der Regen war endlich in Schnee übergegangen und hatte München den ersehnten Winter gebracht – hatte Jan ihr gesagt, dass er sich nicht mehr vorstellen könne, ohne sie zu leben.

»Willst du mich heiraten?«

Sein Mund hatte gerade ihre Nackenlinie erforscht. Laura hatte im ersten Moment gedacht, sie hätte ihn nicht richtig verstanden. Es konnte doch nicht sein, dass er ihr einen Heiratsantrag machte, nachdem sie sich gerade mal sieben Tage kannten!

»Wenn dir das zu schnell geht, können wir natürlich auch noch warten. Und wenn du zu den Frauen gehörst, die überhaupt nicht heiraten wollen, auch gut. Dann leben wir eben einfach nur zusammen. Bis ans Ende unserer Tage.«

Seine Lippen hatten nach jedem seiner Worte einen Kuss auf ihren Arm gedrückt. Angefangen von der Handinnenfläche, über das Handgelenk, den Unterarm hinauf, mit einer kleinen Rast in der Ellenbogenbeuge, über den Oberarm hin zu ihrer Schulter.

»Ich dachte nur, vielleicht geht es dir wie mir.«

»Wie geht es dir denn?«

Sie hatte ihren Arm weggezogen, ein T-Shirt über den Kopf gestreift und sich in ihren alten Sessel gedrückt. Sie musste einen klaren Kopf behalten. Oder besser, sie musste endlich wieder einen klaren Kopf bekommen. Nach dieser Woche, die sie im siebten Himmel verbracht hatte.

»Du weißt, wie es mir geht.«

Ihr Hirn hatte gerattert. Gab es so etwas also wirklich?

Liebe auf den ersten Blick? Die Sicherheit, den einzig Richtigen getroffen zu haben?

Das ist doch irre. Absolut verrückt. Ich kann mich doch nicht auf einen Typen einlassen, den ich überhaupt nicht kenne.

Sollte sie wirklich all ihre Vorsätze über Bord werfen und ihr gesamtes Leben dazu und mit diesem Mann mitgehen? Wenn eine ihrer Freundinnen ihr gesagt hätte, dass sie so etwas vorhätte, hätte sie ihr den Kopf zurechtgerückt. Hätte verlangt, dass sie über ihre aus dem Ruder laufenden Hormone hinwegsah, dass sie die rosarote Brille absetzte und ihren Verstand einschaltete. So was kann doch niemals gut gehen, hätte sie gesagt. Du weißt doch nichts über diesen Mann. Er könnte ein Heiratsschwindler sein. Oder ein Massenmörder. Oder einfach nur der Falsche. Lass dir Zeit, hätte sie gesagt. Lern ihn erst mal richtig kennen. Vielleicht hat er tausend unangenehme Eigenschaften. Bohrt in der Nase oder wäscht sich nur einmal in der Woche die Füße. Vielleicht entpuppt er sich als häuslicher Tyrann, der dich als bessere Putze haben will. Oder er hört einfach nur die falsche Musik und mag Filme, die du nicht ausstehen kannst. Du kennst ja noch nicht mal seine Freunde, hast keine Ahnung, ob du mit denen überhaupt zurechtkommen wirst. Also, denk nach, würde sie sagen. Entscheidungen, die man Hals über Kopf trifft, sind im Allgemeinen falsch.

Oder sie sind absolut richtig. Was soll daran falsch sein, wenn man sich einfach sicher ist?

»Ich liebe dich, Laura. Ich liebe deine Augen und deinen Mund. Ich liebe, wie du gehst und wie du lachst. Ich liebe jede Faser deines Körpers. Ich liebe es, dir nahe zu sein und will das für den Rest meines Lebens.«

Vielleicht war das ja alles nur ein Traum. Vielleicht würde sie jeden Moment aufwachen und feststellen, dass sie verschlafen hatte. Sie würde in ihre Klamotten springen und in die Klinik rasen. Und ihr Leben würde weitergehen wie bisher.

»Wenn du willst, lasse ich dich ein paar Tage allein, damit du nachdenken kannst.«

Nein. Du sollst nicht weggehen. Ich muss nicht nachdenken.

»Wieso bist du dir so sicher, dass es gut gehen wird?«

»Was denkst du, wie oft es im Leben vorkommt, dass zwei Menschen sich begegnen, und alles fühlt sich richtig an? Glaubst du nicht, dass man, wenn so etwas passiert, alles tun sollte, um es sich zu erhalten?«

Er hatte sich vor sie hingekniet, hatte ihre Arme, die sie krampfhaft um sich geschlungen hatte, gelöst. Ihre Hand hatte er in die seine genommen und Laura nur angesehen. Und das, was sie mühsam als Widerstand aufzubauen versucht hatte, war in sich zusammengeknickt. Einfach weggeschmolzen. Dieser Mann legte ihr sein Herz zu Füßen. Er liebte sie, und sie liebte ihn. Nach sieben Tagen konnte sie es sich nicht mehr vorstellen, ohne ihn zu leben. Sie wollte in seinen Armen einschlafen und aufwachen, wollte seine Hand an ihrer Hüfte spüren, wenn sie durch die Straßen gingen. Sie wollte bei ihm sein, ihr Leben mit ihm teilen, jede Stunde, Tag für Tag.

»Ja«.

Mehr gab es nicht zu sagen. Einfach nur: »Ja, ich will dich heiraten.« Das Schicksal oder ein guter Geist oder vielleicht auch nur der Zufall, an den sie nicht glaubte, irgendwas oder irgendwer hatte diesen Mann wie einen Meteor in ihr Leben krachen lassen. Nichts war mehr, wie es vor ihm gewesen war. Und nichts sollte je wieder so sein wie ohne ihn.

Die Sonne verdunkelte sich. Wind zerrte an Lauras Haaren. Ein Rauschen dröhnte in ihren Ohren. Grelle Schreie ließen die Luft vibrieren und stülpten sich über die Erinnerungen, in die Laura gerade noch so beglückt versunken gewesen war. Von einer Sekunde zur anderen verwandelte sich die eben noch frühlingshelle Stimmung in Düsternis. Laura fröstelte und zog die Schultern zusammen. Sie wollte sich noch näher an Jan heranschmiegen, als würde sie bei ihm unwillkürlich Schutz vor einer Bedrohung suchen. Da sah sie es: Ein dunkler Schwarm riesiger Vögel hatte sich vor die Sonne geschoben und überflog gerade in einer eleganten Runde den See, an dessen Ufer Jan und Laura parkten. Als eine große dunkle Fläche spiegelte sich der Schwarm im klaren Wasser, bevor ein Vogel nach dem anderen zur Landung auf der kleinen Insel ansetzte, die auf der ruhigen Wasserfläche zu schwimmen schien.

»Du weißt schon, dass man Kraniche von alters her auch Glücksvögel nennt?«

Jans Blick war den Kranichen gefolgt. Die großen, schwarzgrauen Vögel, deren Flugfedern sich zu einem buschigen Schwanz formierten, der wie ein Spitzenschleier fast kokett bei jedem ihrer Schritte wippte, wurden immer mehr. Fast schien es, als bebte die kleine Insel, die sie sich als sicheren Schlafplatz auserkoren hatten, unter ihren lauten Trompetenschreien. Laura hielt den Atem an. So etwas hatte sie noch nie gesehen. Natürlich wusste sie, dass es Kraniche gab. Auch, dass sie sich im Norden Deutschlands sammelten, wenn sie auf ihren langen

Flügen in den Süden, wo sie den Winter verbrachten, oder in den Norden, wo sie sich im Sommer paarten und ihre Jungen aufzogen, Rast machten. Doch gesehen hatte sie so etwas noch nie.

»Glücksvögel?«

Sie konnte den Blick nicht von dem Schauspiel wenden. Jetzt, da sie alle auf der Insel gelandet waren, hörte das Rauschen auf, das sie gerade eben noch so irritiert hatte. Die Sonne schien wieder, als wäre nichts passiert. Trotzdem fühlte Laura noch die Kälte, die in ihr aufgestiegen war. Sie rieb sich die Arme, um wieder warm zu werden.

»Eigentlich sollten sie schon lange auf dem Weg nach Skandinavien sein. Aber in den letzten Jahren sind immer mehr von ihnen einfach hier geblieben.«

»Vielleicht wollten sie einfach auf uns warten, deine Glücksvögel. Um uns zu gratulieren.«

Sie zwang sich zu einem kleinen Lachen und versuchte, dieses schale Gefühl von Unbehagen, das sie immer noch in seinem Griff hielt, zu verdrängen. Jan zog sie enger an sich. Erleichtert stellte sie fest, dass er nicht mitbekommen hatte, wie sehr sie sich erschreckt hatte.

»Du bist wirklich eine Romantikerin. Aber natürlich hast du recht. Die Kraniche sind nichts anderes als die Krönung dieses wunderbaren Tages.«

In Jans Armen löste sich Lauras Starre. Sie ergab sich der Faszination, die die Vögel in ihr auslösten. Wie anmutig sie trotz ihrer Größe waren! Einige der Vögel bogen den Hals auf den Rücken und streckten klappernd ihre Schnäbel in die Luft.

»Sie fangen schon mit dem Balztanz an. Sie haben es eilig, denn der Sommer ist kurz. Sie müssen ihre Jungen rechtzeitig bekommen, bevor sie sich dann wieder auf den Weg in den Süden machen.«

Laura lauschte Jans Erklärungen, doch ihre Gedanken machten sich auf eigene Wege. Sie hatte sich nie sonderlich für die Natur interessiert. Blumen fand sie hübsch, klar. Und Bäume, wenn sie blühten oder im Herbst mit ihren bunten Blättern prahlten. Aber so weit, dass sie sich für Namen interessiert hätte, war es nie gegangen. Und die Fauna – wenn sie mal von Haustieren, allem voran ihrem heiß geliebten Kaninchen Egon, das sie als Kind gehabt hatte, absah – war ihr eher egal gewesen. Im Gegenteil, morgendliches Vogelgezwitscher im Frühjahr hatte sie schon immer als störend empfunden, und was da so kreuchte und fleuchte oder schwamm oder flog, war ihr eigentlich immer nur dann nahe gewesen, wenn es sich als Steak oder Fischfilet auf ihrem Teller wiedergefunden hatte.

Und jetzt fand sie, die sich selbst immer nur als Stadtpflanze betrachtet hatte, sich an der Seite ihres Mannes auf dem Weg zu einem Haus, das, wie er ihr erzählt hatte, ein paar Kilometer vom nächsten Ort entfernt lag, mitten in der Pampa.

»Du willst aufs Land ziehen?«

Ihre Mutter hatte sich ziemlich gewundert, als Laura ihr mitgeteilt hatte, dass sie München verlassen und mit Jan in die Uckermark gehen würde. Ja, sicher, Fuchs und Hase sagten sich dort Gute Nacht, wo Jans Familie seit Generationen lebte. Sie hatte ihm gestehen müssen, dass sie keine Ahnung hatte, wo dieser Landstrich lang, aus dem er kam. Irgendwo im Osten. So viel hatte sie gewusst. Aber nicht, wie es dort aussah. Und noch viel weniger, was für ein Leben sie dort erwarten würde.

»Und du hast keine Angst, dass es dir da langweilig werden könnte?«

Karin Nordmeyer hatte in dem Moment, in dem sie ihrer Tochter diese Frage gestellt hatte, auch schon gewusst, wie die Antwort lauten würde. Seit Laura Jan begegnet war, war sie wie ausgewechselt. Wild entschlossen, das Glück, das so unvermutet über sie gekommen war, mit beiden Händen festzuhalten. Und wenn es eben sein musste, dann auch in dieser Uckermark. Denn das war schnell klar gewesen: Jan wollte, dass sie mit ihm in seinem Haus lebte, in der Gegend, in der er aufgewachsen war. So sehr Karin ihrer Tochter ihr Glück gönnte – es hatte ihr das Herz gebrochen, als sie mit ansehen musste, wie traurig Laura nach der Trennung von Thomas gewesen war – wünschte sie sich doch, dass Laura nicht alle Vernunft über Bord warf. Wieso nicht erst mal eine Fernbeziehung?, hatte sie gefragt. Wieso sich nicht noch Zeit lassen, um einander besser kennenzulernen? Wieso den Job kündigen und das Leben in München sofort aufgeben?

»Du könntest erst mal Urlaub nehmen und ein paar Wochen mit Jan in seinem Haus verbringen. Sehen, ob ihr zusammen auch alltagstauglich seid. Prüfen, ob deine Verliebtheit auch dem täglichen Leben an seiner Seite standhält.«

Aber Karin hätte genauso gut schweigen können. Laura hatte ihre Argumente mit einem Strahlen weggewischt. Mit der trotzigen Sicherheit, dass es vor Jan nie jemanden gegeben hatte, den sie so liebte. Genauso wenig, wie es nach ihm jemanden geben würde. Wobei es natürlich kein »nach ihm« geben konnte, denn Laura war fest entschlossen, mit Jan für den Rest ihres Lebens zusammenzubleiben. Und glücklich zu sein.

»Findest du es schrecklich, dass ich keine Ahnung von Kranichen habe?«

»Entsetzlich finde ich das. Ich denke, ich werde morgen zum Scheidungsrichter gehen.«

Jan lächelte, als er den Motor wieder anließ. Diese Frau, die eigentlich fast noch ein Mädchen war, hatte sein Herz vom ersten Moment an berührt.

Es war ihm, als hätte er nur auf sie gewartet. Nur einen kurzen Moment lang hatte er überlegt, ob sie nicht zu jung war. Immerhin war er fast zwanzig Jahre älter als sie. Konnte er so einer jungen Frau, die ihr ganzes Leben noch vor sich hatte, das bieten, was sie sich wünschte, was ihr zustand? Aber da war dieses Gefühl gewesen, diese Gewissheit, dass sie die einzige Chance für ihn war, dass es ihnen bestimmt war, einander zu begegnen.

Er hatte sich in den letzten Jahren auf keine Frau mehr eingelassen, obwohl es Gelegenheiten genug gegeben hätte. Der große, ein wenig schlaksige Mann mit den unergründlichen Augen und dem zurückhaltenden Charme hatte nicht wenige Frauen gereizt, mit denen er zu tun hatte. Er gehörte zu dieser Spezies Männer, wie Frauen sie erobern wollten. Vielleicht, weil er zwar aufmerksam und zuvorkommend, aber in keiner Weise aktiv interessiert war. Möglicherweise auch, weil er das Gefühl vermittelte, ein wenig verloren in der Welt zu sein. Nicht, was seinen Beruf betraf. Er war ein anerkannter Architekt, der seit Langem viel beachtete Gebäude entwarf und der in der ganzen Welt gefragt war. Aber wenn er nach den Besprechungen mit Bauherren und Geldgebern alle abendlichen Einladungen freundlich, aber bestimmt ablehnte und sich lieber in sein Hotelzimmer zurückzog, als einen alkoholseligen Abend in angesagten Luxusrestaurants und Bars zu verbringen, fragte sich manch eine der Frauen, die er tagsüber mit seiner Kreativität fasziniert hatte, ob nicht vielleicht gerade sie es sein sollte, die Jan Plathe aus seiner Einsamkeit befreien musste. Sie fühlten sich berufen, die Wehmut, die in seinen schönen Augen lag, zu vertreiben. Die Melancholie, die ihn in ihren Fängen zu haben schien, rührte sie und fachte ihren Ehrgeiz an, diesen Mann zu retten und in das »wahre« Leben zurückzuführen.

Es waren schöne Frauen gewesen, attraktive, interessante, kluge Frauen, die sich um Jan bemüht hatten. Reizvolle Frauen, die normalerweise keine Schwierigkeiten hatten, einen Mann in ihr Bett oder in ihr Leben zu bekommen. Und ein- oder zweimal hatte Jan sich auch auf eine eingelassen. Doch zu mehr als zu einer flüchtigen, unverbindlichen Bettgeschichte, die spätestens dann endete, wenn Jan den Ort seines Auftrags verlassen musste, war es nie gekommen. Jan hatte das nicht bedauert. Er war sich sicher gewesen, dass es keine Frau auf der Welt gab, die den Erinnerungen, die er mit sich trug wie einen schweren Rucksack, standhalten könnte. Längst war die Last seiner Vergangenheit zu einem selbstverständlichen Teil seines Lebens geworden. Er hatte sich an sie gewöhnt, hatte sie akzeptiert als etwas, das zu ihm gehörte, das er bis ans Ende seiner Tage mit sich herumtragen würde. Er hatte aufgehört, über das, was passiert war, nachzudenken. Auch wenn es ständig präsent war.

Anfangs hatte er noch versucht, den Erinnerungen zu

entfliehen, hatte sich in seine Arbeit gestürzt, mehr Aufträge angenommen, als ein einzelner Architekt eigentlich schaffen konnte. Er hatte sein Haus verschlossen und sich in die Welt begeben. Aber dabei hatte er die bittere Erfahrung machen müssen, dass es keinen Ort gab, an dem ihm nicht ständig die Erinnerung an das Geschehene präsent geblieben wäre.

»Sag mir, was du denkst.«

»Ich denke, was ich für ein glücklicher Mann bin. Und – ich bin ein wenig aufgeregt.«

Laura kuschelte sich an seine Schulter. Er spürte, wie ein kleines Lachen sie beben ließ. Natürlich war er nervös. Würde sie sich wohl fühlen in seinem Haus? Würde sie sich wohl fühlen in seinem Leben?

»Du bist aufgeregt? Frag mich mal, was ich bin? Meine Knie zittern wie tausend Lämmerschwänze.«

Sie legte ihre Hand auf seinen Oberschenkel, der sich fest und warm anfühlte.

»Was ist, wenn ich doch nicht in dein Leben passe? Vielleicht mag mich dein Haus ja gar nicht. Oder deine Freunde finden mich langweilig. Oder … zu bayerisch.«

Sie rieb ihre Nase an seinem Arm. Die Wärme ihrer Lippen, als sie einen Kuss darauf drückte, ließ ihn schaudern. Wenn es auf dieser Welt eine Frau gab, von der er sich vorstellen konnte, dass sie zu ihm und in sein Leben passte, dann war sie es. Ihre Jugend, ja auch diese ein wenig naive Entschlossenheit, sich auf ihn einzulassen, die Fröhlichkeit, mit der sie auf die Welt zuging, würden es schaffen, die Schatten, die über seinem Leben hingen, zu vertreiben.

»Du bist ein Geschenk des Himmels. Nicht mehr und

nicht weniger. Und da darf man schon ein wenig nervös sein und sich fragen, ob dir das, was ich dir zu bieten habe, auch gerecht wird.«

Gott, wie ich ihn liebe.

»Wenn nicht, werde ich dir einfach davonlaufen. Vielleicht kann ich ja unsere Ehe annullieren lassen, weil du mir etwas vorgemacht hast.«

Wenn sie gewusst hätte, dass es genau das war, was er fürchtete! Dass sie einfach wieder verschwinden würde und ihn noch einsamer zurückließ, als er es vor ihrer Begegnung gewesen war.

»Wenn du weglaufen willst, musst du das tun. Ich weiß, dass ich dich nicht werde halten können.«

Wie düster dieser Satz klang. In dem Moment, in dem er ihn ausgesprochen hatte, bereute ihn Jan schon. Laura schob sich ein wenig von ihm weg. Ihr Blick lag prüfend auf dem Gesicht des Mannes, dessen Ehefrau sie seit einem Tag war. Da war er wieder, der kleine Schatten, den sie schon ein paar Mal gespürt hatte. Sie hatte nicht ausmachen können, was er bedeutete, ihn aber auch sofort wieder vergessen, wenn sie Jans Hände auf ihrem Körper, seine Lippen auf den ihren gespürt hatte.

Was auch immer dich bedrückt, ich werde es vertreiben, mein geliebter Ehemann.

»Ich werde nicht weglaufen«, flüsterte sie an seinem Arm. »Es gibt nichts, was mich aus deinem Leben vertreiben kann.«

2

Das große Haus sah aus, als läge es in einem tiefen Schlaf. Dunkelrote Holzläden bedeckten die Fenster wie schwere Augenlider. Sie verliehen dem zweistöckigen Holzbau mit dem spitzen Giebeldach eine abweisende, hermetische Aura. Eine Kletterrose, deren erste Blättchen gerade zu sprießen angefangen hatten, rankte an der Südseite, die zum See hin gewandt war, bis zum Dach, während an der Eingangsseite glänzender Efeu fast die ganze schwarz getäfelte Fassade bedeckte.

Hanno Dorfmann öffnete die Fensterläden und ließ Licht in das große Wohnzimmer. Der See schimmerte dunkel zwischen den alten Buchen, die das Grundstück begrenzten.

»Ich komme nach Hause«, hatte Jan am Telefon gesagt. »Übermorgen bin ich da.«

Was war passiert, dass Jan sich entschlossen hatte, in das Haus zurückzukehren, das sein Urgroßvater, der Förster gewesen war, gebaut hatte? Nachdenklich schaute Hanno auf den See und gab sich seinen Erinnerungen hin.

Ein Lachen schwebte durch die Luft.

»Sieh mal, Hanno. Sieh doch her!«

Die Stimme des mageren Jungen mit den braunen Locken überschlug sich vor Begeisterung, als er sich mit der Schaukel immer weiter über die glatte Oberfläche des Sees hinausschwang. Hanno konnte förmlich den Kitzel im Bauch des Jungen spüren, den aufgeregten Herzschlag unter dem blauen Sommerhimmel. Noch einmal holte er kräftig Schwung, um sich dann, als die Schaukel sich am Scheitelpunkt befand, mit einem Juchzer in das dunkle Wasser fallen zu lassen. Hanno hatte den Rechen, mit dem er das gemähte Gras um das Haus herum sorgsam zusammengerecht hatte, einen Moment lang fester umklammert. Wieso blieb der Kleine so lange unter Wasser? Gerade als er losrennen wollte, um sich in den See zu stürzen und nach dem Jungen zu suchen, tauchte Jan aus den Fluten wieder auf. Seine Augen glühten vor Stolz, als er ans Ufer schwamm.

»Das waren mindestens zwanzig Meter. Rekord!«, schrie er, nach Luft ringend. »Hast du es gesehen, Hanno? Hast du gesehen, wie ich geflogen bin?«

Eine sorglose Zeit war das gewesen. Wie ein endloser Sommer. Wolkenlos. Strahlend. Glücklich. Was war es für eine Freude gewesen, diesen Jungen aufwachsen zu sehen, der sich wie eine Klette an ihn gehängt und ihn bei allen seinen Tätigkeiten begleitet hatte. Neugierig, mit vor Wissbegierde glänzenden Augen, immer in Bewegung, immer auf der Suche nach einem neuen Abenteuer. Furchtlos hatte er ihm geholfen, wilde Bienenschwärme einzufangen. Auf dem Bauch war er in verlassene Fuchsbauten gerobbt, so weit, dass Hanno ihn an den Beinen wieder herausziehen musste. Er hatte nach Flusskrebsen getaucht, bis ihm die Luft ausging, und in warmen Sommernächten hatte er neben ihm auf dem Rücken gelegen und sich die Sternbilder erklären lassen. Und wenn an eiskalten Herbstabenden die untergehende Sonne den Himmel in türkis-rosafarbene Seidentücher gehüllt hatte, hatte er bibbernd vor Kälte die Ankunft der Kranichschwärme erwartet.

»Wo sind sie den ganzen Sommer gewesen? Woher wissen sie, welchen Weg sie fliegen müssen? Wo fliegen sie hin?«

Seine Hand hatte sich fest in seine Hosenbeine gekrallt, als das Rauschen der Flügel und das Schreien der großen Vögel die Luft zittern ließ.

»Wenn ich groß bin, fahre ich nach Spanien. Und dann suche ich den Platz, wo sie im Winter sind.«

Seine Stimme hatte vor Abenteuerlust gezittert. Dass eine Mauer das Land, in dem er lebte, umschloss, wusste er nicht. Und dass sie kaum zehn Jahre später fallen und sich die Welt verändern würde, noch weniger.

Eines Tages war Jan weggeflogen. Kurz nachdem die Kraniche sich auf die Reise nach dem Süden gemacht hatten war er einfach verschwunden. Hanno hatte einen Winter lang gehofft, dass er im Frühjahr ebenso zurückkehren würde wie die gefiederten Glücksboten. Doch die Kraniche kamen allein. Jan hatte den Weg nach Hause nicht mehr gefunden.

»Ich hab gesehen, dass die Fenster offen sind.«

Elkes Stimme riss Hanno aus seinen Gedanken. Seine Tochter hielt einen dicken Bund Kirschzweige, deren glänzende Knospen bald aufbrechen würden, in den Armen. Die Sonne, die durch die Fenster schien, ließ ihr blondes Haar aufleuchten.

»Jan kommt nach Hause. Da will ich vorher noch schnell Ordnung machen und vor allem Luft und Sonne ins Haus lassen.«

Er ignorierte den Schatten, der einen Moment lang Elkes hellblaue Augen verdüsterte.

»Wie schön«, sagte sie. »Dann kommt endlich wieder Leben in das Haus. Es war ein Jammer, dass es so lange leer stehen musste.«

Ja, es war wirklich ein Jammer. Aber es war auch richtig gewesen, dass Jan fortgegangen war. Zu viel hatte er in diesem Haus erlebt, das ihn nicht losließ. Zu schwer hatte die Erinnerung an das Geschehene auf ihm gelastet.

»Weißt du, wie lange er bleiben wird?«

Auf Elkes Gesicht war die Spannung, unter der sie stand, deutlich zu sehen. Nervös strich sie sich diese widerspenstige Haarsträhne aus dem Gesicht, die sich weder durch Haarklammern noch durch Spray oder Gel bändigen ließ. Es war Jan gewesen, der eines Tages einfach zur Schere gegriffen und die Strähne kurzerhand abgeschnitten hatte, die der damals Achtjährigen immer in die Augen hing. Ganz kurz über der Kopfhaut hatte er sie abgesäbelt, sehr zu Elkes Freude, die jubelnd schrie, dass sie nun wie ein richtiger Punk aussehen würde. Hanno hatte Jan die Leviten gelesen. In seinen Augen hatte der Junge seine hübsche kleine Tochter geradezu verschandelt.

»Ach komm, Hanno, stell dich nicht so an. Haare wachsen wieder. Und bis die Strähne das nächste Mal zu lang ist, hat Elke eine ganze Weile Ruhe.«

Das kleine Mädchen hatte den Achtzehnjährigen für seinen Schneid bewundert, hatte glückstrahlend neben ihm gestanden und die Hand in die seine gelegt. Nichts, was Jan je tat, hatte ihr missfallen. Er war der Held ihrer Kindheit gewesen, der große Junge, der sie liebte wie eine kleine Schwester. Und an dem sie klebte wie Pech. Fast so, wie Jan als kleiner Junge damals an ihrem Vater geklebt hatte.

»Wenn ich groß bin, werde ich Jan heiraten.«

Das hatte für Elke festgestanden. Und Jan hatte die Kleine vergnügt an Armen und Beinen genommen und sie durch die Luft geschwenkt, bis sie keuchend um Gnade bat. Er hatte ihr versprochen, dass Elke seine große Liebe sei und es auch immer bleiben würde.

Doch es war anders gekommen. Natürlich war es anders gekommen; das Leben hält sich nicht an Kinderträume. Jan war nach dem Mauerfall zum Studieren nach München gegangen. Zwar war er, solange seine Eltern noch lebten, einmal im Monat gekommen, um sie zu besuchen. Doch der Kontakt zu seiner kleinen Freundin, die sich in dieser Zeit gerade in schwierigen Pubertätswellen befand, war nie mehr so innig und liebevoll geworden, wie er es zur Zeit ihrer Kindheit gewesen war.

Und als er schließlich mit wechselnden Freundinnen aufgetaucht war, hatte sich Elke regelmäßig geweigert, auch nur ein Wort mit ihnen zu sprechen. Sie war einfach abgehauen und erst wieder aufgetaucht, als Jan und seine Freundin wieder nach München abgefahren waren. Hanno erinnerte sich gut an die glühende Wut, mit der Elke Verwünschungen gegen Jan ausgespuckt hatte. Die Vierzehnjährige, die zu seiner großen Freude ein kluger, sehr hübscher Teenager geworden war, dem das Lernen nicht schwerfiel, hatte Jans Freundinnen alles Böse an den Hals gewünscht. Diese Münchner Flittchen würden Jan nur unglücklich machen. Dass er sich überhaupt auf solche Frauen eingelassen hatte, würde sie ihm nie verzeihen. Nie, nie, nie!

»Was will er denn hier? Meinst du, er will das Haus verkaufen?«

Hanno hatte sich das auch schon gefragt. Fast zehn Jahre lang hatte sich Jan hier nicht blicken lassen; dennoch war der Kontakt zu ihm nie abgebrochen. Er hatte Mails aus allen Teilen der Welt geschickt, in denen er arbeitete, und sich stets erkundigt, ob Hanno wohlauf war. Hin und wieder hatte er auch nachgefragt, ob es Elke und ihrem Mann Marius, mit dem sie seit mehr als zehn Jahren verheiratet war, gut ging, und ob mit dem Haus alles in Ordnung war. Von seiner Arbeit hatte er nur in kurzen Sätzen berichtet, aber Hanno hatte im Internet und in Architektur-Fachzeitschriften, die er sich hin und wieder besorgte, einiges über Jans Erfolge gelesen. Und er war heimlich stolz darauf gewesen, was für eine tolle Karriere der Junge gemacht hatte.

Die Jahre waren ins Land gegangen, und das Haus hatte weiterhin in seinem Dornröschenschlaf gelegen. Hin und wieder war jemand aufgetaucht, der sich erkundigt hatte, ob man es nicht kaufen könne. Doch wenn Hanno das Kaufinteresse an Jan weitergeleitet hatte, war jedes Mal umgehend die Nachricht gekommen, dass das Haus nicht zum Verkauf stand.

»Glaubst du, dass er vielleicht hierbleiben will?«

Elkes Blick lag forschend auf dem Gesicht ihres Vaters. Was wollte sie von ihm hören? Dass er es sich wünschte, dass Jan hier wieder wohnte? Dass er sich freuen würde, den Mann, mit dem ihn so viel verband, wieder in seiner Nähe zu wissen? Dass es immer gut sei, zu seinen Wurzeln zurückzukehren?

»Das Haus ist doch viel zu groß für einen allein.«

Elke gab sich die Antwort, bevor Hanno dazu kam, ihr zu sagen, dass er sich eigentlich nicht vorstellen konnte, dass ein viel beschäftigter Mann wie Jan, der noch dazu hauptsächlich im Ausland arbeitete, sich hierhin, in die Abgeschiedenheit der Uckermark, zurückziehen würde. Und natürlich, was sollte er allein in diesem großen Haus, in dem die Erinnerung ihn aus jeder Ecke anspringen würde? Er hatte sich innerlich schon mit dem Gedanken abgefunden, dass Jan nur zurückkommen würde, um den Verkauf des Hauses zu betreiben. Was wirklich vernünftig gewesen wäre. Nicht nur, weil solche schönen Häuser in so herrlichen Lagen inzwischen sehr gutes Geld brachten. Es war doch auch eine Schande, dass es leer stand. Vielleicht würde ja eine Familie das Haus kaufen. Mit ein paar Kindern, die hier, wie Jan und Elke damals, eine glückliche, unbeschwerte Kindheit würden verleben können. Dass Hanno dann möglicherweise auch das kleine Verwalterhäuschen am Ende des Waldwegs, das er seit mehr als fünfzig Jahren bewohnte, würde verlassen müssen, war ein Wermutstropfen, der in seine Überlegungen fiel. Aber das war der Lauf der Dinge. Er würde etwas anderes finden auf seine alten Tage, vielleicht in der kleinen Stadt Templin, die nur zwanzig Kilometer entfernt lag und in der Elkes Mann seine Arztpraxis hatte. Natürlich würde es ihm schwerfallen, das Haus, in dem er Elke nach dem frühen Tod ihrer Mutter allein großgezogen hatte und das mit wunderbaren Erinnerungen gefüllt war, zu verlassen. Aber noch war er rüstig genug für einen Neuanfang. Jedem Anfang lag schließlich ein Zauber inne. Und er würde einfach das Beste daraus machen.

»Vielleicht zieht ja eine junge Familie ein.«

Es war, als hätte Elke seine Gedanken mitgedacht.

»Ich würde mich über Nachbarn wirklich freuen.«

Elke hatte nie darüber geredet, dass sie sich in dem hübschen Holzhaus, das sie und ihr Mann ganz in der Nähe bewohnten, vielleicht einsam fühlen würde. Sie wirkte auf ihn zufrieden und ausgeglichen, angekommen in ihrem Leben.

Ihr Häuschen hatte sie mit den Jahren zu einem kleinen Schmuckstück gemacht, das inmitten eines blühenden Gartens stand, um den sie sich mit Hingabe kümmerte.

»Es könnte ja sogar sein, dass ich endlich mal eine richtige Freundin kriege. Mit der ich Kaffee trinken und mich über die Männer auslassen kann. Oder Rezepte austauschen. Oder vielleicht sogar mal nach Berlin fahren, um durch die Klubs zu ziehen.«

»Ich wusste gar nicht, dass du solch verwegene Begehrlichkeiten hast.«

Hanno hatte immer gedacht, dass Elke gern allein war, dass sie das Großstadtleben, das sie als Biologiestudentin in Berlin kennengelernt hatte, nicht vermissen würde. Ihre Ehe und ihr Beruf als Lehrerin am Gymnasium in Templin waren ihr doch immer über alles gegangen.

»Hab ich eigentlich auch nicht.«

Sie schmiegte sich lächelnd in den Arm ihres Vaters.

»Du weißt, dass ich zufrieden bin mit dem, was ich habe. Nur Marius zieht mich immer damit auf, dass ich hier lebe, als wäre ich schon fünfundsechzig. Er meint immer, ich solle mir mal was gönnen.«

Hanno drückte seine Tochter an sich. Wie immer dachte er, dass sie einfach zu dünn war, als er ihre Schulterknochen an seiner Brust spürte.

»Wir könnten ja auch alle zusammen nach Templin ziehen. Wir suchen uns ein großes Haus. Ihr unten und ich oben. Oder umgekehrt. Vorausgesetzt natürlich, es graust dir nicht schon bei dem Gedanken, mit deinem alten Vater zusammenzuleben.«

Sie hob den Blick und sah ihm lächelnd in die Augen.

»Mein alter Vater. Ich kenne kaum jemanden in deinem Alter, der jünger ist als du. Wahrscheinlich wirst du dir, wenn du endlich aus deinem Einsiedlerhäuschen raus bist, eine flotte Freundin suchen. Und dann wirst *du* es sein, der keine Lust hat, mit seiner Familie zusammenzuleben.«

Er lachte leise. Natürlich würde er seine Tochter nie verlassen. Sie war sein Augenstern gewesen, von ihrem ersten Schrei an bis heute – das Einzige, was ihm nach Ullas Tod geblieben war. Sie war nicht mehr und nicht weniger als das Wichtigste in seinem Leben. Nie würde er sie aus den Augen lassen, nie von ihr wegziehen. Ganz im Gegenteil: Er würde sich bis zu seinem letzten Atemzug um sie sorgen und alles dafür tun, dass ihr kein Leid geschah. Wie er es immer getan hatte.

»Weißt du was? Wir lassen es einfach auf uns zukommen. Und dann entscheiden wir, was passieren soll.«

Vielleicht hatte das Schicksal ja auch etwas ganz anderes mit ihnen vor. Er hatte gelernt, dass Pläne zwar wichtig und durchaus auch inspirierend waren, dass das Leben aber seine eigenen Wege ging. Wege, die ursprünglich wie schnurgerade Autobahnen vor einem zu liegen schienen, die sich aber unversehens in holperige Pflasterstraßen verwandelten, in deren Kurven die Gefahr genauso lauern konnte wie das Glück.

Er hatte gelernt, auf das Unerwartete zu reagieren, egal, wie es beschaffen war. Er hatte gelernt, dass morgen schon alles ganz anders sein konnte als heute. Und dass auch das Ausweglose immer einen Ausweg bot.

Was geschehen musste, würde geschehen. Und er würde sich voller Demut fügen. Wie er es immer getan hatte.

Eigentlich hatte Jan vorgehabt, Laura auf eine romantische Hochzeitsreise in die Karibik zu entführen. Das volle Programm: Luxushotel am Strand, Segeltörns, Nächte unter dem Sternenhimmel, gepflegte Dinners auf von Bougainvilleas umrankten Terrassen. Er hatte sie erst im Frühling in seine Heimat bringen wollen. Dann, wenn die Wiesen voller Blumen standen, wenn die Buchen ihr dichtes Blätterdach ausgebildet hatten, wenn die Seen und Tümpel warm genug waren, um in ihnen zu schwimmen. Doch Laura hatte sich nur gewünscht, endlich den Landstrich kennenzulernen, in dem Jan aufgewachsen war, und das Haus, in dem sie den Rest ihres glücklichen Lebens mit ihm verbringen würde. Reisen würden sie später noch können. Jetzt wollte sie nur endlich ankommen an dem Ort, den ihr ein gütiges Schicksal offensichtlich bestimmt hatte.

Neugierig ließ Laura ihren Blick über die vorbeiziehende Landschaft schweifen. Der Wald war in der letzten halben Stunde immer dichter geworden, die Straße, auf der sie fuhren, immer schmaler. Schon seit einer Weile waren sie durch kein Dorf mehr gekommen und auch an keinem Haus mehr vorbei. Dass es derartig einsame Gegenden in Deutschland gab, hatte sie nicht geahnt. In Oberbayern, wo sie ihre Freizeit mit Radfahren und Schwimmen verbracht hatte, im Winter auch mit Skifahren, kam man ständig durch hübsch aufgerüschte kleine Dörfer, die alle aussahen, als hätten sie gerade bei einem Wettbewerb um das schönste Dorf mitgemacht. Überall sah man schöne Bauernhöfe, auf deren Weiden unzählige Kühe und Pferde standen, und selbst in den einsamsten Ecken fand sich ein Gasthaus, in dem durchaus auch der eine oder andere Sternekoch am Herd stand. Der viel besungene weißblaue Bayernhimmel hatte sich weit über die sanft gewellte Voralpenlandschaft gespannt. An manchen Tagen im Frühjahr und im Herbst hatte das Licht der tief stehenden Sonne eine fast mediterrane Stimmung gezaubert.

Es kann doch nicht sein, dass ich jetzt schon Heimweh habe.

»Du sagst ja gar nichts mehr, Kleine.« Jan griff nach ihrer Hand. »Und dein Händchen ist auch eiskalt.«

»Ach was.«

Sie zog die Hand aus der seinen und versteckte sie in der Achselhöhle.

»Hab ich dir nicht gesagt, dass ich immer kalte Hände habe? Das bedeutet gar nichts. Höchstens ein kleines Kreislaufproblem, wenn ich mich zu lange nicht bewege.«

Jans Blick lag forschend auf ihr.

»Ist es so, wie du es erwartet hast?«

»Viel schöner.«

Sie beeilte sich zu sagen, wie sehr es ihr hier gefiele. Dass sie ja keine Ahnung gehabt habe, wie wunderschön die Buchenwälder, selbst jetzt, da sie noch winterlich blattlos waren, hier seien. Und diese dunklen Seen, in deren Spiegel die weißen Wolken zu segeln schienen. Hier also war der kleine Jan damals auf seinem Pferd über die Wiesen gejagt. Hier hatte er im Herbst Drachen steigen lassen, war er im Winter auf den zugefrorenen Seen Schlittschuh gelaufen. Hierher war er nach seinem Architekturstudium zurückgekommen, hatte ein paar Jahre hier gearbeitet, bevor ihn seine Aufträge in die Ferne geführt hatten.

»Ich kann mir gut vorstellen, dass du hier glücklich gewesen bist. Ein kleiner, glücklicher Junge in zerschlissenen Hosen, der im Wald die tollsten Abenteuer erlebt hat.«

»Meine Hosen waren nie zerschlissen. Darauf hat meine Mutter schon geachtet. Aber mit den Abenteuern hast du recht. Es gibt keinen Fuchsbau, den ich nicht erforscht hätte, keinen See, in dem ich nicht nach Biberburgen gesucht, und keinen Apfelbaum, den ich nicht erklommen hätte.«

Jan zog sie an sich. Würden die Kinder, die er mit Laura haben wollte, genauso sorglos und glücklich aufwachsen können wie er? Würde es ihm gelingen, für sich und Laura einen Zipfel dieses vergangenen Glücks erhaschen zu können?

Das Einzige, was er mir nicht erzählt hat, ist, warum er von hier weggegangen ist. Wie es gekommen ist, dass er das alles hinter sich gelassen hat. Sein Haus, sein Büro, seine Freunde.

Tatsächlich hatte Jan ihr in den letzten Wochen hauptsächlich von seiner Zeit im Fernen Osten erzählt. Von den Hochhäusern, die er in Malaysia gebaut hatte und in Japan. Dem Hotel in Dubai, dem Opernhaus in Perth. Sie hatte alle Informationen über diesen Mann, der jetzt ihr Ehemann war, gierig in sich aufgesogen. Stundenlang hatten sie im Bett gelegen und die Fotos auf seinem iPad angesehen: Baustellen, Gebäude, die er gebaut hatte, tobende japanische Städte und einsame vietnamesische Strände.

Sie hatte sich in die kühlen, strengen Einzelheiten seiner Bauten vertieft, über die Klarheit seiner Entwürfe gestaunt und sich gewundert, dass dieser Mann, dem Struktur und Einfachheit so wichtig waren, sich in ihrer winzigen, überladenen, vor Buntheit schreienden Wohnung, in die sie sich nach der Trennung von Thomas eingekuschelt hatte, so wohl fühlen konnte. Er hatte nicht einmal gezuckt, als sie ihm eröffnet hatte, dass sie mindestens neunzig Prozent der Sachen, die sie in ihrer Wohnung um sich hortete, mitnehmen musste in ihr neues Leben. Angefangen bei ihrem Sesselmonster über die Wanduhr ihrer Oma, den großen Spiegel mit dem übertriebenen Goldrand bis hin zu ihrem Klavier, ihrem hellblauen Küchentisch und sämtlichen Kleinigkeiten, die davon erzählten, was für einen verspielten Blick Laura auf das Leben hatte. Sie hatte ihn prüfend beobachtet, als sie einen Tag lang all ihre Habseligkeiten in Kisten gepackt hatten. Immer darauf wartend, dass sich um seinen Mund ein amüsiertes Lächeln einstellen würde, in seinen Augen der Spott des Älteren, Lebenserfahrenen, der insgeheim davon ausging, dass ihre Siebensachen für immer im Dunkel der Umzugskartons schlummern würden. Doch nichts dergleichen war geschehen. Sie hatten die Wohnung leer geräumt, und wenn nicht etwas wirklich Schreckliches dazwischenkam, würden die Kartons in den nächsten Tagen in Jans Haus ankommen.

Vielleicht hätte ich ja doch alles in München lassen sollen, statt mein neues Leben mit dem Kram aus der Vergangenheit zu beschweren.

Ach, es war doch egal. Sie würde sich erst einmal umsehen an dem Ort, der ihr fortan Heim und Heimat sein sollte. Und eventuell würde sie all ihre alten Sachen einfach in den Kisten lassen oder irgendwo unterstellen. Und dann vielleicht irgendwann vergessen. Sie war nicht mehr das Mädchen Laura, sondern Jans Ehefrau. Ein neues, anderes, aufregendes Leben lag vor ihr, auf das sie sich freute und in dem sie glücklich werden würde.

Ein wettergebleichtes altes Holzschild zeigte nach rechts.

Die Schrift, die auf das Jägerhaus hinwies, war kaum mehr zu entziffern. Jan bog sacht in den kaum mehr als einen Meter breiten Weg ein. Brombeerzweige rankten weit in die Fahrspur. Sie machten ein kratzendes Geräusch auf dem Lack, schlugen wie Peitschen gegen die Windschutzscheibe. Jan fuhr langsam den sandigen Weg entlang, darauf bedacht, den tiefen Schlaglöchern ebenso auszuweichen wie den aufdringlichen Brombeerzweigen.

Wahrscheinlich landen wir gleich vor einer Mauer aus Rosen, die mein tapferer Ritter erst mal durchtrennen muss, bevor er mich in sein Schloss trägt.

Laura setzte sich aufrecht hin, den Blick gespannt auf den schmalen Weg gerichtet. Jetzt mussten sie doch jeden Moment da sein. Ihr Herz klopfte ihr nun doch bis zum Hals. Es musste ihr gefallen. Jans Haus musste ihr einfach gefallen. Sie hatte keine Ahnung, was sie sagen oder tun würde, falls das nicht der Fall war. Fest entschlossen, sich ein eventuelles Entsetzen nicht anmerken zu lassen, hielt sie unwillkürlich den Atem an. Noch eine Kurve. Noch eine. Jan wurde immer langsamer.

»Bist du bereit?«

Sie räusperte sich, brachte dann aber doch nur ein Nicken zustande.

Bitte, lieber Gott, mach, dass es herrlich ist.

»Gut. Aber du weißt es, Laura: Wenn es dir nicht gefällt – du musst nicht lügen. Wenn dir mein Haus nicht gefällt, werden wir auf der Stelle umdrehen und uns etwas anderes suchen. Du musst nicht hierbleiben, nur weil es der Ort ist, an dem ich aufgewachsen bin.«

»Langsam machst du mir wirklich Angst.«

Sie versuchte ein Lachen. Er würde sie doch nicht in so ein altes Stasihaus bringen, in dem der Geruch der DDR-Schrecken noch in den Wänden hing? Er hatte doch gesagt, dass seine Familie seit Generationen in diesem Haus gelebt hatte. Es konnte doch überhaupt nicht schrecklich sein.

Fahr endlich weiter. Lass es uns hinter uns bringen.

Als Jan wieder anfuhr, gab er unversehens zu viel Gas, sodass die Reifen im Sand kurz durchdrehten und der Motor aufheulte. Auch wenn er es sich nicht eingestehen wollte, war er doch fast so nervös wie Laura. Zehn Jahre lang war er nicht hier gewesen. Plötzlich wusste er nicht, was der Anblick seines Hauses mit ihm machen würde. War es wirklich richtig, hierher zurückzukommen? Würde er das Licht und die Liebe, die so viele Jahre zu diesem Haus gehört hatten, tatsächlich wiederfinden können. Oder …?

Egal, jetzt war er so weit gekommen, da gab es kein Zurück mehr. Er musste sich seinen Erinnerungen stellen. Den guten wie den schlechten. Nur so würde er mit Laura eine Zukunft haben können.

Er bemerkte nicht, dass Laura unwillkürlich die Augen schloss, als er um die letzte Kurve bog. Es war ihm auch nicht bewusst, dass er den Atem anhielt, als sein Elternhaus in Sicht kam. Aber er spürte augenblicklich, wie seine Anspannung nachließ, als er die dunklen Schindeln sah, die die letzten Sonnenstrahlen aufleuchten ließen. Ein tiefes Gefühl der Erleichterung sprang in sein Herz, ein Gefühl der Dankbarkeit, des Zuhause-Seins. Ein Gefühl des Endes und des Anfangs.

Wieso sagt sie nichts? Hat ihr der Anblick die Sprache verschlagen? Kann sie mir nicht sagen, dass sie es fürchterlich findet?

Als er sich zu Laura drehte, sah er, dass sie immer noch mit geschlossenen Augen dasaß. Dieses Kind! Er nahm ihre Hand, drückte einen leichten Kuss darauf.

»Willst du die Augen öffnen, oder sollen wir gleich wieder umdrehen?«

Sie zögerte.

Lieber Gott, hilf.

Zaghaft öffnete sie die Augen, blinzelte durch die Wimpern. Und dann riss sie nicht nur die Augen auf. Sie sprang aus dem Auto, ging ein paar Schritte auf das Haus zu, blieb abrupt stehen und starrte es an.

Danke, lieber Gott. Danke, danke, danke.

Es war ihr, als würden alle Nerven, die gerade noch so gespannt waren wie Violinsaiten, jetzt gleichzeitig einen stummen Jubelschrei zu jeder Faser ihres Körpers übertragen.

Dieses Haus war der Wahnsinn. Ein veritables Dornröschenschloss, wunderschön. Einladend mit den weit geöffneten Fenstern, stand es in einem gepflegten Garten und schien nur darauf zu warten, dass sie es in Besitz nahm. *Mein Haus,* schrie es in ihr.

»Sag was, Laura. Bitte.«

Jan stand jetzt neben ihr. Ihr Schweigen jagte ihm einen tiefen Schrecken ein. Sie fand es bestimmt furchtbar, vielleicht sogar Furcht erregend, wollte nichts wie weg. Sie würde keinen Schritt hineintun. Anders konnte es doch nicht sein. Sonst hätte sie doch etwas gesagt. Aber sie stand stumm da. Stumm und still wie eine Statue.

»Könntest du mich vielleicht endlich über die Schwelle tragen?«

Ihre Stimme war heiser. Jan verstand sie nicht gleich. Was hatte sie gesagt? Hatte er es richtig verstanden?

Sie sah ihm ins Gesicht. Strahlend.

»Du sollst mich in unser Haus tragen. Das ist doch so der Brauch, wenn Eheleute ihr gemeinsames Leben beginnen wollen, oder?«

Ohne ein weiteres Wort hob er sie hoch. Sie legte den Arm um seinen Hals und schmiegte ihr Gesicht an seins. Er spürte ihr Gewicht kaum, als er die drei Stufen auf die Haustür zuging und den schweren alten Schlüssel aus der Tasche fummelte, in deren Futter er sich verhakt hatte.

Wie aufgeregt er ist. Wie süß. Wie lieb. Er hat genauso große Angst gehabt wie ich. Aber das war unnötig. Es ist alles gut. Alles, alles, alles.

Endlich hatte Jan den Schlüssel in der Hand. Er zitterte ein wenig, als er ihn in das eisenbeschlagene Türschloss steckte und umdrehte. Die doppelte Flügeltür, die ebenso wie die Fenster rot lackiert war, schwang weit nach innen auf.

»Okay, Frau Plathe. Herzlich willkommen im Jägerhaus.«

Er trug sie mit einem feierlichen Schritt über die altersschwarze Eichenschwelle.

»Und herzlich willkommen in unserem Leben.«

Nur einen kurzen Moment lang ließ Laura ihre Augen durch die großzügige Eingangshalle mit den dunklen Eichenbalken und der geschwungenen Treppe schweifen, dann wandte sie ihr Gesicht ihrem Ehemann zu und küsste ihn. Es war alles gut. Und es würde immer gut sein. Dieses Haus, das sein Haus war, würde auch ihr Haus werden. Sie hätte sich keinen wundervolleren Ort ausmalen können, an dem sie ihr Leben mit Jan verbringen wollte.

Die Lilien würden Jan gefallen.

»Lilien sind die einzigen Blumen, mit denen ich was anfangen kann. Alles andere ist doch irgendwie Kikikram.« Er hatte ihr, die an ihrem ersten Schultag kaum über den Tisch gucken konnte, einen dicken Strauß Lilien in die Arme gedrückt. Die Stiele der Blumen waren fast so lang wie das kleine zarte Mädchen, dessen bester Freund er vom Tag seiner Geburt an gewesen war.

»Lilien für eine Sechsjährige? Jan, du spinnst doch total«, hatte Hanno ihn damals ausgelacht und seiner Tochter auf der Stelle den unangemessenen Strauß abgenommen und in eine Bodenvase gestellt.

»Einem kleinen Mädchen schenkt man einen Veilchenstrauß. Oder Stiefmütterchen oder Vergissmeinnicht.«

»Denkst du, dass sie sich, wenn sie einmal alt ist, an Stiefmütterchen erinnern wird? Wohl kaum. Aber Elke wird nie vergessen, dass sie zum Schulanfang Lilien bekommen hat. Von ihrem besten Freund, den sie deswegen auch nicht vergessen wird. Nicht wahr, du süßestes Mädchen auf der Welt?«

Elke glaubte noch immer den festen Griff zu spüren,

mit dem Jan sie gepackt und über seine Schulter geworfen hatte. Sie hatte gekreischt und geschrien, als er im Trab durch den Garten gelaufen war, hopsend, springend, wiehernd. Ihr bester, ihr allerbester Freund.

Er würde sich freuen, wenn sie ihm nun einen Lilienstrauß ins Haus stellte. Vielleicht würde es ihn an glückliche Zeiten erinnern. Vielleicht würde es ihm helfen, die dunklen Zeiten dort zu lassen, wo sie gut lagen: in der Vergessenheit.

Hanno beobachtete seine Tochter nachdenklich. Sollte das ein Zeichen sein, dass sie Lilien für Jan besorgte? Wollte sie ihm damit sagen, dass alles so war wie früher, als sie unbeschwerte Kinder waren? Als das Leben noch nicht mit ihnen gespielt hatte? Würde Jan das Zeichen verstehen, oder hatte er vergessen, was die Lilien damals für Elke und ihn bedeutet hatten? Vielleicht sollte er Elke darauf vorbereiten, dass Jan möglicherweise …

Nein! Ich werde mich nicht einmischen. Wenn es einen Weg gibt für Elke und Jan, dann müssen sie ihn allein finden.

Er hoffte, dass sie ihn finden konnten. Er wünschte sich nichts mehr, als dass sie wieder so unkompliziert und vergnügt miteinander würden umgehen können, wie sie es damals als Kinder getan hatten.

»Nicht! Nicht noch ein Zimmer. Mir ist schon ganz schwindlig. Lass mich runter, Jan. Ich bin groß. Ich kann schon ganz gut allein laufen.«

»Nicht, bevor ich meiner Frau das ganze Haus mit jedem Zimmer gezeigt habe.«

Das fröhliche Lachen der Frau schallte aus den geöffneten Fenstern. Es schien durch den Garten zu fliegen und sich über dem See zu verlieren.

Nicht bevor ich meiner Frau das ganze Haus ...? – Meiner Frau!

War das Jans Stimme? Natürlich. Es gab keinen Zweifel, der Mann, der dort im Inneren des Hauses in einen lachenden Disput mit seiner Frau verstrickt war, war Jan. Elke stand an der offenen Terrassentür. Ein Lächeln breitete sich auf ihrem Gesicht aus. Jan hatte wieder geheiratet. Und anscheinend war er sehr glücklich mit seiner neuen Frau. Alles war gut. Die Welle der Erleichterung, die plötzlich durch Elke strömte, ließ ihre Knie zittern.

»Ich rieche, rieche ... Lilienduft. Elke? Bist du das?«

Jans Stimme klang ausgelassen und vergnügt.

»Natürlich bin ich es.«

Elke betrat das Wohnzimmer, in das in diesem Augenblick Jan aus der Halle hereinkam, an der Hand seine neue Frau, der das Glück aus allen Poren zu strahlen schien.

»Ich wollte dir die Lilien als Willkommensgruß ins Haus stellen. Ich hatte ja keine Ahnung, dass du schon da bist.«

Schon war Jan bei ihr und riss sie in seine Arme.

»Meine Lilienfee. Wie schön, dich zu sehen. Süße, kleine Lilienfee.«

Er schwenkte sie im Kreis herum, wie er es immer getan hatte und was sie sich lachend gefallen ließ. Dann stellte er sie vor Laura ab, die das Schauspiel einigermaßen verblüfft betrachtet hatte.

»Laura, das ist Elke. Meine erste und allerbeste Freundin. Ich hoffe, dass du sie genauso lieben wirst wie ich.«

Lieben? Ich dachte, ich bin die Einzige, die du liebst? Wieso hast du mir nichts von dieser Lilienfee erzählt?

»Hallo Elke, ich bin Laura. Jans …«

»Laura ist meine Frau. Wir haben vor zwei Tagen geheiratet, und jetzt ziehen wir hier ein.«

Er legte den Arm um Laura. Elke reichte Laura die Hand.

»Hallo, Laura. Schön, dich kennenzulernen. Ach so, ja, und herzlichen Glückwunsch zur Hochzeit. Ich wünsche euch alles Glück der Welt.«

Meint sie das wirklich so?

»Ich freue mich, dass ich endlich wieder eine Frau in der Nähe habe. Ich wohne in dem kleinen Holzhaus oben am Nordufer des Sees. Und manchmal ist es da ganz schön einsam.«

»Ich bin sicher, ihr werdet euch bestens verstehen. Elke ist hier aufgewachsen, sie kennt nicht nur jeden Baum und jeden Strauch, sondern auch jeden Menschen in der Gegend.«

»Wenn du also Fragen hast … komm immer gern zu mir. Ich gebe dir über alles Auskunft.«

»Nur nicht über mich.«

Jan grinste verschwörerisch.

»Meine Geheimnisse bleiben geheim. Oder wenn sie schon gelüftet werden sollen, dann allenfalls von mir.«

Was ist hier los? Wieso ist er plötzlich so aufgedreht? War da was zwischen den beiden? Und wenn ja, was?

Einen Moment lang kam sich Laura ausgeschlossen vor. Jan hatte ihr nichts von Elke erzählt. War sie etwa eifersüchtig? Auf eine Frau, die er wohl sein Leben lang kannte?

Schmarrn. Wieso soll ich eifersüchtig sein? Er ist mein

Mann. Wenn da noch irgendetwas mit dieser Frau wäre, hätte er mich doch nicht …

»Auch wenn ich am liebsten sofort und auf der Stelle alles über euch erfahren würde, muss ich jetzt leider los. Marius kommt gleich aus der Praxis. Er will was essen, bevor er seine Hausbesuche macht.«

Sie küsste Jan auf die Wange.

»Ich freue mich, dass du wieder da bist, Großer!«, sagte sie und gab Laura die Hand. »Und ich freue mich, dass du ihn so offensichtlich glücklich machst. Ich kenne keinen Menschen auf der Welt, der es mehr verdient hätte glücklich zu sein als Jan.«

Und weg war sie.

»Süß von ihr, uns Lilien zu bringen.« Jan sammelte die Blütenzweige ein, die in der Heftigkeit der Begrüßung zu Boden gefallen waren. »Ich hatte ihr damals zum Schulanfang einen Riesenstrauß Lilien geschenkt. Sie war praktisch dahinter verschwunden.«

»Du hast einer Sechsjährigen Lilien geschenkt?«

»Ich weiß, Veilchen wären angebrachter gewesen. Aber ich war sechzehn. Blumen an sich fand ich ziemlich spießig. Vor allem alles, was irgendwie klein und niedlich war. Die einzigen Blumen, die für mich in Frage kamen, waren nun mal Lilien. Aufrecht, prachtvoll, glamourös. Und mit einem alles umhauenden Duft. Andere Blumen hätte ich nicht verschenken können. Nicht in jener Zeit. Ich fürchte, ich war ein ziemlicher Angeber.«

»Auf jeden Fall hast du eine Sechsjährige mit deinem Geschmack nachhaltig beeindruckt.«

Wieso klingt meine Stimme plötzlich so zickig? Hoffentlich merkt er es nicht. Er muss mich ja für völlig bescheuert halten.

Laura bemerkte, dass Jan sich suchend umsah. Sie öffnete die Tür des großen Biedermeierschranks, der an der Wand gegenüber den Terrassentüren stand, und holte wie selbstverständlich eine Vase heraus.

»Du bist schon einmal hier gewesen, gib es zu!«

Jan stellte die Lilien in die Vase und verschwand aus dem Raum. Sie hörte, wie irgendwo Wasser aufgedreht wurde.

Glück gehabt. In dem Schrank hätte ja auch Tischwäsche sein können. Oder die Gewehre des alten Försters.

»Oder woher wusstest du, wo du die Vasen findest?«

Jan stellte die Vase auf einen kleinen runden Tisch. Der Strauß sah prachtvoll aus. Wie ein Gemälde in der untergehenden Sonne, die jetzt ein paar letzte glühende Strahlen in das Zimmer schickte.

»Ich werde ja wohl noch wissen, wo in meinem Haus die Vasen stehen«, lachte Laura.

In meinem Haus. Wie das klingt. Mein Haus!

»Ja dann … brauche ich dir ja wohl nichts mehr zu zeigen.« Er nahm ihre Hand und zog sie mit sich auf die Terrasse, von der aus man einen betörenden Blick über den Garten bis hin zum See hatte.

»Dein Haus, dein Garten, dein Boot, dein See.«

»Mein See? Du willst mir doch nicht sagen, dass der See dir gehört?«

»Mein Großvater hat damals nach und nach das ganze Land um den See aufgekauft. Und den See dazu. Hat ihn eine Stange Geld gekostet. Aber er hatte damals schon Angst, dass die Ufer bebaut werden würden und er in der Idylle, die er für sich und seine Familie geschaffen hatte, gestört würde.«

Alles, was Laura sich ausgemalt hatte, wurde von der Realität bei Weitem übertroffen. In was für einem Paradies war sie hier gelandet! Das war doch hoffentlich nicht alles ein Traum, aus dem sie plötzlich erwachen würde, um sich in ihrer kleinen Wohnung in München-Obermenzing wiederzufinden.

»Zwickst du mich bitte mal?«

»Ich denke nicht daran.«

»Dann sag mir, dass ich nicht träume.«

»Du träumst nicht. Du bist hier. Mit mir. Und das ist gut so.«

Im Haus krachte donnernd eine Tür ins Schloss. Laura zuckte zusammen.

»Der Wind. Wir hätten die Fenster im Musikzimmer schließen sollen.«

Natürlich, der Wind. Was hätte es denn sonst sein sollen? Wieso bin ich denn so schreckhaft?

Jan ging ins Haus, und man hörte, wie er einige Türen schloss. Als er wieder auf der Terrasse erschien, hatte er eine Flasche Champagner und zwei langstielige Gläser in der Hand.

»Komm, wir gehen auf den Steg und stoßen auf unser neues Leben an.«

Mit der freien Hand zog er sie mit sich die Treppen hinab. Sie gingen über den noch wintergrauen Rasen auf den Holzsteg zu, der weit auf die spiegelnde Oberfläche des Sees hinausragte und an dessen Ende sich eine kleine weiße Holzbank befand.

Die Luft vibrierte, als sie die Gläser aneinander stießen. Ein Schwarm Kraniche zog über sie hinweg.

Die Glücksvögel. Genau im richtigen Augenblick.

»Auf uns, Laura. Ich kann dir gar nicht sagen, wie glücklich ich bin.«

»Auf uns, Jan.«

Und auf unsere Zukunft. Auf unser Glück. Auf jeden Tag, den wir miteinander haben werden. Ich versprech' dir, ich werde alles tun, dass wir immer so glücklich sein werden wie heute.

3

»Es ist alles gut so, wie es ist. Es ist alles gut. Alles gut.« Elke schrie leise auf, als das Messer von der Karotte abrutschte und in die Kuppe ihres linken Zeigefingers glitt. *Verdammt!* Wieso hatte sie nicht besser aufgepasst? Ein Blutstropfen trat aus der Wunde aus, zur gleichen Zeit stieg der Schmerz in ihr hoch. Sie steckte den Finger in den Mund. Das warme Blut hatte einen leicht bitteren Geschmack. Mit der rechten Hand zog sie die Küchenschublade auf, in der die Pflaster lagen. Sie öffnete die Schachtel, zog einen Pflasterstrip heraus, fummelte mühsam die Schutzhülle weg und legte das Pflaster auf die kleine Wunde. Einen Augenblick lang hielt sie inne. Dann nahm sie das Pflaster wieder weg. Die Wunde blutete schon nicht mehr. Nichts war passiert. Nichts? Sie drückte auf das Fleisch neben der Wunde. Presste fest. Bis ein neuer Blutstropfen austrat. Eine dunkelrote Perle. Tränen traten ihr in die Augen, liefen über ihre Wangen. War denn der Schmerz, den sie sich eben unabsichtlich zugefügt hatte, so groß, dass sie weinen musste?

Sie sank in sich zusammen, rutschte an der Wand auf den Boden hinunter. Achtete sorgsam darauf, die Perle auf ihrem Finger nicht zu zerstören. Dieses Rot war unbeschreiblich schön. Ein blutroter Tropfen im Schnee. Wie sehr hatte diese Vorstellung sie fasziniert, als ihr Vater ihr damals das Märchen von Schneewittchen vorgelesen hatte. Rot wie Blut, schwarz wie Ebenholz, weiß wie Schnee, so schön war die Prinzessin, der die Stiefmutter nach dem Leben trachtete. Tagelang hatte sie damals Bilder gemalt. Schwarze Balken auf blütenweißem Papier. Und das Rot der Blutstropfen hatte sie nicht aus ihrem Malkasten genommen. Sie hatte sich mit einer Nadel in die Fingerkuppe gestochen, so tief und fest, bis das Blut floss und zwischen die schwarzen Balken auf das Weiß des Papiers tropfte.

»Wie schön du malen kannst«, hatte Hanno gesagt. Das ganze Märchen in drei Farben. Schwarz, weiß, rot. Blutrot. *Vielleicht sollte ich wieder anfangen zu malen,* dachte sie.

»Was machst du da auf dem Boden, Schatz?«

Sie hatte Marius nicht kommen gehört.

»Nichts. Mir ist ein Stück Karotte vom Tisch gerollt. Aber ich kann es nicht finden.«

Er reichte ihr die Hand und zog sie auf die Beine.

»Du bist blass. Ist alles in Ordnung?«

Ja, es war alles in Ordnung, es war alles gut. Als er sie an sich zog und ihr einen Begrüßungskuss auf die Lippen drückte, verschmierte sie den Blutstropfen an seinem weißen Hemd.

»Oh, entschuldige, ich hatte mich geschnitten. Komm, zieh das Hemd schnell aus, ich weiche es gleich ein.«

Sie konnte den Blick nicht von dem roten Fleck abwenden, als sie sich daranmachte, sein Hemd aufzuknöpfen. Wie schön das war. Das Rot auf dem Weiß. Ein kleines Kunstwerk. Fast zu schade, um es mit Wasser zu zerstören.

Marius hielt ihre Hände fest.

»Das bisschen Blut macht doch nichts. Es wird bei der nächsten Wäsche rausgehen. Kein Problem.«

Ja, natürlich, kein Problem. Es gab keine Probleme in ihrem Leben. Alles war gut.

»Wenn du einen Augenblick Geduld hast, gibt es Karottensuppe mit Ingwer. Oder willst du lieber den Braten von gestern? Ich könnte ihn schnell aufwärmen und …«

»Karottensuppe klingt gut. Wenn du mir ein Glas Wein einschenkst, schneide ich sie schnell zu Ende. Den Rest überlasse ich dann gern dir.«

Bevor er zum Messer griff, nahm er ein Pflaster aus der Schachtel und klebte es ohne Umstände über die kleine Wunde.

»Der Arzt im Haus …«

»… erspart den Zimmermann, ich weiß.«

Sie lächelten einander an. Alles ist gut, dachte sie, als sie den Rotwein in das bauchige Glas rinnen ließ. Nero d'Avola aus Sizilien, den sie vor Jahren in einer kleinen Trattoria am Fuß des Ätna zum ersten Mal probiert hatten und sich seitdem immer von einem Weinhändler in Berlin schicken ließen.

»Jan ist zurück.«

Ihre Stimme klang unaufgeregt, als sie das Glas auf den Tisch stellte. »Er hat vor ein paar Tagen geheiratet und will nun mit seiner Frau hier leben.«

Marius legte das Messer zur Seite. Er nahm einen Schluck Wein.

»Das ist gut.« Mehr sagte er nicht, sondern wandte sich wieder den Karotten zu.

Sie warf die geschnittenen Scheiben in einen Topf, in dem sie schon Zwiebeln glasig geschmort hatte. Die Stille zwischen ihnen wurde durch das Zischen aufgebrochen, das zu hören war, als die Karotten auf das heiße Fett trafen.

»Sie scheint nett zu sein. Laura heißt sie. Sie ist jung, viel jünger als er.«

»Es freut mich, dass er es noch einmal wagt.«

Marius schob die letzten Karottenscheiben vom Holzbrett in den Topf. Elke rührte die Scheiben unter, gab ein Stück Ingwer dazu und schnitt einen kleinen Apfel ungeschält in die inzwischen brodelnde Masse.

»Was heißt hier ›wagen‹? Er hat sich verliebt. Ganz normal, dass man da heiratet, oder?«

»Du weißt, was ich meine.«

Marius nahm das Glas und setzte sich in den bunt gemusterten Sessel vor dem offenen Kamin, in dem Elke schon vor einer Stunde ein Feuer angezündet hatte.

»Jedenfalls bin ich froh, dass er das Haus nicht verkauft. Stell dir vor, Papa hätte ausziehen müssen. Das hätte ihm das Herz gebrochen.«

»Oder dir?«

Oder mir? Wieso sagt er das? Während sie mit dem Holzlöffel die Suppe umrührte, betrachtete sie Marius' blonden Hinterkopf. Seine Haare waren genauso weizenhell wie die ihren. Man hätte sie für Geschwister halten können, wenn man sie so sah. Die gleiche schlanke Statur, wobei Marius eher drahtig war und sie einfach nur knochig. Dieselben wasserfarbenen Augen, die gleiche helle, sonnenempfindliche Haut.

»Wenn wir Kinder gehabt hätten, wären wir so eine Bilderbuchfamilie geworden, wie aus der Margarinewerbung. Eine wirklich hübsche Familie.«

Aber sie waren allein geblieben. Nach vier Fehlgeburten, die Elke nicht nur viel Kraft gekostet, sondern ihr auch regelmäßige Albträume beschert hatten, in denen sie mit blutüberströmten Beinen im See stand und sich mit einer Wurzelbürste die Haut wund rieb, hatten sie und Marius beschlossen, nicht mehr darauf zu hoffen, ein Kind zu bekommen. Sie hatten begriffen, dass es die Familie, die sie sich gewünscht hatten, nicht geben würde. Ihre Enttäuschung hatten sie mit Arbeit zugedeckt, Marius in der Praxis, Elke in der Schule. Weihnachten waren sie viele Jahre lang in den Süden geflohen. In Strandhotels an türkisblauem Meer, weit weg jedenfalls von deutschen Traditionen mit Tannenbaum und Geschenken, zu denen ihrer Meinung nach bei ihnen ein wichtiges Ingredienz fehlte: ein Kind, das mit leuchtenden Augen den geschmückten Baum ansah und mit heißen Händen das Papier von den Geschenken riss. Erst in den letzten Jahren hatte Elke sich gefragt, wie es wohl Hanno in diesen Weihnachtstagen ohne Familie ergehen mochte. Er hatte nie geklagt, hatte nie gesagt, dass er gerade in diesen Tagen einsam sei. Und als sie ihm mitgeteilt hatten, dass sie in Zukunft Weihnachten hier zu Hause feiern wollten, zusammen mit ihm, hatte er seine Rührung unter heftigem Gepolter verborgen. Unter Beschwörungen, sich doch nicht den Karibikurlaub durch ihn verderben zu lassen. Aber dann fand er sich dankbar und froh in ihrem Haus zum Weihnachtsessen ein, zu dem er traditionell den Nachtisch mitbrachte.

Natürlich hätte es ihr das Herz gebrochen, wenn Hanno hätte wegziehen müssen. Sie war es gewohnt, ihn in der Nähe zu wissen, sich auf ihn verlassen zu können. Und darauf hätte sie nur ungern verzichtet.

Ihre Finger fuhren durch Marius' Haare.

»Findest du es so schlimm, dass ich an meinem Vater hänge? Ich will nicht, dass er aus meinem Leben verschwindet. Du weißt doch, wie nahe wir uns sind. Ich brauche ihn einfach.«

Marius hatte längst aufgehört, sich über die enge Bindung zwischen Elke und Hanno zu wundern. Am Anfang, als er die Praxis in Templin übernommen hatte und er und Elke dahin zurückgezogen waren, wo sie herstammte, hatte es ihn manchmal gestört, dass Hanno fast jeden Abend zum Essen bei ihnen gewesen war. Marius war müde aus der Praxis heimgekehrt und hatte keinen anderen Wunsch gehabt, als mit seiner Frau auf der Terrasse zu sitzen und bei einem Glas Wein in den Sonnenuntergang zu starren. Oder in das Kaminfeuer an den kühleren Tagen. Aber eigentlich waren sie immer zu dritt gewesen. Nicht, dass er Hanno nicht mochte. Der Mann mit dem markanten, von Lebenslinien durchzogenen Gesicht war ihm sympathisch. Er bewunderte auch Hannos Leistung, Elke nach dem Tod der Mutter allein großgezogen zu haben. Aber das hieß nicht, dass er jeden freien Abend, den er hatte, mit ihm verbringen wollte. Es hatte ein wenig gedauert, bis er den Mut aufgebracht hatte, Hanno zu sagen, dass er sich mehr Zeit allein mit seiner Frau wünschte. Was natürlich nicht bedeuten würde, dass er etwas dagegen habe, dass Hanno und Elke sich so oft sahen, wie sie es wollten. Nur die Abende, die würde er gern für sich und Elke haben. Hanno solle das bitte nicht falsch verstehen. Und Hanno hatte es nicht falsch verstanden. Im Gegenteil.

»Wenn ich mir vorstelle, mein Schwiegervater hätte jeden Abend an meinem Tisch gesessen … O Gott. Ich kann dir gar nicht sagen, wie leid mir das tut, dass ich so unsensibel war.«

Sie hatten sich gegenseitig beieinander entschuldigt, in

der Dorfkneipe ein paar Biere zusammen getrunken, und fortan war Hanno höchstens noch zweimal in der Woche bei ihnen zum Essen. Wobei es Marius durchaus klar war, dass sich Vater und Tochter wie bisher jeden Tag wenigstens auf einen Kaffee trafen. Er hatte längst aufgehört, sich darüber zu wundern, dass Elke keine anderen Freunde hatte. Nur ihren Vater. Mit ihm sprach sie über Gartenbau oder Bienenzucht, ihn buchte sie für Waldexkursionen ihrer Schulklassen. Und auch als Vorkoster bei ihren Kochversuchen setzte sie ihn ein. Ein paar Mal hatte Marius seine Frau gefragt, ob sie sich keine Freundin suchen wolle, mit der sie vielleicht noch ein paar andere Dinge machen konnte als mit ihrem Vater. Doch Elke hatte ihn jedes Mal so verblüfft angesehen. Hatte überhaupt nicht verstanden, wieso er sich Gedanken darüber machte, dass sie keine Freundinnen hatte. Da hatte er es aufgegeben. Wer weiß, vielleicht war er ja ganz einfach nur neidisch auf die enge Bindung, die zwischen Vater und Tochter bestand. Vor allem, weil er zu seinem eigenen Vater zeit seines Lebens ein eher distanziertes Verhältnis gehabt hatte. Der leise Seufzer, der ihm entfuhr, als er ein neues Holzscheit in das Kaminfeuer legte, galt weniger der Tatsache, dass es zwischen ihm und seinem Vater nie richtig gestimmt hatte. Vielmehr war er der Ausdruck einer tief sitzenden Unruhe, die Marius schon seit Jahren umtrieb. Und die er, je länger er dieses Leben eines Landarztes führte, immer weniger einordnen konnte. Das laute Knacken eines berstenden Astes riss ihn aus seinen Gedanken. Er war froh darüber. Denn wenn er es zulassen würde, den Gedanken nachzuforschen, wenn er versuchen würde, sich über den Grund seiner Unruhe klar zu werden, würde er alles, was sein Leben ausmachte, in Frage stellen müssen. Und das wollte er nie mehr tun.

»Wenn sie so nett ist, wie du sagst ... Wer weiß, vielleicht könnt ihr euch ja anfreunden.«

Er erwartete, dass Elke ihm einmal mehr versicherte, dass sie sich wohl fühlte, so wie sie lebte, dass sie sich in ihrer Situation keineswegs einsam fühlte und niemanden brauchte.

»Daran habe ich auch schon gedacht.«

Verblüfft sah er sie an.

»Ich werde ihr helfen, sich hier einzuleben. Und wenn wir uns besser kennen, werden wir bestimmt auch mal was zusammen machen.«

Er kam nicht dazu, seiner Verwunderung und seiner Freude über ihre Offenheit dieser Laura gegenüber Ausdruck zu geben. Der Lärm, den der Stabmixer machte, mit dem Elke jetzt die Karottensuppe pürierte, beendete das Gespräch. Marius begann den Tisch zu decken. Er sah nicht, dass das Pflaster auf Elkes Finger sich rot zu färben begann. Die Wunde hatte wieder angefangen zu bluten.

Erschrocken drehte Laura sich um. Was war das? Sie hatte beim Zähneputzen plötzlich das Gefühl gehabt, dass jemand hinter ihr stand. Dass sie nicht allein war in dem großen Badezimmer, dessen Jahrhundertwendeausstattung mit dem originalen Porzellanwaschbecken sie entzückte.

Ihr Atem ging stoßweise. Der Duschvorhang. Bewegte er sich nicht? Sie versuchte, ruhiger zu atmen. Zwecklos. Mit einer entschlossenen Geste riss sie den Vorhang zur Seite. Nichts. Da war niemand. Die Wanne, die auf gusseisernen Löwenfüßen stand, war leer. Natürlich war sie leer, genauso wie der Rest des Badezimmers. Wer hätte sich da auch verstecken sollen? Jan? Sie hörte, wie er im gegenüberliegenden Schlafzimmer hin und her ging. Sie strich sich über die Arme, auf denen sich die dunklen Härchen aufgerichtet hatten.

Hör auf zu spinnen. Da ist niemand.

Sie starrte in den Spiegel. Entspannt war sie nicht, die Frau, die ihr da entgegensah. Sie wusch sich das Gesicht mit viel kaltem Wasser und zuckte heftig zusammen, als sie das Klopfen an der Tür vernahm.

»Alles in Ordnung, Laura?«

»Natürlich. Alles okay. Ich bin gleich fertig.«

Sie putzte die Zähne zu Ende, cremte sich das Gesicht ein und stellte dann die Gesichtscreme auf die schmale, gläserne Ablage über dem Waschbecken, neben das Glas, in dem ihre Zahnbürste neben der von Jan stand. Zweifelnd sah sie auf die Ablage. Ob sie alle ihre Kosmetikutensilien hier unterbringen konnte? Selbst das kleine dunkle Holzschränkchen, das in einer Ecke stand, würde wahrscheinlich nicht ausreichen für ihre Cremes und Lotionen, die Lippenstifte und die Puderdosen. Sie öffnete das Schränkchen, dessen Innenraum durch zwei Holzplatten geteilt wurde. Auch hier war nicht viel Platz. Ob Jan wohl etwas dagegen haben würde, das Schränkchen aus dem Bad zu entfernen und durch einen neuen, größeren Badezimmerschrank zu ersetzen, in dem sie all ihre Flaschen und Tiegel locker unterbringen konnte? Sie wollte das Schränkchen gerade wieder schließen, da rutschte etwas aus dem Inneren hervor und krachte, bevor Laura es verhindern konnte, auf den mit alten Fliesen ausgelegten Boden und zerschellte krachend. Sofort verbreitete sich der intensive Duft von Shalimar. Schwer, würzig, dunkel. Laura starrte auf die Scherben und die winzige dunkle Pfütze auf den mit hellgrünen Zweigmotiven bemalten Kacheln. Seit sie achtzehn war, benutzte sie dieses Parfum. Ihre Mutter hatte zwar gemeint, das sei kein Duft für eine junge Frau, sondern eher etwas für mondäne Großmütter, aber das war ihr egal gewesen. Wenn sie abends ausging, tupfte sie sich immer einen Tropfen davon hinter die Ohren. Und einen zwischen ihre Brüste. Was für ein Zufall, dass sich hier in dem ansonsten komplett leeren Bad dieses fast leere Fläschchen ihres Lieblingsparfums befand. Aber vielleicht auch gar nicht seltsam. Vermutlich hatte es Jans Mutter gehört, die eine schöne elegante Frau gewesen war.

Jan stand am offenen Fenster, als sie aus dem Bad kam. Die Bettdecke auf dem Boxspringbett war zurückgeschlagen. Die hellgraue Tagesdecke, die es bedeckt hatte, als Jan ihr vorher das Schlafzimmer gezeigt hatte, lag zusammengelegt auf einem Stuhl. Auf dem rechten Nachttisch stand die halb geleerte Champagnerflasche in einem Kühler, daneben die Gläser. Nur eine kleine, seidenbezogene Lampe, die auf einer weiß gekalkten Eichenkommode stand, hellte den dunklen Raum ein wenig auf. Laura legte ihre Arme von hinten um ihren Mann.

»Da bin ich.«

Jan drehte sich und nahm sie in die Arme.

»Du duftest gut.«

»Nach Shalimar. Da war ein kleines Fläschchen im Bad, schon fast ausgetrocknet. Es hat wohl deiner Mutter gehört?«

»Ganz bestimmt nicht. Meine Mutter trug nie Parfum. Landleben und Parfum, das gehörte für sie nicht zusammen.«

Laura machte sich aus seinen Armen los.

»Ich dachte, außer deiner Mutter hat hier nie eine andere Frau gewohnt. Sag nicht, dass du heimlich Damenparfum benutzt.«

»Und Netzstrümpfe und Büstenhalter. Hab ich wirklich vergessen, dir von meinen kleinen Eigenheiten zu erzählen?«

Er grinste. Mit einem schnellen Griff zog er den Gürtel ihres blaugestreiften Baumwollkimonos auf. Er schob ihr den Kimono sacht über die Schultern, sodass er zu Boden fiel. Laura stand nackt da. Ihre glatten dunklen Haare, die sie normalerweise zu einem Pferdeschwanz gebunden hatte, fielen ihr über die Schultern und bedeckten ihre kleinen Brüste zur Hälfte. Jans Atem ging schneller, als er die Haarsträhnen nach hinten schob. Als Laura automatisch die Arme vor ihren Brüsten verschränken wollte, hinderte er sie mit einer leisen Geste daran.

»Nicht.«

Sie ließ die Arme fallen. Und stand einfach nur da. Ihre Haut fühlte sich an wie elektrisiert.

Mach schon. Ich kann es nicht mehr aushalten. Fass mich an. Trag mich ins Bett.

Obwohl sie in den letzten Wochen so oft miteinander geschlafen hatten, war dies doch ein besonderer Moment. Ihre erste gemeinsame Nacht in ihrem gemeinsamen Haus.

Jan knöpfte sein Hemd auf. Er ließ Laura dabei nicht aus den Augen. Wie unglaublich schön sie war. Perfekt proportioniert. Auch wenn sie behauptete, ihre Hüften seien zu breit und ihre Beine zu kurz. Er zog das Hemd aus seiner schwarzen Jeans und trat einen Schritt auf sie zu. Sie sah, wie seine Brust sich hob und senkte, spürte seinen Atem auf ihrer Haut. Jetzt hob er sie hoch. Ihre Brüste berührten seinen nackten Oberkörper, und sie stand augenblicklich in Flammen. Er legte sie auf dem Bett ab. Fast wunderte es sie, dass es nicht leise zischte, als ihre glühende Haut die frische, kühle Bettwäsche berührte. Seine Augen waren dunkel, als er auf sie herabblickte. Regungslos. Sie öffnete ihre Beine ein Stück.

»Komm«, sagte sie. »Schlaf mit deiner Frau.«

Als er sich zu ihr legte und seinen Kopf mit einem leisen Stöhnen an ihrem Hals barg, blitzte ihr für eine Zehntelsekunde der Gedanke durch den Kopf, dass er ihre Frage, welche Frau in diesem Haus das Shalimar benutzt haben konnte, nicht beantwortet hatte.

Hanno hatte gerade die Hand gehoben, um an die rote Eingangstür zu klopfen. Er hatte eine Flasche Rotwein dabei und einen kleinen Korb mit etwas Brot, Butter und Schinken. Ein Mann wie Jan hatte sicher andere Dinge im Kopf als seine Verpflegung. Also wollte er ihm ein bisschen was bringen und ihn fragen, ob er morgen richtig für ihn einkaufen solle. Außerdem, das musste er zugeben, war er einfach neugierig auf Jan und auf dessen Pläne. Als die Tür schwungvoll aufgerissen wurde, fühlte er sich wie ertappt. Zumal es nicht Jan war, der da plötzlich in der Tür stand.

»Hallo.«

Die junge Frau zog den dünnen Bademantel, unter dem sie ziemlich offensichtlich nackt war, enger um sich. Starrte ihn fragend an.

»Ähm, tut mir leid. Ich wusste nicht … ich meine, ich wollte nicht stören. Ich dachte nur, ich sollte Jan etwas zu essen vorbeibringen.«

»Kann es sein, dass Sie Hanno sind?«

»Entschuldigung. Natürlich, ich bin Hanno Dorfmann. Ich kümmere mich um das Haus von Herrn Plathe.«

Überraschenderweise streckte ihm die junge Frau die Hand hin.

»Hi, Hanno. Freut mich, Sie kennenzulernen. Ich bin Laura, Jans Frau.«

Unwillkürlich zog sie den Mantel enger um sich.

Hanno wäre am liebsten im Boden versunken.

»Jan hat mir nicht gesagt, dass er … na ja, dass er nicht allein kommt. Wenn ich das gewusst hätte, hätte ich Ihnen doch den Kühlschrank gefüllt und …«

»Machen Sie sich keine Sorgen. Es ist alles okay. Wir sind nur total müde von der Fahrt.«

»Natürlich. Ich bin auch schon wieder weg. Ich würde dann morgen noch einmal vorbeikommen, um Jan Guten Tag zu sagen. Richten Sie ihm doch bitte mein herzliches Willkommen aus.«

»Mach ich.«

»Dann geh ich mal wieder. Entschuldigen Sie bitte nochmals die Störung. Ich wünsche Ihnen eine gute Nacht.«

Hastig drehte er sich um. Die Peinlichkeit der Situation machte ihn verlegen. Bevor er die Treppe hinabgestiegen war, hörte er ihre Stimme in seinem Rücken.

»Der Korb, Herr Dorfmann.«

Natürlich, der Korb und der Wein. Er war tatsächlich im Begriff gewesen, alles wieder mitzunehmen. Er drückte Laura alles in die Hände und sah zu, dass er verschwand.

Einsam, hat Jan gesagt. Dass ich nicht lache.

Innerhalb einer Stunde waren immerhin schon zwei Leute unangemeldet hier aufgekreuzt. Die noch dazu sehr vertraut mit Jan zu sein schienen. Laura sah Hanno noch einen Moment nach und sauste dann über den Rasen zu Jans Auto, in dem immer noch ihre Handtasche lag.

Jan lag entspannt auf dem Bett, als sie Minuten später wieder im Zimmer erschien. Atemlos und über das ganze Gesicht grinsend.

»Hast du sie gefunden?«

Laura nickte und hob den Korb und die Flasche hoch.

»Und dem Weihnachtsmann bin ich auch noch begegnet.«

Sie nahm ihre Pillenpackung aus der Tasche und steckte sich eine Pille in den Mund, die sie mit einem Schluck Champagner hinunterspülte. Nächsten Monat würde sie aufhören, sie zu nehmen.

»So richtig diskret sind die Leute hier aber nicht.«

Sie kuschelte sich an Jan, legte ihr linkes Bein über seinen Unterkörper. Jan zog sie an sich und spielte mit ihren Haarsträhnen, während sie von ihrer Begegnung mit Hanno Dorfmann erzählte.

»Stell dir vor, ich hätte mir den Bademantel nicht übergezogen. Er hätte wahrscheinlich einen Herzinfarkt gekriegt.«

Jan lachte leise.

»Hanno? Bestimmt nicht. Dem ist nichts Menschliches fremd. Allerdings wäre es ihm sicher irre peinlich gewesen.«

»Das war es ihm ohnehin. Wieso hast du niemandem gesagt, dass du … nicht allein hierherkommst?«

»Keine Ahnung. War mir am Telefon wahrscheinlich zu … na ja … Irgendwie hatte ich keine Lust auf Erklärungen.«

»Oder du wolltest mich verleugnen. Bin ich dir etwa peinlich?«

Sie stützte sich auf den Ellbogen und sah ihn mit gerunzelter Stirn an.

»Oder bist du heimlich mit Hannos Tochter verlobt und hast nicht gewusst, wie du es ihm beibringen sollst, dass du eine andere seiner hübschen Tochter vorziehst?«

»Volltreffer. Wenn man es genau nimmt, bin ich tatsächlich mit Elke verlobt. Als sie acht war, war sie fest entschlossen, mich zu heiraten. Und ich hab es nicht übers Herz gebracht, ihr zu sagen, dass daraus nichts werden wird.«

»Und jetzt ist sie eifersüchtig und hat beschlossen, mir das Leben zur Hölle zu machen. Tolle Aussichten, muss ich schon sagen.«

Ohne ein weiteres Wort zu sagen, griff Jan nach ihr und zog sie auf sich. Sie spürte seine Erregung an ihrem Unterleib. Und es gab nichts mehr, an das sie in diesem Moment denken wollte. Ihre Lippen küssten seine behaarte Brust, fanden seinen Mund. Und als er sich in sie schob, vergaß sie alles um sich herum. Nur sie und er waren noch wichtig. Adam und Eva im Paradies.

Laura überließ sich ihren Gefühlen und verlor sich im Zauber der ersten Liebesnacht in ihrem neuen Zuhause, bis ein heftiger Windstoß das angelehnte Fenster aufdrückte und die kühle Nachtluft, die ihren Rücken traf, sie plötzlich schaudern machte.

Laura Plathe. Jan hatte also wieder geheiratet. Hanno ging den schmalen Weg, der am Ufer des Sees entlangführte, zu seinem Haus zurück. Unter dem aufgekommenen Wind kräuselte sich das Wasser zu kleinen Wellen, die mit leisem Schwappen an das bewachsene Ufer klatschten. Der Vollmond platzte aus einer dicken Wolke. Mit einem Mal lagen der See und der Wald wie verzaubert in silbernem Licht. Hanno hasste diese Vollmondnächte. Ihr Zauber hatte sich in jener Nacht in einen Albtraum verwandelt. Damals. Diese weiße Haut! Nie mehr hatte er den silbernen Glanz dieser Haut vergessen können. So zart, so unschuldig, so kalt. Dunkle Haare hatten das schöne Gesicht medusenhaft umschwebt. Schwarze Augen hatten ihn mit irritierendem Glanz angestarrt. Sie hatten ihn seit damals verfolgt, diese Augen. Keine Nacht, in der er nicht von ihnen heimgesucht worden war. Er hatte sich angewöhnt, sehr spät zu Bett zu gehen, um die Zeit des Schlafes, in der ihn die Albträume heimsuchen konnten, so kurz wie möglich zu halten. Und oft nahm er die starken Schlaftabletten, die er sich über einen befreundeten Arzt in Templin besorgte, damit er wenigstens hin und wieder in einen traumlosen Schlaf sinken konnte. Was er getan hatte, hatte sein Leben zerstört. Doch er wusste, er würde es immer wieder tun. Er hatte keine Wahl gehabt, hatte getan, was er tun musste. Auch wenn er gewusst hatte, dass seine Tat nicht nur ihn seine Ruhe kosten, sondern auch Jan in tiefes Unglück stürzen würde.

Das verzweifelte Stöhnen riss Laura aus dem Schlaf. Einen Moment lang wusste sie nicht, wo sie war. Panik kroch in ihr hoch. Ihre Augen versuchten, in der Dunkelheit etwas zu erkennen. Sie tastete nach Jan, der das Geräusch offensichtlich nicht wahrgenommen hatte.

»Jan!«

Doch sie tastete ins Leere, fühlte nur das seidige Laken. *Wo ist er?* Sie stand auf und fand das kleine Licht auf der Kommode. Im dämmrigen Schein der Lampe sah sie sich um. Jan war tatsächlich nicht da. Da war es wieder. Ein Ächzen, so qualvoll, dass es ihr ins Herz schnitt. Ihr Puls raste. Sie schlüpfte in das erste Kleidungsstück, das ihr in die Hand fiel. Jans Hemd. Barfüßig tappte sie aus dem Zimmer. Als sie den Lichtschalter im Flur betätigte, tat sich nichts. Das Haus blieb dunkel. Nur das Mondlicht legte eine silberne Straße über die offene Galerie, an der das Schlafzimmer und das angrenzende Bad lagen. Die Hand auf dem hölzernen Treppengeländer, das vom vielen Benutzen eine seidenglatte Oberfläche hatte, suchte sie sich Schritt für Schritt den Weg nach unten. Vielleicht war Jan in die Küche gegangen, um sich etwas zu trinken zu holen? Ein Knarren ließ sie innehalten. Sie fühlte die Furcht ihren Rücken heraufkriechen. Da war doch jemand. Irgendjemand schlich im Haus herum.

»Wer ist da? Jan? Bist du es? Jan?«

Verdammt, was ist hier los? Wo bin ich hier gelandet?

Mit zitternden Knien stieg sie weiter die Treppe hinab. Gleich würde ihr das Herz aus der Brust springen.

Plötzlich war die Halle hell erleuchtet.

»Laura. Was ist denn los? Wieso schleichst du hier im Dunkeln herum?«

Jan kam die Treppe herauf, nahm sie in die Arme. Erleichtert sank sie an seine Brust.

»Ich bin wach geworden, und du warst nicht da.«

»Und dann hat das kleine Mädchen Angst bekommen in dem großen fremden Haus. Wieso hast du das Licht nicht angemacht? Du hättest dir den Hals brechen können.«

Als er ihr ein Glas Wasser reichte, hatte sich Laura schon wieder beruhigt.

Bin ich total bescheuert? Mich dermaßen anzustellen. Jan wird denken, er hätte eine hysterische Tussi geheiratet.

»Ich hab Geräusche gehört. Ich hab gedacht, da ist jemand im Haus.«

Jan nahm ihr das Glas ab und setzte sich neben sie auf das Sofa. Sorgsam legte er eine Wolldecke um ihre Schultern, zog sie an sich.

»Diese alten Häuser reden mit ihren Bewohnern. Hast du das nicht gewusst? Das Holz arbeitet. Im Sommer dehnt es sich in der Hitze aus, im Winter zieht es sich zusammen. Manchmal klingt das wirklich wie ein Ächzen oder Stöhnen. Aber du wirst dich daran gewöhnen.«

Er sah Lauras zweifelnden Blick.

»Es ist niemand im Haus außer uns. Wenn du mir nicht glaubst, seh' ich gern in allen Zimmern nach, ob sich vielleicht ein Einbrecher versteckt hat.«

Laura wusste, dass das nicht nötig war. Es konnte nur die fremde Umgebung sein, die sie irritiert hatte.

»Vielleicht gibt es hier ja Gespenster. Oder einen unglücklichen Geist, der jede Nacht durch das Haus streift und darauf hofft, dass ich ihn endlich erlöse.«

Sie versuchte ein Grinsen, aber sie wusste, dass ihr der Schrecken immer noch anzusehen war.

»Ich hätte dich da oben nicht allein lassen dürfen. Nicht in der ersten Nacht. Es tut mir leid, Liebes.«

»Wo bist du denn gewesen?«

»Im Musikzimmer. Ich konnte nicht schlafen und habe noch einen Drink genommen.«

»Und du hast nichts gehört?« Sie kannte die Antwort, bevor sie die Frage ausgesprochen hatte. »Tut mir leid, dass ich so bescheuert bin. Ich bin sonst nicht so ängstlich. Ich hab keine Ahnung, was mit mir los ist.«

Ihr Herz schlug wieder in der normalen Geschwindigkeit, die Panik war verschwunden. Vielleicht hatte sie einfach zu viele Horrorfilme gesehen. Es war alles in Ordnung. Sie hatte sich nur wie ein Kind vor den Geräuschen der Nacht gegruselt. Etwas anderes war es nicht.

Aber das Licht. Es ist nicht angegangen, als ich oben an der Treppe auf den Schalter gedrückt habe. Ach, hör auf mit dem Quatsch. Der Lichtschalter wird einfach kaputt sein. Sie kuschelte sich in die weichen Kissen des alten Sofas. *Es ist alles so wunderbar hier. Dieser Raum mit seinen schönen alten Möbeln ist der Inbegriff der Gemütlichkeit. Jan wird den Kamin anzünden, wir werden hier sitzen und lesen. Oder reden, Wein trinken, Freunde bewirten.* Plötzlich war ihr leicht ums Herz. Sie würde vielleicht ein paar Tage brauchen, um sich an ihr neues Leben zu gewöhnen. Aber es gab hier sicher nichts, vor dem sie sich fürchten musste.

Das Boot glitt leise auf den See hinaus. Elke war eine geübte Ruderin. Die Ruderblätter tauchten lautlos in das schwarze Wasser, bis sie in der Mitte des Sees angekommen war. Zwischen den Buchen, deren glatte Stämme im Mondlicht glänzten, schimmerte ein Licht. Im Jägerhaus waren sie also noch wach. Sie lächelte. Natürlich waren sie noch wach. Sicher hatten sie sich geliebt. Und dann angefangen zu reden. Jan würde Laura erzählen, wie schön seine Kindheit in dem Haus gewesen war. Er würde ihr die Kerben im Rahmen seiner Kinderzimmertür zeigen, mit denen seine Eltern jedes Jahr am vierzehnten August, seinem Geburtstag, markiert hatten, wie viel er schon wieder gewachsen war. Ob er ihr auch die losen Bretter im Boden zeigen würde, unter denen er als Fünfzehnjähriger die Zigaretten versteckt hatte, die er heimlich im Wald rauchte? Elke war die Einzige gewesen, der er von diesem Versteck erzählt hatte. Sie war so stolz gewesen, dass er sie ins Vertrauen gezogen hatte. Nur sie. Seine allerbeste Freundin.

»Komm ins Wasser, Elke. Sei kein Frosch.« Jan hatte bis zum Bauchnabel im Wasser gestanden und mit den Händen auf die Wasseroberfläche geklatscht, dass es nur so spritzte. »Ich hab gesagt, dass du diesen Sommer schwimmen lernen wirst. Und ich sag dir, das wirst du.«

Elke hatte am Ufer der kleinen Bucht gestanden und gebibbert. Der August war kühl gewesen, viel kühler als sonst. Das Wasser des Sees hatte sich nicht so aufgewärmt wie in anderen Sommern. Sie fror und wollte nach Hause.

»Ich muss noch Hausaufgaben machen.«

Sie hatte sich umgedreht, ihren kleinen Rucksack mit den Badesachen gepackt und war davongerannt. Sie wollte überhaupt nicht schwimmen lernen. Sie wollte nicht in dieses dunkle Wasser. Ihr gruselte vor dem, was dort möglicherweise verborgen lag. Wassernixen vielleicht, die mit Menschenkindern so lange spielten, bis sie ertranken. Oder gefährliche Schlangen, die ihren glatten Leib um die Beine eines Schwimmers wanden, um ihn in unergründliche Tiefen zu ziehen. Elke ekelte sich vor den glitschigen Fischen, die an ihren Armen und Beinen entlangschwimmen würden. Und sie fürchtete sich vor den Wasserpflanzen, deren lange Zweige dicht unter der Wasseroberfläche nur darauf warteten, dass ein Schwimmer sich in ihnen verfing.

»Hier geblieben, du Angsthase.«

Jan hatte sie von hinten gepackt und über seine nasse kühle Schulter geworfen. Alles Kreischen, alles Strampeln hatte nichts genützt. Er war mit ihr ins Wasser gestapft. Sie hatte gewusst, dass es kein Entkommen geben würde. Schlotternd vor Angst hatte sie über seiner Schulter gelegen. Würde er sie jetzt einfach ins Wasser werfen? Sie würde untergehen und auf Nimmerwiedersehen verschwinden.

»Nicht. Bitte nicht. Ich will nicht ertrinken.«

Jan hatte aufgehört zu lachen. Er hatte sie behutsam von seiner Schulter gehoben und auf den Arm genommen.

»Ganz ruhig, Frosch. Hier ertrinkt niemand. Wenigstens nicht, solange ich dabei bin.«

Seine Stimme war ernst und ruhig geworden, sie hatte sich an seinen Hals geklammert. Und die Wärme seiner Haut gespürt.

»Würdest du eigentlich gern fliegen können?«, hatte er plötzlich gefragt. Natürlich. Fliegen, das wäre das Tollste. Wie ein Vogel hoch über der Erde. Im blauen Himmel, zwischen weißen Wattewolken. Ja, fliegen würde sie gern lernen.

Er hatte sie abgelenkt von ihrer Furcht. Hatte ihr erzählt, dass sich Tauchen genau wie Fliegen anfühle. Und Schwimmen ganz ähnlich. Man fühle sich so leicht wie ein Vogel, wenn man vom Wasser getragen werde. – Und die Fische und die Nixen und die Wasserschlangen?

»Hast du jemals gehört, dass Fische zusammenstoßen? Na, siehst du, sie sind es gewohnt, einander auszuweichen. Und sie werden auch diesem neuen Fisch, der Elke heißt, so elegant und gewandt wie immer ausweichen.«

Und was die Nixen und das andere Furcht erregende Getier angehe, da kenne er wahrlich Menschen, die noch viel furchterregender seien. Und überhaupt, wenn sie ihre Angst nicht zeigen würde, würden die sie auch nicht beachten. Er hatte geredet, ernst und lustig, er hatte sie währenddessen wie unabsichtlich mit Wasser bespritzt, und ohne dass sie es merkte, hatte er sie langsam auf seinem Arm immer tiefer rutschen lassen, bis ihre Füße ins Wasser hingen. Am Ende jenes Sommers war Elke mit Jan um die Wette zu der kleinen Insel geschwommen, die wie ein grüner Tupfen mitten im See lag. Sie war als Erste auf der Insel angekommen. Auch wenn sie sich immer fragte, ob er sie nicht einfach hatte gewinnen lassen. Seit jenem Sommer war Elke auf und im Wasser zu Hause gewesen. Es gab kein Element, in dem sie sich wohler fühlte. Wann immer sie sich entspannen oder körperlich austoben wollte, hatte sie sich einen See gesucht oder das Meer.

»Ganz ruhig, Frosch. Hier ertrinkt keiner.«

Jans warme Stimme klang heute noch in ihr nach. Er hatte ihr die Angst vor dem Wasser genommen. Und weder er noch sie hatten damals geahnt, wie anders ihr Leben verlaufen wäre, wenn sie niemals schwimmen gelernt hätte. Wenn das Wasser auf ewig das feindliche Unbekannte geblieben wäre, in das sie sich nicht hineintraute.

Elke legte an dem windschiefen Holzsteg an, den Hanno damals gebaut hatte, weil die Kinder ihn darum anbettelten, ihnen eine Möglichkeit zu verschaffen, die Insel zu ihrem Reich zu machen. Sie hatten Schiffbrüchige gespielt. Robinson und Freitag. Hatten sich hier aus der Welt in fremde Galaxien geträumt. Eigentlich nur einen Sommer lang, einen wundervollen unvergesslichen Sommer. Sie betrat die Insel, die im Mondlicht wie ein winziges Stück undurchdringlicher Dschungel wirkte. Seit zehn Jahren war sie nicht mehr hier gewesen. Sie und wohl auch kein anderer. Nur die Kraniche hatten sich die Insel zu ihrem Schlafplatz erkoren, wenn sie im Frühjahr und im Herbst hier Rast auf ihrer langen Reise machten. Wieso war sie jetzt hierher gekommen? Hatte die Vergangenheit durch Jans Hochzeit allen Schrecken verloren? Überstrahlte sein neues Glück alles, was gewesen war? Wenn Jan mit diesem düsteren Kapitel seines Lebens endlich abgeschlossen hatte, konnte sie es nun auch?

Als der Morgen über dem Jägerhaus graute und das erste fahle Licht ins Schlafzimmer fiel, lag Jan immer noch wach. Er lag auf der Seite und betrachtete die Frau, die ruhig neben ihm schlief. Wie ein Kind hatte sie die Beine angewinkelt, ihre Hände mit dem knallroten Nagellack hatte sie zu Fäusten geballt, die dichten Wimpern lagen auf schlafrosigen Wangen. Wenn er einen Augenblick seines Lebens festhalten wollte, dann war es wohl dieser. Das, was er niemals erwartet hatte, war geschehen. Sein Herz, das zehn Jahre lang zu Stein erstarrt gewesen war, hatte wieder angefangen zu schlagen. Gefühle, denen er sich nie mehr hatte ausliefern wollen, hatten ihn überrumpelt. Sein Körper, der jedes Schaudern, jedes Zittern, jedes Verlangen vergessen hatte, war wieder aufgewacht. Die Frau, die so arglos neben ihm lag, hatte keine Ahnung davon, was sie für ein Wunder bewirkt hatte. Und sie würde es auch nie erfahren. Aller Schmerz, alle Qual, dieses mühsame Schleppen von einem Tag in den anderen – all dies war in dem Moment vergessen gewesen, als er Laura das erste Mal berührt hatte. Im Kino nannten sie das »Magic Moment«. Ein Mann traf eine Frau und wusste im selben Augenblick, dass sie es war, die ihn retten würde. Ohne es zu ahnen, hatte Laura einem Ertrinkenden die Hand gereicht und ihn ins Leben zurückgezogen. Dafür würde er ihr dankbar sein bis ans Ende seiner Tage.

4

Pogo! Jan glaubte seinen Augen nicht zu trauen, als er vom See zurückkam, um den er seine morgendliche Joggingrunde gelaufen war. Das war doch Pogo, der da vor der Haustür lag. Aber das war unmöglich. Pogo war vor zehn Jahren verschwunden. Von einem Tag auf den anderen war er nicht mehr da gewesen. Der Hund, den er kurz vor seinem achtzehnten Geburtstag aus einem völlig verwahrlosten Bauernhof gerettet hatte und der viele Jahre nicht von seiner Seite gewichen war. Als der Hund die Schritte des Mannes hörte, der vom See herauf zum Haus kam, hob er den Kopf. Mit wedelndem Schwanz ging er auf ihn zu.

Jan sah ihn fassungslos an. Das war doch unmöglich. Dieser Hund glich dem kräftigen Kerl, den er so geliebt hatte, bis auf die wenigen weißen Haare in der Schwanzspitze.

»Pogo?« Er ging vor dem Hund in die Knie und streichelte seinen schönen Kopf. Es war vollkommen unmöglich, dass dieser hübsche, wenn auch ein wenig verwahrloste Kerl sein Hund sein sollte. Auch wenn er ihm wie selbstverständlich den Kopf auf die Knie legte, wie es Pogo immer getan hatte. Pogo war schon zu dem Zeitpunkt, als er verschwunden war, nicht mehr der Jüngste gewesen. Doch dieser Hund, der ihm nun die Hände leckte, war noch jung, höchstens drei, vielleicht vier Jahre alt. Konnte es sein, dass er ein Nachfahre Pogos war? Oder sah er ihm einfach nur zum Verwechseln ähnlich? Jan suchte nach einer Hundemarke, befühlte das Fell am Hals, ob er vielleicht einen Chip entdecken konnte. Doch da war nichts. Aber er musste jemandem gehören, und derjenige würde ihn vermutlich schon vermissen.

»Wir werden dein Herrchen schon finden, keine Angst. Ich ruf gleich mal bei der Polizei an. So einen hübschen Kerl wie dich wird doch jemand vermissen.«

Er richtete sich auf und ging auf das Haus zu. Und er wunderte sich nicht, dass der Hund ihm auf den Fersen folgte und wie selbstverständlich das Haus hinter ihm betrat.

Ich hab's gewusst, das Leben ist super.

Als Laura die Augen öffnete, fiel ihr erster Blick auf die kahlen Buchenäste, die sich leise im Wind bewegten. Noch floss die Sonne geradezu in das Schlafzimmer. Sie machte den Schrecken der Nacht vergessen. Laura verschränkte die Arme im Nacken und ließ ihren Blick durch das Zimmer schweifen. Sie hatte gestern Abend gar nicht wahrgenommen, wie schön es eingerichtet war. Gegenüber dem Bett stand eine moderne Kommode aus gekalktem Eichenholz, zu der der kleine Tisch am Fenster und der mit einem schwarz-weißen Karostoff bezogene Sessel passten. Der Schrank an der Stirnwand war alt. Ein riesiger Barockschrank mit zwei Türen und drei gleich großen Schubladen. Das Bett, in dem sie schließlich so gut geschlafen hatte, war eins dieser Boxspringmodelle, von denen sie schon als junges Mädchen geträumt hatte, die sie sich aber nie hatte leisten können. Das hohe Rückenteil, das an der Wand stand, war mit zartgrauer Seide bezogen, zu der die durchscheinenden Vorhänge vor den beiden großen Fenstern passten. Zwei kleine alte Tischchen dienten an den beiden Seiten des Betts als Abstellfläche. Noch wirkte alles ein wenig steril und unbelebt. Aber war das ein Wunder? Zehn Jahre hatte hier niemand geschlafen.

Aber Jan hat hier doch gewohnt. Sogar ein paar Jahre lang. Schon komisch, dass so gar nichts Persönliches hier von ihm herumsteht.

Vielleicht hatte er ja damals, bevor er weggegangen war, alle persönlichen Sachen irgendwo verstaut. Seine Bücher, vielleicht auch ein paar Bilder. Oder Fotografien von seiner Familie. Ja, so war es sicher. Bestimmt würden sich auf dem Dachboden oder in einer Kammer ein paar Kisten finden, in denen das frühere Leben des Jan Plathe eingemottet war. Sie würde ihn beim Frühstück danach fragen. Gleich nachdem sie in Erfahrung gebracht hatte, wo man hier einkaufte, wo es einen Friseur gab und eine Buchhandlung, eine Bäckerei und einen Metzger. Das alles würde sie so schnell wie möglich in Erfahrung bringen, und dann würde der Alltag beginnen.

Sie öffnete den kleinen Koffer, in dem sie die Sachen für die ersten paar Tage untergebracht hatte, bis der Umzugswagen mit ihren Habseligkeiten hier eintreffen würde. Oben auf ihren Pullovern lag das Allerwichtigste: ihre Heiratsurkunde. Der Beweis, dass sie am sechzehnten März dieses Jahres die Ehefrau von Jan Plathe geworden war. Ihre Unterschrift auf der Urkunde war ein wenig krakelig. Ihre Hand hatte ziemlich gezittert, als sie zum ersten Mal ihren neuen Namen schreiben musste: Laura Plathe. Dabei hatte sie ihr Leben lang behauptet, dass sie niemals den Namen ihres Bräutigams annehmen würde. Sie war überzeugt gewesen, dass sie bis zu ihrem Tod Laura Nordmeyer bleiben würde. Und hatte das auch Jan gesagt, als er sie gefragt hatte, wie sie das mit dem Namen halten wollte. Und er hatte es sofort akzeptiert. Umso verblüffter war er dann, als sie die Frage des Standesbeamten, wie sie denn in Zukunft heißen wolle, spontan mit »Plathe« beantwortete. Eigentlich war sie kaum weniger überrascht über ihren Sinneswandel als Jan. Hatte sie sich versprochen, weil sie so aufgeregt war? Aber als Jan sie fragte, ob sie sich denn sicher sei, dass sie seinen Namen annehmen wolle, hatte sie keine Sekunde überlegt und noch einmal deutlich gesagt, dass sie in Zukunft Laura Plathe heißen wollte. Es war einfach richtig so. Sie wollte, dass alle, denen sie begegneten, sofort wussten, dass sie die Ehefrau dieses Mannes war.

»Guten Morgen, Laura Plathe.«

Laura lächelte sich im Spiegel zu. Sie betrat vorsichtig das Bad, um nicht in die Scherben des Parfumfläschchens zu treten, das ihr gestern heruntergefallen war. Sie würde sie wegmachen, sobald sie wusste, wo sich in diesem Haus Besen und Kehrschaufel befanden. Einstweilen musste sie nur vorsichtig sein, dass sie mit ihren nackten Füßen nicht in die Scherben trat. Doch da waren keine Scherben mehr. Auch der dunkle Fleck, den das Parfum auf den Kacheln hinterlassen hatte, war nicht mehr da. Jan musste sich darum gekümmert haben, bevor er schwimmen ging. Wie aufmerksam von ihm.

Sie nahm die breite Bürste, um ihre Haare durchzukämmen, da hörte sie dieses Geräusch. Ein Schnaufen vor der Tür. Die Härchen auf ihrem Arm stellten sich auf. Sie brachte die Bürste in Stellung, um zuschlagen zu können, falls irgendwer die Tür öffnete. Und musste plötzlich lachen, als sie sich im Spiegel sah.

Ich hab sie wohl nicht alle. Was ist denn plötzlich in mich gefahren?

»Hund? He, wo bist du?«

Jan hatte einen Hund? Merkwürdig. Wieso hatte er auch von dem nichts erzählt? Und außerdem: Wo war der Hund in den Wochen gewesen, die Jan bei ihr verbracht hatte? Doch nicht hier, in diesem Haus? Er hatte doch gesagt, dass er seit zehn Jahren …

»Da bist du ja. Hör mal, das geht nicht, dass du einfach im Haus herumstromerst.«

Jans Stimme war näher gekommen. Das Schnaufen vor der Tür hörte abrupt auf. Das klickende Geräusch von Hundekrallen, die über einen Holzboden liefen, war zu hören.

Laura öffnete die Tür. Ein schwarzer Hund raste auf sie zu, hohe, begeisterte Fieptöne von sich gebend. Gleich würde er sie anspringen. Laura spannte unwillkürlich ihre Muskeln an, um dem unweigerlichen Ansturm des Hundes standhalten zu können. Einen Meter vor ihr blieb der Hund stehen. Er stieß ein Winseln aus, sein eben noch hoch erhobener Schwanz senkte sich. Er schlich zu Jan zurück und legte sich zu dessen Füßen nieder.

»Ich wusste gar nicht, dass wir einen Hund haben.«

»Haben wir auch nicht. Er hat sich wohl verirrt. Ich kenne ihn jedenfalls nicht.«

»Aber er scheint dich zu kennen.« Laura gefiel der Hund, der Jan jetzt hingebungsvoll die Hand abschleckte, auf Anhieb.

Sie ging in die Hocke, lockte ihn.

»He, du Schöner, komm doch mal her.«

Der Hund ließ einen Augenblick von Jans Hand ab, sah mit schräg gelegtem Kopf zu Laura, um sie dann zu ignorieren. Einen kleinen Moment lang wollte Laura beleidigt sein. Doch dann trat sie auf Jan zu.

»Guten Morgen, mein Ehemann.«

»Guten Morgen, Frau Plathe. Hast du gut geschlafen?«

Als sie einander umarmten und küssten, beobachtete der Hund das mit schief gelegtem Kopf. Er drängte sich an Jans Beine. Und als Jan und Laura die Treppe hinuntergingen, blieb er dicht an Jans Seite. Als würde er selbstverständlich zu ihm gehören.

Marius beobachtete Elke, die sich vor dem Garderobenspiegel die Lippen schminkte. Sie war heute Nacht wieder am See gewesen. Er war sich nicht sicher, ob sie bemerkt hatte, dass er aufgewacht war, als sie leise das Haus verließ.

Und er war immer noch wach gewesen, als sie kurz vor Morgengrauen wieder ins Bett geschlüpft kam. Sollte er darüber reden? Sollte er sie fragen, was los war? Aber er wusste schon, was sie antworten würde. Dass sie Kopfschmerzen gehabt habe oder nicht habe schlafen können, dass sie an der frischen Luft gewesen war. Ganz einfach. Ganz harmlos. Ganz normal. Früher, als er sich noch Sorgen um Elke gemacht hatte, war er ihr in diesen Nächten gefolgt, hatte vom Ufer aus beobachtet, wie sie auf den See hinausruderte. Wie sie in der Mitte des Sees die Ruder einholte und dann stundenlang ganz ruhig in dem Boot saß. Die Einsamkeit, die sie ausstrahlte, hatte ihn berührt. Am Anfang hatte er vermutet, dass sie schlafwandelte, wie sie da barfuß, in ihrem weißen Mädchennachthemd, zielsicher durch den Wald auf das Ufer zugegangen war. Wie sie ins Boot stieg und kraftvoll die Ruderblätter ins Wasser stieß. Er hatte Angst gehabt, dass etwas passieren würde. Was, wenn sie die Ruder verlor? Oder das Boot aus irgendeinem Grund kenterte? Natürlich wusste er, dass sie schwamm wie ein Fischotter. Aber er wusste nicht, ob ihr Körper sich an diese Fähigkeit erinnern konnte, wenn er plötzlich aus der schlafwandlerischen Trance gerissen wurde. Er hatte im Internet recherchiert, versucht, sich in Büchern und bei Kollegen schlauzumachen. Doch zu einem befriedigenden Ergebnis war er nicht gekommen. Einigkeit bestand zwischen den Experten allerdings darin, dass es beim plötzlichen Wecken eines Somnambulen häufig dazu kam, dass er die Orientierung verlor und panisch reagierte. Oder dass er Fähigkeiten, über die er normalerweise verfügte, für kurze Zeit verlor. Es wäre also durchaus möglich, dass Elke, wenn sie durch einen Sturz ins Wasser geweckt wurde, nicht schwimmen konnte und in so einer Situation einfach ertrank. Aus diesem Grund war er ihr einige Nächte an den See gefolgt, einfach um da zu sein, falls wirklich etwas passierte. Bis sich Elke eines Nachts, als sie gerade wieder in das Boot steigen wollte, unvermittelt umdrehte und in die Dunkelheit sagte: »Geh nach Hause, Marius. Du brauchst deinen Schlaf.«

Noch heute erinnerte er sich an das Gefühl der Erleichterung, das er bei ihrem Satz empfand. Wenigstens war sie bei Sinnen, wenn sie ihre nächtlichen Ausflüge unternahm. Das war immerhin etwas.

»Vielleicht solltest du dir etwas Wärmeres anziehen. Die Nächte sind ziemlich kühl.«

Sie war ganz nah an ihn herangekommen. Er hatte die Umrisse ihres mädchenhaften Körpers deutlich unter dem Nachthemd sehen können.

»Es ist schön, dass du dir Sorgen machst«, hatte sie leise gesagt. »Aber völlig unnötig.«

»Sag mir, was du hier draußen tust, mitten in der Nacht.«

Ein kleines Lachen schwebte in die Dunkelheit davon.

»Das weißt du doch. Ich fahre ein wenig Boot, betrachte die Sterne und lausche der Stille. Mehr nicht.«

»Und warum tust du das?«

Die Frage stand zwischen ihnen, ohne dass er sie aussprechen musste.

»Du glaubst, normale Menschen liegen zu dieser Uhrzeit im Bett, ja? Das tust du doch. Und du fragst dich, wieso ich nicht normal bin.«

»Nein, das frage ich mich nicht. Du bist genauso normal wie ich und wie Hanno und wie ... ach, keine Ahnung ... wie alle anderen Leute auch.«

»Na dann«, hatte sie gelacht, »ist ja alles in Ordnung.«

Und sie hatte ihm einen flüchtigen Kuss auf die Wange gegeben, war in das Boot gestiegen und auf den schwarzen See hinausgerudert. Marius hatte sich in jener Nacht nicht dazu durchringen können, nach Hause zu gehen. Er hatte sie aus dem Schutz der Dunkelheit heraus beobachtet, bis im Osten das erste Morgenlicht einen rötlichen Streifen auf den Horizont legte. Und er war ihr gefolgt, als sie durch die taufeuchten Wiesen zurückging zu ihrem Haus. Er hatte sich neben sie ins Bett gelegt und sie bereitwillig in seine Arme genommen, als sie sich wie im Traum an ihn drängte. Ihre weiche Kinderhaut, die noch ganz durchdrungen war von der nächtlichen Kühle, hatte ihn nicht erregt, sondern den Beschützerinstinkt in ihm nur noch verstärkt. Er hätte ihr so gern geholfen. Doch dazu hätte er erst einmal wissen müssen, was ihr Problem war.

Mit den Jahren waren die nächtlichen Ausflüge seiner Frau weniger geworden, bis sie sie schließlich ganz einstellte. Umso nachdenklicher war er an diesem Morgen. Was war passiert, dass es Elke in der Nacht wieder auf den See zog?

Elke spürte, dass Marius sie beobachtete. Sie sah ihn an. Ihr Blick war weich. Ein Lächeln lag darin. Sie griff nach seinem Jackett, zog ihn ohne Umstände zu sich heran und küsste ihn auf den Mund.

»Manchmal kann ich gar nicht fassen, dass ich so einen wunderbaren Mann abgekriegt habe«, flüsterte sie an seinen Lippen. Ihre Zunge fuhr über seine Zähne, drängte sich tief in seinen Mund. Sie schob ihre knochigen Hüften gegen seinen Bauch.

»Wollen wir schwänzen? Und den ganzen Tag im Bett verbringen?«

Ihr Atem ging stoßweise. Sie versuchte, ihm das Jackett auszuziehen.

»Hallo, was ist denn mit dir los? Meine Praxis quillt über. Und wenn ich mich nicht irre, schreiben deine Zehntklässler heute Klausur.«

Sofort trat sie einen Schritt zurück und verzog die Lippen zu einem Schmollmund.

»Du liebst mich nicht mehr. Früher wärst du auf so ein Angebot, ohne nachzudenken, eingegangen.«

»Genau, das ist es. Ich liebe dich nicht mehr. Jetzt komm, kleiner Dummkopf, wir müssen los. Sonst rennen mir meine Patienten weg. Und deine Schüler machen Party.«

Er griff sich den Autoschlüssel, der zwischen anderen Schlüsseln und Visitenkarten und sonstigem Kram in einer großen silberfarbenen Blechschale lag, die sie aus einem Urlaub in Marokko mitgebracht hatten, und öffnete die Tür.

»Raus mit dir, du Schulschwänzerin.«

Sie warf ihm einen verliebten Blick zu, griff im Vorbeigehen an seinen Hintern und ging ihm voraus auf den blauen SUV zu, den sie sich vor zwei Jahren geleistet hatten. Er schloss die Tür und sah ihr einen Moment nach, bevor er ihr folgte.

Ein maues Gefühl stieg in ihm auf. Irgendetwas stimmte nicht. Er konnte nur nicht sagen, was.

Die Umzugsleute hatten Lauras Kisten und ihre paar Möbel in der Halle abgestellt. Jan hatte eigentlich vorschlagen wollen, dass Lauras Sachen zunächst einmal in die Garage gestellt werden sollten.

»Leb dich doch erst mal ein. Und dann kannst du entscheiden, welche von deinen Sachen du wirklich brauchst und wo du sie hinstellen willst«, hatte er sagen wollen.

Doch als er Lauras kindliche Freude sah, mit der sie ihren alten Sessel und den kleinen Tisch und jede einzelne ihrer Kisten begrüßte wie lang vermisste Freunde, hatte er sich seinen Vorschlag verkniffen. Es war ja normal, dass sie ihre Sachen um sich haben wollte. Auch wenn er keine Ahnung hatte, wie sich ihre Flohmarktfunde neben den edlen Antiquitäten, mit denen schon seine Eltern das Haus vollgestellt hatten, und den paar ausgefallenen Designermöbeln, die er gekauft hatte, ausmachen würden.

»Der Sessel kommt ins Wohnzimmer, und den kleinen

Tisch und den goldenen Spiegel will ich in meinem Zimmer haben.«

Sie hielt inne, sah ihn an.

»Ich meine, ich darf doch ein Zimmer für mich haben? Oder findest du das unbescheiden?«

Sie riss die dritte Kiste auf, holte eine kitschige kleine Tischlampe heraus, deren Fuß aus einer nachgemachten Jugendstilnymphe bestand, die mit erhobenem Arm ein Schirmchen aus roter Kunstseide hochhielt.

»Oder möchtest du das hier vielleicht im Schlafzimmer stehen haben?«

Sie grinste und drückte die Lampe an sich. Sie wusste, dass es sich um eigentlich unerträglichen Kitsch handelte. Aber sie fand, ein bisschen Kitsch brauche der Mensch, um seine heimlichen Sehnsüchte nach einer heilen Welt zu befriedigen.

Jan ließ seinen Blick über das Chaos aus Möbeln, aufgerissenen Kisten, Bücherstapeln, die sie schon auf die Treppe gestellt hatte, ihre Hüte, die sie unverfroren in die Geweihsammlung seines Urgroßvaters drapiert hatte, und die bunten Küchenutensilien, die auf der kostbaren Anrichte aus dem siebzehnten Jahrhundert aufgetürmt waren, schweifen.

Ein Feuer, dachte er, e*in Feuer wäre die beste Lösung.*

»Du findest es schrecklich, gib's zu. Dir wär's am liebsten gewesen, wenn ich alles weggeworfen hätte.«

Natürlich wäre ihm das am liebsten gewesen. Er hatte sich noch nie für derart billiges Zeug, noch dazu in krachbunten Farben, begeistern können. Selbst seine Studentenwohnung hatte Stil gehabt mit den wenigen ausgefallenen Möbelstücken, die er sich geleistet hatte.

»Blödsinn. Das sind deine Sachen. Und du kannst sie hinstellen, wo du willst. Und ein eigenes Zimmer wirst du natürlich auch haben. Ich dachte an das linke Terrassenzimmer. Was meinst du?«

»Das Musikzimmer? Aber da steht schon der Flügel. Für meine Sachen ist da doch überhaupt kein Platz.«

»Der Flügel kommt natürlich heraus. Und wenn du willst, auch die Regale und die Sitzgruppe. Ich werde Hanno sagen, dass er es leer machen soll. Und dann kannst du damit machen, was du willst.«

Als Kind war ihm das Musikzimmer der liebste Ort im ganzen Haus gewesen. Er hatte unter dem Flügel gesessen, wenn seine Mutter nach der Teestunde darauf gespielt hatte, hatte in ihren Kunstbänden geblättert oder mit dem Architekturbaukasten gespielt, den sie ihm zum sechsten Geburtstag geschenkt hatte. Und als er älter war, hatte er dort mit seiner Mutter jeden Nachmittag gegen fünf einen Aperitif genommen, bei dem sie über Ausstellungen plauderten, von denen sie gelesen hatte, oder über Opernaufführungen, die sie so gern besucht hätte. Sein Vater war immer ein bisschen eifersüchtig gewesen auf die vertraute Atmosphäre, die zwischen seiner Frau und seinem Sohn geherrscht hatte, das hatte Jan gespürt. Aber seine Mutter hatte auf dieser »blauen Stunde«, wie sie es genannt hatte, bestanden.

»Der Mensch braucht seine kleinen Fluchten«, hatte sie gesagt. Jan hatte lange nicht verstanden, was sie damit meinte. Erst als er nach ihrem Tod in ihren Tagebüchern las, wie wenig sie sich von seinem Vater verstanden gefühlt hatte, der sich in seiner polterigen Art immer lustig gemacht hatte über ihren Hang zu Kunst und Kultur, ahnte er, wie wichtig es ihr gewesen war, sich in ihrem Sohn einen gleich gesinnten Gesprächspartner heranzuziehen. Der so wie sie Freude an Musik und Malerei hatte.

»Wir finden bestimmt auch ein anderes Zimmer für mich.« Laura spürte instinktiv, wie sehr Jan gerade an diesem Zimmer hing. Sie hatte seinen Blick gesehen, als er es ihr gestern gezeigt hatte. Hatte gesehen, wie vorsichtig er den Flügel berührte. Hatte die Wehmut wahrgenommen, die in seinen Augen lag, als er ein paar Töne auf dem Instrument anschlug. Es war eine besondere Atmosphäre in dem Zimmer, das hatte sie gespürt. Auch wenn ihr Jan nichts von seinen Erinnerungen erzählt hatte, war ihr klar, dass sie in diesem Zimmer nichts verloren hatte.

Vielleicht war es ja doch keine gute Idee gewesen, hierherzukommen. Das Haus ist voller Erinnerungen, die nichts mit mir zu tun haben.

»Das Haus ist kein Museum, Laura. Auch wenn es dir vielleicht so vorkommen mag. Wir werden uns unsere eigenen Erinnerungen schaffen.«

Ja, das würden sie. Jeder Tag, den sie hier miteinander verbrachten, würde eine neue Erinnerung kreieren. Jedes Wort, das sie miteinander sprachen, jeder Blick, den sie austauschten, jeder Kuss, den sie sich gaben, jede Umarmung, in die sie versanken. Und mit jedem neuen Tag würden die alten Erinnerungen ein wenig mehr verblassen. Er liebte Laura. Auch, weil sie nichts von ihm wusste. Weil sie nichts mit seinem alten Leben zu tun hatte. Weil sie die Vergangenheit vergessen und die Gegenwart zu einem unbeschwerten, lebendigen Spiel machen würde. Sie hatte sich ohne Vorbehalt auf ihn eingelassen. Voller Vertrauen, dass er genauso unbefangen und neugierig ihrer gemeinsamen Zukunft entgegenging. Sie hatte sich ohne Furcht und ohne Bedauern von ihrem alten Leben verabschiedet, entschlossen, mit ihm das zu erleben, was sie für Glück hielt.

Ihre Stimme drang wie von weit her an sein Ohr und riss ihn aus seinen Gedanken.

»Komm, wir sehen mal nach, ob es irgendwo eine Abstellkammer für mich gibt.«

Sie drückte den Rücken durch, reckte das Kinn, ihre Augen strahlten ihn an.

»Wie du weißt, bin ich in der Lage, aus der letzten Rumpelkammer so was wie eine Puppenstube zu machen. Wir werden schon etwas finden, in dem ich mich austoben kann.«

Diese Entschlossenheit, aus allem das Beste zu machen, diese unbedingte Sicherheit, dass alles gut war, so, wie es war! Laura nahm Jan an der Hand und zog ihn hinter sich die Treppe hinauf.

»Ich hab von unten gesehen, dass neben dem Schlafzimmer noch ein Raum ist. Ein Eckzimmer mit Fenstern in zwei Richtungen. Komm, ich will es mir ansehen. Vielleicht ist das ja das Richtige.«

Jan blieb mit einem Ruck stehen.

»Das Eckzimmer?«, stieß er hervor. »Tut mir leid, das ist vollkommen ungeeignet.«

»Lass es mich doch erst mal ansehen. Ich wollte schon immer so ein Zimmer haben, bei dem die Fenster über Eck …«

»Hast du mich nicht verstanden? Nicht dieses Zimmer, Laura.«

Was war das denn? Diese Härte in seiner Stimme. Und

der Griff seiner Hand, der sich plötzlich wie eine Fessel anfühlte.

»Du tust mir weh.«

Sofort ließ er ihre Hand los. Sein erschrockener Blick traf sie ins Herz.

»Tut mir leid. Das wollte ich nicht. Es ist nur … dieses Zimmer … Die Fenster sind nicht dicht. Es zieht darin wie Hechtsuppe. Noch dazu ist es immer ein wenig feucht. Du würdest dir sofort den Tod holen.«

Seine Stimme klang gepresst. Vollkommen anders, als sie es je erlebt hatte. Sein Lächeln erreichte seine Augen nicht. Mit einem Mal war ihr dieser Mann fremd.

Wieso wunderst du dich? Das war doch klar, dass er auch andere Seiten hat. Kein Mensch ist nur charmant und liebevoll.

Sie ging an ihm vorbei die Treppe hinunter. Der Hund, der vor der letzten Stufe lag, bewegte sich keinen Zentimeter zur Seite, sodass sie über ihn hinwegsteigen musste. Sein Blick lag unverwandt auf Jan, der immer noch regungslos auf der dritten Stufe stand.

Sie wird mich verlassen. Panik stieg in Jan hoch. *Ich wusste, dass es nicht funktionieren wird.*

Sein Magen rebellierte, ein scharfer Schmerz schoss durch seinen Kopf.

Ich hätte sie niemals hierherbringen dürfen. Ich habe zu viel von ihr erwartet. Sie kann das einfach nicht schaffen.

Wenn sie jetzt ging, würde er für immer in seinen Erinnerungen versinken. Er würde die letzte Chance, die er gehabt hatte, nicht genutzt haben. Aber vielleicht war das ja richtig so. Vielleicht hatte er es nicht anders verdient. Es war falsch gewesen, ihr diese Bürde aufzuladen. Es gab keinen Menschen auf der Welt, der in der Lage sein würde, sein Leben wieder auf den geraden Weg zu bringen, von dem er vor vielen Jahren abgekommen war.

»Ich mache uns einen Kaffee. Zeigst du mir, wo die Kannen sind?«

Laura verschwand in der Küche. Sie verschwand *nur* in der Küche. Er würde ihr zeigen, wo die Kaffeekannen waren. Er würde ihr alles zeigen, was für ihr Leben hier wichtig war.

»Warte, Laura, ich fürchte, wir haben keinen Kaffee.«

Sie kam aus der Küche zurück und lächelte ihn an.

»Okay, dann fahren wir und holen welchen. Und auf der Fahrt überlegen wir, was wir sonst noch alles brauchen.«

Sie sah, wie sich die Anspannung auf seinem Gesicht löste.

Ihr Herzschlag beruhigte sich.

Ich weiß nicht, was gerade passiert ist. Irgendwas hab ich falsch gemacht. Und du hast mir einen Riesenschreck eingejagt. Aber glaub nicht, dass ich so schnell aufgebe.

Hanno sah Jans Auto wegfahren. Er sah grau aus an diesem Morgen. Älter, als er eigentlich war. Der Mann im Spiegel vorhin war ihm nicht fremd gewesen. Er kannte diese fahle Haut. Die müden Augen. Die Falten, die sein Gesicht durchzogen und es an solchen Tagen noch tiefer zerschnitten als sonst. Er hatte die Schlaflosigkeit auch nicht mithilfe einer Tablette überwinden können. Zwar war er gegen Morgen schließlich doch eingeschlafen, doch schon zwei Stunden später war er wieder wach gewesen und hatte sich wie gerädert gefühlt. Dabei hatte er doch gehofft, dass er sich jetzt endlich würde entspannen können. Jans Rückkehr war ihm so glückhaft vorgekommen.

Und dass Jan auch noch verheiratet war, hatte ihn in seiner Hoffnung bestärkt, dass nun alles wieder normal sei.

Doch da war dieses Unbehagen in ihm, das seine Gedanken rotieren ließ. Plötzlich waren die Erinnerungen, die er fest verschlossen irgendwo in seinem Unterbewusstsein gewähnt hatte, mit Macht zutage geschossen und in seinem Kopf explodiert wie ein Vulkan. Wie glühende Lava hatte sich die Angst in ihm ausgebreitet, und er hatte nichts dagegen machen können. Plötzlich hatte dieses Zittern angefangen. Zunächst in den Beinen. Dann im ganzen Körper. Es hatte ihn durchgeschüttelt wie eine der alten Weiden am See, wenn der Wind an ihr zerrte. Was hatte er sich nur eingebildet? Hatte er wirklich gedacht, dass er diese Nacht vergessen könnte? Wie hatte er annehmen können, dass Jans neues Glück auch auf ihn abfärbte? Wenn es Jan durch diese neue Frau wirklich gelungen sein sollte, seinen Schmerz zu überwinden, bedeutete das noch lange nicht, dass auch er, Hanno, seine Ruhe wiederfinden würde. Auch wenn es ihm in den letzten Jahren gelungen war, das Geschehene zu vergessen oder, besser, zu verdrängen, bedeutete das nicht, dass er sich von seiner Schuld reinwaschen konnte. Auch wenn er nicht der Verursacher von Jans Unglück gewesen war – er hatte einen wesentlichen Anteil daran. Das war eine Tatsache. Er wusste, dass sich an Jans Qual nichts ändern würde, wenn er ihm seine Schuld gestand. Vielleicht würde es ihm, Hanno, eine gewisse Erleichterung verschaffen, wenn er endlich zu seiner Schuld stehen könnte. Aber Jan würde noch viel verzweifelter sein, als er es ohnehin schon war, wenn er erfuhr, dass Hanno, der Mann, dem er zeit seines Lebens bedingungslos vertraut hatte, ihn belogen hatte. Und dass er nichts dazu getan hatte, Jans Verzweiflung zu lindern. Wie hatte er sich nur vormachen können, dass Jans Rückkehr richtig sei? Weil er verzweifelt sehen wollte, dass Jans Leben wieder gut geworden war? Dass er neuen Mut und eine echte neue Perspektive gefunden hatte? Nichts hatte er sich in den letzten Jahren mehr gewünscht, als Jan glücklich zu sehen. Und jetzt war es passiert. Und es hatte Hanno in noch viel größere Ängste gestürzt als die, denen er bisher ausgesetzt gewesen war.

Der Hund hob den Kopf, als er den Mann auf das Haus zukommen sah. Er erhob sich zu seiner vollen Größe. Seine Nackenhaare stellten sich zu einem Kamm auf. Das leise Knurren schwoll zu einem drohenden Grollen an.

Hanno fühlte eine kalte Hand an sein Herz greifen.

Der Hund war wieder da!

Die Bäume rauschten plötzlich tosend in seinen Ohren, ein Schwindel erfasste Hanno. Seine Knie gaben nach. Es wurde dunkel um ihn.

5

Sie waren an der Stadtmauer, die aus dicken Feldsteinen gebaut war, entlanggewandert, durch das Berliner Tor Richtung Marktplatz gegangen, durch die enge Straße mit den hübschen kleinen Häuschen an der Georgenkapelle vorbei zur Maria-Magdalena-Kirche, deren goldene Kuppel in der Sonne leuchtete, mäanderte, hatten in der kleinen Bäckerei in der Kantstraße Brot und Brötchen gekauft und sich auf dem Markt, der um das hübsche, weiß-rosa Rathaus mit dem kleinen Türmchen aufgebaut war, bei den Bio-Bauern – die es, wie Jan ihr erklärt hatte, in der Uckermark zahlreich gab – mit Obst, Gemüse, Eiern, Käse und Fleisch eingedeckt. Viel war in den zehn Jahren, in denen Jan nicht hier gewesen war, passiert. Das Städtchen, dessen historischer Kern komplett von der hohen Stadtmauer umgeben war, hatte sich zu einem kleinen Schmuckstück gemausert, dessen alte Häuser in neuem Glanz erstrahlten. Der blaue Himmel, auf den weiße Wolken getupft waren, die vergnügten Kinder, die am Brunnen spielten, beobachtet von ihren Müttern, die Eis essend die ersten warmen Tage auf den Bänken des Marktplatzes genossen, gaben der »Perle der Uckermark« ein fast südliches Flair. Jan war zutiefst erleichtert, als er die Freude sah, mit der Laura die kleine Stadt erkundete. Er hatte bemerkt, dass ein paar Leute ihnen neugierig nachsahen. Natürlich erinnerte sich der eine oder andere an ihn. Und ganz sicher auch an seine Geschichte. Doch das, was er heimlich befürchtet hatte, war nicht eingetreten. Niemand hatte ihn darauf angesprochen, was damals passiert war. Vielleicht hatten es die Leute auch einfach vergessen. Das Leben im Osten Deutschlands war bestimmt nicht einfach gewesen. Seit dem Mauerfall hatte sich hier alles auf den Kopf gestellt. Viele Biografien waren durchgeschüttelt worden, viele Familien auseinandergerissen. Es war für viele sicher mühsam gewesen, sich nach der Euphorie der Wiedervereinigung, die schnell in ein grausames Erwachen mit Arbeitslosigkeit und Landflucht gemündet war, den Boden unter den Füßen zurückzuerobern. Das, was jetzt so reizend aussah, war das Ergebnis intensiver Bemühungen.

»Wenn ich gewusst hätte, wie hübsch es hier ist, wäre ich schon viel früher hierhergekommen.«

Laura stopfte das zweite Stück Blechkuchen mit Kirschen in sich hinein, was ihr ohne Probleme gelang, obwohl sie auf dem Markt gerade erst ein paar Lammbratwürste gegessen hatten. Ohne Umschweife nahm sie seine Hand und legte sie auf ihre linke Brust.

»Spürst du das? Mein Herz hüpft wie verrückt.«

»Vor Aufregung?«

»Vor Freude! Vor himmelhochjauchzender Freude.« Sie rückte ihren Stuhl näher an den seinen, sodass ihre Schulter seinen Arm berührte.

»Alles ist so viel toller, als ich es mir vorgestellt hatte. In meinem ganzen Leben hat es keinen Tag gegeben, an dem ich glücklicher gewesen bin.«

Und eines Tages werden wir hier sitzen, und es werden unsere Kinder sein, die am Brunnen spielen. Wir werden uns am

Samstag nach dem Einkaufen hier mit unseren Freunden zum Frühstück treffen, und nachmittags werden wir mit dem Boot auf den See fahren.

Diese Mutter, die da gerade hinter ihrem Kleinkind herrannte, das würde sie sein. Und Jan dieser Mann, auf dessen Schultern ein kleiner Junge saß, der konzentriert an seinem Eis schleckte und sich vor Lachen darüber ausschütten wollte, dass es in den Nacken seines geduldigen Vaters tropfte. Jan würde ein liebevoller Vater sein und sie, natürlich, eine großartige, geduldige Mutter, die sich jeden Tag neue lustige Spiele für ihren Nachwuchs ausdenken würde.

»Meinst du, dass wir den Hund behalten können?« Wie die zwei Kinder gehörte auch ein großer Hund zu dem Bild, das sie von ihrer zukünftigen Familie hatte. Und zwar genauso ein Hund wie der, der sie sich doch so offensichtlich ausgesucht hatte.

»Ich fürchte, nicht.«

Auf der Polizeiwache hatten sie ihnen zwar gesagt, dass niemand einen Hund als vermisst gemeldet hatte, was Laura dazu bewogen hatte, zufrieden wieder abzuziehen. Doch Jan hatte darauf bestanden, dass Polizeiobermeister Kuhn, der sich ihrer angenommen hatte, herumtelefonierte, um herauszubekommen, ob nicht doch irgendwo ein Hund weggelaufen war. Einen Moment lang hatte sie sich über sein korrektes Verhalten geärgert. Es war doch so offensichtlich, dass der Hund bei ihnen sein wollte. Aber Jan hatte an den Besitzer gedacht, der sich wahrscheinlich Sorgen machte. Vielleicht waren da auch ein paar Kinder, die sich die Augen nach ihrem Freund ausweinten.

»Wahrscheinlich haben sie ihn misshandelt«, hatte Laura eingeworfen. »Sonst wäre er ja nicht weggelaufen.«

»Er könnte sich aber auch verirrt haben. Vielleicht hat er einfach nicht wieder nach Hause gefunden.«

Sie hatte nicht verstanden, wieso er den Hund nicht behalten wollte.

»Wenn du willst, können wir uns einen eigenen Hund anschaffen. Einen süßen kleinen Welpen.«

Sie hatte nur stumm genickt, dabei aber die guten Mächte im Universum angefleht, dass sie ihnen helfen mögen, genau diesen Hund behalten zu können.

Keine Ahnung, was ich an ihm finde. Er mag mich ja nicht mal. Aber irgendwie gehört er zu Jan. Ich will einfach, dass er bei uns bleibt. Also bitteschön, ihr da oben, ihr kriegt das doch wohl hin.

Sie drückte ihm einen Kuss auf die Wange, schnupperte an seinem Hals. Dass sie sich gar nicht an ihm satt riechen konnte! Es war nicht nur das französische Rasierwasser, das er benutzte, es war sein eigener Duft, der sie immer wieder taumeln machte.

»Hmmm … Ich fasse es nicht, wie gut du riechst.«

Wenn sie eine Katze gewesen wäre, hätte sie jetzt angefangen zu schnurren. Sie rieb ihre Wange an der seinen, auch das leichte Kratzen seiner Barthaare, die schon ein paar Stunden nach der letzten Rasur einen dunklen Schatten auf seine Wangen legten, gefiel ihr außerordentlich gut.

»Weißt du, was ich mir wünsche?« Sie sah ihm tief in die Augen. »Dass alles immer genauso ist wie heute.«

Wenn sie gewusst hätte, wie tief ihn diese Worte berührten. Er legte den Arm um sie. Drückte einen Kuss auf ihr schimmerndes Haar.

»Ich hoffe, das wirst du übermorgen auch noch sagen.«

»Wieso nicht? Denkst du, ich werde dich übermorgen nicht mehr lieben? Oder hast du vor …«

»Das Frühjahr hier ist nicht immer so hell und sonnig. Übermorgen kann es schon wieder grau und trübe sein. Dann siehst du vor lauter Nebel keinen Meter, es regnet tagelang, die Straßen versinken im Matsch, und der Ostwind kann im März durchaus noch einmal sibirische Kälte bringen.«

»Wundervoll«, murmelte sie an seiner Brust. »Wir werden vor dem Kamin sitzen und Tee trinken. Und dem Wind zuhören, wie er in den Bäumen rauscht. Ich werde uns dicke Suppen kochen, und irgendwann werden wir unsere Freunde zum Glühwein einladen. Weißt du eigentlich, dass ich eine Meisterin im Plätzchenbacken bin?«

Wie kam es nur, dass sie einfach durch nichts zu erschüttern war? Hatte er sie wirklich verdient, diese sonnige Frau, die dem Leben nur gute Seiten abzugewinnen schien?

»Hej, Jan. Ich hab schon gehört, dass du wieder da bist.«

Marius Berg kam ins Café. In der Hand hatte er seine Arzttasche, gleichzeitig kramte er in seiner Jackentasche nach dem Autoschlüssel.

»Marius, hallo! Laura, das ist Marius Berg, Elkes Mann. Komm, setz dich zu uns. Trink einen Kaffee …«

»Tut mir leid. Ein Notfall. Hanno ist anscheinend zusammengebrochen. Der Postbote hat ihn vor deinem Haus gefunden. Ich bin auf dem Weg zu ihm.«

Seine Stimme klang besorgt. Er nickte ihnen zu und eilte aus dem Café auf sein Auto zu, das in der Nähe geparkt war.

Jan war sofort aufgesprungen. Er legte einen Geldschein

auf den Tisch, nahm die Tüten mit den Einkäufen. Laura packte ihre Tasche.

»Ist Elkes Mann Arzt?«

»Seine Praxis ist in dem gelben Haus dort drüben.«

Jan ging eilig vor ihr zu ihrem Auto. Laura wusste, dass er besorgt war. Sie beeilte sich, ihm zu folgen.

Dabei hat der Tag doch so toll angefangen.

»Es war bestimmt nur ein Schwächeanfall. Vielleicht schlägt das Wetter um«, versuchte sie, Jan zu beruhigen. Er sagte nichts, nickte nur.

Ist doch klar, dass er sich Sorgen macht. Er kennt Hanno schon sein ganzes Leben.

Jans Hände umklammerten das Lenkrad so fest, dass seine Knöchel weiß heraustraten. Natürlich war Hanno ein alter Mann. Natürlich würde er eines Tages sterben. Aber doch noch nicht jetzt. Hanno war für ihn so etwas wie ein Anker in seinem alten Leben. Er brauchte ihn. Er durfte ihn nicht verlieren. Nicht jetzt.

Marius drückte das Gaspedal ganz herunter, raste zwischen den Seen und den frisch gepflügten Äckern hindurch in Richtung Jägerhaus. Die Entfernung betrug zwar nur knapp zwanzig Kilometer, aber sobald er von der Bundesstraße abbog, konnte er nur noch höchstens fünfzig fahren, die letzten paar Kilometer durch den Wald sogar noch weniger, wenn er nicht wollte, dass seine Achsen das Opfer eines der tiefen Schlaglöcher wurden. Der Postbote, der Hanno gefunden hatte, war trotz seiner Aufregung in der Lage gewesen, ihm am Telefon die Symptome zu schildern: blasse Haut, Bewusstlosigkeit, flacher Atem. Nur – das konnte alles sein, vom Kreislaufkollaps über einen Schlaganfall bis zu einem Herzinfarkt. Soweit er wusste, war Hanno gesund, wenn man mal von ein paar Alterszipperlein absah. Allerdings kam er auch nicht regelmäßig zum Check-up. Einen Moment lang blitzte die Vision von einer Beerdigung durch Marius' Gedanken: der Waldfriedhof bei Templin, die schönen alten Buchen, der Baum, den Hanno ihnen schon vor zwei Jahren gezeigt hatte, kurz nachdem die Stadt den Wald zum Friedwald umgewidmet hatte. Aus einem MP3-Player ist eine Bachkantate zu hören. Elke bettet eine Urne in ein Loch zu Füßen des Baums und bricht weinend zusammen …

Blödsinn, so weit war es noch lange nicht. Trotzdem musste sich Marius eingestehen, dass er sich vor dem Tag fürchtete, an dem Hanno sterben würde. Natürlich, weil er seinen Schwiegervater sehr schätzte und er ihm fehlen würde. Viel mehr aber machte ihm Sorgen, wie Elke es verkraften würde, ihren Vater zu verlieren. So stabil sie in den letzten Jahren geworden war – die Verbindung, die zwischen ihr und ihrem Vater bestand, war stark und band die beiden eng aneinander. Würde sie wanken, wenn er plötzlich fehlte? In die Knie gehen? Würde er dann in der Lage sein, sie aufzufangen und zu stützen? Wie so oft hatte Marius ein schlechtes Gewissen, wenn er an Elke dachte. Wusste sie, dass er vor allem deswegen dankbar war, dass Hanno sich so um sie kümmerte, weil er selbst sich überfordert fühlte? Ahnte sie, wie oft er darüber nachgedacht hatte, sie zu verlassen, und es nur deshalb nicht getan hatte, weil er fürchtete, dass es ihm woanders auch nicht besser gehen würde? Er hatte seine Chance gehabt. Aber er hatte sie nicht genutzt. Noch einmal würde sich ihm so eine Gelegenheit nicht bieten.

Das wusste er. Und deshalb war er hier. Und deshalb würde er sein Leben nicht ändern. Er hatte sich damals für Elke entschieden. Und auch wenn er es inzwischen bereut haben sollte – er hatte sich in ihrem gemeinsamen Leben arrangiert. Das zeugte möglicherweise von einer gewissen Feigheit. Aber in guten Tagen nannte er es einfach einen gesunden Sinn für die Realität. Elke war eine hübsche, liebenswürdige Frau, die ihn über alles liebte. Dass er ihre Liebe schon lange nicht mehr erwiderte, musste einfach keine Rolle spielen. Er ging wenigstens nicht allein durchs Leben.

»Hanno! Hörst du mich? Jetzt komm schon, Mann, mach die Augen auf.«

Hanno spürte, dass jemand an seinen Schultern rüttelte. Er kannte diese Stimme.

»Peter?«

Als er die Augen öffnete, sah er in die besorgten Augen des jungen Briefträgers.

»Mann, du kannst einem aber einen Schrecken einjagen. Ist alles in Ordnung?«

Hanno nickte. Als er versuchte, sich aufzusetzen, machte der Boden unter ihm einen Hüpfer. Er schloss die Augen sofort wieder. Seine Hände krallten sich in Peters Postbotenjacke.

»Alles okay«, presste er heraus. »Mir ist nur ein bisschen wacklig.«

»Bleib liegen. Doktor Berg müsste gleich hier sein.«

»Du hast Marius alarmiert? Mensch, Peter, was für 'n Quatsch.«

»Keine Ursache«, grinste der rothaarige Postbote ihn an.

Hanno versuchte sich zu erinnern, was eigentlich passiert war. Der Hund! Er hatte doch Pogo gesehen, Jans Hund. Das konnte er sich doch nicht eingebildet haben.

»Wo ist der Hund?« Er versuchte aufzustehen.

»Liegenbleiben, hab ich gesagt. Der Hund liegt brav vor der Haustür. Ist das deiner?«

Den Hund gab es also tatsächlich. Unwillkürlich fasste er sich ans Bein.

»Er hat dich doch nicht gebissen?«

Peters Blick war besorgt.

»Bist du gegen Tollwut geimpft?«

Er sah argwöhnisch zu dem Tier hinüber. Der schwarze Hund lag ruhig da, den Kopf auf seine Vorderpfoten gelegt. Er ließ Hanno und Peter nicht aus den Augen.

»Hast du ihn hier vorher schon mal gesehen?«

Hannos Stimme klang merkwürdig dünn. Peter schüttelte den Kopf. Als Briefträger kannte er alle Hunde hier in der Gegend. Mit dem einen oder anderen hatte er auch schon mal nähere Bekanntschaft gemacht. Aber dieser schwarze? Er erinnerte sich nicht daran, ihn hier jemals gesehen zu haben.

Erleichtert hörte er ein Auto durch den Wald herankommen. Marius sprang heraus, eilte auf sie zu und kniete schon bei Hanno.

»Vollkommen unnötig, dass du deine Praxis im Stich lässt«, knurrte Hanno, als sich Marius über ihn beugte und dabei seinen Puls fühlte.

»Mir ist nur ein bisschen schwindlig. Hab wahrscheinlich letzte Nacht zu wenig geschlafen.«

Während Marius Hanno untersuchte, schilderte Peter, wie er ihn gefunden hatte.

»Er lag einfach da. Direkt vor der Treppe. Ich hab zuerst gedacht, er sei tot.«

Erschrocken hielt er inne.

»Ich meine, ich hab ja noch nie einen Toten gesehen, aber er hatte die Augen geschlossen und hat nicht geantwortet.«

Marius fragte, wie lange Hanno ohne Bewusstsein gewesen war. Der Blutdruck war deutlich zu niedrig. Aber das Herz schlug ganz normal. Er würde ihn mit in die Praxis nehmen und gründlich durchchecken.

»Ach, was. Mir geht's gut. Ich leg mich ein bisschen hin, und dann ist alles wieder …«

Marius ließ Hannos Einwand nicht gelten.

»Keine Widerrede. Ich untersuch dich gründlich, und dann kannst du von mir aus nach Hause gehen. Oder besser, du kommst zu uns. Elke wird sich um dich kümmern.«

Er half Hanno auf die Beine und führte ihn zum Auto. Auch wenn Hanno ihm vormachen wollte, dass alles in Ordnung war, entging Marius nicht, wie er sich an ihm festklammerte.

Als er Hanno gerade auf den Beifahrersitz verfrachtet hatte, kamen Jan und Laura herangefahren. Jan stand die Sorge ins Gesicht geschrieben.

»Was ist mit ihm?«

»Nichts. Jetzt hört doch auf, so einen Wind zu machen. Ich bin ein alter Mann, da kann einem schon mal die Puste ausgehen.«

Jan sah Marius fragend an. Hinter ihm stand jetzt Laura.

»Sieht nach einem kleinen Kreislaufkollaps aus. Ich werde ihn gründlich durchchecken. Mach dir keine Sorgen, Jan.«

Jan bot sich an, Hanno und Marius zu begleiten. Es gelang ihm nicht zu verbergen, wie besorgt er war. Doch Marius beruhigte ihn, das sei wirklich nicht nötig. Er schloss die Beifahrertür, stieg selbst ins Auto und fuhr davon. Im Rückspiegel sah er, wie Jan den Arm um Julia legte und sie zusammen aufs Haus zugingen. Moment – hatte er das gerade wirklich gedacht? *Julia?* Marius schloss kurz die Augen. Irritiert schüttelte er den Kopf. Er atmete tief ein und aus, versuchte, ruhig zu werden, konnte aber doch nicht verhindern, dass sein Herz sich zusammenzog in der Erinnerung, die ihn einfach überwältigte. Der Erinnerung an ein Paar strahlend blauer Augen und das Versprechen, das in ihnen gelegen hatte.

Alle Untersuchungen ergaben, dass Hanno physisch vollkommen gesund war. Der Blutdruck hatte sich normalisiert, das EKG zeigte keinerlei Auffälligkeiten, und die Lungenfunktion war für einen Mann in Hannos Alter geradezu hervorragend.

»Ich hab dir doch gesagt, dass ich in Ordnung bin.« Hanno zog sich das Hemd wieder an. »Viel Lärm um nichts«.

Es war ihm peinlich, Marius' Zeit gestohlen zu haben.

Als Marius ihn nach seiner Schlaflosigkeit befragte, wiegelte er ab.

»Senile Bettflucht nennt man das doch. In meinem Alter braucht man eben nicht mehr so viel Schlaf. Das weißt du doch.«

Er sagt mir nicht alles. Marius kannte das auch von anderen Patienten. Vor allem von Männern, die zeit ihres Lebens kräftig und gesund gewesen waren. Sie konnten sich nicht damit abfinden, älter zu werden, wollten sich nicht damit auseinandersetzen, dass ihr Körper nicht mehr so wollte wie ihr Geist. Auf jeden Fall nahm er Hanno noch Blut ab. Er wollte sichergehen, dass er nichts übersah.

»Am besten sagst du Elke nichts von dem Vorfall. Ich will nicht, dass sie sich Sorgen macht. Frauen machen sich doch immer gleich Sorgen, und dann werden sie ziemlich … aufdringlich.«

Und das konnte Hanno nicht brauchen. Er mochte es nicht, dass sich jemand um ihn sorgte. Und schon gar nicht seine Tochter. Dass er für sie da war, das war das Normale. Väter hatten sich um ihre Kinder zu kümmern. Aber umgekehrt wollte er das auf keinen Fall. Er kam zurecht. Er war selbstständig. Wie er sein Leben führte, war seine Sache. Niemand, auch nicht seine Tochter, hatte sich da einzumischen.

»Dieser Hund da vor Jans Tür – kann es sein, dass er dir einen Schrecken eingejagt hat?«

Hanno wusste, worauf Marius hinauswollte.

»Seit wann hab ich denn ein Problem mit Hunden?«

Marius spürte Hannos Abwehr. Natürlich musste auch ihm aufgefallen sein, wie sehr dieser Hund Pogo ähnelte. Die beiden Männer sahen einander nicht an, aber trotzdem wusste jeder von ihnen, was der andere dachte.

»Auf jeden Fall solltest du es ein bisschen langsamer angehen lassen. So ein Zusammenbruch kann ein Warnsignal sein.«

Hanno versuchte ein Grinsen.

»Ein Warnsignal wofür? Dass ich alt werde? Das fällt mir jeden Morgen auf, wenn ich in den Spiegel sehe. Ich bin ein alter Mann, Marius. Und ich habe kein Problem damit.«

Er gab seinem Schwiegersohn die Hand.

»Mach dir keine Gedanken. Es ist alles in Ordnung mit mir.«

Als Hanno das Sprechzimmer verlassen hatte, setzte sich Marius an seinen Schreibtisch. Sie taten alle so, als wäre alles in Ordnung. Dabei wusste er, dass in ihnen die Furcht hochkroch. Leise suchte sie sich einen Weg in ihr Herz und in ihre Sinne. Es würde etwas geschehen. Er wusste nicht, ob er die Kraft haben würde, es zu verhindern.

Der See lag da wie ein dunkler Spiegel. Völlig glatt, nicht die kleinste Welle kräuselte seine Oberfläche. Das Rauschen der Bäume war verstummt. Ein makelloser Himmel spannte sich über Laura. Jan war nach dem Mittagessen weggefahren, um sich mit einem Schreiner zu treffen, der ein neues Regal in sein Arbeitszimmer einbauen sollte. Er hatte Laura gefragt, ob sie mitkommen wolle, aber sie hatte sich darauf gefreut, ein paar Stunden allein zu sein. Sie hatte sich im Haus umsehen, es sich vertraut machen wollen. Doch plötzlich waren ihr die Zimmer mit den dunklen Antiquitäten trotz ihrer Größe zu eng geworden. Sie hatte alle Fenster geöffnet und war aus dem Haus gegangen. *Luft!* Tief sog sie den Atem ein. Die Waldluft, die schon nach Bärlauch und jungem Grün duftete, vermischte sich mit der leichten Kühle, die vom See herkam.

Es war still. Nicht einmal ein Vogel war zu hören. Nur ihre Schritte auf dem Steg, die sie unwillkürlich vorsichtiger, leichter setzte. Sie zog die Schuhe aus. Das Tappen ihrer nackten Füße machte ein weiches, kaum hörbares Geräusch, das in der Lautlosigkeit um sie herum verebbte.

Als sie ins Wasser fiel, öffnete sich die schwarze Oberfläche für einen Moment. Lautlos sank sie in die Tiefe des Sees. Der schlammige Grund nahm ihren Körper auf und verschlang ihn.

Laura schrak zusammen. Über ihre Haut jagten elektrische Schauder. Was war denn mit ihr los? Sie hatte sich noch nie vor Wasser gefürchtet. Im Gegenteil, sie war eine gute Schwimmerin, die sich angstfrei in alle Fluten stürzte, denen sie begegnete. Seen, Flüsse, das Meer, nichts machte ihr Angst. Sie rieb sich die Arme warm, atmete bewusst gegen das Kribbeln in ihrem Unterleib an und setzte sich auf den Steg, sodass ihre Zehenspitzen kleine Kringel in die unbewegliche Wasseroberfläche malen konnten. Das Wasser war noch eisig, aber es fühlte sich weich und samtig an. Zwei Monate später im Jahr hätte sie jetzt das Kleid über den Kopf gezogen und wäre in den See gesprungen. Vielleicht sollte sie das einfach tun und diese merkwürdige Unbehaglichkeit, die sie umfing, einfach wegspülen.

Bin ich jetzt irre? Ich würd' sofort einen Herzinfarkt kriegen in dieser Kälte.

Wie konnte sie auch nur auf die Idee kommen, zu dieser Jahreszeit in den See zu springen? Sie starrte auf das Wasser. Obwohl es so dunkel aussah, konnte sie bis auf den Grund sehen. Kleine Fische flitzten zwischen den Stützen des Stegs herum. Zwei Enten kreuzten schnatternd über den See. Sie legte sich auf den Rücken, spürte im Gesicht die Sonne, die schon erstaunlich kräftig schien. Das leichte Brennen, das bestimmt zu einem leichten Sonnenbrand führen würde, tat ihr gut. Gelbe Flecken kreisten vor ihren Augen. Sterne tanzten. Weiße Punkte sprangen hin und her. Als ein roter Tropfen alles andere zu bedecken begann, riss sie die Augen wieder auf. Geblendet sah sie jemanden auf sich zukommen. Sie schreckte hoch, blinzelte, versuchte, ihren Blick auf die dunkle Gestalt zu fokussieren, die jetzt ganz nah bei ihr war. Wenn das Jan war, wieso sagte er nichts?

»Jan?«

Als sie aufstand, schwankte sie ein wenig.

»Du bist schon wieder zurück?«

Sie spürte, wie die Hand des Unbekannten sie berührte. Die Hand war kalt, fühlte sich feucht an. Panik überwältigte Laura. Sie wollte weglaufen. Doch wohin? Der Unbekannte versperrte ihr den Weg ans Ufer. Und der Steg war nur zehn Meter lang. Sie musste ins Wasser springen, wenn sie entkommen wollte.

»Hab ich Sie erschreckt? Das tut mir leid.«

Die Stimme. Sie kannte sie. Natürlich, das war diese Elke.

»Elke.« Erleichtert stieß sie den Namen aus. »Tut mir leid, ich muss wohl eingeschlafen sein. Einen Moment lang hab ich tatsächlich nicht gewusst, wo ich bin.«

Elkes Lachen war hell und vergnügt. Es flog über den See, wo es sich in den Buchen verfing, die dort drüben mit den Wurzeln fast im See standen.

»Ich wollte fragen, ob ich irgendetwas für Sie tun kann. Wenn Sie Hilfe beim Kistenauspacken brauchen … Ich bin auch ein hervorragender Möbelschlepper. Und mit Hammer und Nägeln kann ich ebenfalls umgehen, für den Fall, dass irgendwelche Bilder aufzuhängen wären.«

Lauras Augen hatten sich wieder an das Licht angepasst. Sie erkannte, dass Elke eine übergroße, rote Strickjacke trug, in der ihre mädchenhafte, zarte Erscheinung fast versank.

»Lassen Sie sich von meinem Äußeren nicht täuschen.

Ich sehe vielleicht nicht so aus, aber ich bin ganz schön kräftig.«

Laura musste lachen. Diese kleine Person sah tatsächlich nicht so aus, als wäre sie die geeignete Helferin für einen Umzug. Aber auf jeden Fall war es nett, dass sie vorbeigekommen war, um ihre Hilfe anzubieten.

Normalerweise hätte Laura so ein Angebot als reine Neugier interpretiert: *Mal sehen, wie die neuen Nachbarn eingerichtet sind. Was sie für Bücher lesen, was für Musik sie hören. Ob ihr Mobiliar nach exquisitem Geschmack aussieht oder eher nach Billigmöbelmarkt.* Aber Elke schien über so einen Verdacht erhaben. *Vielleicht sind die Menschen, die in diesen Wäldern leben, einfach anders. Hilfsbereit, freundlich …*

»Ich hab noch keine Ahnung, wo ich mit meinen Sachen hinwill. Ich muss mich erst mal orientieren. Also, noch gibt es nichts zu tun. Aber wenn Sie einen Kaffee mit mir trinken würden, würde ich mich sehr freuen. Ich kann Ihnen sogar Kuchen anbieten. Frisch vom Bäcker Helmer. In der …«

»… Kantstraße«, vollendete Elke den Satz. »Da haben Sie den besten schon gefunden.«

Sie gingen zusammen zum Haus. Laura ging einen Schritt voran. Als sie das Haus als Erste betrat, fühlte sie plötzlich wieder, dass alles richtig war. Sie war die Herrin des Jägerhauses, und in diesem Moment begrüßte sie den ersten Gast in ihrem Reich.

Elke vermied es, allzu neugierig auf Lauras Möbel und die aufgerissenen Kartons zu starren, in denen sie Lauras Habseligkeiten vermutete. Laura bemerkte ihre zögerlichen Blicke.

»Sie dürfen ruhig über meine Möbel lachen. Die Münchner Flohmärkte waren nicht sicher vor mir.«

»Sie sind sehr hübsch, diese bunten Möbel.«

Laura konnte sich nicht vorstellen, dass Jan sehr glücklich darüber war, dieses Sammelsurium von Scheußlichkeiten in seinem Haus aufstellen zu müssen.

»Jan findet sie grässlich.« Laura lachte laut auf. »Auch wenn er es nicht zugibt.«

»Jan würde niemals sagen, dass die Frau, die er liebt, irgendetwas Grässliches besitzt. Dafür ist er viel zu gut erzogen.«

Laura sah Elke prüfend an. Was war das für ein Unterton? Es klang, als wollte Elke ihr klarmachen, dass sie Jan besser kannte als sie.

Und wenn schon. Sie kennt ihn ja auch länger. Ist doch normal.

Sie würde ihre Duftmarke in diesem Haus schon setzen. Einige der dunklen Möbel würden rausfliegen. Die schweren Vorhänge mit den großflächigen Blumenmustern würde sie durch leichte, lichtdurchlässige Stores ersetzen, die ochsenblutfarbigen Wände im Wohnzimmer und im Musikzimmer hell streichen. Es würde gar nicht lange dauern, da würde das Haus wirklich ihr Haus sein.

»Ich hab mich immer ein wenig gegruselt, wenn ich Jan besuchte. Vor allem im Winter, da wirkte das Haus noch düsterer als sonst. Aber natürlich hab ich mir nie was anmerken lassen. Jan hätte ja denken können, dass ich eine Memme bin. Und wenn er irgendetwas nie leiden konnte, waren das Memmen.«

»Sie müssen mir alles über ihn erzählen.«

Laura ergriff die Flucht nach vorn. Sie dachte nicht daran, sich von jemandem einschüchtern zu lassen, nur weil er Jan schon als Jungen gekannt hatte. Obwohl – diese Elke war sicher mehr als zehn Jahre jünger als Jan. Das hieß, als ganz kleinen Jungen hatte sie ihn auch nicht gekannt.

Alles, dachte Elke, *werde ich dir bestimmt nicht erzählen. Nur so viel, dass du ihn noch mehr liebst. Und ihn nicht verlässt.* Sie würde das Bild, das Laura in den wenigen Wochen von ihm bekommen haben musste, durch farbenfrohe Erinnerungen an den fröhlichen Jungen, der ihr so ein guter Freund gewesen war, ergänzen. Von den Schatten, die sich irgendwann auf Jans Gemüt gelegt hatten, würde sie ihr nichts sagen.

Es waren furchtbare Tage gewesen, damals, als Jans Leben sich plötzlich geändert hatte. All das Helle, Optimistische, Zuversichtliche, das immer von ihm ausgegangen war und mit dem er seine Umwelt für sich eingenommen hatte, war einer tiefen Düsternis gewichen. Einem schwarzen Schatten, der sich über seine Seele gelegt hatte. Sein Lachen war verstummt, der Glanz seiner Augen verschwunden. Mit einem Mal war der Sinn seines Lebens verloren gegangen.

Das Glas zerschellte auf dem Küchenboden. Laura, die Elke den Rücken zugewandt hatte, um Kaffee zu machen, fuhr herum.

»Entschuldigung, ich bin manchmal so ein Tollpatsch. Ich wollte die Tassen rausnehmen und hab das Glas nicht gesehen.«

Sie hatte schon den Besen und die Schaufel in der Hand, kehrte die Scherben hektisch zusammen.

»Tut mir echt leid. Ich ersetze Ihnen das Glas natürlich. Es tut mir leid. Entschuldigen Sie.«

Wieso war sie so aufgeregt? Es war doch nur ein kleines

Wasserglas zu Bruch gegangen. Kein Problem eigentlich. Aber Elke entschuldigte sich, als hätte sie ein komplettes Meißner Service zerschmissen. Laura nahm ihr die Schaufel aus der Hand, wollte die Scherben in den Mülleimer unter der Spüle kippen.

»Ist doch nicht so schlimm. Wir haben genug Gläser.«

Elke riss ihr die Schaufel aus der Hand.

»Ich nehme die Scherben gleich mit.«

Was sollte das jetzt? Wieso will sie die Scherben mitnehmen?

»Aber wieso denn? Ich entsorge sie hier und …«

Elke hatte schon eine kleine Plastiktüte aus der Manteltasche gezogen und ließ die Scherben sorgsam hineingleiten.

»Ich … ich bringe sie gleich zum Glascontainer. Der steht übrigens nach dem Abzweig nach Templin auf der rechten Seite. Auch ein Papiercontainer und einer für Plastikmüll.« Sie knotete das Tütchen zu und steckte es in ihre Tasche. »Ich glaube, der Kaffee ist fertig.«

Super. Eine fanatische Mülltrennerin.

Laura lachte innerlich, als sie den verkniffenen Gesichtsausdruck bemerkte, mit dem Elke die Scherben weggeräumt hatte.

Und ich dachte, die Leute seien hier so entspannt.

Sie beschloss, Jan nachher ein wenig nach seiner Jugendfreundin auszufragen.

Elke hatte es plötzlich ziemlich eilig. Sie lehnte den Kuchen ab mit der Begründung, dass sie zu viel zu Mittag gegessen hatte, trank schnell zwei Tassen Kaffee und bat Laura, sich unbedingt zu melden, wenn sie Hilfe brauchte. Und dann war sie so plötzlich, wie sie aufgetaucht war, auch wieder verschwunden.

Laura war gerade dabei, die beiden Tassen abzuspülen, als Elke noch einmal in der Küche stand.

»Was ich noch sagen wollte: Ich habe genau die gleichen Gläser. Ich werde Ihnen morgen einen Ersatz bringen. Im Laden kriegt man die nämlich nicht mehr.«

Sie war atemlos und wirkte sehr besorgt. Deutlich besorgter, als es wegen eines zerschmissenen Glases angemessen gewesen wäre.

»Machen Sie sich doch bitte keine Gedanken um so ein blödes Glas. Jan wird nicht einmal bemerken, dass es fehlt.«

»Jan merkt alles. Und er hasst Veränderungen. Sagen Sie ihm nichts, ich bitte Sie. Ich bringe Ihnen morgen den Ersatz.«

Sie hetzte davon. Laura war nun endgültig davon überzeugt, dass Elke ein Problem hatte.

Dass ihr so etwas passieren musste! Gleich bei der ersten Begegnung. Und dann hatte sie der Frau auch noch angeboten, ihr beim Auspacken zu helfen. Elke rannte durch den Wald nach Hause. Die Tüte mit den Scherben warf sie in ihre Mülltonne. Sie nahm eines der Gläser, die ordentlich aufgereiht in ihrem Geschirrschrank standen, heraus, packte es sorgsam in Zeitungspapier und verstaute es in ihrer Handtasche. Morgen früh würde sie es Laura bringen. Die würde es in den Küchenschrank stellen, und nichts wäre geschehen.

»Bist du verrückt geworden? Was fällt dir ein?«

Jans aufgebrachte Stimme schrillte in ihren Ohren. Der Griff um ihr Handgelenk schmerzte. Er hatte sie zur Tür gezerrt und hinausgeworfen. Er hatte sie ausgesperrt, nicht nur aus seinem Haus, sondern auch aus seinem Leben. Dabei hatte sie ihn doch nur warnen wollen. Er war dabei, einen Fehler zu machen. Einen großen Fehler. Er aber hatte nichts hören wollen, hatte gesagt, sein Leben ginge sie nichts an. Hatte sich umgedreht und die Küche verlassen. Er hatte sie einfach stehen lassen. Und sie hatte nichts anderes zu tun gewusst, als mit einer wütenden Handbewegung die Gläser, die auf dem großen Küchentisch standen, zu Boden zu fegen. Als er wieder in der Tür stand und sah, was sie angerichtet hatte, war er ausgerastet. Noch nie hatte sie ihn so wütend gesehen.

Sie hatte eine Entschuldigung gestammelt, ihn angefleht, ihr zu verzeihen. Sie würde die Gläser auch ersetzen, hatte sie geweint.

»Du bist völlig verrückt geworden«, hatte er gebrüllt. »Ich erkenne dich nicht wieder.«

Elke zitterte bei der Erinnerung daran, wie sie vor der verschlossenen Haustür des Jägerhauses gestanden hatte. Sie hatte an der Klinke gerüttelt, gegen die Tür gehämmert, ihm alles erklären wollen. Er müsse ihr nur zuhören, dann würde er alles verstehen. Aber er hatte nur gerufen, dass sie verschwinden solle. Und dann war Stille gewesen.

Und jetzt hatte sie wieder ein Glas heruntergeworfen. Jetzt, da alles gut werden sollte. Sie wusste nicht, wie sie ihm das erklären sollte. Vermutlich würde er sich wie damals einfach von ihr abwenden und nicht hören wollen, was sie ihm zu sagen hätte. Sie musste auf sich aufpassen. Wer weiß, was sonst passieren würde. Aber die Geschichte wiederholt sich nicht. Was damals passiert war, war vergangen. Sie würde verhindern, dass es wieder passierte. Auf gar keinen Fall würde sie zulassen, dass das Schicksal Jan noch einmal so einen Schlag versetzte.

Als Hanno in die Küche kam, zuckte er zusammen. Elke saß im Dunkeln am Tisch. Regungslos. So hatte er sie schon einmal gesehen. Das Herz wurde ihm schwer.

»Papa. Ich hab dich gar nicht kommen hören.«

Elke sprang auf und umarmte Hanno herzlich.

»Wieso sitzt du im Dunkeln? Ich hab gedacht, es ist keiner zu Hause.«

Sie schenkte ihm, ohne zu fragen, ein Glas Wasser ein, wie sie es immer tat.

»Ich muss auf dem Stuhl eingeschlafen sein. War ein harter Tag heute in der Schule.«

Sie war so unbefangen und liebevoll wie immer, dass Hanno sich vorwarf, viel zu schwarz zu sehen. Es passierte ihm doch auch hin und wieder, dass er über einem Buch saß und nicht bemerkte, wie es um ihn herum immer dunkler wurde, bis er schließlich gar nichts mehr erkennen konnte und dann verwundert feststellte, dass es schon Nacht geworden war.

Er trank das Wasser aus. Sie schenkte das Glas sofort noch einmal voll. Er wusste, sie fürchtete, dass er zu wenig trank, so wie es viele alte Leute taten. Im Alter lässt das Durstgefühl nach, hatte sie irgendwo gelesen, und dann ist man in null Komma nichts dehydriert. Folglich bestand sie darauf, dass ihr Vater, jedenfalls wenn er in ihrer Nähe war, immer genügend trank. Das nervte ihn einerseits – Wasser gehörte nun wahrlich nicht zu seinen Lieblingsgetränken –, andrerseits aber rührte ihn auch die Sorge seiner Tochter und beruhigte ihn gleichzeitig. Dass eine Tochter sich um ihren Vater sorgte, war das Normalste auf der Welt. Ja, sie war normal. Alles, was er jemals über sein Kind gedacht hatte, traf nicht zu. Sie führte das normale Leben einer ganz normalen jungen Frau.

Eigentlich war er gekommen, um ihr seine Version seines morgendlichen Zusammenklappens zu erzählen. Er hoffte, dass er damit Marius zuvorkommen würde, der zwar an seine Schweigepflicht als Arzt gebunden war, aber seiner Frau bestimmt nicht verschweigen würde, dass ihr Vater heute sein Patient gewesen war. Wovor hatte er eigentlich Angst? Er beobachtete sie, wie sie die Kartoffeln fürs Abendessen wusch. Es schnürte ihm das Herz zusammen. Wie Blitze zuckten die Bilder durch sein Gehirn: das winzige Baby, das ihm die Krankenschwester in den Arm legte. Das Mädchen auf der Schaukel, das bei jedem Abwärtsschwung aufschrie, weil es sie so im Bauch kitzelte. Das tränenüberströmte Gesicht, als sie ihre tote Mutter entdeckte. Die wutblitzenden Augen, als sie Jan verwünschte. Der Blick, als er sie auf der Kranichinsel fand. Es war der Blick einer Toten.

»Ich hab dich was gefragt, Papa. Bleibst du zum Essen?«

»Entschuldige, ich war in Gedanken. Ja, ich bleibe gern zum Essen.«

Er würde versuchen, Marius abzupassen und ihn dazu zu bringen, Elke nichts von den Ereignissen am Morgen zu erzählen. Er würde ihn an seine Schweigepflicht erinnern und ihm ganz einfach verbieten, über seinen Patienten Hanno Dorfmann zu reden. Mit wem auch immer. Erleichtert, diese Lösung für sein Problem gefunden zu haben, fragte er Elke, ob er ihr etwas helfen könne.

Sie stellte ihm das Sieb mit den gewaschenen Kartoffeln hin.

»Während du die schälst, kann ich schnell ein Brot backen. Für Jan und Laura. Ich bringe es ihnen morgen mit Salz. Zum Einzug.«

Brot und Salz zum Einzug waren eine Tradition, auf die sich nur wenige besannen. Er hatte keine Ahnung gehabt, dass sie Elke bekannt war.

Sie will nur freundlich sein, beruhigte er sich. *Es hat nichts zu bedeuten. Nur eine freundliche Geste des Willkommens, ganz und gar harmlos.*

Aber sein Herz schlug viel zu schnell.

Die Dämmerung senkte sich über das Jägerhaus. Das letzte Sonnenlicht legte eine rote Bahn auf den See und färbte die kahlen Wipfel der Buchen. Jan war noch nicht zurück. Laura begann zu frösteln. Sie öffnete eine Flasche Rotwein und stellte sie mit zwei Gläsern auf den Tisch vor dem Kamin. Anschließend begab sie sich auf die Suche nach Kaminholz. So warm diese Tage schon waren, in den Nächten fiel das Thermometer auf unter fünf Grad. Sie zog die dicke Strickjacke enger um sich, als sie um das Haus herum zu dem Schuppen ging, in dem sie das Holz vermutete. Die Tür war abgeschlossen. Sie tastete auf dem Türrahmen nach dem Schlüssel, hob, als sie keinen Erfolg hatte, einen gusseisernen Blumenkübel hoch, in dem ein paar verwelkte Stiefmütterchen zu erkennen waren, und fand den Schlüssel schließlich in einem Astloch dicht neben der Tür. Sie steckte ihn ins Schloss und konnte im letzten Moment einem dicken Ast ausweichen, der plötzlich auf sie herunterkrachte. Sie fluchte einen Moment über den Scheißbaum, von dem der Ast heruntergefallen war. Dann kam der Schock. Sie fing an zu zittern und ging in die Knie. Der

Ast lag zu ihren Füßen, mehr als armdick. Wenn er sie getroffen hätte, hätte er sie erschlagen können. *Ich hätte tot sein können, am ersten Tag meines neuen Lebens von einem Ast erschlagen.* Wie ein Mantra zuckte der immer gleiche Gedanke durch ihren Kopf: *Ich hätte tot sein können.* Als eine Träne auf ihren nackten Arm tropfte, merkte sie, dass sie weinte. Und die Erkenntnis über ihr Weinen öffnete die Schleusen endgültig. Wie Sturzbäche flossen die Tränen ihre Wangen hinunter. Schluchzen erschütterte ihren Körper.

»Laura! Um Gottes willen, Liebes. Was ist denn passiert?«

Jan war da. Er legte ihr seine Jacke um die Schultern, zog sie auf die Beine, nahm sie in die Arme. *Jan! Wo bist du so lange gewesen?* Verzweifelt schluchzte sie an seiner Brust, konnte sich gar nicht beruhigen.

»Was ist denn, Liebling? Sag mir, was los ist.«

Jans Stimme klang beunruhigt. Voller Sorge.

»Ich wollte Kaminholz holen.«

Stakkatoartig kamen die Worte aus ihrem Mund.

»Und du hast den Schlüssel nicht gefunden?«

Er sah, dass der Schlüssel im Schloss steckte.

»Der Ast … er ist plötzlich runtergekracht. Er … hätte mich töten können …«

Jan erschrak, als er den Ast sah. Sie hatte recht. Zumindest hätte er sie schwer verletzen können.

Wut stieg in ihm auf. Hatte Hanno nicht den Auftrag, sich um das Anwesen zu kümmern? Wofür bezahlte er ihn denn, wenn er nicht einmal dafür sorgte, dass die Bäume fachgerecht von alten Ästen befreit wurden?

»Ich bring dich jetzt ins Haus. Dann mach ich dir einen Tee, hole das Holz und zünde den Kamin an.«

Er brachte sie zum Haus zurück, bettete sie auf das Sofa am Kamin und deckte sie mit einer Wolldecke zu.

»Alles gut. Ich mache schnell Tee. Kann ich dich allein lassen?«

»Ich bin schon okay. War nur der Schreck. Und meine blühende Fantasie.«

Sie sah ihm nach, wie er in der Küche verschwand, und kuschelte sich in die Decke. Der Hund, an den sie gar nicht mehr gedacht hatte, tauchte auf und legte seinen Kopf auf ihre Beine, als wollte er sie trösten. Sie lehnte sich in die weichen Kissen und schloss die Augen.

Jan befüllte den Wasserkocher und suchte nach den Teebeuteln, die sie am Morgen zusammen gekauft hatten. Er hängte zwei von ihnen in eine silberne Kanne und stellte die zarten Teetassen auf ein Tablett, aus denen er schon mit seiner Mutter Tee getrunken hatte. Plötzlich wankte der Boden unter ihm. Er musste sich mit beiden Händen an der Tischplatte festhalten. *Nicht,* schoss es ihm durch den Kopf. *Es darf nicht wieder passieren. Das würde ich nicht überleben.*

Als er das heiße Wasser in die Kanne goss, fiel sein Blick auf etwas Schimmerndes am Boden. Er bückte sich und tupfte mit den Fingern eine winzige Glasscherbe auf. Er besah sie sich nachdenklich, bevor er sie mit einer Serviette vom Finger nahm. Dann öffnete er den Küchenschrank. Die Gläser standen in Reih und Glied. Er wollte den Schrank gerade wieder schließen, da fiel ihm etwas ein. Er rückte die ersten Gläser zur Seite und entdeckte, dass in der letzten Reihe ein Glas fehlte. Stirnrunzelnd zählte er die Gläser nach. Statt zwölf waren es elf. Sein Blick fiel auf den Boden. Doch da war keine Scherbe mehr. Er öffnete den Mülleimer unter der Spüle und schob das bisschen Müll zur Seite, das sie bis jetzt verursacht hatten – ganz vorsichtig, damit er sich nicht schnitt. Doch er fand nicht, was er suchte.

Er stellte die Gläser wieder in die Reihe und schloss den Schrank. Nachdenklich nahm er die Teebeutel aus der Kanne.

»Tee, mein Liebes. Soll ich dir vielleicht ein Sandwich dazu machen?«

Laura strahlte, als sie ihm den Kopf zuwandte.

»Gurkensandwich? Dann komm ich mir wie eine englische Prinzessin vor.«

»Wenn das so ist, gibt's kein Sandwich.«

Er lächelte, als er den Tee einschenkte.

»Englische Prinzessinnen sind in den wenigsten Fällen glücklich.«

Wenig später loderte im Kamin ein Feuer. Laura knabberte an einem perfekten Gurkensandwich, Jan hatte sich ein Glas Rotwein eingeschenkt, und der Hund lag zusammengerollt nah am Kamin und schien zu schlafen. Jan hatte ihr erzählt, dass er mit dem Schreiner einig geworden sei. Der würde in den nächsten Tagen vorbeikommen, um die Wand auszumessen, an die das Regal sollte. Und falls Laura sich bis dahin entschieden hatte, welches Zimmer ihres sein sollte, könnte sie mit dem Schreiner besprechen, was er auch ihr an Regalen oder Möbeln bauen sollte.

»Ich muss dir was gestehen«, sagte sie plötzlich.

Jan sah sie fragend an.

»Du willst hier alles rauswerfen und komplett neu einrichten?«

Sie lachte und rückte näher an ihn heran.

»Es ist mir etwas passiert. Ich habe eins der Wassergläser fallen lassen.«

Angespannt wartete sie auf seine Reaktion. Würde er sich wirklich so aufregen, wie Elke ihr prophezeit hatte?

»Das ist in der Tat eine echte Katastrophe.«

Jan lachte auf, als er Laura an sich zog und seinen Arm um sie legte.

»Scherben bringen Glück, hast du das noch nie gehört? Ich wäre echt beunruhigt, wenn es am Tag deines Einzugs hier keine Scherben gegeben hätte.«

»Du bist nicht sauer?«

»Wegen eines Glases? Was denkst du eigentlich von mir?«

Dass du ein wunderbarer Mann bist. Und ich vollkommen bescheuert bin.

»Eigentlich ist das Glas ja Elke runtergefallen. Sie hat sich fürchterlich aufgeregt. Als würde sie Angst vor deiner Reaktion haben. Kann es sein, dass sie ein Problem hat?«

Täuschte sie sich, oder war er plötzlich angespannt? Wieso zog er plötzlich den Arm von ihr weg?

Jan stand auf und legte ein Holzscheit nach. Einen Moment lang schien es, als würde das Feuer ausgehen. Im Zimmer wurde es merklich dunkler.

»Jan?«

Die Flammen schlugen wieder höher. Das Spiel von Schatten und Licht auf seinem Gesicht machte es ihr schwer zu erkennen, wie er reagierte. Dann vernahm sie sein Lachen.

»Elke war schon immer ziemlich ungeschickt. Ich kann mich nicht erinnern, wie viele Teller und Gläser sie in diesem Haus schon zerbrochen hat. Vermutlich ist es ihr nur peinlich gewesen, dass du ihre Tollpatschigkeit gleich an deinem ersten Tag bemerkt hast.«

Was hatte er erwartet? Dass es keinen Kontakt zwischen Elke und Laura geben würde? Dann hätte er nicht hierher zurückkommen dürfen. Sein Blick fiel auf die Lilien, deren Duft auf einmal viel zu süß und schwer war. Sie gehörte nun mal zu seinem Leben. Und irgendwie hatte er die ganzen Jahre, die er weg gewesen war, ein schlechtes Gewissen gehabt, weil er sich nicht um sie gekümmert hatte.

»War sie mal verliebt in dich? Du kannst es mir ruhig sagen. Ich verspreche, ich werde sie dafür nicht umbringen.«

»Als sie fünf war, hat sie überall verkündet, dass sie mich mal heiraten würde. Ich war damals fünfzehn. Und ich hab ihr nicht widersprochen. Überhaupt hat ihr nie jemand widersprochen. Sie war zu niedlich mit ihren blauen Augen und den blonden Locken. Wir waren alle ganz vernarrt in sie.«

»Ihr wärt ein hübsches Paar gewesen.«

»Sie war für mich wie eine kleine Schwester. Von Verliebtheit war da keine Spur. Ich hab mir nur immer Sorgen um sie gemacht.«

Also doch. Da war also irgendwas an dieser Frau, das nicht in Ordnung war. Sonst hätte Jan sich doch keine Sorgen gemacht.

»Sie war ein schrecklicher Wildfang, der vor nichts Angst hatte. Sie kletterte auf die höchsten Bäume. Und dann saß sie oben wie eine kleine Katze, die nicht mehr herunterfand. Sie ritt wie eine Indianerin. Ohne Sattel, immer in Höchstgeschwindigkeit. Es konnte einem angst und bange werden, wenn man sah, wie sie ihr Pferd über die Gräben und durch die Wälder jagte. Nicht nur einmal ist sie mit dem Kopf gegen einen Ast geknallt und im hohen Bogen runtergeflogen. Hanno und ich waren in ständiger Alarmbereitschaft. Nur vor dem Wasser hatte sie lange Zeit Angst. Ich vermute, weil ihre Mutter im Meer ertrunken ist. Ich hab einen ganzen Sommer gebraucht, um ihr das Schwimmen beizubringen.«

War es Eifersucht, was da in Laura aufwallte? Wenn ja, würde sie 'nen Teufel tun und Jan davon erzählen. Sie sollte sich freuen, dass sie Elke kennenlernen durfte. Durch sie würde sie Einiges über diesen Mann, der ihr natürlich immer noch ein wenig fremd war, erfahren. Und außerdem war Jan nach dem Unfalltod seiner Eltern doch ziemlich allein gewesen. Wie gut, dass es da Elke gegeben hatte. Und Hanno. Sie waren ihm so etwas wie eine Ersatzfamilie gewesen.

Laura dachte an ihre Mutter. Nach der Scheidung waren sie und Laura eng zusammengerückt. Karin hatte ihr Leben ganz auf ihre kleine Tochter eingestellt. Zwar hatte sie hin und wieder einen Freund gehabt, aber letzten Endes doch nicht mehr geheiratet. Laura hatte sich oft gefragt, ob sie der Grund dafür gewesen war, dass ihre Mutter keine neue Partnerschaft eingehen wollte. Aber wenn sie sie darauf angesprochen hatte, hatte Karin immer gesagt, dass sie einfach nicht den Richtigen gefunden habe. Und mit einem Falschen sei sie ja schon zusammen gewesen. Sie waren eine unzertrennliche Einheit geworden, Mutter und Tochter. Laura hatte die tatkräftige Frau, die immer gute Laune zu haben schien und die ihren Beruf als Anwaltssekretärin und die Erziehung ihrer Tochter so problemlos unter einen Hut zu bekommen schien, bewundert. Auch wenn sie sich, als sie älter war, durchaus manchmal gewünscht hatte, dass Karin sich doch noch einmal ernsthaft verlieben würde. Auf jeden Fall war ihre Mutter immer für sie da gewesen. Sie hatte mit ihren Problemen zu ihr kommen können. Nächtelang hatten sie auf dem Sofa gesessen und über zickige Freundinnen, strenge Lehrer und natürlich irgendwann auch über Männer und die damit verbundenen Herzschmerzen geredet. Auch als sie schon ausgezogen war, hatten sie und ihre Mutter einen *Jour fixe* eingerichtet, sich jeden Donnerstag erst zum Kino verabredet und dann hinterher bei einem Wein »über alles« geredet. Laura, die bei ihren Freundinnen gesehen hatte, dass eine derart gute Beziehung zur Mutter für Mädchen überhaupt nicht selbstverständlich zu sein schien, war immer dankbar dafür gewesen, in ihrer Mutter eine verständnisvolle Begleiterin durchs Leben gehabt zu haben. Sie bedauerte jeden, der sich mit seinen Eltern nicht verstand. Und als sie von Jan erfahren hatte, dass seine Eltern tot waren und er auch sonst keine nahen Verwandten hatte, hatte sie großes Mitleid mit ihm empfunden. Umso erleichterter hätte sie jetzt eigentlich sein müssen, da sie begriff, dass Jan tatsächlich nicht ganz allein gewesen war, sondern in Hanno einen wunderbaren, sehr nahen Freund hatte und in Elke so etwas wie eine kleine Schwester. Und doch war da so ein mulmiges Gefühl. Diese Panik in Elkes Augen, diese Nervosität, als sie die Scherben eingesammelt hatte.

»Jan merkt alles. Er hasst Veränderungen.«

Elkes Stimme klang schrill in ihr nach.

6

Die alte Frau schrie gellend auf. Der große Vogel stürzte sich auf sie. Sein Schnabel, der gelbe Schnabel – er würde ihr die Augen aushacken. Der Vogel breitete die schwarzen Flügel aus. Sie versuchte, ihre Augen mit ihren Händen zu schützen, spürte seine Krallen auf ihrer Brust, als er auf ihr landete. Die Federn streiften ihr Gesicht. Sein Schrei klirrte in ihren Ohren. In Panik schlug sie um sich. Ihr Herz schlug zum Zerbersten. Jetzt! Der gelbe Schnabel hieb auf ihr Gesicht ein. Blut spritzte. Seine schwarzen Augen glühten kalt …

»Wach auf, Jette. Komm, wach auf. Das ist nur ein Traum.«

»Er will mich töten. Er will mich …« Jette Politschek wachte atemlos auf. »Der Kranich … sein Schnabel … Er will mich töten.«

Das dünne graue Haar stand wirr um ihren Kopf, ihre mageren Arme mit den blauen Adern schlugen um sich. Noch war sie gefangen in ihrem Albtraum. Keuchend wehrte sie sich gegen den unheimlichen Angreifer.

»Beruhige dich, Jette. Es war doch nur dein Traum. Komm, sieh mich an. Ich bin es, Mike. Sieh mich an, Jette. Es ist alles gut.«

Jettes Atem ging stoßweise. Tränen rannten ihr über die faltigen Wangen.

»Er will … mich töten.«

Ihre Schreie verebbten in leisen Schluchzern.

Mike, der seit einem halben Jahr in der Alteneinrichtung arbeitete, in der Jette Politschek ihre letzten Jahre verbrachte, hielt die zarten, schmalen Hände der alten Frau fest, während er beruhigend auf sie einredete.

»Sieh mal, Jette, die Fenster sind verschlossen. Hier kann der Kranich gar nicht rein.« Er lachte leise, während er ihr die wirren Haare glatt strich. »Und ich bin ja auch noch da. An mir kommt keiner vorbei.«

Es dauerte eine Weile, bis die alte Frau sich beruhigen konnte. Mike brachte ihr ein Glas Wasser, und er zog ihr eine warme Strickjacke über, weil sie wie immer, wenn sie diesen Albtraum gehabt hatte, am ganzen Leib zitterte. Gleich würde er Wasser aufsetzen, um eine Wärmflasche zu machen. Er würde sie ihr an die eisigen Füße legen, sie dann gut zudecken und bei ihr bleiben, bis sie eingeschlafen war. Das allerdings konnte dauern, das wusste er. Denn die Bilder des Albtraums kamen zurück, sobald Jette die Augen schloss.

Sie fing wieder an, zu zittern und um sich zu schlagen, bis sie endlich die Augen aufriss und erkannte, dass sie nicht in Gefahr war.

Die anderen hatten ihn darauf vorbereitet, dass die Nachtdienste auf der Station, in der Jette wohnte, anstrengend sein konnten. Monatelang passierte nichts. Aber wenn Jette von ihrem Albtraum geplagt wurde, schrie sie das ganze Haus zusammen und war kaum zu beruhigen. Mike tat die winzige alte Frau, die tagsüber wie ein junges Mädchen lachen konnte und die schönsten Geschichten aus ihrem Leben erzählte, leid. Er hatte versucht, mit ihr über ihren Traum zu reden. Wie lange sie denn schon von diesem Vogel träume? Ob sie wisse, wann das angefangen habe? Ob es irgendetwas in ihrem Leben gab, worauf sie ihren Traum zurückführen konnte?

Doch Jette hatte immer nur gesagt, dass sie keine Ahnung habe. Sie hatte nichts gegen Kraniche. Im Gegenteil, die großen Vögel, die im Frühjahr und im Herbst überall auf den Wiesen um Templin herum Futter suchten, gefielen ihr eigentlich. Als Kind hatte sie nächtelang wach gelegen und in die Dunkelheit gelauscht. Und dann waren sie irgendwann zu hören gewesen, die hellen Schreie der Vögel, die am Nachthimmel in Richtung Süden oder Norden flogen. Sie war hinaus auf den Hof gerannt und hatte in den Himmel gestarrt. Sie hatte die langen Linien mit dem Haken an der Spitze, die die Vögel bildeten, mit den Augen verfolgt, bis sie in der Ferne erst zu einem Federstrich zwischen den Wolken wurden und sich dann ganz verloren. Wenn die Kraniche geflogen kamen, das hatte sie gewusst, war der Frühling nicht mehr weit. Und auf ihrem Rückflug kündigten sie den Herbst an, den sie fast genauso liebte wie den Frühling.

Nein, es gab einfach nichts Negatives, was sie mit den Kranichen in Verbindung bringen konnte. Sie konnte sich nicht erklären, was dieser Traum zu bedeuten haben konnte.

Es sei denn … Er wollte sie auf ihren nahen Tod vorbereiten.

Als sie Mike das zum ersten Mal gesagt hatte, war er erschrocken zusammengezuckt. Er war gerade mal einundzwanzig Jahre alt. Der Tod war für ihn keine Option. Jette hatte seinen Schrecken sehr wohl wahrgenommen.

»Wenn man jung ist, denkt man, das Leben sei endlos. Ich weiß das. Aber in meinem Alter …« Sie hatte sich über ihn lustig gemacht. »Du arbeitest in einem Altenheim und willst nichts vom Tod wissen?«

Er hatte sich geschämt. Aber sie hatte recht gehabt. Er wollte sich nicht damit auseinandersetzen, dass die Menschen, mit denen er es hier zu tun hatte, sich auf der letzten Station ihrer Lebensreise befanden. Ihm waren die Heimbewohner, die über alles redeten, nur nicht darüber, dass sie schon bald sterben würden, lieber als Jette Politschek, die ihm jeden Morgen zur Begrüßung sagte, dass sie nun wieder einen Schritt näher ans Grab herangegangen sei.

»Hast du denn keine Angst vor dem Tod?«

Er hatte erwartet, dass sie – wie viele Leute – sagen würde, dass sie nicht vor dem Tod, wohl aber vor dem Sterben Angst hätte. Sie hatte leise gelacht.

»Manche sagen ja, der Tod, das sei wie schlafen. Ich hoffe sehr, dass das nicht so ist. Wenn ich tot sein werde, will ich endlich Ruhe. Und auf keinen Fall will ich mehr träumen.«

Mike hatte viele Nächte an Jettes Bett gesessen. Auch wenn sie längst wieder eingeschlafen war, hatte er ihre Hand gehalten und auf ihren Atem gelauscht. Die magere Gestalt, deren Knochen sich unter dem dicken Baumwollnachthemd, das sie sommers wie winters trug, deutlich abzeichneten und die ihm, wenn er sie festhalten musste, vorkam wie der Körper eines kleinen dünnen Mädchens, rührte ihn. Bestimmt war sie einmal eine schöne Frau gewesen, anmutig und beweglich. Mit rötlichem Haar, in dem sich die Sonne fing, und leuchtenden grünen Augen, die auch heute noch hin und wieder aufstrahlten. Selbst jetzt, mit fast neunzig Jahren, konnte sie lustig und kokett sein, sogar mit ihm flirten. Ihr Geist war zwar oft verwirrt, aber es gab auch gute Momente, in denen sie ganz klar und wach war. Jeden Tag ließ sie sich von Mike oder einem seiner Kollegen aus der Zeitung vorlesen, sah sich die Nachrichten im Fernsehen an, auch wenn sie die Bilder schon lange nicht mehr so gut erkennen konnte. Am liebsten aber hatte sie Naturfilme. Sie hatte damals als junge Frau viele Reisen nach Afrika und Indien gemacht, auf den Galapagosinseln war sie gewesen und in Grönland, und überall hatte sie vor allem die Tierwelt interessiert. Dass ihr ein Tier Angst machte, das hatte es nie gegeben. Mike fragte sich manches Mal, wenn Jette wieder in höchster Panik aus ihrem Albtraum aufwachte, wieso es gerade die Kraniche waren, die sie so beunruhigten. Vögel, die den Menschen noch nie gefährlich geworden waren und die, wie er herausgefunden hatte, seit jeher als Boten des Glücks galten. Wenn es ihr gut ging, lachte Jette über sich selbst. Sie konnte es sich auch nicht erklären, woher ihr Albtraum kam. Es sei denn … Aber instinktiv wusste sie, dass ihre selbst gestrickte Erklärung, dass der Traum sie auf den Tod vorbereiten wollte, Unsinn sein musste. Zu lange hatte sie den Traum schon. Und sie war doch immer noch am Leben.

»Du kannst gehen, Mike. Ich bin ja nicht die Einzige, um die du dich kümmern musst.«

Sie legte den Kopf auf das Kissen zurück. Es war nur ein Traum. Ihr konnte wirklich nichts passieren. Das wusste sie, doch trotzdem hatte sie Angst, die Augen wieder zu schließen.

»Wir werden in den nächsten Tagen einen Ausflug machen, Jette. Die Kraniche sind zurück. Und vielleicht, wenn du sie in natura siehst, begreift dein Unterbewusstsein, dass es Quatsch ist, sich vor ihnen zu fürchten.«

Mike hatte im Internet einen Artikel über Konfrontationstherapie gelesen. Menschen, die unter Klaustrophobie litten, sollten Aufzug fahren, Leute, die sich vor Spinnen fürchteten, sollten in den Zoohandel gehen und sich Terrarien ansehen.

Wieso sollte das nicht auch bei Jette klappen? Er würde mit ihr zu den Wiesen fahren, auf denen die Kraniche sich tagsüber die Bäuche für ihre Kräfte zehrende Reise vollschlugen. Vielleicht würde es Jette ja helfen. Und wenn nicht, schaden würde es ihr sicher auch nicht.

»Ja«, sagte Jette, »das ist vielleicht eine gute Idee. Das machen wir.«

Sie schloss die Augen. Und Mike spürte, wie sich ihre Hand fester um die seine krampfte.

Marius wachte auf, als Elke leise ins Zimmer kam. Ob sie eigentlich wusste, wie leicht sein Schlaf war? Er wachte auf, wenn sie im Traum leise stöhnte. Er wachte auf, wenn sie auf nackten Füßen leise zur Tür tappte und versuchte, sie so geräuschlos wie möglich zu öffnen, und er wachte auf, wenn sie wieder ins Bett zurückkam. Einen sehr festen Schlaf hatte er ohnehin nie gehabt, aber seit er wieder angefangen hatte, sich Sorgen um Elke zu machen, war es ihm, als wäre sein Gehirn Tag und Nacht darauf gepolt, auf sie aufzupassen.

Er spürte die Kälte, die sie mit sich brachte, als sie ins Bett schlüpfte. Also war sie wieder draußen gewesen. Wie in jeder Nacht, als Jan vor sechs Wochen zurückgekehrt war. Anfangs hatte er noch gehofft, dass es sich nur um eine kurze Phase handelte. Doch inzwischen wusste er es besser.

Als sie sich an ihn drängte, rückte er wie unabsichtlich ein Stück von ihr weg. Ihre kühle Hand griff nach ihm, strich über seinen Schlafanzug, fuhr weiter hinab, schlüpfte in seine Hose. Obwohl sein Penis sofort auf die Berührung reagierte und steif wurde, drehte er sich zur Seite. Er wollte nicht mit ihr schlafen. Es war ihm egal, dass sein Körper noch immer auf sie reagierte: Wie immer ging er auf ihren Annäherungsversuch nicht ein.

»Komm doch.«

Sie drängte sich an seinen Rücken. Er spürte die Wärme ihrer Lippen durch den Stoff des Schlafanzugs. Wieso wollte sie nicht begreifen, dass er sie nicht mehr begehrte? Wieso versuchte sie es immer wieder? Er hätte den Mut finden müssen, ihr klipp und klar zu sagen, dass er nicht mehr wie ein Mann für sie empfand. Dass sie für ihn nichts anderes mehr war als eine Freundin. Eine Freundin zwar, um die er sich sorgte, mit der er auch gern redete oder aß. Oder hin und wieder verreiste. Aber er begehrte sie einfach nicht mehr. Meistens verstand sie es, wenn er nicht auf ihre Berührung reagierte, und ließ von ihm ab. In manchen Nächten befriedigte sie sich dann selbst, wobei sie keinen Versuch unternahm, dies diskret und lautlos zu tun. Vermutlich hoffte sie, dass ihre Erregung und ihr Stöhnen ihn doch noch animierten, sich zu ihr umzudrehen und auf ihr Angebot einzugehen. Heute verstand sie sein Signal nicht. Oder sie wollte es nicht verstehen. Ihre Hand wanderte über seinen Rücken nach vorne. Sie umfasste seinen Penis.

»Er hat Sehnsucht nach mir.«

Am liebsten hätte er sich umgedreht und ihr ins Gesicht geschlagen.

Sie bewegte ihre Hand rhythmisch, ihr Atem ging schneller.

»Ich liebe dich, Marius.«

Sie keuchte vor Erregung.

Er wusste nicht, wieso er es nicht tat. Er hätte sich nur umzudrehen und in sie einzudringen brauchen. Bestimmt wäre er ziemlich schnell gekommen und sie kurz nach ihm auch. Sie hätte sich zufrieden zur Seite gerollt, und es wäre vorbei gewesen. Aber er konnte das nicht. Er konnte einfach nicht mit der Frau schlafen, mit der er seit mehr als zehn Jahren verheiratet war. Wenn es die Möglichkeit gegeben hätte, hätte er schon längst auf getrennten Schlafzimmern bestanden. Doch das Haus war zu klein. Wohnzimmer, Küche, Schlafzimmer. Und dann gab es zwar noch ein kleines Arbeitszimmer, aber das Sofa, das darin stand, war kurz und schmal. Er konnte darauf nur in der allerhöchsten Not schlafen, um am nächsten Morgen wie gerädert aufzuwachen.

»Sorry, ich muss aufs Klo.«

Er konnte es nicht länger neben ihr aushalten.

Er hasste den Mann, der ihm aus dem Spiegel entgegensah, den Mann in diesem lächerlichen Schlafanzug. Wann hatte er aufgehört, nackt zu schlafen? Er musste sich das nicht fragen; er wusste es genau: Fast zehn Jahre war es her. Eines Tages hatte er es nicht mehr ausgehalten, Elkes Berührungen auf seiner Haut zu spüren. Seit zehn Jahren schlief er nicht mehr mit seiner Frau. Oder fast nicht mehr. Hin und wieder gelang es ihr, ihn doch zu überrumpeln.

Dann überließ er seinen Körper ihren Bedürfnissen und fühlte sich hinterher einfach nur schlecht. Natürlich, er war ein gesunder, immer noch junger Mann. Er hatte Bedürfnisse. Aber er redete sich ein, dass es ihm ausreichte, wenn er einmal im halben Jahr in ein Bordell nach Berlin oder Rostock fuhr und sich ansonsten gelegentlich selbst befriedigte. Morgens unter der Dusche. Elke, die ihn einmal dabei überrascht hatte und seitdem immer anklopfte, wenn sie ihn im Bad vermutete, hatte nie darüber geredet, dass zwischen ihnen sexuell nichts mehr lief. Sie tat ihm leid. Sie hatte es nicht verdient, von ihrem Mann so behandelt zu werden. Er hatte ein schlechtes Gewissen ihr gegenüber, natürlich. Aber er konnte nichts dagegen tun. Trennung, das war ihm klar, wäre die einzig faire, anständige Lösung gewesen. Einen Zustand herzustellen, von dem aus sie beide noch einmal neu würden anfangen können. Aber weder er noch sie hatten je den Mut gefunden, auch nur darüber zu sprechen. Sie hatten sich arrangiert, vielleicht aus Bequemlichkeit, vielleicht auch aus Angst, nach einer Trennung nicht mal mehr das zu haben, was sie jetzt hatten.

Er hasste sich für seine Feigheit und versuchte sich damit zu beruhigen, dass Sex nun wirklich nicht das Wichtigste war auf der Welt. Eigentlich ging es ihnen ja nicht schlecht miteinander. Sie hatten beide einen Beruf, der sie nicht nur forderte, sondern auch zufrieden machte, sie wohnten in diesem zwar kleinen, aber sehr hübschen Haus, und sie machten Reisen, fuhren mit dem Boot. Elke kümmerte sich um die beiden Pferde, die immer noch Jan gehörten. Sie bewegte sie täglich. Und hin und wieder unternahmen sie auch zusammen Ausritte. Sicher ging es ihnen besser als vielen anderen.

Und dennoch: *Warum gelingt es mir nicht, sie glücklich zu machen?* Am schlimmsten fand er, dass er die Antwort auf diese Frage zwar ganz genau wusste, aber sich trotzdem nicht imstande sah, die richtigen Konsequenzen zu ziehen.

Mir doch egal, wenn's da drin zieht. Dann dichte ich die Fenster eben mit Fugenkitt ab.

Entschlossen drückte Laura die Türklinke zu dem Eckzimmer hinunter, das neben ihrem Schlafzimmer lag. Mehr als vier Wochen lang hatte sie so getan, als gäbe es dieses Zimmer nicht. Aber sie hatte sich auch mit keinem anderen Raum in dem Haus anfreunden können, der ihr Reich werden sollte. Oder sie hatte es einfach nicht gewollt, jedenfalls nicht, bevor sie das Eckzimmer wenigstens einmal von innen gesehen hatte. Es war ja süß von Jan, dass er ihr den Raum nicht zumuten wollte, weil es angeblich zog oder sogar hereinregnete. Aber das waren doch Probleme, die man lösen konnte. Erstaunt stellte sie fest, dass die Tür verschlossen war. War der Schaden so groß, dass es vielleicht gefährlich war, den Raum zu betreten? Vielleicht hatte es ja länger hereingeregnet, und die Bodendielen waren am Durchbrechen? Laura war enttäuscht. Sie hatte sich schon ausgemalt, wie hübsch sich ihr blauer Tisch zwischen den beiden Fenstern ausnehmen würde. Und wie sie da sitzen und lesen und sowohl auf den See als auch auf den Wald blicken würde.

Das Telefon klingelte irgendwo im Haus. Sie zuckte zusammen. Hatte Jan nicht gesagt, dass er erst einen Anschluss beantragen musste? Sie lief die Treppe hinunter, dem Klang nach. Wo konnte der Apparat sein? In der Küche war er nicht, auch nicht im Wohnzimmer. Als sie die Tür zum Musikzimmer aufriss, hörte das Klingeln auf. Sie wollte sich schon wieder umdrehen, da sah sie den Apparat auf einem kleinen Tisch neben dem Sofa stehen.

Da hast du dich also versteckt.

Sie dachte, das sei doch eine gute Gelegenheit, ihre Mutter anzurufen und ihr zu sagen, dass es ihr gut ginge. Und dass sie sie bald einmal besuchen müsse. Sie nahm den Hörer ab. Die Leitung war tot.

Das gibt's doch nicht. Ich hab das Klingeln doch gehört.

Sie wählte Karins Nummer, doch sie bekam keine Verbindung.

Und dann sah sie, dass der Stecker nicht in der Buchse steckte. Hatte sie Halluzinationen?

Blödsinn. Wahrscheinlich war es ein Handy gewesen, das sie gehört hatte. Jans vielleicht. Doch dessen Klingelton kannte sie genau. Oder konnte es das von Hanno Dorfmann gewesen sein? Vielleicht war er im Garten, weil er sie besuchen wollte.

Sie öffnete die Terrassentür und ging hinaus.

»Hanno?«

Sie rief seinen Namen ein paar Mal. Ging um das Haus herum. Doch da war niemand.

Sie sah zum See, wo Jan gerade aus dem Wasser stieg. Seit den ersten Maitagen hatte sich das Wasser im See schnell erwärmt, und kaum war es über sechzehn Grad »warm« gewesen, hatte Jan seine morgendliche Joggingrunde durch eine halbe Stunde Schwimmen ersetzt. Als sie auf ihn zugehen wollte, hörte sie ein leises Geräusch im Musikzimmer. War Hanno doch da? Durch die Vordertür hereingekommen?

»Hanno?«

Sie trat zurück in das Zimmer. Aber da war niemand. Komisch. Sie hatte doch Schritte gehört.

»Laura? Das Wasser ist wunderbar. Willst du nicht auch vor dem Frühstück ein bisschen schwimmen?«

Sie zuckte zusammen, als sie Jan vor der Terrassentür stehen sah.

»Ähm … ja. Wieso nicht? Ich ziehe mir nur schnell den Badeanzug an.«

Sie verließ das Zimmer eilig. Schwimmen, das war jetzt genau das Richtige. Als sie die Tür schloss, fiel ihr Blick auf den Flügel. Der Deckel war hochgeschlagen. Laura erinnerte sich genau daran, dass Jan am Tag zuvor den Deckel wieder zugemacht hatte, bevor sie das Zimmer verließen. Mit einer vorsichtigen, fast liebevollen Bewegung hatte er das getan.

»Ist Hanno heute Morgen schon da gewesen?«

Laura schauderte ein wenig, als sie neben Jan ins Wasser stieg. Es war noch ziemlich kühl. Und heute wirkte der See nicht einmal besonders einladend mit seiner dunklen Oberfläche. Jan hatte ihr erklärt, dass die dunkle Farbe daher rührte, dass im Herbst die Blätter der Bäume, die den See dicht umgaben, ins Wasser fielen und auf dem Grund vermoderten, was allerdings keine Rolle für die Wasserqualität spiele, die hervorragend sei.

»Nein, ich hab ihn noch nicht gesehen. So früh würde er sich auch nicht herwagen. Wieso fragst du?«

Sie beantwortete seine Frage nicht, sondern holte Luft und rannte ins Wasser, bis sie sich endgültig hineinwarf.

Jan folgte ihr sofort. Das Wasser war wirklich wunderbar. Seidenweich umspülte es Laura, und jetzt fühlte es sich auch wirklich warm an. Sie legte sich auf den Rücken. Wie herrlich das war. Das würde sie jetzt jeden Morgen machen.

Und dann schrie sie auf. In Panik. Etwas hatte sie berührt.

An den Beinen. Da war etwas, was nach ihr gegriffen hatte. Sie hatte es ganz deutlich gespürt.

Jan war sofort bei ihr.

»Was ist denn?«

»Gibt es Fische hier?«

Laura versuchte ihre Panik zu unterdrücken.

»Ja. Barsche und Hechte. Und auch Aale. Hast du einen gesehen?«

»Ich glaube, mich hat gerade einer gestreift.«

»Deswegen hast du geschrien? Du weißt aber schon, dass in solchen Gewässern keine Fische vorkommen, zu deren Beuteschema du zählen könntest?«

Sie entschuldigte sich lachend. Er zog sie an der Hand zu sich heran und küsste sie auf den Mund, bis sie sich atemlos losmachte.

»Hältst du mich für zickig?«

»Na ja ... Wer sich so von einem harmlosen Fisch erschrecken lässt ... ein bisschen zickig ist das schon.«

Sie warf ihm einen empörten Blick zu und schwamm davon, auf die kleine Insel zu, die in der Mitte des Sees lag.

»Los, wer zuerst an der Insel ist!«

In diesem Moment erhob sich eine dunkle Wolke von der kleinen Insel. Ein Rauschen erfüllte die Luft, gepaart mit durchdringendem Geschrei.

Laura war einen Moment wie erstarrt.

»Hab ich dir nicht erzählt, dass einige der Kraniche, die

nicht weiter nach Norden fliegen, im Sommer auf der Insel leben?«

Nein, hatte er nicht. Sie hatte keine Ahnung, dass nicht alle Kraniche nach Norden weiterzogen, dass es jedes Jahr mehr gab, die den Sommer hier verbrachten.

»Du hättest mir das sagen sollen. Ich will sie doch nicht stören.«

Sie legte sich auf den Rücken und sah den Vögeln nach, die in taumelndem Flug schnell an Höhe gewannen und sich in Kürze zu ihrer gewohnten strichförmigen Flugformation aneinanderreihten. Ihre Rufe, die eben noch wie Trompetenklänge über den See geschallt hatten, wurden mit der Entfernung leiser, bis sie nur noch wie ein eintöniges Singen im blauen Himmel schwebten.

Jan griff unter Lauras Arme und zog sie zum Ufer zurück. Sie lag ganz entspannt im Wasser, nur ihre Füße machten leichte Paddelbewegungen.

»Es tut mir leid, ich wollte sie nicht wecken.« Während sie sich die Haare trocken rubbelte, ließ sie ihren Blick zur Insel schweifen.

»Ich nehme an, sie waren sowieso auf dem Weg zum Frühstück. Wenn wir nachher zu den Pferden gehen, wirst du sie wiedersehen. Sie fressen tagsüber auf den Wiesen.«

Er legte den Arm um sie, und sie gingen zusammen zum Haus zurück, um endlich zu frühstücken. Alle Anspannung, die sich in Laura angesammelt hatte, war durch das Erlebnis mit den Kranichen wie weggeblasen.

Tatsächlich hatten sich die Kraniche auf der nahe gelegenen Pferdeweide versammelt, um zu fressen. Einige von ihnen hoben den Kopf und klapperten ein Kastagnettensolo mit den Schnäbeln, als Jans Auto heranfuhr. Doch sie fühlten sich anscheinend sicher genug und ließen sich nicht stören.

Die Pferdekoppel lag ungefähr einen halben Kilometer vom Haus entfernt. Sie waren ein Stück durch den Wald gefahren, bevor sich vor ihnen ein weites Tal öffnete, das sich mit geschwungenen Wiesen, die jetzt übervoll mit bunten Blumen waren, kleinen Waldstücken und ein paar Tümpeln, die wie hingespuckt aussahen, bis zum Horizont zog. Holunderbüsche blühten weiß am Wegrand. Ihre tellergroßen Blütendolden bewegten sich im leisen Wind wie Schaumkronen auf einem grünen See. Dichte Brombeerhecken wucherten als lebende Zäune, in denen unsichtbare Spatzenhorden kreischten. Am durchsichtigen, fast türkisfarbenen Himmel zog ein Seeadler seine weiten Kreise. Als eine Füchsin mit ihren zwei Jungen, die aussahen, als seien sie direkt aus einem Katalog für Kinderspielzeug entsprungen, ihren Weg querten, entfuhr Laura einer kleiner Entzückensschrei. Nichts trübte die sommerliche Idylle. Es war alles einfach nur perfekt.

Der große schwarze Friesenhengst und eine etwas kleinere Stute standen ruhig weidend auf der Koppel.

»Hermes.«

Jan schnalzte leise mit der Zunge, und sofort hob der Hengst den Kopf in seine Richtung und kam auf ihn zugetrabt. Laura hatte sich auf Anhieb in den riesigen, schwarzen Kerl verliebt, als sie ihm vor ein paar Wochen zum ersten Mal begegnet war. Sie hatte ihren Augen kaum getraut, als er seinen Kopf an Jans Schulter rieb und ein leises Schnauben von sich gab.

»Darf ich vorstellen? Das ist Hermes. Hermes, das ist meine Frau, Laura.«

Laura hatte nur einen winzigen Augenblick gezögert, bevor sie es wagte, den dicken Hals des Pferdes zu streicheln. Hermes hatte ihr den Kopf zugewandt und sie prüfend angesehen. Als Mädchen hatte Laura in München Reitunterricht genommen. Und da sie sich kein eigenes Pferd leisten konnte, hatte sie ein paar Jahre auf einem Reiterhof gejobbt und sich mit Stallausmisten und Füttern und Striegeln die Möglichkeit geschaffen, hin und wieder ausreiten zu dürfen. Als es aufs Abitur zugegangen war, hatte sie das jedoch schweren Herzens eingestellt. Der Hof lag fast vierzig Kilometer von München entfernt, und die Hin- und Rückfahrt mit S-Bahn und Fahrrad hatten sie einfach zu viel Zeit gekostet. Sie hatte unterschiedliche Pferde geritten, aber ein Friese war damals nicht dabei gewesen.

»Schon mein Großvater hatte einen Friesen. Argo hieß der.«

Jan war über den Zaun gestiegen. Wie winzig er neben dem großen Pferd gewirkt hatte.

»Er war lammfromm und hatte nichts dagegen, dass ich meine ersten Reitversuche auf ihm unternahm.«

Der kleine, schmale Junge auf diesem Riesenpferd. Seine Mutter hatte anfangs Bedenken gehabt, dass das Pferd mit seinem Reiter machen würde, was es wollte. Jan sah ihren besorgten Gesichtsausdruck vor sich, als sie, am Zaun stehend, zusah, wie ihr Schwiegervater Jan zum ersten Mal auf den breiten Rücken des Tiers hob und ihn einige Runden an der Longe reiten ließ. Es war ein großartiges Gefühl gewesen, diese Kraft unter sich zu spüren. Jans nackten Beine hatten kaum bis zur Mitte von Argos Bauch gereicht. Er hatte seine Hände in die lange Mähne des Pferdes gekrallt und sich darauf konzentriert, sich dessen Rhythmus anzupassen. Es hatte nicht lange gedauert, da durfte er die ersten Ausritte an der Seite seines Großvaters machen. Wie stolz er gewesen war. Wie der König der Uckermark war er sich vorgekommen. Der kleine Junge auf dem schwarzen Riesen, der auf das leiseste Schnalzen, auf den zartesten Schenkeldruck sofort reagierte. Einige Jahre lang war er fast täglich durch die Wälder geritten. Oft begleitet von Elke, die zunächst ein Pony ritt – das sich neben Argo wie ein Spielzeugpferd ausnahm –, aber dann von Hanno zum zehnten Geburtstag eine hübsche braune Trakehnerstute bekommen hatte.

Hermes war jetzt fast achtzehn Jahre alt. Jan hatte sich den Hengst, zusammen mit der Stute Flora, gekauft, als er nach dem Studium wieder ins Jägerhaus zurückgekehrt war. Er hatte vorgehabt, eine kleine Zucht anzufangen. Doch kurz nachdem das erste Fohlen geboren war, war er weggegangen und hatte die Pferde in Hannos Obhut gelassen.

Es rührte ihn jedes Mal wieder, dass Hermes ohne zu zögern auf sein Schnalzen reagierte und ihn so vertraulich begrüßte, als hätte er ihn nicht zehn Jahre lang vernachlässigt.

Laura beobachtete, wie Jan seinen Kopf an den Hals seines Pferdes legte. Was genau er dem Tier zuflüsterte, konnte sie nicht wahrnehmen, aber der schwarze Hengst blickte so aufmerksam, als könne er jedes einzelne von Jans Worten verstehen.

Jetzt kam auch die Stute näher. Sie stupste Jan in den

Rücken, wollte offensichtlich seine Aufmerksamkeit. Jan lachte leise auf, drehte sich zu ihr um und küsste sie auf die breite Stirn.

»Flora, meine Hübsche, hallo.«

Er zog einen kleinen Apfel aus der Tasche und hielt ihn ihr hin.

Flora, die etwas kleiner war als Hermes, war eindeutig bestechlich. Jeder konnte ihr Pferdeherz gewinnen, wenn er ihr einen Apfel anbot. Hermes dagegen verschmähte Äpfel. Er war nur auf Zuckerstücke aus, die er natürlich nicht bekommen durfte.

Laura holte einen Apfel aus ihrer Tasche. Flora bekam das wie immer aus dem Augenwinkel mit. Sofort ließ sie von Jan ab und wandte sich Laura zu. Sie nahm ihr vorsichtig den Apfel von der Hand. Und als sie ihn verspeist hatte, bohrte sie ihre Nase in Jans Jackentasche. Hermes beobachtete die Situation mit einer gewissen Verachtung im Blick, trat dann einen Schritt auf Laura zu, die Floras Mähne streichelte, und schnaubte durch die Nüstern.

»Na, komm, sei nicht eifersüchtig. Das ist nun wirklich unter deiner Würde.«

So sehr der Hengst seine Gefährtin Flora liebte – er konnte es einfach nicht leiden, wenn sie sich in den Mittelpunkt drängte.

Jan umschlang den Hals des Pferdes und schmuste mit dem Riesen wie mit einem Stofftier.

»Ja, mein Großer, du bist der Chef. Das habe ich nicht vergessen. Aber die Kleine braucht doch auch etwas Zuwendung.«

Laura sog den Duft von Floras dickem Fell ein, rieb ihre Nase an ihrem Hals, ihre Hand strich über den langen Rücken des Pferdes. Von der ersten Minute an hatte sie sich mit Flora verstanden. Die Stute hatte nichts dagegen gehabt, dass Laura auf ihr ritt, obwohl sie eigentlich nur an eine Reiterin gewöhnt war: Elke. Laura hatte Jan gefragt, ob er denke, dass sie Flora reiten könne. Statt einer Antwort hatte er seine Hände ineinander verschränkt, um ihr beim Aufsteigen zu helfen. Laura war einen Moment lang verblüfft gewesen. Meinte er das wirklich? Sie hatte nur eine leichte Hose und ein T-Shirt angehabt. Das Pferd war nicht einmal gesattelt. Sie hatte nur einen Augenblick gezögert, dann war sie mit dem Fuß auf seine Hände gestiegen und hatte sich auf den Rücken der Stute geschwungen, die still wie ein Standbild dagestanden hatte.

Mann! Das ist einfach der Wahnsinn. Wie sich das anfühlt!

Laura hatte sich auf dem Pferd vom ersten Moment an, sobald sie dessen warmen Rücken unter sich spürte, absolut sicher gefühlt. Jan hatte in das lange Haar des Tieres gegriffen, leise geschnalzt, und die Stute war losgegangen. Ruhig, vorsichtig, als wäre sie sich bewusst gewesen, dass ihre Reiterin zum ersten Mal auf einem Pferd ihrer Rasse saß. Lauras Hände lagen auf dem Hals des Pferdes. Sie spürte seinen Bewegungen nach und hatte sich schnell seinem Rhythmus angepasst. An Jans Seite ging die Stute quer über die Wiese. An einer Brombeerhecke vorbei, auf den Tümpel zu, aus dem, als sie näher kamen, einige grasgrüne Frösche in lang gezogenen Sprüngen davonhüpften. Die Kraniche, die nicht weit entfernt von ihnen weideten, schlugen kurz mit den Flügeln, wechselten den Platz mit ein paar tänzerischen Hüpfern und widmeten sich wieder ihrer Nahrungssuche. Hermes, der Hengst, hatte die kleine Gruppe interessiert beobachtet. Und sich plötzlich in

Trab gesetzt. Wieder stupste er Jan von der Seite an. Und der hatte sich plötzlich auf sein Pferd geschwungen.

Das ist wie im Märchen. Der Prinz und die Prinzessin auf ihren Pferden. Lieber Gott, bitte lass mich nicht aufwachen.

Seite an Seite waren sie ein paar Runden auf der Koppel geritten. Mit jeder Minute fühlte Laura sich sicherer. Sie spürte Jans Blick, der sie aufmerksam verfolgte.

Sie gehört hierher. Ich hab mich nicht getäuscht.

Er hatte gehofft, dass Laura sich mit Flora anfreunden würde. Aber dass es so schnell gehen würde und dass die beiden auf Anhieb so harmonieren würden, das hatte er sich in seinen kühnsten Träumen nicht auszumalen gewagt.

Was hat sie auf meinem Pferd zu suchen?

Ein Stich fuhr Elke ins Herz, als sie Jan und Laura auf der Koppel sah. Sie stieg von ihrem Fahrrad. In den letzten Wochen hatte sie sich auf Wunsch von Jan und Laura, die noch jede Menge mit dem Einzug und der Organisation ihres neuen Lebens zu tun hatten, um die beiden Pferde gekümmert, die sie liebte, als wären es ihre eigenen. Sie hatte zwar gewusst, dass Jan und Laura schon den einen oder anderen Ausritt unternommen hatten, aber die Hauptarbeit hatte sie geleistet, wie schon in den ganzen letzten zehn Jahren. Natürlich war ihr immer klar gewesen, dass weder Hermes noch ihre geliebte Flora ihr gehörten. Aber irgendwie war es ihr erfolgreich gelungen zu verdrängen, dass über kurz oder lang ihre Arbeit mit den Pferden nicht mehr gefragt sein würde. Zehn Jahre lang war sie fast jeden Tag auf Flora und Hermes ausgeritten, hatte sie gestriegelt und gebürstet, sie dem Tierarzt vorgeführt, wenn es nötig war. Vor zwei Jahren hatte sie sogar, zusammen mit Hanno natürlich, eigenhändig einen neuen Unterstand für die beiden Pferde gebaut.

Und so traf es sie jetzt wie ein Schock, als sie Laura auf »ihrem« Pferd, »ihrer« Flora reiten sah, als hätte sie nie etwas anderes getan.

Was machst du da, Flora? Du gehörst mir!

Wie jeden Tag hatte Elke sich nach der Schule auf ihr Rad geschwungen und war durch den Wald zur Koppel gefahren. Der Reithelm baumelte am Lenker hin und her. Ihre ledernen Stiefel hatte sie auf den Gepäckträger geklemmt. Und sich wie jeden Tag auf den Ausritt mit Flora gefreut. Als sie Jans Auto am Rand der Koppel erblickt hatte, war sie langsamer geworden.

Und dann sah sie es: Laura saß entspannt auf Flora. Sie sah zufrieden aus. Und Jan neben ihr auf Hermes wirkte so stolz und zufrieden, wie sie ihn noch nie gesehen hatte.

Flora setzte sich plötzlich in Trab. Einen Moment lang sah es aus, als würde Laura das Gleichgewicht verlieren.

»Holla. Wo willst du denn hin?«

Ohne Probleme gelang es Laura, das Pferd in den Griff zu kriegen.

»Ruhig, Kleine. Ruhig.«

Und tatsächlich, das Pferd blieb stehen. Laura lobte es mit leiser Stimme. Und sah sich gleichzeitig um. Was hatte das Pferd bewogen loszulaufen? War es von irgendetwas erschreckt worden? Doch alles war unverändert. Nur ein Wiedehopf hatte sich in der Nähe niedergelassen und stöberte mit seinem gebogenen Schnabel nach Würmern.

»Du hast sie inzwischen wirklich gut im Griff.«

Jan hatte mit einem leisen Erschrecken beobachtet, wie sich Flora plötzlich selbstständig gemacht hatte. Eine Sekunde lang war die Angst in ihm hochgeschossen. Doch dann hatte er mit Bewunderung beobachtet, dass Laura ganz gelassen geblieben war.

Elke schnipste noch einmal mit den Fingern. Sie sah, dass Flora die Ohren spitzte und den Kopf in ihre Richtung wandte. Doch sie blieb wie festgenagelt neben Hermes stehen. Elke schnipste noch einmal.

»Komm her, Flora, komm zu mir.«

Doch sie musste einsehen, dass sie keine Macht mehr über das Pferd hatte. Von einem Augenblick zum anderen hatte sie Flora verloren. An Jans neue Frau.

»Hallo, ihr zwei.«

Elke stieg über den Zaun. Jetzt kam Flora auf sie zu und begrüßte sie mit einem Stupser gegen die Schulter, als wäre nichts geschehen.

»Hallo, meine Schöne.«

Elke kraulte Flora zwischen den Ohren. Das Pferd hielt still. Man hörte nur seinen Atem.

»Na, du kleine Verräterin?«, flüsterte Elke ihr ins Ohr.

Jan kam auf Hermes heran.

»Hallo.«

Er sprang vom Pferd und nahm Elke kurz in den Arm.

»Na, Kleine, alles gut?«

Er war locker und entspannt. Die Maisonne ließ sein dunkles Haar glänzen. Elke sah auf seiner Nase einen leichten Schweißfilm.

»Ja, natürlich, alles super. Ich wusste nicht, dass ihr heute Zeit für einen Ausritt habt.«

Sie strich dem Pferd über die muskulösen Flanken, über

den Rücken, küsste es auf die Nase. Dann drehte sie sich zu Laura. Ihr Blick war offen und freundlich.

»Sie kommen ja toll mit Flora klar. Glückwunsch! Manchmal kann sie nämlich schon ziemlich zickig sein, meine Kleine.«

»Tatsächlich? Ist mir gar nicht aufgefallen. Bei mir verhält sie sich absolut mustergültig.«

»Sie hat eben begriffen, dass du ihr neuer Boss bist.«

Jan küsste Laura auf den Mund, als wären sie allein auf der Welt.

»Okay, dann will ich nicht weiter stören. Ich sehe mir übrigens morgen eine Stute an, die ich vielleicht kaufen will. Hier bin ich ja nun wirklich überflüssig.«

Laura glaubte einen bitteren Unterton in Elkes Stimme zu hören. Sie sah kurz zu Jan hin. Doch der fing ganz unbefangen an, mit Elke über die Vorzüge ihrer Lieblingspferderasse, der Trakehner, zu reden. Elke hatte früher immer Trakehner gehabt. In ihren Augen waren sie deutlich hübscher und eleganter als die riesigen Friesen. Obwohl Flora in ihren Augen das schönste Friesenmädchen war, das Elke kannte.

»Flora wird eifersüchtig sein, wenn sie Sie auf einem anderen Pferd sieht.«

»Das hoffe ich doch. Immerhin war ich jahrelang ihre einzige Bezugsperson.«

Elke zwang sich zu einem Lachen, obwohl ihr im Moment eher zum Heulen zumute war. Es fiel ihr schwer, sich von der Stute zu trennen. So schwer, wie jeder Abschied, den sie nehmen musste. Wieso konnte nicht einfach alles so bleiben, wie es war?

»Wenn Sie schon mal da sind, wollen Sie mit Flora nicht noch einen Abschiedsausritt machen?«

Sie verstand sie. Sie konnte ihren Schmerz nachfühlen. Elke konnte nicht anders, sie musste Laura einfach bewundern.

»Aber wolltet ihr nicht gerade ausreiten? Ich will eure Pläne nicht durcheinanderbringen.«

»Ach was, wir haben eigentlich noch jede Menge zu tun. Und, ehrlich gesagt, wäre ich Ihnen wirklich dankbar, wenn Sie sich heute nochmals um die Pferde kümmern würden.«

»Da helfe ich Ihnen natürlich gern.«

Laura sprang von der Stute, nahm den Helm ab und legte Elke die Zügel in die Hand. Auch Jan stieg ab.

Unglaublich, was Laura für ein Gespür hat!

Elke zog sich die Stiefel an, setzte den Helm auf und schwang sich mühelos auf Floras Rücken. Jan öffnete das Gatter, und sie ritt ohne ein weiteres Wort davon. Laura sah ihr eine Weile nach. Neidlos erkannte sie die absolute Harmonie, die zwischen Pferd und Reiterin herrschte.

»Flora ist dein Pferd.« Jan hatte Lauras Blick bemerkt. »Elke hat sich auf ihren Trakehnerstuten schon immer wohler gefühlt.«

Laura nickte nur. Eine Ahnung beschlich sie, dass es so ganz einfach mit Elke nicht werden würde. Einen Augenblick lang fühlte sie sich wie ein Eindringling. Elke war all die Jahre die Frau gewesen, die hier zu Hause war. Der See hatte ihr gehört, das Pferd. Auch Jan? Sie fragte sich, ob Elke es ihr übel nahm, dass sie plötzlich hier aufgetaucht war und sie verdrängte.

Aber hatte sie nicht immer damit rechnen müssen, dass Jan eines Tages wieder zurückkommen würde? Möglicherweise hatte sie das wirklich erwartet. Vielleicht sogar erhofft. Vielleicht hatte sie sich ausgemalt, dass alles wieder so werden würde, wie es früher einmal gewesen war. Sie und Jan, eine gewachsene Einheit, verbunden durch unzählige Erinnerungen, die nur ihnen gehörten. Was, wenn sie sich erhofft hatte, wieder die Stellung in Jans Leben einnehmen zu können, die sie als Kind gehabt hatte? Die beste Freundin. Mit der er alles besprach, mit der es noch so viel zu erleben gab. Eine neue Frau an Jans Seite konnte da nur stören.

Unwillkürlich schüttelte Laura den Kopf.

Sie ist verheiratet. Sie hat ein eigenes Leben. Sie kann doch nicht angenommen haben, dass es in Jans Leben nur sie geben würde. So weltfremd kann doch gar niemand sein.

Als könnte er Lauras Gedanken lesen, nahm Jan ihre Hand und zog sie an seine Lippen.

»Ihr werdet euch schon aneinander gewöhnen.«

»Aber natürlich«, beeilte sich Laura zu sagen. »Sie ist sehr nett. Ich kann mir vorstellen, dass wir gute Freundinnen werden.«

Jan öffnete die Autotür und hielt sie für Laura auf. Als sie einstieg, berührte sie seinen Arm. Sie sah ihm ins Gesicht.

»Ich wäre an ihrer Stelle auch skeptisch. Ich meine, sie kennt mich doch nicht gut. Könnte ja sein, dass ich eine blöde Zicke bin, die nur auf dein Geld aus ist oder so.«

Er hielt sie fest.

»Bist du das nicht? Ich meine, auf mein Geld aus?«

Sie sah das vergnügte Funkeln in seinen Augen.

»Doch. Nur. Dein Geld ist wirklich das Einzige, was mich an dir interessiert.« Sie lachte auf. »Oder denkst du wirklich, dass man sich in so einen alten Mann wie dich verlieben kann?«

Du bist kein Mann, den man lieben kann. Der Satz schrillte in Jans Ohren. Einen Moment musste er die Augen schließen. Die Erinnerung explodierte in ihm. Veilchenblaue Augen, die vor Wut glühten. Hände, die ihn wegstießen. Eine Tür, die knallte. Und die darauf folgende Stille.

Als Laura sah, wie sich Jans Gesicht zu einer Maske verschloss, bereute sie ihren flapsigen Satz sofort. *Ich muss endlich lernen, meine Klappe zu halten.* Sie wusste, dass er Probleme mit dem Altersunterschied hatte. Das hatte sich bereits früher gezeigt.

»Du bist jung und am Anfang deines Lebens. Was soll ich alter Mann dir bieten können? Eines Tages wirst du mit einem jüngeren davonlaufen.«

Sie hatten gerade miteinander geschlafen, und Laura hatte sich erschöpft und befriedigt an seine Seite gekuschelt, als er sie von sich wegschob und mit einem Blick ansah, der sie sofort alarmierte. Er meinte das tatsächlich ernst. Er fürchtete tatsächlich, dass er zu alt für sie war. Sie hatte auflachen wollen, so absurd fand sie seine Befürchtungen. Aber das Lachen war in ihrer Kehle stecken geblieben, als sie erkannte, wie verunsichert er war. Sie hatte ihn anschreien wollen, dass er keinen solchen Blödsinn reden sollte. Sie hatte ihm sagen wollen, dass es noch nie einen Mann in ihrem Leben gegeben hatte, den sie so geliebt hatte. Mit dem der Sex so lustvoll und erfüllend war. Der ihr so viel geben konnte wie er. Sie hatte ihm sagen wollen, dass sie ihn bis ans Ende ihres Lebens und darüber hinaus lieben würde. Dass es nie mehr einen Mann geben würde, der ihr so wichtig war wie er. Der ihr so viel bedeutete. Aber sie hatte geschwiegen. Wissend, dass jedes ihrer Worte an der Mauer abprallen würde, die die Furcht um ihn gebaut hatte.

Sie hatten nebeneinander in Lauras Bett gelegen und zugesehen, wie die Nacht in das Zimmer kroch. Erst als völlige Dunkelheit sie umfing, hatte er angefangen zu sprechen.

»Ich liebe dich, Laura. Mehr, als du dir vorstellen kannst. Und ich will um keinen Preis der Welt, dass du unglücklich wirst.«

Seine Stimme hatte heiser geklungen, als hätten sie die vielen Stunden, die sie nebeneinander gelegen hatten, geredet.

Ob denken auch heiser machen kann?, war es ihr durch den Kopf geschossen. *Die vielen unausgesprochenen Worte?*

»Eins musst du mir versprechen.«

Alles, ich verspreche dir alles, was du willst. Es gibt nichts auf der Welt, was ich nicht für dich tun würde.

»Wenn du eines Tages merkst, dass ich dich unglücklich mache, dann musst du gehen. Ich will nicht, dass du nur aus Pflichtgefühl bei mir bleibst.«

Sie hätte ihn schütteln mögen.

Wie kommst du auf die Idee, dass du mich unglücklich machen könntest?

»Ich verspreche es dir. Wenn du mich nicht mehr glücklich machst, werde ich dich verlassen. Aber du musst mir das Gleiche versprechen.«

Es war in dieser Nacht zu einem seltsamen Schwur gekommen: Ein Mann und eine Frau, die kurz davor standen zu heiraten, die einander innig liebten, die sich ein Leben ohne den anderen nicht vorstellen konnten, schworen sich in allem Ernst, dass sie sich trennen würden an dem Tag, an dem ihre Liebe erloschen wäre.

Niemals, niemals werde ich aufhören, dich zu lieben. Egal, was passieren wird, meine Liebe zu dir wird nicht aufhören.

Sie war keine naive Schülerin, die sich zum ersten Mal verliebt hatte. Sie hatte erlebt, wie einem die Liebe einfach abhanden kommen kann. Sie hatte die Wut erfahren, die sich in einem Menschen aufbaute, der zwar erkannte, dass die Liebe vorbei war, der sich aber nicht dazu durchringen konnte, die Sache zu beenden. Sie hatte die Qual erlebt, die täglich größer wurde, wenn zwei Menschen den Mut nicht aufbrachten, den gemeinsamen Weg zu verlassen. Sie wusste sehr genau, dass eine Liebe, die man für unerschütterlich und endlos hielt, sich auflösen konnte, ohne dass man in der Lage war, etwas dagegen zu tun. Und trotz all diesem Wissen und dieser Erfahrungen war sie überzeugt, dass sie niemals aufhören würde, diesen Mann, den ihr das Schicksal zugedacht hatte, zu lieben.

»Es geht ihr nicht um dich. Verdammt, Jan, merkst du das denn nicht? Sie will nur dein Geld.«

Elkes Augen hatten Funken gesprüht, als sie ihn anschrie. Die kleine Person hatte am ganzen Körper gezittert. Sie hatte auf ihn eingeprügelt, ungeachtet wie lächerlich das wirken musste. Das untergewichtige, sechzehnjährige Mädchen, das auf die breite Brust des Mannes schlug, der sie nicht nur um fast vierzig Zentimeter überragte, sondern auch fast fünfzig Kilo schwerer war. Er hatte ihre Hände festgehalten und versucht, ihr klarzumachen, dass das alles Quatsch sei.

Aber sie hatte sich losgerissen und weitergetobt. Er sei zu gut für diese Frau. Sie hätte keine Klasse, sie würde ihn betrügen und verraten, und eines Tages würde sie ihn verlassen, nachdem sie ihn ausgenommen haben würde wie eine Weihnachtsgans.

»Sie wird dir das Herz brechen, du Idiot.« Er hatte sie einfach stehen lassen, war aus der Küche gegangen, in der dieser ungleiche Kampf stattgefunden hatte. Und dann hatte er das Klirren und Scheppern gehört. Und ihren wütenden Aufschrei. Alles, was auf dem Tisch gestanden hatte – Gläser, Teller, Kerzenleuchter –, hatte in Scherben und Stücken auf dem Küchenboden gelegen. Die wilde Wut in ihrem Blick, mit dem sie ihn ansah, als er in die Küche zurückgekommen war, hatte ihn seine Fassung verlieren lassen. Und er hatte sie am Arm genommen und aus der Küche gezerrt, durch die große Halle hindurch. Er hatte sie vor die Tür gestoßen und geschrien, dass sie sich nie wieder blicken lassen solle. Der Knall, mit dem die schwere Eichentür ins Schloss gefallen war, dröhnte noch heute in seinen Ohren. Und das Hämmern ihrer Fäuste gegen die Tür.

»Du wirst es bereuen. Und du wirst daran denken, was ich dir gesagt habe.«

Ihre Stimme hatte sich überschlagen vor Zorn. Er hatte reglos hinter der Tür gestanden. Und als sie endlich ruhig wurde, hatte er durch das Fenster gesehen, wie sie davonstürmte und von der Nacht verschluckt wurde. Am nächsten Tag war er abgereist, fest entschlossen, Elke nicht mehr in sein Leben zu lassen. Es hatte lange gedauert, bis sie wieder miteinander gesprochen hatten. Und obwohl sie dann beide so taten, als sei nichts geschehen, hatte er das

Gefühl gehabt, dass sich die Kluft, die sich in jener Nacht zwischen ihnen aufgetan hatte, nie wieder würde schließen können.

»Du weißt, dass mir dein Geld völlig wurscht ist.«

Lauras Stimme holte ihn in die Gegenwart zurück. Sie war aus dem Auto ausgestiegen. In ihren Augen lag ein Flehen.

»Ich würde dich auch lieben, wenn du in einem Zelt wohnen und jeden Tag vor einem Supermarkt sitzen und die Leute um einen Euro anbetteln würdest. Sag mir, dass du das weißt, Jan!« *Und dein Alter ist mir auch egal. Ich liebe dich. Nicht trotz deines Alters, auch nicht wegen deines Alters. Ich liebe dich, weil du der bist, der du bist.* »Könntest du mir nicht versprechen, dass du aufhörst, an mir zu zweifeln?« Sie drängte sich an seine Brust. *Halt mich einfach fest und lass mich nie mehr los. Mehr will ich nicht.*

»Ich zweifle nicht an dir. Das musst du doch wissen.«

Ich bin es, an dem ich zweifle. Das Leben ist es, an dem ich zweifle.

Sie hob den Kopf, ihre Lippen suchten seine.

»Ich bin hier. Und du bist hier. Das ist das Einzige, was wichtig ist.«

Wie konnte sie nur so unerschütterlich daran glauben, dass das Glück, das sie seit dem Tag, als sie einander begegnet waren, in einen warm leuchtenden Mantel hüllte, auf ewig andauern würde? Woher nahm sie die Gewissheit, dass nichts sie jemals trennen würde? Würde sie das auch denken, wenn sie seine Geschichte kannte? Aber wenn er Angst hatte, dass sie ihm davonlaufen würde, wenn sie die ganze Wahrheit über ihn erfuhr, wieso war er mit ihr dann ausgerechnet hierhergekommen? Wo die Gefahr, dass alles ans Licht kam, so groß war. Wollte er, dass es passierte? Dass sie herausfand, was ihn damals weggetrieben hatte? Was davor geschehen war? Und wenn er das wirklich wollte, wieso hatte er ihr bis jetzt nichts von dem erzählt, was er die Katastrophe seines Lebens nannte? Hoffte er, dass sie ihn hier, wo die Geschichte ihren Lauf genommen hatte, verstehen würde?

»Und ich zweifle nicht an dir. Ich weiß, dass du mich liebst. Ich vertraue dir. Du wirst alles tun, damit ich glücklich bin. Und ich verspreche dir, es wird dir gelingen. Und da ich dich liebe, wird es überhaupt nicht schwer für dich sein.«

Er konnte ihr nicht antworten. Es gab nichts, was er in diesem Moment noch hätte sagen können.

Ihre Lippen fanden einander. Wie so oft konnte er es nicht fassen, wie gut sie schmeckte. Er spürte, wie ihre Zunge sich in seinen Mund bohrte. Der kleine Seufzer, mit dem sie ihm das Hemd aus der Hose zog, um seine Haut zu spüren, erregte ihn. Er wollte sie nehmen, jetzt, hier, auf der Stelle. Er hob sie ein wenig hoch. Sein Mund fand ihre Brustwarzen, die sich fest gegen ihr dünnes Shirt drückten. Als er den Reißverschluss ihrer Hose aufziehen wollte, lachte sie leise auf.

»Nicht vor den Kranichen.«

Er folgte ihrem Blick und sah, dass unter den Kranichen Unruhe entstanden war. Einige schlugen mit den Flügeln, andere hüpften flatternd auf und ab, zwei erhoben sich mit Trompetenschreien in die Luft und flogen weite Kreise über ihren Gefährten.

»Wir machen sie nervös«, flüsterte Laura an seinem Hals. »Wahrscheinlich sind sie neidisch auf uns.«

Als Jan das Auto in halsbrecherischem Tempo über die Sandstraßen auf das Jägerhaus zulenkte, sah Laura, dass die Kraniche ihnen folgten. Und als sie ins Bett fielen, um sich zu lieben, landeten die Kraniche auf der Insel im schwarzen See. Das Klappern ihrer Schnäbel bildete die akustische Untermalung für das, was Laura und Jan für eine kleine Weile alles vergessen ließ, was sie beunruhigte. Denn, dass sie etwas beunruhigte – sie genauso wie ihn –, war ihnen beiden längst klar geworden.

7

Das Geräusch weckte Laura auf. Eine Tür war ins Schloss gefallen. Laura hatte es deutlich gehört. Hatte Jan das Zimmer verlassen, weil er wieder einmal nicht schlafen konnte? Doch ihr Mann lag ruhig atmend neben ihr. Überzeugt, sich getäuscht zu haben, zog sie die Decke enger um die Schultern und schloss die Augen.

Das waren doch Schritte. Sie lauschte in die Dunkelheit. Die Schritte waren kaum zu vernehmen, aber sie waren da. Leise, als würde jemand versuchen, nur kein Geräusch zu machen. Das Herz klopfte ihr im Hals. Sie legte eine Hand auf die Brust, versuchte, ruhig zu atmen, und stand auf. Sie schlüpfte in die Espadrilles und griff nach dem Kimono, der am Fußende des Betts lag. Leise öffnete sie die Tür und schlüpfte aus dem Zimmer.

»Hallo?« Ihre Stimme klang zaghaft. »Wer ist denn da?«

Eine Treppenstufe knarrte. Sie wusste inzwischen, dass in der vierten ein zentimeterbreiter Spalt klaffte, was zur Folge hatte, dass die Stufe ein Geräusch machte, wenn man auf sie trat. Wahrscheinlich geisterte der Hund durchs Haus. Sie war erleichtert, als ihr diese Erklärung einfiel. Natürlich, es war der Hund. Er sollte zwar in der Halle in dem Korb schlafen, den sie inzwischen für ihn angeschafft hatten, aber es konnte ja sein, dass er Sehnsucht nach ihnen hatte und sich vor ihre Schlafzimmertür legen wollte.

Sie würde ihm klarmachen, dass das nicht ging. Als sie das Licht anmachen wollte, tat sich nichts. Wie in ihrer ersten Nacht blieb das Treppenhaus auch jetzt dunkel. Dabei hatte Jan den Lichtschalter inzwischen kontrolliert. Er war in Ordnung gewesen. Als Jan ihn betätigt hatte, hatte er auch funktioniert.

Wahrscheinlich nur ein Wackelkontakt.

Sie würde Jan bitten, endlich einen Elektriker kommen zu lassen, der die Leitung überprüfte.

Ein kalter Windhauch strich über ihr Gesicht. Laura schlug fröstelnd die Arme um sich.

Ich bin doch echt bescheuert.

Sollte der Hund doch machen, was er wollte. Sie würde wieder ins Bett gehen. Die Nacht ist zum Schlafen da. Und das würde sie jetzt auch wieder tun.

Doch als sie gerade die Schlafzimmertür wieder öffnete, hörte sie es deutlich. Irgendwo ging eine Tür. Und da waren auch die Schritte wieder. Sehr deutlich dieses Mal. Eine Gänsehaut breitete sich über ihre Glieder aus. Bis hinauf in den Nacken spürte sie nun die Furcht wandern. Sie war kurz davor, Jan zu wecken, doch sie entschied sich, der Sache allein auf den Grund zu gehen.

Vorsichtig stieg sie die Treppe hinab, überging bewusst die vierte Stufe. Der Vollmond beleuchtete die Halle mit seinem weißen Licht. Deutlich konnte sie den Hund erkennen, der zusammengerollt in seinem Korb tief schlief. Wäre er nicht aufgewacht, wenn jemand ins Haus gekommen wäre? Hätte er nicht gebellt? Sie lauschte in die Stille. Nur das Rauschen der Buchen war zu hören und das leise Ticken der Kaminuhr, die Jan in den letzten Tagen schon mindestens dreimal aufgezogen hatte. Als die schwere Haustür aufflog, schrie Laura leise auf. Jetzt wachte auch der Hund auf. Er kam zu ihr und schleckte ihr mit einem leisen Fiepton die nackten Beine. Lauras Atem ging stoßweise. Jemand war im Haus gewesen. Und als er sie hatte herunterkommen hören, war er abgehauen. Zögernd ging sie auf die offene Haustür zu, deren Flügel, so schwer sie waren, leise hin und her schlugen. Sie trat hinaus – und schalt sich dafür gleichzeitig eine Närrin. Was, wenn der Einbrecher vor der Tür auf sie wartete und sie niederschlug? Sie sollte die Tür verschließen und die Polizei rufen.

»Laura?«

Das Licht ging an. Laura fuhr herum. Sie fühlte sich zwar erleichtert, als sie Jan die Treppe herunterkommen sah, aber zugleich war sie plötzlich auch wütend. Wieso funktionierte bei ihm das Licht und bei ihr nicht?

»Ich glaube, da war jemand im Haus. Ich habe Schritte gehört, und plötzlich war die Haustür offen. Wahrscheinlich ist er abgehauen, als er mich kommen hörte.« Sie versuchte, sich ihre Angst nicht anmerken zu lassen. »Ich wollte gerade die Polizei anrufen.«

»Aber wer sollte denn hier einbrechen, mitten im Nirgendwo? Mal ganz davon abgesehen, dass hier nichts zu holen ist.«

»Vielleicht hatte er es auf die Antiquitäten abgesehen, die Kaminuhr, was weiß ich? Oder auf die Bilder. Die sind doch bestimmt ganz schön wertvoll.«

»Und wieso hat er dann gewartet, bis ich zurück bin? Das Haus ist jahrelang unbewohnt gewesen. Jeder, der vorbeikam, hätte es locker ausräumen können.« Es war klar, dass Jan nicht an den Einbrecher glaubte. »Außerdem hätte der Hund doch angeschlagen, wenn ein Fremder sich Zutritt verschafft hätte.«

Aber sie hatte es gehört. Die Schritte, die Tür. Sie war doch nicht verrückt.

»Vielleicht hat er nicht mitbekommen, dass wieder jemand im Haus ist.«

»Das Auto steht vor der Tür, Liebling. Auf der Terrasse stehen Möbel. Die Fensterläden sind offen. Deutlichere Zeichen dafür, dass hier jemand wohnt, gibt es doch nicht.«

Laura war nur allzu bereit, sich von Jan beruhigen zu lassen. Er hatte ja recht. Es hätte schon ein vollkommen dämlicher Einbrecher sein müssen, der in dieses Haus einbrach. Hatte sie sich das alles nur eingebildet? Aber sie war in ihrem Leben nie besonders schreckhaft gewesen. Sie war nachts allein durch München von der Diskothek heimgewandert, sie hatte allein gewohnt, und nie hatte sie sich Gedanken darüber gemacht, ob ihr jemand Böses wollte.

Jan trat vor die Tür. Der Garten lag im Mondlicht. Nur die Blätter der Bäume und der Büsche bewegten sich leicht im Wind.

»Kann ich dich ein paar Tage allein lassen?«

Jan hatte die Einladung zu einem Wettbewerb für einen Kaufhauskomplex erhalten, der in Köln gebaut werden sollte. Er wollte den Auftrag unbedingt an Land ziehen, das wusste Laura. Es war nicht einfach für ihn, in Deutschland beruflich wieder Fuß zu fassen. Zwar war er ein bekannter Architekt, aber in der Zeit, die er im Fernen Osten verbracht hatte, hatten sich hier viele neue, sehr gute Architekten einen Ruf erworben. Die Konkurrenz war groß.

Es würde ihm nicht allzu leicht gemacht werden, sich hier wieder zu etablieren. Dabei ging es ihm nicht einmal so sehr darum, Geld zu verdienen. Er hatte in den letzten Jahren wenig verbraucht, den Rest seiner Honorare hatte er gut angelegt. Aber er konnte und wollte sich mit seinen zweiundvierzig Jahren nicht zur Ruhe setzen. Er wollte arbeiten. Und dieses Kaufhaus wäre ein guter Anfang für seine zweite Karriere.

»Mach dir keine Gedanken, ich komm schon klar.«

Der Sommer hatte nun endgültig in der Uckermark Einzug gehalten. Die Sonne knallte schon am frühen Morgen auf die Terrasse. Nur unter dem dunkelgrünen Sonnenschirm konnten sie ihr Frühstück noch einnehmen, ohne dass die Butter in Sekundenschnelle zerfloss.

Er würde Hanno bitten, hin und wieder nach Laura zu sehen. Außerdem war ja auch noch der Hund da. Die Polizei hatte immer noch nicht herausgefunden, wem er gehörte. Und der Hund hatte sich wie selbstverständlich in ihr Leben integriert.

Jetzt lag sein Kopf auf Lauras Knien. In seinen Augen stand die Erwartung, wie jeden Morgen am Ende des Frühstücks ein kleines Stückchen Brot von ihr zu bekommen, ein Eckchen Käse oder eine Scheibe Wurst. Anfangs hatte Jan sie getadelt, sie würde den Hund verwöhnen, aber Laura hatte nur gelacht und gemeint, auf irgendeine Weise müsse sie ja sein Herz erobern. Und tatsächlich war ihr das auch gelungen. Wo sie ging und stand, der Hund war immer in ihrer Nähe.

»Meinst du nicht, wir sollten ihm langsam einen Namen geben?«

Pogo war das Erste, was ihm durch den Kopf schoss.

Auch wenn er nicht Pogo war – die Ähnlichkeit nicht nur in seinem Äußeren, sondern auch in seinem Wesen war frappierend.

»Wie wär's mit Shadow?«

War das nicht der passende Name für einen schwarzen Hund, der Laura wie ein Schatten folgte?

»Shadow? Magst du so heißen?« Sie kraulte den Hund unter dem Kinn, während er sie unverwandt aus seinen hellbraunen Augen anstarrte. »Okay, also dann: Ich taufe dich hiermit auf den Namen Shadow.«

Zur Feier seiner Taufe bekam Shadow eine Extra-Wurstscheibe und einen Kuss zwischen die Augen.

»Soll ich Hanno fragen, ob er im Haus übernachten kann, solange ich nicht da bin?«

Laura wusste, dass sich Jan weniger Sorgen darum machte, dass vielleicht jemand einbrechen würde, als vielmehr darum, dass sie sich allein fürchten würde.

»Blödsinn. Ich hab keine Angst.«

Im Sonnenlicht, das sogar dem See seine Düsternis nahm, kamen ihr die Ängste der vergangenen Nacht absurd vor. Sie hatte sich einfach noch nicht an die kleinen Eigenheiten des alten Hauses gewöhnt. Mehr war das nicht. Sie wusste, sie würde sich daran gewöhnen. Und vielleicht waren ein paar Tage allein ja genau das Richtige, damit sie und das alte Gebäude sich endgültig miteinander anfreundeten.

»Ich werde mir Farbe besorgen und mein Zimmer streichen. Und, wenn du nichts dagegen hast, auch die Küche.«

Sie hatte beschlossen, Jan nicht noch einmal nach dem Eckzimmer zu fragen, hatte es akzeptiert, dass es nicht bewohnbar war, und sich schließlich für einen kleinen Raum entschieden, den sie unter dem Dach entdeckt und der sie mit seinen schrägen Wänden sofort begeistert hatte.

Das Zimmerchen war jahrelang als Rumpelkammer benutzt worden. Allerlei Kisten und Kästen, ein paar alte Möbel und ein uralter Plattenspieler waren dort schon von Jans Eltern abgestellt worden. Jan hatte zwar gemeint, sie solle sich doch ein helleres, größeres Zimmer aussuchen, zum Beispiel den Raum direkt neben der Küche, der in früheren Zeiten als Hauswirtschaftsraum benutzt worden war. Doch Laura hatte sich entschieden. Die kleine Dachstube würde ihr persönliches Reich werden. In den nächsten Tagen würde sie sie entrümpeln, dann streichen und danach mit ihren bunten Möbeln einrichten.

»Mach, was du willst. Von mir aus kannst du jede Wand in diesem Haus neu streichen. Wenn sie nicht gerade alle fliederfarben werden, hab ich nichts dagegen.«

Diese Arbeit würde Laura beschäftigen. Und nachts würde sie zu müde sein, um sich um irgendwelche merkwürdigen Geräusche im Haus zu kümmern.

»Aber wenn du Hilfe brauchst, rufst du bitte Hanno an. Er kann dir auch helfen, das Zeug aus der Dachstube in den Schuppen zu schaffen.«

Sie wusste, dass sie Hanno auf keinen Fall um Hilfe bitten würde. Sie freute sich viel zu sehr darauf, einmal ein paar Tage allein zu sein.

Hab ich das gerade wirklich gedacht?

Laura hatte nie Probleme damit gehabt, allein zu sein. Im Gegenteil, sie hatte es immer genossen, wenn niemand da war, der sie beobachtete oder fragte, was sie gerade tue oder denke. Dass sie, nachdem sie Jan kennengelernt hatte, Tag und Nacht mit ihm verbracht hatte, hatte sie selbst gewundert. Es war ihm in kürzester Zeit gelungen, ein fester Bestandteil ihres Lebens zu sein. In der Minute, als er ihre Wohnung verlassen hatte, hatte sie ihn auch schon vermisst.

Und jetzt? Es war nicht so, dass sie sich bewusst danach gesehnt hätte, mal wieder allein zu sein. Doch als Jan ihr gestern gesagt hatte, dass er für ein paar Tage weg müsse, hatte sie sofort angefangen, Pläne zu machen, wie sie diese freie Zeit nutzen wollte. Es war ja nicht nur einiges im Haus zu tun. Auch der Garten wartete darauf, dass sie sich mit ihm beschäftigte. Unkraut wollte gezupft, alte Blätter vom letzten Jahr sollten aus den Blumenrabatten entfernt werden. Die Hortensien, die den Weg zum See säumten, mussten dringend beschnitten werden, damit sie in ein paar Wochen umso üppiger blühen konnten.

Und außerdem wollte sie sich endlich im Krankenhaus in Templin vorstellen und fragen, ob es dort nicht vielleicht eine freie Stelle für eine Krankenschwester gab. Jan war zwar der Meinung, dass sie ihr Leben als Hausfrau noch eine Weile genießen sollte. Sie könne ja auch im nächsten Jahr wieder anfangen zu arbeiten. Doch Laura hatte ihm zu verstehen gegeben, dass sie nicht nur Wert darauf legte, wieder zu arbeiten, sondern auch darauf, ihr eigenes Geld zu verdienen. Sie mochte die Vorstellung nicht, von irgendeinem Menschen finanziell abhängig zu sein. Auch nicht von ihrem Ehemann, obwohl der genügend Geld hatte, um sie zu ernähren.

Es gefiel Jan, für Laura zu sorgen, die Rolle des Familienernährers zu spielen. Inwieweit dabei die Tatsache eine Rolle spielte, dass sie von ihm abhängig war – das wollte er nicht zu Ende denken. Vor allem nicht, weil er nicht vergessen konnte, dass seine Mutter an der Seite ihres Ehemanns, der ihr ausgeredet hatte, wieder zu arbeiten, als Jan in die Schule gekommen war, nicht sehr glücklich gewesen war. Im Gegenteil.

»Wenn wenigstens dein Auto schon geliefert worden wäre, dann wäre mir bedeutend wohler bei dem Gedanken, dich hier allein zu lassen.«

»Warum? Weil ich dann schneller abhauen könnte, falls ich hier Panik kriege?«

Jan hatte für Laura einen Fiat Panda bestellt. Klein und kompakt, aber mit Vierradantrieb. Das war ihm wichtig gewesen angesichts der Zeiten, in denen die Gegend im Wasser oder im Schnee versank und die Wege zu Schlammfallen wurden.

»Ich hab das Rad. Und wenn's sein muss, kann ich mich ja auch auf Flora fortbewegen.«

Es gab kein Problem, für das Laura nicht sofort eine Lösung gewusst hätte.

»Und außerdem, wenn das Wetter wirklich zu schlecht werden sollte fürs Reiten oder Radfahren, dann kann ich immer noch Hanno oder Elke fragen, wenn ich irgendwo hin muss.«

Wie kam es nur, dass sie so einen unerschütterlichen Optimismus hatte? Jan hatte sich das in den letzten Wochen einige Male gefragt. Nichts schien Laura wirklich zu erschüttern. Nicht die heftigen Gewitter, die in den Nächten über der Gegend getobt hatten und die sie bei offenem Fenster hingerissen beobachtet hatte. Nicht die Tatsache, dass der Schreiner sich als Schlawiner erwiesen hatte, der zwar eine Anzahlung für die Bücherregale eingesteckt, sich dann aber nie mehr gemeldet hatte. Und schon gar nicht die Erkenntnis, dass es in dem Haus einiges gab, was nicht funktionierte, angefangen von dem alten Herd in der Küche über das Telefon, das auch nach Wochen noch nicht angeschlossen war, bis zum Kamin im Wohnzimmer, der plötzlich angefangen hatte zu rauchen und der vom herbeigerufenen Kaminbauer auf der Stelle stillgelegt worden war. Bevor der alte Schlot nicht neu aufgebaut war, würden sie auf die idyllischen Abende am Kamin erst mal verzichten müssen.

»Dann machen wir eben ein Lagerfeuer am See«, hatte Laura beschlossen, und tatsächlich hatten sie einige Abende unter einem gigantischen Sternenhimmel verbracht und Würstchen gegrillt, indem sie sie über das Feuer hielten, bis sie fast verkohlt waren. In Decken gehüllt hatten sie dort gesessen, auf alten Luftmatratzen, die Laura in einer der vielen Abstellkammern gefunden und mangels Pumpe mit dem Mund aufgeblasen hatte. Romantisch hatte sie das gefunden. Und Jan hatte sich daran erinnert, wie er früher mit Hanno am Feuer gesessen und dieser ihm schauerliche Geschichten über Waldgeister und böse Nixen, die im See lebten, erzählt hatte.

Trotzdem, er würde zusehen, seinen Aufenthalt in Köln auf höchstens zwei Tage zu begrenzen. Länger wollte er Laura nicht allein lassen. Er sehnte sich ja schon nach ihr, wenn er sie nur zwei Stunden lang nicht sah. Doch er wusste, dass das eine Ausrede war. Er war nämlich schon einmal von einer Reise zurückgekehrt, beflügelt von der Aussicht auf einen neuen Auftrag, geradezu euphorisch, weil er den Wettbewerb für eine neue Kunsthalle in Rostock gewonnen hatte. Und dann hatte er das Haus leer vorgefunden. Von einem Augenblick zum anderen war sein

Leben in sich zusammengesackt. Dieses Gefühl, das ihn sofort überfallen hatte, als er das Haus betrat, wollte er nicht noch einmal erleben. Nur ein Zettel war ihm geblieben mit den dürren Worten: »Es tut mir leid.«

Marius fuhr über die holprige Pflasterstraße zum kleinen Biohof der Emmerlichs. Maike hatte ihn angerufen und gefragt, ob er nicht vor Arbeitsbeginn in der Praxis bei ihnen vorbeisehen könne.

»Tina und Uwe haben Durchfall, und sie übergeben sich dauernd.«

Sie wollte die beiden kranken Kinder nicht ins Auto packen und in Marius' Sprechstunde fahren. Ein Kalb sollte heute geboren werden, das erste der neuen Kuh, die sie im letzten Herbst gekauft hatten. Sie wusste zwar, dass Kühe normalerweise keine Geburtshilfe brauchten, trotzdem hätte sie ein schlechtes Gefühl gehabt, wenn sie für ein paar Stunden weggefahren wäre. Natürlich hatte Marius sofort gesagt, dass er bei ihr vorbeikommen würde. Er kannte die Emmerlichs gut, Elke und er kauften gern Gemüse und Obst von den beiden jungen Bauern, die so schwer schufteten, um von dem Ertrag des kleinen Hofs, den Maikes Mann Helmut vor ein paar Jahren von seinem Vater übernommen hatte, leben zu können. Außerdem liebte er die morgendlichen Fahrten durch die Uckermark. Am Steuer seines Autos konnte er seinen Gedanken nachhängen, er hörte seine Lieblingsmusik, und wenn es ihm ganz gut ging, sang er laut die Arien der italienischen Opern mit, die Elke so ganz und gar nicht leiden konnte. Was für ein herrlicher Morgen. Der blaue Himmel lag weit und durchsichtig über der sanften Hügellandschaft.

Der würzig herbe Duft der blühenden Holunderbüsche, die die Straße säumten, wehte durchs offene Fenster herein. Hellbraune Kühe standen auf den blühenden Wiesen. Hin und wieder sah er einen Storch, der mit abgehackten Bewegungen nach Futter stöberte. Die meisten Kraniche hatten ihren Flug nach Norden längst fortgesetzt. Erst im Herbst würden sie die abgeernteten Felder wieder bevölkern, um sich für den langen Flug nach Süden zu stärken. Nur wenige Paare blieben seit einiger Zeit hier in der Gegend, bevor sie sich im Herbst den großen Zügen der skandinavischen Vögel anschlossen, um in den Süden zu gelangen.

Zuerst sah er den Hund, der in langen Sätzen über eine butterblumengelbe Wiese rannte. Bis zum Bauch schien er in dem Blütenmeer zu versinken. Aufgeregte Haken schlagend, rannte er im Zickzack hin und her. Als kurz danach Laura aus dem Wald trat und der Hund auf sie zurannte und sie mit seiner Begeisterung umtanzte, hielt Marius unwillkürlich den Atem an. Es war ein schönes Bild, die junge dunkelhaarige Frau und der große ungestüme Hund. Laura lachte vergnügt auf, als der Hund losstürmte und sofort wieder zu ihr zurückkehrte, einen dicken Ast mit sich schleppend, den er vor sie hinlegte. Er sah sie an und bellte auffordernd. Laura hob den Ast auf. Nicht gerade das ideale Wurfgeschoss für sie. Aber das schien sie nicht weiter zu stören. Sie holte weit aus und warf den Ast davon. Er flog nur ein paar Meter weit, der Hund stürzte mit einem entzückten Aufbellen hinterher, um das Spiel auf der Stelle zu wiederholen.

Sie hat sich wirklich gut eingelebt in den paar Wochen, die sie hier ist.

Die Selbstverständlichkeit, mit der sie mit weit ausholenden Schritten hinter dem Hund durch die Wiese ging, die Lässigkeit, mit der sie ohne zu zögern über einen Graben sprang und gleich darauf über einen Zaun stieg, gefielen ihm. Genauso wie das Aufleuchten ihrer Augen, als sie ihn in seinem Auto erkannte.

»Marius, hallo. Ist das nicht ein wundervoller Morgen?«

Ein paar Schweißperlen glänzten auf ihrer Nase. Sie zog die Strickjacke aus und wischte sich über das Gesicht.

»Es wird heiß heute. Das ist gut für die Himbeeren.«

Sie sah so zufrieden aus. Das Glück schien ihr aus allen Knopflöchern zu platzen. Ein leichter Hauch eines Parfums umschwebte sie, der Marius unvermittelt auf den Magen schlug. Shalimar. Merkwürdig, dass sie mitten im Sommer so ein schweres Parfum trug. Und dann auch noch dieses! Er erinnerte sich, wie dieser Duft das Jägerhaus erfüllt hatte. Und ein Schauder fuhr ihm über den Rücken. Es kostete ihn einige Mühe, der Erinnerung, die plötzlich in ihm hochstieg, keinen Raum zu geben.

»Ist dir nicht gut?«

Lauras Blick war besorgt.

»Doch. Alles super.«

Er bemühte sich, gegen das Gefühl der Übelkeit anzuatmen.

»Soll ich dich ein Stück mitnehmen? Ich fahre direkt am Jägerhaus vorbei. Bin auf dem Weg zu einem Patienten.«

Als sie kopfschüttelnd dankte, war er erleichtert.

»Shadow und ich machen morgens immer eine große Runde. Er braucht das. Sonst ist er den ganzen Tag nicht ausgelastet und will dauernd bespielt werden.«

Der Hund brachte hechelnd den Ast wieder, den er mit

sich schleppte. Laura zog ihn ihm lachend aus der Schnauze, was er als Aufforderung zu einem kleinen Zerrspiel verstand.

»Wir sind uns immer noch nicht einig, wer in unserer Beziehung der Boss ist.«

Sie rang ihm den Ast ab und schleuderte ihn ein paar Meter weit in die Wiese.

»Jan meint, ich bin zu nachgiebig mit ihm. Ich hab mir vorgenommen, das in den paar Tagen, die er weg ist, endgültig zu klären. Wobei ich allerdings nicht beschwören kann, dass am Ende tatsächlich ich der Rudelführer sein werde.«

Marius wünschte sich, Elke hätte ein wenig von Lauras Selbstsicherheit und dem unbekümmerten Elan gehabt, mit dem sie offensichtlich dem Leben gegenübertrat.

»Du wirst das schon hinkriegen. Wann kommt Jan denn wieder?«

»Mittwoch oder Donnerstag, er konnte es noch nicht genau sagen. Kommt drauf an, wie die Gespräche in Köln laufen.« Ihre Augen funkelten wie dunkle Diamanten, als sie ihren Blick über die Landschaft streifen ließ. »Von mir aus kann er ruhig bis zum Wochenende wegbleiben. Dann sind die Chancen, dass ich Shadow seinen Platz in der Familie klarmachen kann, größer. Und außerdem hab ich dann mehr Zeit zum Streichen.«

Marius hatte durch Elke von Lauras Verschönerungsplänen gehört.

»Lichtblau«, hatte sie gesagt, und in ihrer Stimme hatte eine Spur von Verachtung gelegen. »Sie will ihr Zimmer lichtblau streichen. Und die Küche meergrün.«

Elke hatte Laura versprochen, ihr beim Streichen zu

helfen, obwohl sie eigentlich fand, dass Laura mit diesen Farben den Charakter des Jägerhauses verändern würde.

»Vermutlich ist das ja genau das, was Laura beabsichtigt«, hatte er eingeworfen. »Sie will wohl eigene Akzente setzen. Kann man doch verstehen, oder?«

Elke hatte ihn verständnislos angesehen. In ihren Augen war das Jägerhaus perfekt so, wie es war. Sie hatte es schon als kleines Mädchen geliebt. Die immer ein wenig düsteren Zimmer mit ihren dunklen Wänden waren ihr geheimnisvoll erschienen. Als wären die aufregenden Geschichten, die ihr Jan leise erzählt hatte, als sie unter dem Flügel im Musikzimmer gelegen hatten, wahr gewesen.

»Das Haus hat eine eigene Persönlichkeit. Ich verstehe nicht, wieso sie sich nicht einfach daran anpasst.«

Wieso nicht? Weil Laura im Hier und Jetzt lebt. Weil sie lebendig und jung ist. Weil sie ihre eigenen Geschichten in dem Haus erleben will.

Marius war gespannt auf die Veränderungen, die Laura im Jägerhaus einführen würde. Er hoffte für sie, dass sie sich das Haus untertan machen und die Spinnweben der Vergangenheit ein für allemal entfernen würde. Sie hatte Power, das war ihm schon bei ihrer ersten Begegnung klar geworden. Und sie sah ihrer Zukunft mit Jan zuversichtlich und optimistisch entgegen. Wenn sie wüsste, wie sehr er ihr wünschte, dass sie ihre Pläne und Ideen würde durchsetzen können. Und vielleicht, wenn alles gut ging, würde sich ja auch Elke von Lauras Tatkraft und ihrem fröhlichen Naturell ein wenig anstecken lassen. Vielleicht war Laura das Beste, was ihnen allen hier passieren konnte.

Als er ihr nachblickte, wie sie mit kräftigem Schritt hinter Shadow her davonging, fühlte er sich plötzlich leicht. Die Vergangenheit endlich einmal vergangen sein zu lassen, das schien ihm in diesem Augenblick möglich. Obwohl er sich wunderte, dass er es gerade dieser Frau, die so jung und mädchenhaft war, zutraute, die Schatten, die auf ihnen lagen, einfach wegzuwischen. Nur durch die Tatsache, dass es sie gab und dass sie sich ohne Angst und Vorbehalte auf ein Leben mit Jan in dem Haus eingelassen hatte, das so viel Unglück barg.

Zu schade, dass er mich nicht leiden kann.

Laura glaubte, den Blick, mit dem ihr Marius nachsah, im Rücken brennen zu spüren. Sie hatte ihn von Anfang an nett und sympathisch gefunden. Und gleichzeitig das Gefühl gehabt, dass er ihr nicht mit der gleichen Offenheit entgegentrat wie sie ihm. Dabei hatte sie sich darauf gefreut, ihn kennenzulernen. Vor allem, weil Jan ihr erzählt hatte, dass Marius genau wie sie aus Bayern stammte. Nicht aus München zwar, sondern aus einem kleinen Kaff in der Nähe von Rosenheim, wo sein Vater ein beliebter Landarzt gewesen war. Aber das war Laura egal gewesen. Ein bisschen bayerisch miteinander zu reden, das hätte ihr sehr gefallen. Sie hatte sich enorme Mühe gegeben mit dem ersten Essen, zu dem sie Elke, Marius und Hanno eingeladen hatten. Einen echt bayerischen Schweinsbraten hatte es gegeben mit Knödeln und Krautsalat und danach das fetttriefende Schmalzgebäck mit dem schönen Namen »Auszogene«. Nicht, dass es ihren Gästen nicht geschmeckt hatte. Hanno hatte sich zweimal nachlegen lassen, und Elke hatte unbedingt das Rezept für die »Auszogenen« haben wollen, doch die Stimmung war sehr verhalten geblieben. Vor allem deswegen, weil sich Marius kaum am Gespräch beteiligt und sich auch nicht auf eine Unterhaltung auf bayerisch mit Laura eingelassen hatte. Er sei schon so lange weg, hatte er nur gemeint, dass er die Mundart seiner Heimat total verlernt hätte. Als würde man so was verlernen können.

Lauras Enttäuschung war groß gewesen. Es hätte ihr einfach gefallen, jemanden in ihrer Nähe zu wissen, der auch nicht von hier stammte und der – wenn auch vor vielen Jahren – die gleichen Erfahrungen der Eingewöhnung hatte machen müssen wie sie. Allerdings, das musste sie zugeben, hatte Marius ihr auch Mut gemacht. Er schien sich sehr gut integriert zu haben in diese Gegend. Er war beliebt und anerkannt. Niemand schien heute noch daran zu denken, dass er ja eigentlich ein Fremder und dazu auch noch ein Wessi gewesen war.

»Lass ihm einfach Zeit«, hatte Jan gesagt, als sie mit ihm über Marius' Zurückhaltung geredet hatte. »Er ist halt nicht so offen und unbekümmert wie du.«

Wenn es das war, dann von ihr aus. Sie würden sich mit der Zeit schon näherkommen, hatte sie gedacht. Und wenn nicht, dann hätte sie halt Pech gehabt.

Muss mich ja nicht jeder so lieben wie Jan.

Die nächsten Male, die sie Marius getroffen hatte, war er zwar freundlicher gewesen, aber hatte sie immer mit diesem Blick angesehen. Forschend, irgendwie nachdenklich. Gerade, dass er ein Lächeln zustande bekommen hatte, wenn er sie in seiner Küche begrüßte, wo sie mit Elke einen Kaffee trank. Aber zu ihnen gesetzt hatte er sich nie. Und auch nicht nachgefragt, wie es ihr ging oder ob sie sich schon eingewöhnt hatte. Die ganz normalen Fragen eigentlich, die man jemandem stellte, der erst vor Kurzem hierhergezogen war.

Elke hatte ihr erzählt, dass sie Marius beim Studium in Hamburg kennengelernt hatte und dass sie, als in Templin die alte Arztpraxis zu verkaufen gewesen sei, mit ihm hierher zurückgekommen sei. Das war fast fünfzehn Jahre her. Marius' Praxis sei von Anfang an gut gelaufen. Die Leute mochten ihn. Und sie selbst sei sehr froh, dass er sich hier so gut zurechtgefunden habe. Das Einzige, was ihnen zu ihrem Glück noch fehlte, war ein Kind.

»Aber das«, hatte Elke mit einem traurigen Lächeln gesagt, »haben wir uns inzwischen abgeschminkt. Es soll einfach nicht sein.«

Vielleicht erklärte das ja den Schatten, den Laura über Marius wahrzunehmen glaubte, dass er und Elke keine Kinder haben konnten. Vielleicht hatte er von einer lustigen, großen Familie geträumt und musste sich nun damit abfinden, dass ihm das einfach nicht vergönnt sein würde. Auf jeden Fall aber schienen er und Elke glücklich miteinander zu sein und dankbar, dass sie es so gut miteinander hatten.

»Nicht, dass wir nicht auch schwierige Zeiten miteinander gehabt hätten«, hatte sie Laura anvertraut. »Aber wir haben nicht aufgegeben. Und heute sind wir darüber echt froh.«

Wenn froh sein so aussieht wie bei Marius, dann kann ich gut darauf verzichten.

Laura schämte sich ein wenig für diesen Gedanken, als sie hinter Shadow her auf die Pferdekoppel kam, wo Hermes und Flora friedlich grasten. Die Pferde hoben den Kopf und kamen auf sie zu. Flora beschnupperte sie neugierig. Irgendwo musste sie doch den Apfel versteckt haben, den sie ihr für gewöhnlich mitbrachte.

Laura hielt der Stute den kleinen Apfel hin, den sie in der Hosentasche gehabt hatte. Sie liebte das Gefühl der weichen Pferdelippen auf ihrer Hand, wenn sich Flora vorsichtig den Leckerbissen nahm. Hermes' Atem wärmte kitzelnd ihren Nacken. Jan meinte, der große Hengst hätte sich auf den ersten Blick in sie verliebt. Shadow drängte sich, wie immer, wenn sie mit den Pferden schmuste, eifersüchtig an ihre Beine. Eigentlich war er der Meinung, dass Laura nur ihm gehörte. Dass er ihre Aufmerksamkeit mit den beiden Pferden teilen musste, wollte er nicht begreifen.

Lieber Gott, danke. Ich hab keine Ahnung, womit ich es mir verdient habe, dermaßen glücklich zu sein.

Sie wusste nicht, wie oft sie dieses kleine Dankgebet schon in Richtung Himmel geschickt hatte. Sie wusste ja nicht einmal, ob sie wirklich an diesen Gott da oben glaubte, dem sie so innig dankte. Aber es musste einfach raus. Sie musste es jemandem sagen, wie unglaublich dankbar sie war, dass das Schicksal sie hierhergebracht und dass sie nicht nur Jan gefunden hatte, sondern auch alles, was das Leben so schön machte, wie sie es sich nie erträumt hatte. Niemals.

Sie konnte nicht verhindern, dass ihre Gedanken noch einmal zu Marius wanderten. Vielleicht war er ja ein bisschen neidisch? Aber worauf denn? Er hatte einen guten Beruf, eine liebende Ehefrau, ein hübsches Haus. Trotzdem bekam Laura den Gedanken nicht aus dem Kopf. Irgendwas war mit diesem Mann. Irgendwas plagte ihn.

Klar, Elke mochte ein wenig verrückt sein. Sicher nicht im psychiatrischen Sinne, ganz bestimmt nicht. Aber eine kleine Macke hatte sie schon. Andererseits musste sich Laura eingestehen, dass so eine merkwürdige Reaktion wie an jenem Tag, als Elke das Glas heruntergeworfen hatte, nicht mehr vorgekommen war. Im Gegenteil, sie hatte sich als aufmerksame und hilfsbereite Nachbarin erwiesen, die Laura in die Eigenheiten der Landbevölkerung hier eingewiesen hatte und die ihr gern all die kleinen Geschichten erzählte, die zum Leben in der Gegend hier gehörten. Also, was war es dann?

Laura schüttelte den Kopf. Sie hatte keine Lust mehr, weiter über Marius nachzudenken. Er war, wie er war, und sie musste sich ganz einfach damit abfinden. Allerdings, ob sie ihn als Arzt haben wollte, wenn es einmal nötig wäre? Sie war sich da nicht so sicher. Sie würde sich mal umhören, ob es noch andere Ärzte in der Gegend gab. Wie sie aber Jan oder gar Elke erklären sollte, dass sie nicht zu Marius gehen wollte, das wusste sie nicht.

Die Postkarte, schoss es Jan durch den Kopf. Wo hatte er die Postkarte hingetan? Vor zwei Tagen war sie ihm in die Hand gefallen, als er zusammen mit Hanno seinen Schreibtisch in sein neues Arbeitszimmer geschleppt hatte. Er hatte ihn sich per Internet bestellt. Ein einfaches Stück aus dunkler Eiche mit Edelstahlbeinen, zwei Meter auf einen Meter groß und schwer wie ein Stein. Er war von einem Kurierdienst geliefert und einfach vor der Tür abgestellt worden. Hanno und er hatten ganz schön was zu schleppen gehabt, und als sie den Tisch endlich im Musikzimmer stehen hatten, waren sie ziemlich außer Atem gewesen. Aber er machte sich gut zwischen den beiden bodentiefen Fenstern, die auf die Terrasse hinausführten.

Er würde sehr gut daran arbeiten können, da war Jan sich sicher. Während Hanno in der Küche etwas zu trinken geholt hatte, hatte er es nicht abwarten können, seine Sachen auf den Tisch und in den dazu gehörigen Container zu räumen. Dabei war ihm die Postkarte in die Hände gefallen. Sekundenlang hatte er sie angestarrt. Er war überzeugt gewesen, dass er sie damals weggeworfen hatte. Die Abbildung eines einsamen Strandes an der Küste von Costa Rica hatte in den zehn Jahren einen Grünstich bekommen: Meer, Himmel, Dschungel – alles hatte eine einheitliche Farbe. Er kannte die Worte, die auf der Rückseite standen, auswendig.

»Es geht mir gut. Such mich nicht.«

Als Hanno mit den beiden Bierflaschen ins Musikzimmer zurückgekommen war und wissen wollte, wo denn jetzt der Flügel hin sollte, hatte er die Karte schnell weggelegt. Aber wohin?

Es war ihm plötzlich kalt in dem überhitzten Flugzeug, das eine halbe Stunde in der prallen Sonne gestanden hatte, bis es endlich die Startfreigabe bekommen hatte. Er fühlte den Schweiß auf seinem Rücken. Wo hatte er die Postkarte hingetan? Es konnte doch nicht sein, dass sie noch auf dem Schreibtisch lag. Aber so sehr er versuchte, sich zu erinnern, ob er sie vielleicht in eine der Schubladen des Containers gesteckt hatte – es gelang ihm einfach nicht. Was, wenn er sie einfach in seine Jackentasche getan hatte? Was, wenn Laura die Jacke aufhängen oder zur Reinigung bringen wollte und die Postkarte fand? Was würde er sagen, wenn sie ihn fragen würde, von wem die Karte sei? Wer denn diese Julia sei, die ihm eine derart merkwürdige Botschaft geschickt hatte?

Am liebsten wäre er auf der Stelle wieder ausgestiegen und nach Hause gefahren. Doch das war unmöglich. Die Maschine startete in diesem Moment und ließ kurz darauf den Flughafen Tegel unter sich. Jan versuchte ruhig zu atmen. Die ältere Frau, die neben ihm saß, legte ihre Hand auf die seine.

»Sie müssen keine Angst haben. Fliegen ist viel ungefährlicher als Autofahren.«

Sie glaubte, dass er Flugangst habe. Jan zwang sich zu einem Lächeln und bedankte sich bei der Frau für ihre Aufmerksamkeit.

»Es geht mir gut«, sagte er, aber an ihrem skeptischen Blick sah er, dass sie ihm nicht glaubte. Und sie hatte ja recht: Es ging ihm in diesem Augenblick überhaupt nicht gut. Er hatte Angst. Aber nicht davor, wie sie dachte, dass er mit dem Flugzeug abstürzen konnte. Er hatte Angst, dass eine kleine Unachtsamkeit das Leben, das er sich gerade geschaffen hatte, zum Einsturz bringen würde.

III.

Juni

1

»Julia.« Die schmächtige kleine Frau kam auf sie zugelaufen, ja, sie rannte sogar fast und stand dann atemlos vor ihr. Ihre hellblauen Augen leuchteten. Ihre Brust hob und senkte sich von der Anstrengung des Laufens.

»Julia, da bist du ja.« Sie brachte die Worte kaum heraus, so schwer ging ihr Atem. Doch sie wiederholte sie ein ums andere Mal. Sie nahm Lauras Hand in die ihre. »Ich hab solche Angst um dich gehabt. Aber es ist dir nichts passiert? Wie gut du aussiehst. Geht es dir gut?«

»Ja«, sagt Laura verwundert. »Es geht mir gut. Aber ich glaube, Sie verwechseln mich. Ich heiße nicht Julia.«

»Ich hab mir solche Sorgen gemacht. Wo warst du denn die ganze Zeit?«

»Hören Sie, mein Name ist Laura. Laura Plathe. Ich wohne erst seit ein paar Wochen …«

»… im Jägerhaus. Das weiß ich doch. Aber wieso sagst du, dass du Laura heißt? Ich kenne dich doch.« Sie hob die Hand und berührte Lauras Wange. Tränen standen in ihren Augen. »Ich hab mir solche Vorwürfe gemacht. Weil ich dir nicht geholfen habe. Du warst so blass, Kindchen. Und so still warst du auch.«

Laura sah sich unbehaglich um. Vielleicht kannte ja jemand die alte Frau, die sie anscheinend mit einer anderen verwechselte.

Doch der Platz um das Rathaus war leer. Nur in dem kleinen Café, in dem sie schon ein paar Mal gesessen hatte, waren ein paar Leute. Doch die interessierten sich nicht für die Szene, die sich da gerade vor ihnen abspielte. Laura zog ihre Hand aus der der alten Frau.

»Ich muss leider weiter. Auf Wiedersehen.«

»Natürlich. Das verstehe ich. Bestimmt hast du noch nicht fürs Abendessen eingekauft. Was gibt es denn? Kochst du Jan sein Lieblingsessen? Huhn auf Schmorgurken?«

Laura starrte die alte Frau ungläubig an. Huhn auf Schmorgurken war tatsächlich Jans Lieblingsessen.

»Mann, Jette, ich hab dir doch gesagt, dass du auf der Bank auf mich warten sollst!«

Mike kam über den Platz gelaufen. Er war nur kurz in der Apotheke gewesen. Jette sollte wie immer auf einer Bank vor dem Rathaus auf ihn warten. Sie liebte es, auf dem Platz zu sitzen, sich die Sonne ins Gesicht scheinen zu lassen und den Leuten nachzusehen, die ihren Geschäften nachgingen. Noch nie war sie einfach abgehauen. Doch sie war ja Gott sei Dank nicht allzu weit gekommen.

»Was machst du denn, Jette? Du hast mir einen ziemlichen Schrecken eingejagt.«

Mike legte den Arm um Jettes magere Schultern und sah Laura entschuldigend an.

»Ich hoffe, Jette hat Sie nicht aufgehalten.«

»Nein, gar nicht. Aber sie hat mich anscheinend mit jemandem verwechselt. Sie nannte mich ›Julia‹.«

»Das tut mir leid. Und jetzt komm, Jette, wir müssen nach Hause, es gibt gleich Mittagessen.«

»Kann Julia nicht mitkommen? Wir haben uns so lange nicht gesehen. Sie hat mir bestimmt viel zu erzählen.«

»Es tut mir leid, aber ich habe wirklich keine Zeit.«

Laura wollte die alte Frau nicht enttäuschen. Ihre Freude, diese Julia wiedergetroffen zu haben, war so groß und innig, und tatsächlich verdüsterte sich das Gesicht der alten Frau sofort. Es schien, als würden ihr Tränen in die Augen treten.

»Vielleicht treffen wir uns ja bald mal wieder.«

Mike lächelte sie an.

»Das würde Jette sicher gefallen. Ihre einzigen Verwandten leben in Süddeutschland, und die können sie nicht so oft besuchen, wissen Sie. Und sie freut sich immer, wenn sie mit jemandem über früher reden kann.«

»Ich besuche sie gern, aber ich kenne sie nicht.«

Die Enttäuschung in Mikes Blick war fast so groß wie Jettes.

»Schade. Sie ist schon ziemlich einsam. Aber wenn Sie sie nicht kennen …«

»Ich weiß nicht, wer diese Julia ist, mit der sie mich verwechselt. Haben Sie eine Ahnung?«

Er schüttelte den Kopf und nahm dann Jettes Hand.

»Ich bin erst seit einem halben Jahr in dem Heim. Über Jettes Vergangenheit weiß ich so gut wie nichts. Wär' halt schön gewesen, wenn Sie sie gekannt hätten.«

Er lächelte Laura bedauernd an.

»Du kommst doch, ja? Du kommst mich bald besuchen?« Jette drehte sich noch einmal zu Laura um. Sie lächelte sie an. »Ich bin so froh, dass es dir wieder gut geht. Du warst so schrecklich blass.«

Jetzt nahm Mike sie endgültig an der Hand und führte sie weg zu seinem Auto, das am Rand des Platzes geparkt stand.

»Warten Sie. Wo kann ich sie denn finden, wenn ich sie besuchen will?«

Laura konnte diese Begegnung einfach nicht so traurig enden lassen. Mike sah sie überrascht an.

»Jette wohnt im Altenstift St. Joseph. Es liegt direkt neben dem Krankenhaus. Fragen Sie einfach nach Jette Politschek.«

Er half Jette behutsam ins Auto, stieg dann selbst ein und fuhr davon. Jette ließ Laura nicht aus den Augen, solange es ging.

Laura wartete vor dem Gymnasium, in dem Elke unterrichtete. Sie wollten nach der Schule zusammen etwas essen und dann in den großen Supermarkt fahren, der vor Kurzem am Rande des Ortes aufgemacht hatte. Die Schulglocke läutete, Kinder strömten heraus, manche lachend, andere mit grimmigem Gesichtsausdruck. Wahrscheinlich hatten sie gerade eine schlechte Note herausbekommen oder erfahren, dass ihre Versetzung gefährdet war, vermutete Laura. Elke trat mit zwei jungen Kolleginnen aus dem Gebäude, blinzelte in die Sonne, kramte nach ihrer Sonnenbrille und setzte sie auf. Laura winkte ihr. Sie freute sich auf das Mittagessen mit Elke. Die Spaghetti in dem kleinen italienischen Restaurant, das am Ufer des Sees lag und von dessen Terrasse man einen herrlichen Blick auf die Natur hatte, schmeckten sehr italienisch. Und in das Tiramisù, das sie sich zum Nachtisch immer teilten, hätte man sich reinlegen mögen.

»Ich dachte, wir sind bei *Mario* verabredet.«

Elke hakte sich bei Laura unter.

»Ich war früher mit der Bank fertig, als ich dachte. Schlimm, dass ich dich abhole?«

»Im Gegenteil. So hab ich mehr Zeit, um dich mit den Geschichten aus einem Lehrerleben zu langweilen.«

Laura lachte. Sie war froh, dass Elke und sie sich inzwischen so gut verstanden. Eigentlich waren sie schon richtige Freundinnen geworden. Wenn man das in so kurzer Zeit überhaupt werden konnte.

»Bevor du mit deinen Horrorgeschichten anfängst, muss ich dich erst was fragen. Kennst du eine Jette Politschek?«

Elke blieb stehen und sah Laura verblüfft an.

»Woher kennst du denn die alte Jette?«

»Sie hat mich auf dem Marktplatz angesprochen. Sie dachte, ich sei jemand anders. Eine Julia. Weißt du, wen sie meinen könnte?«

Es war also geschehen. Natürlich hatte es mal kommen müssen, dass irgendjemand Laura von Julia erzählte. Doch Elke sah keinen Anlass, dass ausgerechnet sie es sein sollte, die Julias Geschichte wieder ans Licht holte.

»Keine Ahnung, wen sie meinen könnte.«

»Bist du sicher? Sie muss mir irgendwie ähnlich sehen. Hast du eine Ahnung, ob diese Jette schon immer hier gewohnt hat?«

»Hat sie. Aber wieso ist das wichtig?«

Laura musste darauf achten, dass sie auf dem krummen Kopfsteinpflaster der Altstadt mit ihren hohen Sandalen nicht umknickte.

»Keine Ahnung. Es war bloß so … irgendwie war die alte Frau so sicher. Und sie hat sich so gefreut.«

»Jette hat früher in einer Gärtnerei in der Nähe gearbeitet. Papa hat da immer die Pflanzen für den Garten geholt. Und manchmal hat Jette die größeren Pflanzen auch gebracht. Sie war nett. Immer lustig, immer freundlich. Aber dann hatte sie einen Schlaganfall, und seitdem ist sie ... ein wenig wunderlich.«

Also das ist es.

Vermutlich hatte der Schlaganfall bei Jette Politschek Schäden im Gehirn nach sich gezogen, sodass sie jetzt ein wenig verwirrt war und die Dinge, die sie einmal erlebt hatte, nicht mehr richtig zuordnen konnte.

»Hat sie Jan gut gekannt?«

»Sicher hat sie ihn ein paar Mal gesehen, als sie Pflanzen geliefert hat. Wieso willst du das wissen?«

»Weil sie mich gefragt hat, ob ich Jan heute sein Lieblingsessen kochen würde.«

Laura spürte die Gänsehaut, die sich auf ihren Armen bildete: Jette hatte nicht *sie* gefragt, sondern Julia. So, als würde diese Julia Jan kennen. Und nicht nur das. Die alte Frau hatte angenommen, Julia würde für ihn kochen.

»Gab es im Jägerhaus denn mal eine Köchin, die Julia hieß?«

Elke schüttelte nur schweigend den Kopf. Sie war sich nun sicher, dass Laura nicht lockerlassen würde, nicht aufhören würde nachzufragen, bis sie die Wahrheit herausgefunden hatte. *Und dann? Was wirst du tun, Laura, wenn du begreifst, dass Jan dir den wichtigsten Teil seines Lebens verschwiegen hat?*

Sie waren auf der Terrasse des italienischen Restaurants angekommen. Elke deutete auf einen Tisch am Wasser.

»Wollen wir den nehmen?« Sie ging Laura voraus zu

dem Tisch und bestellte im Vorübergehen bei Franco, dem Kellner mit den schönen Augen, zwei Gläser Prosecco. Als sie sich setzten, meinte sie: »Jetzt haben wir aber genug über alte, verwirrte Frauen geredet. Endlich bin ich auch mal dran. Du kannst dir nicht vorstellen, was Stefan heute von mir verlangt hat.«

Sie verstrickte sich in eine absurde Geschichte über den Wahnsinn ihres Direktors, von dessen Unfähigkeit Laura schon einige Male gehört hatte, und hoffte, Laura zumindest so lange von Jette Politschek und Julia ablenken zu können, bis sie sich nach dem Einkauf im Supermarkt trennen würden.

Der Hund stand am Ufer des Sees und winselte. Vor zehn Jahren hatte hier ein anderer schwarzer Hund gestanden. Vier Tage lang hatte man ihn nicht dazu bewegen können, seinen Platz in der kleinen Bucht zu verlassen. Sein Heulen hatte Tag und Nacht die Stille durchschnitten. Jan, der mit seinem eigenen Kummer beschäftigt gewesen war, hatte sich stundenlang zu dem Hund gesetzt und versucht, ihn zu beruhigen. Es war ein herzzerreißendes Bild gewesen, wie sie da saßen: der über Nacht ganz graugesichtig gewordene Mann und der bis in die tiefste Seele traurige Hund, wie sie da saßen. Und es hatte nichts gegeben, was sie trösten konnte. Dann war der Hund einfach verschwunden. Sie hatten tagelang in den Wäldern nach ihm gesucht, doch Pogo war nicht mehr aufgetaucht. Genauso wenig wie Julia.

Die Erinnerung an diese Tage ließ Hanno schaudern. Wie oft hatte er sich gefragt, ob er irgendetwas hätte tun können, um das Unglück zu vermeiden, das so plötzlich über sie alle hereingebrochen war.

Jan hatte mit den Leuten geredet, die Julia kannten. Er hatte die Polizei eingeschaltet, hatte nach Zeichen gesucht, nach Erklärungen. Allen, die ihn bei seiner verzweifelten Suche beobachteten, hatte das Herz wehgetan. Der Schmerz hatte ihn in eine graue Wolke gehüllt. Er hatte nicht mehr geschlafen, kaum mehr etwas gegessen. Hanno hatte sich Sorgen gemacht, dass Jan an seiner Verzweiflung zerbrechen würde. Wie gern hätte er ihn getröstet. Aber alle Worte klangen dürr, alle Gesten wirkten hilflos. Er hatte es nicht gekonnt. Er hatte es nicht über sich gebracht, diesen Mann, den er liebte, seit er ein kleiner Junge war, aus seiner Qual zu erretten. Die sich noch steigerte, als ein Angler in einem kleinen Tümpel, der an der Straße nach Templin lag, Julias Koffer fand. Plötzlich entwickelte sich das Unglück zu einer richtigen Katastrophe, die Jans Leben endgültig zu zerstören schien …

Der Hund hörte plötzlich auf zu winseln und rannte davon.

»Shadow, bleib. Shadow …«

Doch der Hund hörte nicht, er rannte davon, sein aufgeregtes Bellen verlor sich im Wald, der den See dicht umsäumte. Jetzt hörte Hanno Lauras Lachen.

»Da bist du ja, mein Kleiner. Hast du mich vermisst?«

Das Bellen des Hundes schlug in begeistertes Fiepen um. Genauso hatte Pogo damals immer geklungen, wenn er Julia begrüßt hatte.

Ich muss endlich aufhören, daran zu denken. Es ist vorbei.

»Hallo, Hanno. Da bin ich wieder. Danke, dass du auf Shadow aufgepasst hast.«

Laura warf dem Hund ein Stöckchen zu, als sie auf ihn zukam.

»Gut, dass ich dich sehe. Ich muss dich was fragen.«

Hanno war sofort beunruhigt. Wie immer, wenn er mit Laura zusammen war, fürchtete er die Fragen, die sie ihm stellen würde. Zwar hatte sie ihn bislang hauptsächlich nach Jans Familie ausgefragt, nach seinem Leben als kleiner Junge, nach der Geschichte des Jägerhauses, und er hatte ihr viele bunte Geschichten erzählt aus der Zeit, als Jan hier seine Kindheit verbracht hatte. Doch immer hatte er Angst davor, dass sie einmal fragen würde, ob es vor ihr nicht andere Frauen in Jans Leben gegeben hatte. Frauen, mit denen er zusammen gewesen war, die er geliebt hatte. Hanno hatte erkannt, dass Jan Laura nichts von Julia erzählt hatte. Er fragte sich zwar, wieso er diese Episode seines Lebens ausgespart hatte, aber es stand ihm nicht zu, darüber zu urteilen, was Jan Laura erzählte und was nicht. Vielleicht wartete er auf eine günstige Gelegenheit. Vielleicht wollte er Laura nicht mit der traurigen Geschichte belasten, die sich hier abgespielt hatte. In jedem Fall würde er Jan nicht vorgreifen. Wenn der beschlossen hatte, Laura nichts von Julia zu erzählen, dann hatte er, Hanno, das zu akzeptieren.

»Kennst du eine Julia?«

Hannos Herz schien einen Moment stillzustehen. Jetzt war es also so weit: Sie hatte von Julia gehört. Als Laura ihm von der Begegnung mit Jette erzählte, war er einen Moment lang erleichtert. Solange es nur Jette war, die über Julia redete, konnte er noch ausweichen. Jette war bekanntermaßen nicht mehr ganz bei Sinnen. Nichts, was sie erzählte, musste man ernst nehmen.

»Jette hat für viele Leute gearbeitet, damals, als sie noch Gärtnerin war. Kann sein, dass da auch eine Julia dabei war.«

Er spürte, dass seine Antwort Laura nicht befriedigte.

»Es hat so geklungen, als sei mit dieser Julia etwas Schlimmes passiert. Erinnerst du dich wirklich nicht?«

»Jette ist seit vielen Jahren geistig umnachtet. Ich habe keine Ahnung, was sie meinen könnte.«

Hoffentlich spürte Laura seine Verunsicherung nicht. Es war nicht seine Sache, ihr alles zu erzählen. Wieso hatte Jan sie überhaupt hierhergebracht? Er musste doch wissen, dass sie eines Tages alles erfahren würde. Wieso hatte er ihr dann nicht gleich alles erzählt? Wieso ließ er es darauf ankommen, dass sie irgendwann doch einmal mit der Geschichte konfrontiert sein würde? Wenn er nicht gewollt hätte, dass Laura diesen Teil seiner Vergangenheit kennenlernte, hätte er sie nur nicht hierherbringen müssen. Er hätte woanders mit ihr leben können.

»Ist ja auch egal. Ich war nur ziemlich erschrocken, als sie so auf mich zukam und mich mit Julia ansprach.« Laura lachte ein wenig auf. »Vielleicht hab ich ja eine Doppelgängerin. Obwohl ich den Gedanken, dass es irgendwo eine Frau gibt, die genauso aussieht wie ich, ziemlich unwitzig finde.«

Sie sah nicht aus wie Julia. Sicher, sie hatte eine ähnliche Statur und genauso dunkle Haare. Aber alles andere – ihre Augen, ihr Mund, ihr Lachen –, das hatte nichts mit Julia zu tun. Jette musste noch verwirrter sein, als alle dachten, wenn sie Julia mit Laura verwechselte.

Jette hatte damals – an dem Tag, an dem Julia verschwunden war – einen Schlaganfall erlitten. Man hatte sie im Wald gefunden, sie hatte ohne Bewusstsein dort gelegen. Eine Zeit lang waren die Ärzte nicht sicher gewesen, ob sie überleben würde. Und als sie sich dann irgendwann doch erholt hatte, war allen klar gewesen, dass sie nie mehr so sein würde wie früher.

»Ich hab ihr versprochen, dass ich sie mal besuchen werde. Wer weiß, vielleicht krieg ich dann ja raus, wer diese Julia ist und wieso sie mich mit ihr verwechselt. Vielleicht werde ich sie ja sogar kennenlernen.«

Sie hätte nie hierher kommen dürfen. Hanno wusste in diesem Moment nicht, ob er damit Laura meinte oder Julia. *Beide,* dachte er schließlich, *beide hätten nicht hierher kommen dürfen. Julia nicht und Laura auch nicht.* Er ahnte, dass die Ruhe, zu der sie in den letzten Jahren so mühsam zurückgefunden hatten, bald zu Ende sein würde. Alles, was in einem Leben geschieht, hat Konsequenzen, dachte er. Er sah Laura an, die so zuversichtlich und arglos vor ihm stand, und sein Herz zog sich zusammen, als er daran dachte, was passieren würde. Zehn Jahre lang war das Geheimnis um Julia nicht gelüftet worden. Sie hatten sich sicher gefühlt. Und doch, wenn er ehrlich war, hatte in ihm immer diese leise Furcht gewohnt, dass eines Tages alles ans Licht kommen würde. Und dann würde nichts mehr so sein, wie es gewesen war, nichts mehr so, wie sie es sich verzweifelt vorgemacht hatten.

»Hilfe.«

Das Wispern kroch in Lauras Träume. Es passte nicht zu den sonnigen Wiesen, durch die sie gerade mit Shadow tobte. Und doch war es da. Laura drehte sich unruhig auf die andere Seite, als wollte sie der leisen Stimme entgehen, die sich in die beschwingte Stimmung ihres Traums drängte. Sie wollte die warme Erde unter ihren nackten Füßen spüren, die Sonne, die ihre Haut glühen ließ. Sie wollte dem Zirpen der Grillen lauschen und dem geschwätzigen Gelärm der Spatzen in den prallgelben Ginsterbüschen. Es war ein schöner Traum, in dem sie sich wiedergefunden hatte, kaum dass sie in das breite Bett gesunken und eingenickt war. Und sie wollte einfach nicht daraus aufwachen.

»Hilfe.«

Sie konnte der Stimme nicht entkommen. Plötzlich kam sie von allen Seiten, von über ihr und neben ihr. Und dann war sie in ihr, brennend und dringlich. Sie wehrte sich noch einen Moment lang dagegen aufzuwachen. Doch alles Aufbäumen hatte keinen Erfolg. Das Zimmer war dunkel, als sie die Augen aufschlug. Sie fühlte ihr Herz heftig klopfen. Ihr Atem ging schnell.

Hör auf zu spinnen. Das war bloß ein Traum.

Sie legte die Hand unter ihr Herz, versuchte, ruhig gegen die Angst anzuatmen, die in ihr aufstieg. Alles war in Ordnung. Sie lag sicher in ihrem Bett, auf dem Kissen daneben hörte sie den Hund ruhig atmen. Sie schloss noch einmal die Augen, riss sie aber gleich wieder auf, als sie den warmen Atem an ihrer Wange spürte. Da war jemand im Zimmer. Die Härchen auf ihren Armen stellten sich auf. Als sie die Berührung einer Hand spürte, schrie sie leise auf.

Licht, sie musste Licht machen. Verdammt, wieso fand sie die Nachttischlampe nicht? Sie tastete nach der Schnur mit dem Schalter. Wo war dieser verdammte Schalter? Als die Nachttischlampe zu Boden krachte, war sie mit einem Satz aus dem Bett. Der Hund fing an zu knurren.

»Wer ist da?«

Sie drängte sich an die Wand, rutschte an ihr entlang in die Richtung, in der sie die Tür vermutete. Wieso war es so stockfinster in dem Zimmer? In den letzten Nächten hatte doch der Mond hereingeleuchtet. Wieso gab es heute keinen Mond? Ihre Gedanken fuhren Achterbahn. Gab es hier etwas, womit sie sich verteidigen konnte? Ja, den Kleiderbügel, auf dem ihre Jacke an der Tür hing. Sie spürte die Wolle der Jacke, riss sie zu sich heran. Jetzt hatte sie den Bügel in der Hand.

»Wer sind Sie?«

Ihr Atem ging keuchend. Das Knurren des Hundes wurde lauter.

»Fass ihn, Shadow, fass.«

Jetzt fand sie den Lichtschalter. Das Zimmer war leer. Sie stand an die Wand gedrückt, den Kleiderbügel in der Hand, und ihr plötzliches Auflachen klang ein wenig irre in ihren Ohren. Da war niemand. Shadow hatte aufgehört zu knurren. Er kam zu ihr und rieb den Kopf an ihrem Bein. Sie ging neben ihm in die Knie, streichelte seinen dicken Kopf und ließ sich die Hand lecken. Jetzt gerade taten ihr die Liebesbeweise des Hundes gut, die sie sonst eigentlich nicht duldete.

Super Vorstellung! Gott sei Dank ist Jan nicht da. Der würde sich über mich totlachen.

Als sie sich ein Glas Wasser aus der Kristallkaraffe einschenken wollte, die auf der Kommode stand, merkte sie, dass ihre Hände zitterten. Hastig stellte sie die Karaffe wieder hin und sah auf ihre Hände. Sie nahm die linke Hand in die rechte und drückte fest zu. Alles gut, sagte sie sich. Es ist alles gut. Wie konnte sie nur durch einen harmlosen Traum so außer Fassung geraten? Das war wirklich peinlich.

Der Hund legte sich wieder auf sein Kissen, rollte sich zusammen und schloss die Augen. Was hatte sie gerade noch gekeucht? *Fass ihn, Shadow, fass?*

Als würde dieser harmlose Hund irgendjemanden jemals fassen. Sie stellte die Nachttischlampe zurück, legte aber jetzt die Schnur mit dem Schalter so hin, dass sie sie aus dem Bett gewiss erreichen konnte. Dann stieg sie über den Hund hinweg zurück ins Bett.

»Entschuldigung, dass ich mich so aufgeführt habe.«

Sie streichelte den Hund noch einmal, knuddelte seine weichen Ohren, was er geschehen ließ, ohne sich zu rühren, und legte sich zurück auf das Kissen.

Das Licht! Sie hatte vergessen, das Deckenlicht auszumachen. Also stand sie noch einmal auf, musste wieder über den Hund steigen. Sie löschte das Licht.

»Hilf mir doch!«

Der Schrei gellte durch das Haus. Der Hund fing an zu bellen. Das Licht anschalten, den Kleiderbügel greifen, zur Tür rausstürzen – das ging jetzt alles im Bruchteil einer Sekunde. Das war die Stimme einer Frau gewesen. Sie musste ihr helfen. Sie dachte nicht nach, als sie die Treppe hinunterstürzte.

»Wo sind Sie? Was ist passiert?«

Sie riss die Tür zum Musikzimmer auf, griff zum Lichtschalter. Niemand da. Im Wohnzimmer war auch niemand.

»Wo sind Sie?«

In der Küche war auch niemand. Nur der Wasserhahn tropfte vor sich hin. Der Hund kam in die Küche und sah sie mit verschlafenen Augen an, als wollte er fragen, was für ein merkwürdiges Spiel das sei mitten in der Nacht.

»Du hast es doch auch gehört, Shadow? Die Frau. Wir müssen ihr helfen.«

Aber wo war sie? Wo war diese Frau, deren Stimme so abgrundtief verzweifelt geklungen hatte?

»Komm, wir müssen sie finden.«

Vielleicht hatte sie sich verletzt. Vielleicht war sie krank. Vielleicht ... Das Blut rauschte in Lauras Ohren. Die Kälte der Nacht kroch in ihr hoch. Als sie den Schatten sah, der an der Küchentür vorbeihuschte, rannte sie in die Halle. Aber auch hier war kein Mensch, alles war wie immer. Hatte sie sich das alles nur eingebildet? Die Stimme, den Schatten, den Atem an ihrer Wange? Sie war doch nicht verrückt. Konnte es sein, dass ihr hier irgendjemand einen Streich spielen wollte? Aber wer sollte das tun? Hanno? – Lächerlich? Elke? – Unvorstellbar. Sie setzte sich auf einen Stuhl, schlang die Arme um sich und versuchte sich zu beruhigen. Und dann sah sie es. Auf dem kleinen Tisch neben der Haustür, auf dem sie ihre Schlüssel ablegte und die Post, stand es. Ein kleines Fläschchen Shalimar. Entsetzen ergriff sie. Das Fläschchen hatte genau die gleiche Form wie das, das sie in ihrer ersten Nacht im Badezimmer hatte fallen lassen. Nicht die moderne Form, in der das Parfum heutzutage verkauft wurde. Diese Form war schon lange nicht mehr im Handel. Sie kannte sie von Fotografien und aus alten Filmen.

Wahrscheinlich steht es schon die ganze Zeit da, und ich hab's nur nie bemerkt.

Sie versuchte, sich mit rationalen Begründungen zu beruhigen.

Blödsinn. Es wäre mir doch auf den ersten Blick aufgefallen.

Hatte sie jetzt auch noch optische Halluzinationen? Vielleicht war das ja alles ein Traum, aus dem sie nicht aufwachen konnte. Doch sie fühlte die Kälte des Steinfußbodens unter ihren nackten Füßen, als sie auf das Tischchen zuging, und die würde sie nicht spüren, wenn sie träumte. Nein, ganz eindeutig war sie wach. Und da war dieses Parfumfläschchen. Sie griff danach. Das Licht erlosch. Und sie hörte das Klirren. Bevor sie das Fläschchen ergreifen konnte, war es zu Boden gefallen. Der intensive Duft verbreitete sich auf der Stelle. Jetzt spürte sie den festen Griff an ihrem rechten Arm, und nichts hielt sie mehr. Sie stürzte zur Tür, riss sie auf und rannte blind vor Angst und Horror in die Dunkelheit.

Da war jemand. Eine Frau. Und die war hinter ihr her. Sie hörte ihren keuchenden Atem, jetzt griff sie wieder nach ihr. Laura stieß gegen einen Blumenkübel, strauchelte, rappelte sich wieder hoch. Sie musste weg hier. Die Panik jagte sie den Sandweg hinunter. Stolpernd versuchte sie nach Kräften, in dem weichen Untergrund nicht den Halt zu verlieren. Wenn es nur nicht so dunkel gewesen wäre. Wenn sie sich den Weg, der sich in der Nacht als eine Reihe von Fallen aus tiefen Löchern und Wurzeln erwies, doch nur besser eingeprägt hätte. Sie sah die tiefe, vom Regen ausgewaschene Mulde nicht. Ihr rechtes Bein knickte ein. Mit einem Aufschrei ging sie zu Boden. Panisch griff sie nach einem Halt. Sie durfte nicht fallen, nicht hier liegen bleiben. Ihre Verfolgerin war dicht hinter ihr.

»Ich weiß gar nicht, wie ich dir danken soll.«

Maike Emmerlich drückte Marius einen Korb mit Eiern, frischem Gemüse und einer Flasche Obstbrand, den sie und ihr Mann selber brannten, in die Hand. Wie immer, wenn er einen Krankenbesuch machte und mit den Dingen, die Haus und Hof hergaben, beschenkt wurde, wollte Marius sagen, dass das doch nicht nötig sei. Er war Landarzt, da war es sein Job, seine Patienten, die oft weit verstreut in der Gegend wohnten, auch zu Hause zu besuchen. Er machte das gern, auch wenn es Stunden zusätzlicher Arbeit vor und nach seiner Sprechstunde bedeutete. Aber auf diese Weise erfuhr er, wie seine Patienten lebten, er konnte sich ein wesentlich besseres Bild von ihrem Alltag machen, als wenn sie ihm nur in der Praxis davon erzählten. Er lernte ihren Alltag kennen, die anderen Familienmitglieder, die Haustiere. Er konnte erspüren, wie die Stimmung in dem jeweiligen Haushalt war. Details, die ihm halfen, die Krankheitsbilder, die er diagnostizierte, besser einordnen zu können. Manchmal setzte er sich auch noch eine halbe Stunde in die Küche und hörte einfach zu. Erfuhr von Geldnöten und von familiären Problemen, von Träumen und auch von Albträumen, von Schicksalsschlägen und Hoffnungen, die sich so oft nicht erfüllten.

Es gab Patienten, bei denen er auf seinen Wegen auch einfach mal so vorbeisah. Nur um sicher zu sein, dass alles in Ordnung war. Und es gab Patienten, bei denen er schon allein deswegen gern war, weil es ihm einfach gut tat, sie zu sehen. Maike und Helmut gehörten in diese Kategorie. Es gefiel Marius, mit welchem Elan sie ihr Leben anpackten. Ihr Optimismus und ihre Lebensfreude imponierten ihm. Sie hatten sich für dieses durchaus nicht immer einfache Leben als Bio-Bauern entschieden, und es wirkte, als hätten sie diesen Entschluss noch keinen Tag bedauert. Das Haus war erfüllt von einer glückhaften Harmonie. Maike und Helmut liebten einander, ihre Kinder waren Wunschkinder gewesen – sie lebten das Leben, das Marius eigentlich für sich erträumt hatte.

Am Morgen, als er zu den kranken Kindern gekommen war, die beide mit Brechdurchfall und Fieber im Bett gelegen hatten, hatte er sie mit Medikamenten versorgt und Maike noch gute Ratschläge gegeben, wie sie verhindern konnte, dass die Kleinen austrockneten, was immer eine Gefahr bei kleinen Kindern war, die nichts bei sich behalten konnten. Er hatte im Laufe des Tages bei Maike angerufen und erfahren, dass es den Kindern allmählich besser ging. Also wäre der späte Besuch an diesem Abend eigentlich nicht nötig gewesen. Aber nachdem er seinen letzten Hausbesuch beendet hatte, war er kurz entschlossen noch einmal zu den Emmerlichs gefahren, zumal deren Hof fast auf seinem Heimweg lag. Möglich, dass er unbewusst seine Ankunft zu Hause hinauszögern wollte. Möglich, dass er nur ein bisschen von der hellen Stimmung, die immer bei den Emmerlichs herrschte, auftanken wollte. Er ahnte, dass er dem Zusammensein mit Elke auswich, wenn sich die Möglichkeit bot, aber er gestattete es sich nicht, länger darüber nachzudenken. Er hatte die Kinder, denen es schon deutlich besser ging, untersucht, hatte sich noch für ein paar Minuten in die gemütliche Küche gesetzt und sich von Maike einen Espresso geben lassen, der hervorragend schmeckte und ihn wahrscheinlich um seinen Schlaf bringen würde. Sie hatten über das Wetter geredet und über Uwes Einschulung nach den Sommerferien, über den neuen Tierarzt, der seit einem Monat seine Praxis in Templin hatte, über Helmuts Plan, ein paar Ferienappartements in der alten Scheune zu bauen, und schließlich hatte Maike ihm das Kälbchen gezeigt, das am selben Nachmittag geboren worden war. Und sie hatten zusammen mit einem Schnaps auf das neue Leben angestoßen. Marius hatte insgeheim gedacht, dass er die beiden einfach öfter besuchen müsste. Dann würde es ihm wahrscheinlich auch besser gehen.

»Kein Problem.«

Er umarmte Maike und freute sich einen winzigen Moment an ihren Rundungen, die sich warm und fest anfühlten.

»Erstens ist das mein Job, und zweitens – du weißt ja, wie gern ich euch besuche.«

Maike drückte ihm einem vergnügten Kuss auf die Wange.

»Immer wieder gern. Du bist unser liebster Gast, das ist dir schon klar. Und Elke natürlich auch.«

Es entging Marius nicht, dass sie Elke ein wenig zu schnell erwähnte. Die beiden Frauen hatten sich nicht allzu viel zu sagen, das war ihm klar. Zwar kaufte Elke gern bei Maike und Helmut ein, aber insgeheim sah sie mit einer gewissen Verachtung auf die beiden Bio-Bauern. Städter, die vom Landleben träumten, hatte sie schon viele kommen und gehen sehen. Fantasten nannte sie sie, die keine Ahnung davon hatten, wie schwer das Leben als Bauer tatsächlich war. Dass Maike und Helmut ihren Hof jetzt schon seit vier Jahren betrieben und es nicht den Anschein hatte, dass sie so bald wieder aufgeben würden, interessierte sie anscheinend nicht.

Vielleicht ist sie ja auch ein bisschen neidisch.

Marius wusste, dass auch Elke sich ihr Leben anders vorgestellt hatte. Auch wenn sie schon längst nicht mehr darüber redeten – die Gewissheit, dass sie keine Kinder haben würden, schmerzte sie genauso tief wie Marius.

Vielleicht sollte ich sie doch noch einmal dazu zwingen, über eine Adoption nachzudenken.

Ein Kind im Haus würde sicher vieles ändern. Die Stille, die bei ihnen herrschte, würde ein Ende haben. Die gemeinsame Verantwortung würde sie einander wieder näherbringen. In der Zeit, als, nach den fehlgeschlagenen Versuchen einer künstlichen Befruchtung, klar geworden war, dass sich ihr Kinderwunsch nicht erfüllen würde, hatte er versucht, mit Elke über andere Möglichkeiten zu sprechen. Doch Elke hatte sich vehement dagegen gewehrt, ein Kind aufzuziehen, das nicht ihr eigenes war.

»Es soll unser Kind sein. Ein Kind, das aus unserer Liebe entsteht. Das unsere Gene trägt.«

Sie hatte sich geweigert, auch nur eine Sekunde darüber nachzudenken, ein fremdes Kind in ihr Leben zu holen. Sie hatte nicht hören wollen, als er ihr erklären wollte, dass dieses Kind doch wie ihr eigenes sein würde. Dass es nicht auf die Abstammung ankomme, sondern darauf, mit wem das Kind lebte, wer es liebte, wer sich um es sorgte, wer es erzog und aufs Leben vorbereitete.

»Das ist nicht dasselbe. Es würde mich immer daran erinnern, dass ich versagt habe. Jedes Mal, wenn ich es ansehen würde, würde ich daran denken, dass eine andere Frau besser ist als ich. Ich würde es ihm nicht verzeihen, dass ich nicht in der Lage war, es selbst auszutragen und zu gebären.«

Sie hatte sich allen Argumenten gegenüber verschlossen. Und schließlich hatten sie sich eingeredet, dass auch ein Leben ohne Kinder erfüllt sein konnte, solange sie einander nur liebten. Und mit der Zeit hatte die Stille in ihrem Haus Einzug gehalten, eine Stille, die Marius eines Tages als so unerträglich empfand, dass er darüber nachgedacht hatte, Elke zu verlassen. Und es am Ende doch nicht getan hatte.

Möglicherweise müssen wir einfach wieder anfangen, darüber zu reden. Vielleicht ist sie ja jetzt bereit, ein Kind anzunehmen, das nicht das ihre ist.

Er musste sie dazu bringen, noch einmal darüber nachzudenken. Er würde ihr ausmalen, wie hell ihr Leben wieder werden würde, wenn sie ein Kind hatten. Wie gut es ihnen zusammen gehen, wie fest sie dadurch miteinander verschweißt sein würden. Und wenn sie sich trotzdem weigerte? Marius wusste darauf keine Antwort.

Marius konnte gerade noch bremsen, als die Frau auf die Hauptstraße taumelte. Ihr hellblaues Nachthemd leuchtete im Licht seiner Scheinwerfer. Neben ihr tauchte der schwarze Hund auf.

»Laura?«

Er riss die Autotür auf. Sie sah ihn an. Mitten auf der Straße stand sie da in diesem dünnen Hemd, das, wie er erkannte, ziemlich verschmutzt war. An der Seite klaffte ein Riss und entblößte ihre Beine, an denen aus einigen langen Kratzern das Blut hinabrann.

»Laura, was ist denn passiert?«

Sie blinzelte ins Scheinwerferlicht.

»Wer sind Sie? Helfen Sie mir!«

Natürlich, sie konnte ihn im Gegenlicht nicht erkennen.

Er achtete darauf, dass er das Scheinwerferlicht verdeckte, als er auf sie zuging. Der Hund knurrte leise. Marius konnte erkennen, wie sich seine Nackenhaare aufstellten.

»Ich bin es, Marius.«

»Marius?«

Er sah, dass sie am ganzen Körper bebte. Als er sich ihr näherte, wurde das Knurren des Hundes lauter. Er stellte sich vor Laura hin, als wollte er sie beschützen.

»Reg dich ab, Shadow, du kennst mich doch.«

Er hielt dem deutlich unter Spannung stehenden Hund die Hand hin. Der zögerte einen Moment, dann schnüffelte er an Marius' Hand und wurde auf der Stelle ruhig.

»Na, siehst du, alles in Ordnung. Ich tu deinem Frauchen doch nichts.«

Er schlüpfte aus seiner Leinenjacke und legte sie ihr um die Schultern. Dabei spürte er, wie sie unter seiner Berührung zusammenzuckte.

»Ich komme gerade von einem Patientenbesuch. Was machst du denn hier um diese Zeit?«

Er versuchte, seiner Stimme einen normalen, fast beiläufigen Klang zu geben. Ihre Pupillen waren fast schwarz, ihre Augen weit aufgerissen. Irgendwas Schreckliches musste passiert sein.

»Du bist ja ganz durchgefroren. Komm, ich bring' dich nach Hause und mache dir einen Tee.«

Sie war eindeutig vollkommen durcheinander. Möglicherweise stand sie auch unter Schock. Ihr Blick war unstet, ihre Haut blass, ihr Atem ging schnell. Marius tastete nach ihrem Puls; der raste. Was war nur mit ihr geschehen?

Laura fühlte das Kratzen der Leinenjacke auf ihren nackten Armen. Wo war sie? Was machte Marius hier? Ihre Füße waren so kalt. Und sie fror so sehr. Sie sah an sich hinunter. Sie stand barfuß und im Nachthemd mitten auf der Straße nach Templin.

»Was ist passiert?«

Ihre Zähne schlugen aufeinander. Ihre Beine zitterten. Sie schlang die Arme um sich. Das musste aufhören. Sie musste aufhören zu zittern.

»Ich weiß es nicht. Du bist plötzlich auf die Straße gelaufen. Ich hab dich im letzten Moment gesehen.«

»Aber was mach ich denn hier? Wieso …«

Sie sah sich durch den Wald rennen, Äste schlugen ihr ins Gesicht. Brombeerranken streiften ihre Beine. Dieser kurze, scharfe Schmerz, wenn sich die winzigen Stacheln in ihre Haut bohrten.

Was ist bloß passiert? Wieso bin ich hier? Wieso bin ich denn nicht im Haus?

Sie fühlte Shadows warme Schnauze an ihrem Oberschenkel. Der Hund sah sie mit seinen braunen Augen an. Hatte sie den Hund ausführen wollen? Hatte er ihr zu verstehen gegeben, dass er raus musste, und sie hatte mit ihm einen kurzen Spaziergang gemacht? Aber wieso hatte sie sich nichts übergezogen? Wieso hatte sie keine Schuhe an?

Sie rannte. Etwas war hinter ihr her. Diese Stimme. Eine Frau. Da war eine Frau. Sie sah sich durch das Haus gehen, die Türen aufreißen. Da war diese Stimme gewesen. »Hilfe.« Diese verzweifelte Stimme.

Jetzt bin ich völlig verrückt geworden.

»Kann es sein, dass du schlafgewandelt bist? Hast du so was schon mal getan?«

Marius' Blick war sehr besorgt. Wie sollte es auch anders sein? Da fand er sie mitten in der Nacht auf der Straße, halb nackt, zerkratzt, völlig verstört.

Er muss denken, dass ich durchgeknallt bin.

»Ja«, sagte sie, »das kann sein. Meine Mutter hat mir erzählt, dass ich als Kind manchmal schlafgewandelt bin. Einmal hat sie mich sogar auf der Straße gefunden. Ich war einfach losmarschiert, im Nachthemd, ohne Schuhe. Sie muss einen ziemlichen Schrecken bekommen haben.«

Sie wusste ganz sicher, dass sie wach gewesen war. Falls es stimmte, was ihre Mutter ihr erzählt hatte – dass sie als Kind tatsächlich ein paar Mal schlafgewandelt war –, sie konnte sich nicht erinnern, dass ihr das einmal als Erwachsene passiert war. Aber das würde sie Marius nicht sagen. Sie würde überhaupt niemandem sagen, was ihr heute Nacht passiert war.

»Mir ist kalt.« Sie versuchte ein Lächeln. »Meinst du, du kannst mich nach Hause bringen? Zu Fuß ist es mir eigentlich zu weit.«

Er brachte sie zum Auto, half ihr auf den Beifahrersitz. Seine Hand war warm und beruhigend. Wenn nur sein Blick nicht so besorgt gewesen wäre. Sie wollte nicht, dass er sich Gedanken über das machte, was hier gerade passierte.

»Ich hab wahrscheinlich zu viel zu Abend gegessen. Wenn ich allein bin, tröste ich mich gern mit einem dicken Steak und Bratkartoffeln. Und hinterher hab ich mir auch noch eine doppelte Portion Eis genehmigt.«

Er musste einfach glauben, dass sie nicht verrückt war.

»Auf jeden Fall solltest du in der nächsten Zeit die

Haustür verschließen und den Schlüssel nicht im Schloss stecken lassen, sondern irgendwo hinlegen. Schlafwandler sind nämlich normalerweise nicht besonders geduldig. Und wenn du wieder einmal im Schlaf die Tür zu öffnen versuchst und sie nicht gleich aufgeht, wirst du vermutlich einfach wieder in dein Bett zurückgehen.«

Er reichte ihr die Tasse Melissentee, die er ihr aufgebrüht hatte, während sie es sich auf dem Sofa bequem gemacht hatte.

»Du bist sehr nett, danke.«

»Wenn du willst, bleibe ich heute Nacht hier.«

»So ein Blödsinn. Es ist lieb, dass du dir Sorgen machst, aber ich werde sicher nicht zweimal in einer Nacht auf Tour gehen. Nein, du fährst jetzt nach Hause. Elke wird sich schon Gedanken machen, wo du bleibst.«

Sie sah seinen zweifelnden Blick.

Er glaubt mir nicht. Er glaubt, dass ich ihm irgendwas verschweige.

Der Tee tat ihr gut. Seine Wärme breitete sich in ihr aus. Jetzt hörte auch endlich das Zittern auf. Shadow hatte sich auf ihre Beine gelegt, den Kopf auf ihre Oberschenkel. Er starrte sie unverwandt an.

»Shadow wird schon auf mich aufpassen. Mach dir keine Sorgen.«

»Mir Sorgen zu machen ist mein Beruf.«

Sie hatte bis jetzt gar nicht gesehen, dass in seinen blauen Augen grüne Einsprengsel waren. Sie hielt seinem Blick eine Sekunde lang stand. Wenn sie ihn auch sonst als zurückhaltend oder sogar abweisend empfunden hatte – in diesem Moment war er nur fürsorglich.

»Ich mach dir einen Vorschlag: Du gehst jetzt wieder

zu Bett, und ich bleibe noch so lange, bis du eingeschlafen bist.«

Fast hätte sie Ja gesagt. Ja, das machen wir so. Der Gedanke, nicht allein in diesem Haus zu sein, war zu verlockend. Sie würde sicher ruhig einschlafen, wenn sie wüsste, dass er hier war. Doch sie schüttelte den Kopf.

»Ich werd jetzt sowieso nicht schlafen können. Ich mach den Fernseher an und guck mal, was das Nachtprogramm Interessantes zu bieten hat. Du musst dir wirklich keine Sorgen machen, es ist alles in Ordnung. Ich bin wach, und das ist gut so.«

Genau so würde sie es machen. Hier im Wohnzimmer auf dem Sofa liegen und fernsehen, bis ihr irgendwann die Augen zufielen. Und morgen würde sie, vielleicht, darüber nachdenken, was dieser ganze Spuk heute Nacht zu bedeuten haben könnte.

»Mir wäre aber wohler …«

»Ich bin nicht krank. Und du musst morgen früh fit sein. Also jetzt geh endlich. Oder muss ich dich rauswerfen?«

Irgendetwas gefiel ihm nicht. Obwohl – ihre Augen waren klar und strahlend. Sie hatte sich aufgewärmt, ihre Wangen hatten ihre normale Farbe wiederbekommen, das Zittern hatte aufgehört. Trotzdem, war ihre Stimme nicht ein wenig zu … forsch? Die Bewegung, mit der sie jetzt vom Sofa aufstand, nicht ein wenig zu schwungvoll?

»Du bist wirklich sicher, dass alles in Ordnung ist?«

Sie hielt ihm mit einem auffordernden Blick die Hand hin.

Er fühlte ihren Puls, der wieder ganz gleichmäßig war.

»Okay, ich gehe. Aber wenn was ist, Laura, dann …«

»… ruf ich dich sofort an, klar. Aber es wird nichts sein.«

Sie brachte ihn zur Tür und bedankte sich noch einmal. Und plötzlich umarmte sie ihn.

»Danke, dass du da warst.«

Es war nur der Splitter einer Sekunde, die er sie festhielt.

Sie spürte seinen Herzschlag ganz deutlich. Seinen Atem an ihrer Schläfe. Und sie fühlte sich augenblicklich sicher und geborgen. Die Verlockung, einfach so stehen zu bleiben, festgehalten von seinen Armen, überwältigte sie unerwartet. Sie trat einen Schritt zurück und fuhr sich verlegen durch die Haare.

»Es wäre mir lieb, wenn du Jan nichts von unserer … ähm … nächtlichen Begegnung erzählen würdest. Ich will nicht, dass er sich auch noch Sorgen macht.« Bevor er etwas erwidern konnte, öffnete sie ihm die Haustür. »Ich muss dich wohl nicht an deine ärztliche Schweigepflicht erinnern?«

»Musst du nicht. Obwohl ich es gut fände, wenn du Jan erzählen würdest … was du nachts so treibst, wenn er nicht da ist. Ich meine, er ist dein Mann. Er sollte wissen …«

»Ich bin sicher, ich weiß auch nicht alles über ihn. Es gibt Dinge, die man niemandem gern erzählt. Auch wenn es sich nur um so harmlose Defizite wie Schlafwandeln handelt.«

Als sie die Tür hinter Marius schloss, atmete sie tief durch.

Okay, das hab ich jetzt davon. Jetzt kann ich sehen, wie ich zurechtkomme.

Sie machte alle Lichter im Haus an, holte sich das Eis,

das sie vorher nicht aufgegessen hatte, wickelte sich in eine Decke, schaltete den Fernseher ein, in dem gerade eine unsägliche Spielshow lief – etwas, das sie sich freiwillig niemals ansehen würde –, und legte sich auf das Sofa. Sie würde die Nacht schon herumbringen, ohne noch einmal einzuschlafen. In ein paar Stunden würde es hell werden, und dann würde sie über den Spuk, den sie erlebt hatte, nur noch lachen.

2

Nebelschwaden füllten die Talsenken, waberten über den Seen und Bächen und verwandelten die tags zuvor noch frühsommerlich üppige Landschaft in ein graudüsteres Caspar-David-Friedrich-Bild. Der rote Giebel einer Kirchenruine ragte spitz aus der wattigen Hülle. Die Wipfel der Buchen, die feucht glänzende Landstraßen säumten, verschwammen in tief liegenden Wolken. Wie ausgestorben wirkte das Land. Kein Mensch war unterwegs, kein Tier zu sehen. Nur hier und da tauchte aus dem Weiß eine einsame Kuh auf, merkwürdig schwebend über einem bodenlosen Grund. Reglos stand sie da wie ein Spielzeugtier, hineingesetzt in eine unberührte Flur.

Über allem lag eine undurchdringliche Stille.

Laura fröstelte, als sie hinter dem Hund her ihren morgendlichen Gang durch den Wald machte. In den letzten Wochen waren ihre Spaziergänge immer länger geworden. Sie hatte bald schon die Wege verlassen und war querfeldein über blühende Wiesen und durch schattige Wälder gegangen. Zwar hatte Jan sie gewarnt, dass es immer wieder vorkam, dass sich Wanderer in den endlosen undurchdringlichen Wäldern verliefen und erst nach stundenlangem Herumirren wieder zurück auf Wege und Straßen fanden. Laura aber hatte sich ihres untrüglichen Orientierungssinns gerühmt und einigermaßen unbekümmert ihren Radius immer weiter ausgedehnt. Im Übrigen war sie sich absolut sicher, dass Shadow, sollte sie sich tatsächlich einmal verlaufen, den Weg zurück auf jeden Fall finden würde.

»Shadow!«

Gerade eben hatte sie den Hund noch ein paar Meter vor sich laufen gesehen.

»Shadow. Hierher.«

Ihre Stimme klang dünn, wie gedämpft durch die Nebeltücher, die durch den Wald schwebten und die Sicht immer wieder auf ein Minimum begrenzten. Der Hund blieb verschwunden. Vielleicht hatte er eine Spur gefunden, die ihn so reizte, dass er Laura einfach vergessen hatte. Die Nase am Boden konnte er viele Meter weit rennen, oft so weit, dass Laura ihn auch bei schönem Wetter kurzzeitig aus den Augen verlor. Doch normalerweise endete seine Jagd am Eingang eines Kaninchenbaus, in den sich das Objekt seiner Begierde geflüchtet hatte, und Shadow drehte sich nach kurzem, enttäuschtem Warten um, um zu Laura zurückzukehren. Da es ihm, wie Laura bald erkannt hatte, nicht um die Beute als solche zu gehen schien, sondern eher um die Lust am Stöbern und Suchen, hatte sie keine Bedenken, dass er einmal ein Tier riss. Wovor sie allerdings tatsächlich Angst hatte, war, dass Shadow auf seinen Touren einmal einem Wildschwein begegnen würde, womöglich noch einer Bache mit Jungen, die alles tun würde, um ihre Nachkommen zu verteidigen. Gegen ein rabiates Wildschwein, dessen Hauer eine tödliche Waffe sein konnten, würde Shadow keine Chance haben. Laura hatte davon gehört, dass Hunde, die sich zu nah an die Tiere herangewagt hatten, schwere Verletzungen davontrugen. Manche hatten sich mit aufgerissenem Bauch zu ihrem Herrchen zurückgeschleppt, konnten aber nicht einmal durch eine Notoperation in der Tierklinik gerettet werden. Laura lauschte in die Stille. Dass sie wenigstens nicht das Schnauben und aufgeregte Schreien eines angreifenden Wildschweins hörte, beruhigte sie. Am besten wäre es wohl, sie würde nach Hause gehen. Dorthin würde Shadow auf jeden Fall kommen, wenn er sie im Wald nicht mehr finden konnte.

Als sie spürte, wie ihr rechter Fuß plötzlich im Wasser versank, erfasste sie ein Grausen. Das war doch nicht möglich! War sie wirklich so weit vom Weg abgekommen, dass sie nun im Moor gelandet war? Mühsam versuchte sie den Untergrund zu erkennen und sah, dass die Bäume um sie herum im Wasser standen. Jan hatte sie vor dem Moor gewarnt. Nicht nur, weil viele Moore der Uckermark unter Naturschutz standen und es verboten war, sie zu betreten: Man konnte sich heillos in ihnen verirren. Und es war auch schon vorgekommen, dass ein erschöpfter Irrgänger in einem der tiefen Gumpen, die es hin und wieder gab, ertrunken war.

»Wenn du im Moor umkommst, ist die Chance, dass man dich findet, nicht sehr groß.«

Sie hatte laut gelacht, als Jan sie derart gewarnt hatte.

Mit Gruselmärchen hatte man sie noch nie schocken können. Schon als kleines Mädchen hatte sie Geschichten über Gespenster und Geister, Untote und Vampire zwar spannend, aber nicht wirklich furchterregend gefunden. Wobei ihr allerdings Märchen wie »Hänsel und Gretel« oder auch »Schneewittchen«, in denen die Helden im tiefen Wald ausgesetzt und allein gelassen wurden, einen wirklichen Schrecken hatten einjagen können. Die Bedrohung des Verlassenwerdens hatte sie immer als viel realer empfunden als die durch irgendwelche grausamen Gestalten, die doch nur in der Fantasie existierten.

Wo ist nur dieser Hund?

Als sie hinter sich ein flaches Geräusch hörte, war sie im ersten Moment erleichtert.

Da ist er ja!

Doch gleichzeitig wusste sie, dass das trockene Knacken, das ihr jetzt unter die Haut zu kriechen schien, nicht von einem so großen Hund wie Shadow stammen konnte. Wenn Shadow auf sie zutobte, bebte die Erde regelrecht. Seine breiten Pfoten platschten über den Untergrund, sein Hecheln kam dem keuchenden Atem eines Hundertmeterläufers gleich. Aber dieses Geräusch hier war fast tonlos. Sie fühlte es eher, als dass sie es hörte. Im wabernden Nebel versuchte sie etwas zu erkennen. Wahrscheinlich war ja nur ein Blatt von einem Baum gesegelt. Oder ein kleiner Ast zu Boden gefallen. Da war es wieder. Dem leisen Knacken folgte ein Glucksen, so wie sie es einmal in Island gehört hatte, als sie die Aktivität eines kleinen Geysirs beobachtet hatte. Da sah sie es: einen Schatten, der durch die verschwimmenden Bäume huschte. Sie hielt den Atem an. Sie war hier nicht allein. Irgendwer oder irgendetwas hatte sich genau wie sie im Moor verirrt. Jetzt war es wieder still. Der Schatten hatte sich zwischen den Bäumen verloren. Konnte es sein, dass der andere genau wie sie stillstand und in das Grau lauschte? Lief ihm genau wie ihr ein Schauder über den Rücken?

»Hallo?«

Ihre Stimme klang rau, als hätte sie tagelang nicht geredet. Sie räusperte sich.

»Hallo? Haben Sie sich auch verirrt?«

Der andere antwortete nicht. Vorsichtig tastete sie sich durch den feuchten Untergrund in die Richtung, aus der das Geräusch gekommen war. Gott sei Dank hatte sie sich im letzten Moment, bevor sie das Haus verließ, noch entschlossen, die Gummistiefel anzuziehen. So blieben wenigstens ihre Füße trocken. Ein dicker Tropfen klatschte auf ihren Kopf, rann über ihre Stirn an der Nase entlang. Sie hob die Hand, um sich über das Gesicht zu wischen. Da sah sie es. Der große, graue Vogel musste durch ihre hastige Bewegung aufgeschreckt worden sein. Wie ein Geist tauchte er hinter der dicken Buche auf, die ganz in der Nähe stand. Sein Kopf drehte sich zu ihr. Einen Augenblick lang fixierte sie das kalte, schwarze Auge des Kranichs. Dann drehte er sich weg und verschwand staksend in der Unwirklichkeit des Moorwaldes.

Es klang wie ein Keuchen, als sie endlich wieder wagte zu atmen. Es war nichts. Nur ein Vogel, ein harmloser Vogel.

Shadows Bellen brachte die Wirklichkeit wieder zu Laura zurück. Es klang weit entfernt, aber es war real.

»Shadow! Hier bin ich. Shadow, hierher!«

Der Hund tauchte in aufgeregtem Galopp aus der Düsternis auf, platschte durch das Wasser, sprang über Wurzeln und Äste und hüpfte in unbändiger Freude an Laura hoch. Sein Bellen ging in atemloses Japsen über, das sich, als er wie ein Gummiball vor ihr auf und nieder hüpfte, in das hohe Fiepen verwandelte, das Laura als Ausdruck höchster Begeisterung erkannte.

Die irreale Kulisse wurde in dem Moment, als Shadow tobend auf der Bildfläche erschien, schlagartig mit Leben erfüllt. Laura spürte, wie das Blut in ihren Adern wieder floss, kleine Vögel huschten zwischen den Zweigen der Bäume hin und her, Frösche hoben plötzlich ein brüllendes Konzert an. Wind frischte auf und erweckte die starren Buchen zu rauschendem Leben.

»Komm jetzt, du Rumtreiber, gehen wir nach Hause.«

Laura legte dem verdutzten Shadow die Leine an. Er schüttelte und wand sich, sah sie mit vorwurfsvollem Blick an. Seit wann machte sie denn so etwas? Noch nie hatte er im Wald an der Leine gehen müssen. Doch Laura wollte sicher sein, dass der Hund nicht wieder davonspurtete und sie ein zweites Mal allein ließ. Außerdem glaubte sie, dass Shadow instinktiv einen sicheren Weg aus dem Moor herausfinden würde. Sie würde ihm dicht auf den Fersen folgen.

Der Mann hatte sich mit seiner Kamera auf einen Hochstand zurückgezogen, den das Forstamt am Waldrand aufgestellt hatte. Die erhöhte Sicht auf das weite Tal, in dem der Nebel sein geheimnisvolles Spiel trieb, würde ihm noch ein paar außergewöhnliche Fotos bringen. Nie war diese alte Kulturlandschaft, in der sich weite Ackerflächen mit kleinteiligen Kiefernhainen und Tümpeln abwechselten, mit Bächen, die sich durch sanft gewellte Wiesen schlängelten, mit undurchdringlichen Brombeerhecken und mit von Schafen kurz gehaltenen Trockenwiesen, mystischer als zu jenen Zeiten, wenn die Nebel sich wie ein mehr oder weniger durchsichtiger Schleier darüberlegten. Er war seit einigen Jahren immer wieder in diese Gegend gekommen, um Fotos zu machen. Das erste Mal noch etwas widerwillig. Unwissend, würde er heute sagen, ignorant sogar. Er hatte viel Zeit seines Lebens im Ausland verbracht und dort die spektakulärsten Landschaften fotografiert. Vom Grand Canyon über Ayers Rock und die Namib-Wüste bis zu den Hochtälern Perus – alles hatte er fotografiert, hatte Reiseartikel dazu geschrieben, Fotobände herausgegeben und auch mal einen Film gedreht. Und dann, die Uckermark, eine deutsche Landschaft. Nichts hatte ihn zu jener Zeit weniger interessiert, nichts weniger gereizt als eine Reise in den Osten Deutschlands, um Fotos von einer Landschaft zu machen, die er von vornherein als zwar möglicherweise nett, aber auf jeden Fall als typisch lieblich und uninteressant deutsch bezeichnet hätte. Er hatte vier Tage bleiben wollen. Nun war er zum vierten Mal wieder hier. Die Uckermark war zum Thema seines Lebens geworden. Mit jeder neuen Reise hatte er weitere Seiten dieser abwechslungsreichen Landschaft kennengelernt, die sich an einem einzigen Tag zuerst in kühler, abweisend spröder Rauheit, kurz darauf in heiß glühender Lebenspracht und schließlich in dämmerschöner, rot glühender Sonnenuntergangsstimmung zu präsentieren wusste. Die berauschendste Entdeckung aber war für ihn gewesen, dass sich die Zeiten, in denen er sich in anderen Teilen der Welt frustriert ins Hotelzimmer zurückgezogen hatte, weil sie einfach überhaupt kein gutes Foto hergaben – nämlich die Zeiten des sogenannten schlechten Wetters –, in der Uckermark als ein wahrer Quell sensationeller Fotos erwiesen.

Ein leichter Wind begann die Nebelfetzen über das Tal zu treiben. Die Wolkendecke riss plötzlich auf. Die Sonne brach durch und brachte das Tal, das eben noch wie eine geheimnisvoll düstere Traumlandschaft vor ihm gelegen hatte, zum Gleißen. Es war, als söge die Sonne die Feuchtigkeit mit einem tiefen Atemzug ein. Alles war plötzlich in Bewegung, in lang gestreckten Bahnen schossen die Nebelhexen in den immer blauer werdenden Himmel und ließen das Tal wie entblößt unter sich.

Als die Frau in den orangefarbenen Gummistiefeln am Waldrand erschien und einen Moment wie erstarrt stehen blieb, ahnte der Fotograf, was in ihr vorging. Sicher war sie von dem Anblick, der sich ihr bot, genauso hingerissen wie er. Selbst ihr schwarzer Hund setzte sich brav neben sie und schien das Spektakel, das sich vor seinen Augen abspielte, genauso zu genießen wie sein Frauchen. Die Kamera des Fotografen klickte. Jetzt wandte die Frau den Kopf in seine Richtung. Ihr Blick wanderte forschend über die Wiese, die im plötzlichen Sonnenlicht erglänzte bis hin zu dem Hochstand, auf dem der Mann im Schatten einer prächtigen Buche saß. Er konnte nicht aufhören zu fotografieren. So weit die Frau von ihm entfernt war, so deutlich spürte er ihre Präsenz. Von dem Moment an, in dem sie aus dem Dunkel des Waldes ins Licht getreten war, hatte sie ihn in ihren Bann gezogen. Dabei war auf den ersten Blick nichts Spektakuläres an ihr. Die dunkelblaue Regenjacke verhüllte sie vom Kopf bis zu den Knien. Die Jeans endeten in den Gummistiefeln, die wie ein dickes Bündel Ringelblumen aus dem Grün der Wiese abstachen. Und doch war etwas an ihr, das ihn faszinierte. Vielleicht war es nur ihre Haltung, die zugleich lässig und absolut in sich ruhend war. Oder war es der offene Blick, mit dem sie neugierig um sich sah, bereit, alles, was um sie herum vorging, in sich aufzunehmen? Er lachte plötzlich leise vor sich hin. Oder war es einfach nur ihre jugendliche Frische, die leicht geröteten Wangen, der Glanz in ihren dunklen Augen, die halb geöffneten vollen Lippen, die ihm auf Anhieb gefielen? Denn daran gab es keinen Zweifel: diese junge, mädchenhafte Frau war eine Schönheit. Ein Typ, in den er sich früher auf Anhieb verliebt hatte. Er hatte keine Ahnung, wer sie war. Auf keinen Fall war er ihr schon einmal begegnet, daran hätte er sich erinnert. Vielleicht war sie eine Touristin. Möglicherweise aber wohnte sie ja auch hier in der Gegend. Und wenn das der Fall war, würde er herausfinden, wer sie war.

Laura ließ Shadow wieder von der Leine. Er hatte seine Rolle als Führer durch den Wald perfekt gemeistert, aber jetzt kannte sie sich wieder aus, und er sollte auf dem kurzen Stück nach Hause noch seine Freiheit genießen können. Die Sonne brannte jetzt heiß. Die Reste des Nebels verdampften in wenigen Augenblicken. Gleich würde sie sich fragen, ob dieses Intermezzo im Moor nur ihrer Fantasie entsprungen war. Sie wusste nicht, ob sie diese Fähigkeit des menschlichen Gehirns, Dunkelheit und Zweifel in dem Moment zu verdrängen, wenn es wieder hell wurde, als ausschließlich positiv bewerten sollte. Sicher, es war eine große Erleichterung, wenn man nicht jeden Schatten, der sich auf Seele und Körper gelegt hatte, ein Leben lang mit sich herumtragen musste. Aber wäre es nicht manchmal auch segensreich, wenn man nicht nur eine Ahnung des Düsteren in sich einschließen würde, sondern wenigstens auch die Erinnerung an das, was die Düsternis in jenem Moment, als man mitten in ihr steckte, mit einem gemacht hatte? Würde die Seele nicht wachsen können an der Erinnerung daran, wie man sich gefühlt hatte, als es dunkel um einen herum war?

»Wenn die Frauen den Schmerz der Geburt nicht in jenem Moment vergessen würden, wenn sie ihr Kind das erste Mal in den Armen halten, würde keine Frau auf der Welt ein zweites Mal schwanger werden wollen.«

Ihre Mutter war überzeugt davon gewesen, dass es richtig war, Schmerzen, die man im Leben erlitten hatte, zu vergessen. Keine Frau würde sich je wieder auf einen Mann einlassen, wenn sie sich immer daran erinnern würde, wie sehr ihr der letzte Mann wehgetan hatte. Kein Mensch würde je wieder einen Nagel in die Wand schlagen, wenn er nicht verdrängen könnte, wie weh es wirklich getan hatte, als er sich auf den Daumen geschlagen hatte. Kein Kind würde je wieder bei Gewitter allein zu Hause bleiben wollen, wenn es sich in allen quälenden Einzelheiten daran erinnern könnte, wie einsam und verlassen und voller Angst es gewesen war, als Blitz und Donner die Nacht über ihm zerrissen hatten und es fürchten musste, dass die Welt in diesem Moment unterging.

»Küchenpsychologie«, hatte Laura gelacht. Wenn das alles wirklich so gewesen wäre, dann hätte es den Berufsstand der Psychologen nicht geben müssen. Es gab doch überhaupt keinen Zweifel daran, dass jeder Schmerz, jede Qual, jede Angst und jede Unsicherheit, die man erfahren hatte, in einem Menschen nachwirkten und das Leben nachhaltig veränderten.

»Das mag bei manchen so sein. Aber ganz sicher nicht bei allen. Würde es sonst Kriege geben? Hätten die Männer, die die Schrecken des Ersten Weltkriegs erlebt hatten, nicht alles getan, um nicht auch den Zweiten noch mitmachen zu müssen? Dass es anders kam, war nur möglich gewesen, weil ihre Seele einen gnädigen Vorhang vor ihr Erleben gezogen hatte.«

»Du meinst also, dass man aus Erfahrung nicht klug wird?«

Laura hatte es nicht fassen können. Kein Kind könnte sicher aufwachsen, wenn diese Regel nicht gelten würde. Einmal an die Kerzenflamme gefasst, würde es sich nie mehr die Finger am Feuer verbrennen, weil es sich genau an den damit verbundenen Schmerz erinnerte.

»Aber einmal zu viel getrunken und einen grauenhaften Kater davongetragen zu haben schützt die wenigsten davor, es wieder zu tun.«

Laura lachte in sich hinein, als sie sich an die hitzigen Diskussionen mit ihrer Mutter erinnerte. Im Grunde war sie sicher, dass ihre Mutter unrecht hatte. Es zeichnete den Menschen doch gerade aus, dass er aus Erfahrungen lernte, dass er Situationen, in denen er Angst gehabt hatte, in Zukunft aus dem Weg ging, dass er Qualen, die er erlitten hatte, nicht noch einmal ausgesetzt werden wollte. Und das nur deswegen, weil er sich eben an diese Qualen, diese Schmerzen, diese Ängste erinnerte. Aber sollte das bedeuten, dass sie nun nie mehr in einen Wald gehen würde, nur weil es ihr vorhin plötzlich so unheimlich gewesen war? Würde sie fortan auf den Wegen bleiben, die ihr Sicherheit versprachen? Würde sie es vermeiden, in Situationen zu kommen, in denen sie die Orientierung oder den Boden unter den Füßen verlieren konnte? Schon merkte sie, dass sie nicht mehr genau wusste, was da eigentlich im Moorwald mit ihr geschehen war. Oder doch, sie wusste es ganz genau: Durch den Nebel war ihr die Umgebung plötzlich fremd erschienen. Weil Shadow verschwunden war, hatte sie sich allein gefühlt. Geräusche, die sie sonst einzuordnen wusste, hatten einen merkwürdigen Klang bekommen. Sogar ein harmloser Vogel wie der Kranich hatte sie in Panik versetzt. Jetzt, in der Sonne, schien ihr das plötzlich alles so banal. Genauso banal wie die Schrecken, die sie nächtens im Jägerhaus erlebt hatte. Es waren einfach ungewohnte Kleinigkeiten, die sie irritiert hatten. Nicht der Rede wert. Sie musste sich nicht einmal einreden, dass das alles ganz harmlos sei. Denn es war harmlos. Bei Lichte betrachtet gab es für alles eine Erklärung. Nichts blieb übrig von dem Schrecken, den sie erlebt hatte, und sogar die vage Erinnerung an das Parfumfläschchen, das so plötzlich wieder aufgetaucht zu sein schien, fing jetzt schon an zu verblassen. Wer weiß, vielleicht war der Schrecken nur eine ganz normale, gesunde Reaktion auf die unerwartete Begegnung mit etwas Neuem, Unbekannten gewesen.

»Guten Tag.«

Laura blieb stehen und sah sich verblüfft um. Der Mann, der vom Hochstand herunterstieg, lächelte.

»Entschuldigung, ich wollte Sie nicht erschrecken.«

Er sah sie aus braunen Augen, um die sich nette kleine Falten bildeten, freundlich an.

»Hallo. Das müssen ganz großartige Fotos geworden sein.«

»Ich hoffe es. Die Stimmung vorher war jedenfalls perfekt. Wenn ich da was vergeigt habe, kann ich eigentlich meinen Beruf aufgeben.«

Laura sah den Fremden neugierig an: ein Fotograf, attraktiv, charmant, selbstironisch.

»Wo kann man Ihre Fotos denn sehen? Machen Sie eine

Ausstellung? Ich meine … tut mir leid, wenn ich neugierig bin, aber nach Ihrer Ausstattung zu urteilen machen Sie das wohl profimäßig.«

»Entschuldigung, ich habe mich nicht vorgestellt. Michael Persius, Fotograf.«

Er senkte leicht den Kopf und sah sie dabei grinsend an.

Manche Männer sind einfach unverbesserlich. Die flirten mit allem, was bei drei nicht auf dem Baum ist. Egal, wie alt sie sind.

Als sie sich vorstellte, ging ein Erstaunen über das Gesicht ihres Gegenübers.

»Plathe? Sind Sie mit den Plathes vom Jägerhaus verwandt? Wieso hat mir niemand gesagt, dass es wieder so eine attraktive Frau in dieser Familie gibt?«

»Verwandt würde ich nicht gerade sagen. Eher verheiratet. Mein Mann ist Jan Plathe. Kennen Sie ihn?«

»Schade.«

Michael Persius bedauerte es spontan, dass diese schöne junge Frau verheiratet war. Und schalt sich im nächsten Moment einen alten Idioten. Sie war mindestens dreißig Jahre jünger als er. Er hätte ihr Vater sein können, wenn nicht sogar ihr Großvater. Und außerdem war er nun wirklich nicht mehr auf der Suche nach einer Frau. Nicht nach den letzten Katastrophen, die er mit seinen Gefährtinnen erlebt hatte.

»Ich … kannte vor Jahren Wilhelm Plathe und seine Frau Irina. Eine unglaublich schöne Frau ist das gewesen. Ihren Sohn habe ich leider nie getroffen. Er hat zu der Zeit irgendwo studiert.«

»In München, ja. Haben Sie meine Schwiegereltern gut gekannt?«

»Leider nicht so gut, wie ich es gewünscht hätte. Das nächste Mal, als ich hierher kam, um zu fotografieren, waren sie leider schon tot. Ich hab das wirklich sehr bedauert.«

Nachdenklich betrachtete er Laura. Also wohnte sie jetzt im Jägerhaus. Ob sie wohl glücklicher dort werden würde als ihre Schwiegermutter? Er erinnerte sich noch sehr genau an die elegante, überaus schlanke Frau mit den hellen Augen, in denen immer ein Hauch von Wehmut gelegen hatte. Wie hätte es auch anders sein können? – Natürlich hatte er sich damals sofort in sie verliebt. Die zehn Jahre Altersunterschied hatten ihm in keiner Sekunde ein Problem gemacht. Es war etwas an ihr gewesen, das ihn fasziniert und gereizt hatte. Ein unausgesprochenes Sehnen, hatte er damals gedacht. Der Wunsch, auszubrechen aus einem Leben, in das sie nicht hineingehörte. Er war sich nicht sicher, ob damals nicht der Wunsch der Vater des Gedankens gewesen war. Er hatte sie vom ersten Augenblick, da er ihr gegenübergestanden hatte, begehrt. Möglicherweise hatte er sich nur deswegen ausgemalt, dass sie unglücklich sei, weil sich dadurch seine Chancen bei ihr erhöht hätten. Wenn sie nur einen Ton gesagt hätte, wenn sie ihm nur mit einer Geste – und wäre sie auch noch so klein gewesen – bedeutet hätte, dass er sie interessierte, er hätte sie an der Hand genommen und sie aus diesem dunklen Haus, in dem sie wie eine eingesperrte Prinzessin gewirkt hatte, weggeführt. Hätte sie mitgenommen in sein Leben, sie geliebt und glücklich gemacht.

Hätte, hätte, hätte …

Als er das nächste Mal zum Fotografieren hierher kam, war er fest entschlossen gewesen, ihr seine Gefühle zu offenbaren. Er hatte ihr sagen wollen, dass er in den letzten zwei Jahren ununterbrochen an sie gedacht hatte. Dass er sie liebe und dass er hoffe, dass sie seine Gefühle erwidere. Doch es war zu spät gewesen. Vier Wochen, bevor er zurückgekehrt war, waren Wilhelm Plathe und seine wunderbare Frau bei einem Autounfall ums Leben gekommen. Sie waren auf der Autobahn Richtung Berlin gegen einen Brückenpfeiler geknallt und beide sofort tot gewesen. Am Steuer des Autos hatte Irina gesessen.

Michael Persius war in ein tiefes seelisches Loch gefallen, hatte sich sogar Vorwürfe gemacht. Was, wenn sie das Auto absichtlich gegen den Pfeiler gesteuert hatte, weil sie es nicht mehr ausgehalten hatte in ihrem Leben, das ihm so lust- und freudlos erschienen war? Was, wenn sie darauf gewartet hatte, dass er kommen und sie erlösen würde, und irgendwann die Hoffnung aufgegeben hatte? Dann wäre er schuld gewesen an ihrem Tod. Er hatte sich in seinem Schmerz vergraben, sich in Selbstmitleid gesuhlt. Und dann hatte er sich wieder dem Leben und einigen anderen Frauen zugewandt. Doch mit keiner hatte er das Leben führen können, das er sich mit Irina Plathe ausgemalt hatte.

»Und jetzt wohnen also Sie im Jägerhaus?«

Laura strahlte ihn an.

»Ja. Es ist das schönste Haus, in dem ich jemals gewohnt habe.«

Er fragte sich, ob sie etwas dagegen haben würde, wenn er sie fotografierte. Er hatte zwar schon lange keine Porträtfotos mehr gemacht, aber in einem früheren Leben als junger Fotograf hatte er sich seine ersten Sporen und vor allem das erste Geld damit verdient, Prominente zu porträtieren. Er hatte sich damals recht schnell einen ziemlich guten Ruf erworben, war oft gebucht worden und hatte gutes Geld verdient. Doch nach ein paar Jahren hatte er gemerkt, dass er anfing, sich zu langweilen. Und von einem Tag auf den anderen hatte er damit Schluss gemacht. Jetzt aber war sie plötzlich wieder da, die Lust, das, was diese Frau, die da so unbefangen vor ihm stand, ausmachte, in ein Foto zu bannen. Die Präsenz, die er schon wahrgenommen hatte, als sie noch weit von ihm entfernt am Waldrand gestanden hatte, war jetzt noch deutlicher zu spüren. Da war etwas hinter der hübschen jungen Fassade, das ihn reizte.

»Vielleicht haben Sie ja mal Lust, zu uns zum Essen zu kommen?«

Laura war neugierig auf das, was ihr dieser Mann über ihre Schwiegereltern zu erzählen hatte. Er behauptete zwar, dass er sie nur flüchtig gekannt habe, aber in der Stille, die darauf folgte, hatte sie gespürt, dass da mehr war. Sein Blick war plötzlich durch sie hindurchgegangen, als würde er eine Erinnerung einfangen wollen, und sein Gesichtsausdruck war ein wenig sehnsuchtsvoll geworden.

»Gern. Ich bin wirklich neugierig darauf, was Sie aus dem Haus gemacht haben. Ich meine, Sie haben doch sicher etwas verändert? In so einem dunklen alten Kasten müsste man ja sonst depressiv werden.«

So hatte er das Haus also empfunden. Merkwürdig. Natürlich war ihr das Haus auf den ersten Blick auch ein wenig düster erschienen, aber dass man darin depressiv werden konnte, daran hatte sie noch nie gedacht.

Im Gegenteil. Ich hab's doch vom ersten Augenblick an geliebt.

Da war sie wieder, diese wundersame Fähigkeit des Verdrängens.

Ich hab Stimmen gehört. Ich hab gespürt, dass da jemand war. Ich bin panisch aus dem Haus geflohen. Und jetzt wundere ich mich, dass jemand sagt, man könnte darin depressiv werden?

»Entschuldigen Sie, ich war wohl ein bisschen zu vorlaut. Natürlich ist es ein ganz wunderbares Haus. Ich … na ja … damals war's vielleicht nicht so ganz mein Stil. Ich hab es halt immer gern hell gehabt. Viel Weiß, wenig Möbel, irgendwie mehr so puristisch. Und da Sie noch so jung sind, hab ich mir im ersten Moment nicht vorstellen können, dass Sie da eingezogen sind, ohne etwas zu verändern.«

Gott sei Dank, sie lachte. Es hätte Michael Persius geärgert, wenn er Laura mit seiner schnellen Beurteilung verstimmt hätte. Er wollte sie wiedersehen. Er wollte wirklich sehen, wie sie in diesem Haus zurechtkam. Und vielleicht wollte er auch, wenn er das Gefühl hatte, dass dort etwas nicht stimmte, zur rechten Zeit am rechten Ort sein.

»Laura. Ich bin wieder da. Laura?«

Der stechende Schmerz in seinem Herzen raubte Jan für einen Moment den Atem. Wie hatte er nur annehmen können, dass es nicht wieder geschehen würde? Wie hatte er denken können, dass das Schicksal gnädig mit ihm sein und ihm eine zweite Chance geben würde? Wie hatte er erwarten können, dass seine Frau noch da sein würde, wenn er wiederkam?

»Du bist schon zurück? Wieso hast du denn nicht angerufen?«

Laura warf die Jacke in die Ecke, schlüpfte aus den Gummistiefeln und hing schon an seinem Hals.

»Hallo, mein Liebster. Ist das schön, dass du da bist!«

Ihre Küsse bedeckten sein Gesicht, ihre Arme umschlangen ihn. Sie strahlte wie ein Kind vor dem Weihnachtsbaum.

»Ist alles gut gelaufen? Wirst du an dem Wettbewerb teilnehmen? Willst du was essen?«

Jans Erleichterung war grenzenlos. So musste es sein. So hatte er es sich vorgestellt. Er kam nach Hause, und die Frau, die er liebte, war außer sich vor Freude, ihn wiederzusehen. Sie zog ihn an der Hand mit sich.

»Komm, du musst dir alles ansehen. Ich bin irre fleißig gewesen.«

Die Überraschung, als sie die Tür zum Wohnzimmer aufriss, traf ihn wie ein Schock. Der Raum strahlte hell. Sie hatte die früher dunkelroten Wände mit einem zarten Hellblau gestrichen, hatte die schweren Ölschinken durch ein paar starkfarbig leuchtende Drucke ersetzt, und weiße Kerzen standen zu Dutzenden auf dem Couchtisch und dem Kaminsims. Über das alte Ledersofa hatte sie eine geblümte Decke geworfen. Überall standen Blumen, Sonnenblumen, dicke Rosensträuße. An den Fenstern wehten leichte, hellblaue Stores im Wind.

»Jetzt sag schon was! Sag, dass es dir gefällt.«

Wieso sagt er nichts? War ich zu voreilig? Hätte ich ihn doch erst nochmals fragen müssen, ob das in Ordnung ist?

Jan war sprachlos. Nichts war mehr übrig von der Strenge, die der Raum ausgestrahlt hatte, solange er sich erinnern konnte. Er wirkte leicht und heiter, lebendig, so wie die Frau, die ihn jetzt bangend ansah. Mit ein paar Handstrichen hatte sie es geschafft, sich den Rahmen zu schaffen, der zu ihr passte.

»Du magst es nicht?«

»Mein Gott, wie soll ich das nicht mögen? Es ist wie du, Laura. Es ist … einfach wundervoll!«

Er mochte es. Es gefiel ihm, was sie aus dem Zimmer gemacht hatte. Oder sagte er das nur, weil er sie nicht kränken wollte? Eigentlich hatte sie ja nur vorgehabt, die Wände zu streichen, aber dann, als sie mal angefangen hatte, war es wie von selbst weitergegangen. Die hellen Stores, die bunte Decke, die Kerzen, die Bilder, die Blumen – in Windeseile hatte sie alles herangeschafft, und Hanno hatte sich nicht lange bitten lassen, ihr beim Aufhängen und Anbringen zu helfen. Keine Sekunde lang hatte sie daran gedacht, dass Jan das vielleicht übergriffig finden könnte. Hatte er nicht gesagt, dass er ihr freie Hand ließ? Sie hatte nicht einmal warten wollen, bis Elke, die versprochen hatte, ihr zu helfen, Zeit haben würde. Alles hatte plötzlich schnell gehen müssen, so, als müsste sie den Schwung, den sie in sich gefühlt hatte, ausnutzen, bevor er verebbte. Nach dem Wohnzimmer hatte sie sich die Küche vorgenommen. Auch hier hatten die Wände einen hellen, einen meergrünen Anstrich bekommen. Ihre bunten Küchenutensilien verliehen dem Raum etwas Junges, Unbeschwertes.

War es wirklich so einfach? Konnte man das Haus mit einem neuen Anstrich, mit etwas buntem Schnickschnack tatsächlich von der Last, die so lange auf ihm gelegen hatte, befreien?

»Geht 's dir gut?«

Laura schmiegte sich an Jans Brust und lauschte dem

Klopfen seines Herzens. Er legte den Arm um sie, zog sie eng an sich.

Mein Mann. Mein Geliebter. Mein Alles.

Sie wollte mit ihm schlafen, jetzt sofort. Drei Tage hatte sie auf seine Nähe verzichten müssen. Sie knöpfte sein Hemd auf.

»Hast du mich vermisst?«

Sie nahm seine Hand und führte sie unter ihr T-Shirt. Ihre Brustwarzen hatten sich aufgerichtet. Als er sie zwischen seine Finger nahm und sanft drückte, brandete die Erregung in ihr auf. Ihre Hand wanderte über seinen Bauch nach unten. Er war genauso erregt wie sie. Bevor sie seine Hose öffnen konnte, nahm er sie mit einem Lachen auf seinen Arm und trug sie die Treppe hinauf in ihr Schlafzimmer. Es war egal, ob er vor Anstrengung keuchte oder vor Begierde. Sie wollte ihn haben, ihn in sich spüren. Als er in sie eindrang, schrie sie vor Lust leise auf. Er war da, bei ihr und in ihr. Seine harten, gierigen Stöße nahmen ihr die Luft.

»Warte. Nicht so schnell.«

Sie wollte es genießen. Wollte nicht, dass es gleich vorbei sein würde. Sie wollte jede Faser seines Körpers auf ihrem spüren, jede Nuance seiner Lust erleben.

»Entschuldige. Es ist mit mir durchgegangen. Ich hab dich so unendlich vermisst.«

Er zog sich aus ihr zurück, legte sich neben sie. Seine Lippen saugten an ihren Brustwarzen, seine Finger berührten all die empfindlichen Punkte ihres Körpers, malten Kringel um ihren Bauchnabel, spielten mit ihren Haaren und suchten sich einen Weg in ihr Inneres. Sein Glied lag prall an ihrer Hüfte. Als sie es in die Hand nahm, stöhnte er auf.

»Aufpassen, Liebling. Ich weiß nicht, wie lange ich mich beherrschen kann.«

Sie setzte sich auf ihn. Als sie ihn zum zweiten Mal in sich spürte, bestimmte sie den Rhythmus ihrer Bewegungen. Seine Augen wurden dunkel vor Lust, als sie sich langsam auf und nieder bewegte. Sie waren eine Einheit, wie füreinander geschaffen. Er füllte sie aus, drang immer tiefer in sie ein. Als sie spürte, dass er den Höhepunkt nicht mehr lange hinauszögern konnte, öffnete sie sich weit für ihn. Es gab nichts mehr als nur sie beide. Sie fiel in einen zuckenden Orgasmus, als er mit einem Aufstöhnen seinen Samen in sie ergoss.

»Keine Ahnung, wie ich es so lange ohne dich aushalten konnte.«

Laura lag in Jans Armen, ihre Haut war heiß und von einem leichten Schweißfilm überzogen. Er spürte ihr Lachen an seiner Brust.

»Drei Tage sind wirklich eine Ewigkeit.«

»Jede Minute, die ich nicht mit dir zusammen bin, ist verloren.« Hatte er jemals in seinem Leben etwas so Kitschiges zu einer Frau gesagt? »Ich hab keine Ahnung, was du mit mir machst. Ich weiß nicht, wann ich mich das letzte Mal so gefühlt habe.«

»Vielleicht mit Julia?«

Sie wusste nicht, wieso sie das sagte. Es war ihr einfach so herausgerutscht, ohne dass sie es hätte verhindern können.

Jan zog seinen Arm von ihr weg, und schon war er aus dem Bett. Er ging zur Kommode, schenkte sich ein Glas Wasser ein und trank es in einem einzigen Zug leer. Laura spürte, dass sich etwas verändert hatte. Er drehte ihr den Rücken zu, die Muskeln waren angespannt. Jetzt nahm er seine Boxershorts, schlüpfte hinein und zog danach die schwarze Jeans und das Hemd an, das sie ihm gerade vom Leib gerissen hatte.

»Jan? Was ist los? Hab ich was Falsches gesagt?«

»Nein. Mir ist nur eingefallen, dass ich in Köln anrufen muss. Ich habe vergessen, nach einem wichtigen Detail zu fragen.«

Er wollte zur Tür gehen. Laura sprang aus dem Bett.

»Wer ist diese Julia?« Er schien plötzlich so weit von ihr entfernt, dass ihr ganz bange wurde. »Ich hab in Templin eine Frau getroffen, die mich mit einer Julia verwechselt hat. Sie hat sich irre gefreut, sie zu sehen. Kennst du sie?«

Sein Gesicht war plötzlich hart, sein Blick undurchdringlich.

»Falls sie deine Freundin war ... du musst dir keine Sorgen machen, ich bin nicht eifersüchtig auf deine Vergangenheit. Ich meine, wenn es das ist, warum du mir nicht von ihr erzählt hast.«

Er hat sie geliebt. Bitte, lieber Gott, mach, dass alles gut ist. Dass er sie nicht mehr liebt. Ich will nicht die zweite Geige spielen.

»Ich hatte mal eine Freundin, die Julia Landau hieß, das ist richtig. Aber das ist lange her. Wir haben uns getrennt. Du musst dir keine Sorgen machen.«

Ich würde mir keine Sorgen machen, wenn du mir von ihr erzählt hättest. Ich würde mir keine Sorgen machen, wenn du nicht so komisch reagiert hättest. Verdammt, ich mache mir Sorgen!

Was war denn plötzlich los? Gerade noch war alles in Ordnung gewesen. Nein, nicht in Ordnung, es war herrlich gewesen, absolut wunderbar. Keine einzige Wolke am Liebeshimmel. Und jetzt – schwarze Wolken hingen über ihnen, Blitze zuckten in Lauras Herz. Was auch immer er mit dieser Julia gehabt hatte, es wirkte noch bis in die Gegenwart hinein.

Der Hund wich vor ihm zurück, als er die Treppe herunterrannte und aus dem Haus stürzte. Wieso hatte er ihr nicht einfach gesagt, dass es in seinem Leben eine Frau gegeben hatte, in die er verliebt gewesen war, die er sogar hatte heiraten wollen? Er war zweiundvierzig Jahre alt. Niemand würde erwarten, dass er wie ein Mönch gelebt hatte. Auch Laura nicht. So verliebt sie in ihn war, so überzeugt, dass er der einzig Richtige war, so vernünftig war sie doch auch. Sie hatte ihm von ihren früheren Beziehungen erzählt, auch von Thomas, den sie wirklich geliebt hatte. Er hätte ihr auch von Julia erzählen müssen. Laura hätte es zur Kenntnis genommen und nie mehr darüber geredet. Wieso also hatte er das nicht getan, zumal ihm doch klar gewesen sein musste, dass Laura seiner Vergangenheit begegnen würde, sobald sie hier mit ihm lebte?

Ich hätte sie nicht hierher bringen dürfen.

Oder hatte er sie hierher bringen müssen, damit er endlich Frieden finden würde? Aber hatte er den nicht schon längst gefunden? Hatte er nicht eine wundervolle Zukunft mit Laura vor sich? Wieso setzte er das aufs Spiel? Wollte er nicht, dass sie bei ihm blieb? Brauchte er den Schmerz, um das Gefühl der Schuld zu übertünchen?

Elke erschrak, als sie Jan sah. Diesen Gesichtsausdruck hatte sie schon einmal bei ihm gesehen. Er war grau im Gesicht, seine Augen flackerten dunkel.

»Jan, hallo. Wie war es in Köln?«

Sie versuchte, entspannt zu wirken, und wusste doch, dass etwas ins Rollen gekommen war, das sie alle nicht mehr aufhalten konnten.

»Gut. Es war gut in Köln. Sieht so aus, als würde ich den Auftrag bekommen.«

Er wollte nicht mit ihr reden. Er wollte allein sein, einfach nur seine Ruhe haben.

»Hast du Lust auf einen Kaffee?«

»Tut mir leid, ich habe keine Zeit. Ein andermal, ja?«

Wie unruhig er war. Er konnte sie nicht ansehen. Sein Blick flog über den See, über die Bäume, an ihr vorbei.

»Sie hat dich nach Julia gefragt.«

»Das geht dich nichts an.«

Er schrie sie an. Wieso konnte sie ihn nicht einfach in Ruhe lassen?

»Sag ihr einfach, was damals passiert ist. Dass sie dich verlassen hat. Ich verstehe sowieso nicht, wieso du es ihr nicht erzählt hast.«

Wieso ich Laura nichts von Julia erzählt habe? Ist das denn wirklich so schwer zu verstehen? Natürlich – Elke hatte ja keine Ahnung.

»Du bist nicht der Einzige, dem so etwas passiert. Ich hab dir das schon damals gesagt. Es war einfach Pech. Sie hat dich nicht mehr geliebt und ist abgehauen, Jan, das ist doch nichts, wofür man sich schämen muss. Wahrscheinlich ist Laura so etwas auch schon passiert.«

Im Grunde hatte sie ja wirklich recht. Laura würde ihn

selbstverständlich nicht dafür verurteilen, dass seine damalige Freundin sich von ihm getrennt hatte. Das wäre ja geradezu lächerlich. Jans Atem wurde ruhig.

»Tut mir leid, dass ich so aus der Haut gefahren bin.«

»Kein Problem. Du hast einfach Angst, dass sie in dir nicht mehr den unwiderstehlichen Helden sieht.« Sie verzog ihr Gesicht zu einem spöttischen Lächeln. »Aber Helden sind sowieso out. Männer mit Seele sind gefragt. Solche, die sich auch mal quälen und sich Vorwürfe machen. Vermutlich wirst du in ihrer Achtung sogar noch steigen, wenn sie erfährt, wie wahnsinnig sensibel du bist.«

Lachte sie ihn aus? Und wenn schon, sie hatte ja auch damit recht. Er hatte sich wie ein Vollidiot benommen.

»Und wenn sie dich deswegen verlassen sollte, ist sie sowieso nicht die Richtige für dich.« In dem Moment, als ihr der Satz aus dem Mund kam, bereute sie es schon, ihn gesagt zu haben. »Entschuldige, das war blöd. Natürlich wird sie dich nicht verlassen. Sie liebt dich. Das kann man aus hundert Metern Entfernung erkennen.« Sie musste ihn einfach lieben. Sie musste ihn glücklich machen. Er hatte es verdient. »Und wenn nicht, hau ich ihr eine über den Kopf.«

Sie hängte sich bei ihm ein und zwang ihn sanft, mit ihr zu ihrem Haus zu gehen. Sie würde ihm einen Tee machen, sie würden noch ein bisschen plaudern, und dann würde sie ihn nach Hause schicken, damit er sich mit Laura aussprechen konnte. Und Laura würde alles verstehen und nicht mehr nachhaken. Denn das hatte Elke längst erkannt: dass Laura nichts tun würde, was Jan eine Qual bereiten konnte. Sie würde verstehen, dass es da eine Wunde in seinem Herzen gab, die gerade mal so zugeheilt war. Und sie würde alles tun, damit diese Wunde nicht wieder aufriss.

Shadow rannte vergnügt durch den Wald. Laura hatte eine Weile auf Jan gewartet, aber als er nach einer Stunde nicht wieder zurück war, hatte sie sich auf einen Spaziergang mit Shadow begeben. Die Luft würde ihr gut tun. Sie würde hoffentlich auf andere Gedanken kommen. Hinter der Eichenschonung sah sie Hannos kleines Haus stehen. Sie hatte ihn schon ein paar Mal dort besucht. Es hatte ihr gefallen, mit ihm auf der Bank vor dem Häuschen zu sitzen und über Jan zu reden. Hanno schien ihr der Mensch, der am meisten über ihren Ehemann wusste. Ein bisschen Neid war in ihr aufgestiegen, als sie erkannt hatte, dass Jan praktisch zwei Väter gehabt hatte: seinen leiblichen Vater Wilhelm und eben Hanno. Sie dagegen war nach der Scheidung ihrer Mutter vaterlos aufgewachsen. Als junges Mädchen hatte sie gedacht, dass das völlig in Ordnung sei. Sie und ihre Mutter hatten sich so gut verstanden, dass sie eine weitere Bezugsperson nicht gebraucht hatte. Nur manchmal, wenn ihre Freundinnen nach Schulschluss von ihren Vätern abgeholt worden waren oder nach dem Wochenende erzählt hatten, dass sie mit ihnen beim Skifahren gewesen waren oder beim Segeln, hatte es einen kleinen Stich in ihr Herz gegeben.

Ein Eichelhäher keckerte alarmiert auf, als sie sich Hannos Haus näherte, so als würde er Wache über das Haus und seinen Bewohner halten.

»Sei still, ich bin eine Freundin.«

Sie sah dem Vogel nach, dessen schwarzblau gestreifte Seitenfedern deutlich zu erkennen waren, als er warnend ganz nah an ihr vorbeiflog.

»Laura. Willst du zu mir? Ich habe gerade Kaffee …«

Hanno sah sofort, dass mit Laura etwas nicht stimmte.

»Wieso habt ihr mich angelogen?«

Ihr Blick war traurig. Er wusste sofort, wovon sie redete, und hoffte doch, dass sie etwas anderes meinte.

»Ihr hättet mir ruhig sagen können, dass es tatsächlich eine Julia in Jans Leben gegeben hat. Was habt ihr gedacht? Dass ich in Ohnmacht falle, wenn ich erfahre, dass er vor mir schon mal eine Frau gehabt hat? Oder dass ich ihn umbringe?«

»Ich hab mir nur gedacht, dass es nicht meine Sache ist, dir von Julia zu erzählen.«

Ihr Blick war nachdenklich, als sie sich auf die Bank setzte. Hanno hatte ja recht: Wenn Jan nicht wollte, dass sie etwas von Julia erfuhr, dann hatten sie sich daran zu halten. Vielleicht war es ihnen ja sogar schwergefallen, nichts zu sagen. Vielleicht hatten sie auch gedacht, dass Jan einen Fehler machte.

»In meinen Augen war es ein Fehler, dir nichts zu erzählen.«

Hanno konnte anscheinend Gedanken lesen. Sie streichelte den Hund, dessen dunkles Fell in der Sonne glühte. Hanno ging ins Haus, um ihr einen Kaffee zu holen. Er stellte den Becher mit den kleinen Streublümchen, der so gar nicht zu einem Mann seines Alters zu passen schien, vor sie hin. Eine Weile lang sagte er nichts.

»Erzähl mir was von ihr. Wie hat sie ausgesehen, wie war sie, was hat sie gemacht …?«

Sollte er sagen, dass sie genauso schön gewesen war wie Laura? Dass sie einander sogar ein wenig ähnlich sahen?

»Jan hatte sie in München kennengelernt. Sie war zwei Jahre jünger als er. Studierte … keine Ahnung … irgendwas mit Kunst oder so … Sie haben einfach nicht zusammengepasst.«

Und deswegen hatte ihr Jan das verschwiegen? Meine Güte, so was kam doch vor.

»Hat sie ihn betrogen?«

Das wäre wenigstens eine Erklärung dafür gewesen, dass er geschwiegen hatte. So etwas gab niemand gern zu. Vor allem nicht vor jemandem, in den man sich gerade verliebt hatte. Vielleicht hatte er ja Angst gehabt, dass sie ihn mit anderen Augen sehen würde, wenn sie erfuhr, dass es ihm nicht gelungen war, eine Frau, die er liebte, zu halten.

»Das weiß ich wirklich nicht. Jan hat nicht darüber gesprochen, wieso sie sich getrennt haben.«

Natürlich hat er nicht darüber gesprochen. Männer tun so was nicht gern. Laura trank vorsichtig den starken heißen Kaffee, den Hanno noch nach der alten Brühmethode herstellte. Sie schloss die Augen. Die Sonne brannte ihr aufs Gesicht. Bald würde sie ihre blasse Winterfarbe endgültig verloren haben. Shadow lag auf ihren Füßen, was ihr einerseits gefiel, weil sie spürte, dass er damit das Vertrauen ausdrückte, das er inzwischen in sie hatte, was aber mit steigenden Temperaturen auch langsam ein wenig lästig würde. Ihre Füße glühten unter dem Fell des Hundes, als würde sie sie an einen warmen Ofen halten. Sie versuchte vorsichtig, wenigstens den einen Fuß unter dem Hund herauszuziehen. Doch Shadow rückte sofort mit einem leisen Murren nach.

»Er liebt dich eben.«

Hanno hatte die kleine Szene lächelnd beobachtet. Ein anderes Bild war in ihm aufgestiegen. Auch Pogo hatte immer auf Julias Füßen gelegen. Auch sie hatte in der ersten Zeit, in der sie hier gewohnt hatte, gern bei ihm gesessen und einen Kaffee getrunken. Bis sie dann plötzlich damit aufhörte … Ob Laura auch bald nicht mehr kommen würde?

Er versuchte, den Gedanken wegzuschieben. Sie war ganz anders als Julia. Sie liebte Jan wirklich. Und wie es aussah, war sie entschlossen, ihr Glück, das sie mit Jan gefunden zu haben glaubte, festzuhalten.

»Wenn ich dir einen Rat geben darf …«

Sie sah in den Augen des alten Mannes etwas aufblitzen, das sie als Sorge interpretierte.

»Ja? Nur zu.«

»Nimm es Jan nicht übel, dass er dir nichts von Julia erzählen wollte. Das ist Vergangenheit. Lass es nicht zu, dass sie die Gegenwart verdüstert. Und schon gar nicht eure Zukunft.«

Einen Moment lang fragte sie sich, wieso seine Stimme so eindringlich war. Wenn die Sache mit Julia wirklich so harmlos gewesen war, wieso sollte sie dann so viel Einfluss auf ihre Gegenwart haben?

Er macht sich nur Sorgen um Jan. Er hat Angst, dass es ihm nicht gut geht. Oder dass ich ihm auch so abhandenkomme wie diese Julia.

Sie umarmte Hanno zum Abschied. Es war rührend, wie sehr er sich um Jan sorgte.

»Mach dir keine Sorgen, es ist alles okay. Jan und ich, wir kriegen das schon hin. Garantiert.«

Der schrille Schrei des Seeadlers, der sich pfeilschnell ins Wasser des Sees stürzte und Sekunden später mit heftigen Flügelbewegungen mit einem Fisch in den Krallen wieder auftauchte, ließ Hannos Antwort beinahe untergehen.

»Ich kann dir gar nicht sagen, wie sehr ich euch wünsche, dass es euch beiden miteinander gut geht.«

Nachdenklich sah Hanno Laura hinterher, die mit wie immer weit ausholenden Schritten den kleinen Weg, der am See vorbei zum Jägerhaus führte, entlangschritt, gefolgt von Shadow, der jetzt mit einem großen Satz ins Wasser sprang und fiepend einem Entenpaar hinterherschwamm, das sich unaufgeregt zur Mitte des Sees hin entfernte – den Hund, der sie verfolgte, nicht im Geringsten beachtend.

Über dem See lag fast waagerecht die fadenschmale Sichel des Mondes in einem durchsichtig blaugrünen Abendhimmel. Keine Wolke war zu sehen, ein lauer Wind säuselte über das Wasser, das sich zu winzigen Wellen kräuselte, die mit einem kaum vernehmbaren Geräusch ans Ufer stießen. Von der Insel wehte in der Stille ein hohes Zirpen herüber, das sich zu einem aufgeregten Gepiepse steigerte, als die Kranicheltern, die Schnäbel voller Gewürm oder winziger Fische, zur Landung ansetzten. Shadow lag mit gespitzten Ohren auf dem Steg, den Kopf auf den Pfoten, die Augen unverwandt auf die Insel gerichtet. Man konnte das Gefühl haben, dass er nur zu gern mal nachgesehen hätte, was dort drüben so vor sich ging. Laura saß in einem der weißen Korbsessel, die seit Kurzem am Ende des Stegs standen. Die Beine hatte sie auf den anderen Sessel gelegt, auf ihren Schenkeln lag ein aufgeschlagenes Buch.

Genauso hatte es sich Jan vorgestellt. Seine Frau würde ihn am See erwarten, sie würden zusammen einen Aperitif trinken, danach einen Happen essen. Sie würden zusehen, wie der Abend in die Nacht überging, und ein wenig darüber plaudern, was der Tag ihnen so gebracht hatte. Und dann würden sie zu Bett gehen und sich lieben. Aber hatte er sich das nicht schon einmal genauso ausgemalt? Mit Julia? Hatte er nicht genau denselben Traum mit einer anderen Frau gehabt?

Laura drehte sich zu ihm um.

»Da bist du ja.«

Sie kam auf ihn zu. Einen Meter entfernt von ihm blieb sie stehen.

»Es ist so ein schöner Abend. Sollen wir hier draußen essen?«

»Gute Idee.« Er räusperte sich. »Setz dich doch wieder. Ich hole alles aus der Küche. Rotwein oder Weißwein?«

»Wie wäre es mit Champagner?« Ihr Blick war ernst, ihre Stimme ganz ruhig. »Ich denke, wir haben etwas zu feiern.«

Er zog sie in seine Arme. Seine Lippen drückten einen Kuss auf ihre Haare.

»Tatsächlich?«

Sie hob den Blick und sah ihm in die Augen. Und sie nickte.

»Wir haben den ersten Sturm überstanden. Das ist ein Grund zum Feiern, wenn man unbeschadet aus einem Sturm hervorgeht.«

»Es tut mir leid. Ich wollte nicht, dass wir in diesen Sturm kommen.«

»Ich weiß. Du hast alles getan, dass wir ihn umschiffen.«

»Ist mir nicht gelungen. Wir sind mitten hineingeraten. Durch meine Schuld.«

»Aber wir sind auch wieder herausgekommen. Und es hat sich herausgestellt, dass es gar kein Sturm war, sondern nur eine harmlose Windböe. Heftig zwar, aber ganz bestimmt nicht gefährlich.«

Hand in Hand gingen sie zum Haus, wo sie in der Küche ein Tablett mit Brot, Schinken, Käse, Obst und Champagner vollluden. Als sie das Tablett in die Hände nehmen wollte, hielt er sie an der Schulter fest.

»Danke«, sagte er leise.

»Wofür?«, fragte sie.

»Dafür, dass du mir verzeihst.«

»Gibt es denn etwas zu verzeihen? Ich denke nicht.«

»Ich habe dir nicht …«

»Es ist dein gutes Recht, mir nicht alles zu erzählen, was dir im Leben widerfahren ist, Jan. Nirgendwo steht geschrieben, dass ein Mann und eine Frau, nur weil sie sich lieben, über alles, was sie gelebt haben, Rechenschaft ablegen müssen. Die Vergangenheit ist vergangen. Wir leben in der Gegenwart. Und solange das, was du mit einer Julia oder irgendeiner anderen Person erlebt hast, keinen Einfluss auf das hat, was du mit mir erlebst, spielt es keine Rolle.«

Sie hatte sich lange überlegt, was sie zu Jan sagen würde. Ob sie ihm Vorwürfe machen, es ihm sogar übel nehmen sollte, dass er über Julia geschwiegen hatte. Ob sie ihm drohen sollte, dass sie ihn verlassen würde, wenn er sie noch einmal so behandelte, oder ob sie ihm an den Kopf werfen sollte, dass es mit dem Vertrauen nun vorbei sei. Aber mit jeder Möglichkeit, die sie durchspielte, war ihr schwummriger ums Herz geworden. Alles, was sie heute Abend zu ihm sagen würde, müsste für den Rest des Lebens wie in Stein gehauen zwischen ihnen stehen. Es würde sie entweder auseinanderdriften lassen oder sie fester miteinander verbinden als alles andere. Sie konnte nicht hundertprozentig von sich sagen, dass sie diese Geschichte um ihre Vorgängerin wirklich schnell und restlos vergessen würde. Aber es war ihr auch klar, dass, wenn sie nicht aufhören könnte, daran zu denken, ihre Ehe mit Jan auf die Dauer keine Chance haben würde.

»Dann lass mich dir nur noch eines sagen. Ich dachte damals wirklich, ich würde Julia lieben. Und es war schwer für mich zu akzeptieren, dass unsere Beziehung keine Chance hatte. Es hat wehgetan. Aber heute weiß ich, dass ich nie eine Frau so sehr geliebt habe wie dich. Und glaub es mir, Laura, ich werde alles dafür tun, dass wir glücklich sein werden.«

Ich bin glücklich mit dir. Ich hab dich gefunden, und ich werde dich nie mehr loslassen.

Laura drehte sich wortlos zu Jan um. Sie sah, dass in seinen Augen Tränen standen.

»Ich liebe dich. Es ist alles gut.«

Sie schlüpfte unter seine Jacke wie ein Entenküken, das sich unter dem Gefieder seiner Mutter wärmen will. Und wie das Küken fühlte sie sich beschützt und behütet, warm und geborgen.

3

Henriette Klemm schüttelte bedauernd den Kopf.

»Sie kommen eine Woche zu spät, es tut mir wirklich leid.«

Laura ärgerte sich, dass sie ihren Plan, sich im Templiner Krankenhaus zu bewerben, so lange hatte schleifen lassen. Wenn sie sich, wie sie es eigentlich vorgehabt hatte, gleich zu Anfang, als sie hier angekommen war, bei der Personalchefin vorgestellt hätte, dann wäre ihr eine Stelle als Krankenschwester sicher gewesen.

»Bei Ihren Referenzen hätte ich keine Sekunde gezögert, Sie einzustellen. Das ist wirklich zu schade.«

Sie verabredeten, dass Lauras Bewerbung bei Frau Klemm liegen bleiben und dass diese sich, sobald sie wieder eine Stelle zu vergeben hätte, umgehend bei Laura melden würde.

So sehr Laura ihr neues Leben genoss, so sehr sehnte sie sich danach, wieder in ihrem Beruf zu arbeiten. Sie hatte sich schon dabei ertappt, dass sie neidisch auf Jan war, wenn er an seinem Schreibtisch saß und an dem Entwurf für das Kölner Kaufhaus arbeitete. Oder auf Marius und Elke, die beide in ihren Berufen so zufrieden schienen. Natürlich gab es im Haus und im Garten jede Menge zu tun. Doch manchmal fragte sich Laura, ob es nicht auch reichen würde, wenn sie das Unkraut in den Rosenbeeten einmal die Woche zupfen würde, und ob es wirklich nötig war, jeden Tag mit dem Staubsauger durch das Haus zu gehen. Ein Zweipersonenhaushalt war nun mal keine abendfüllende Sache für sie. Ja, wenn sie Kinder hätten, dann würde das alles ganz anders aussehen. Dann würde sie auch gern, jedenfalls in den ersten paar Jahren, zu Hause bleiben. Aber solange sie keine Familie waren …

Ein paar Mal hatte sie Jette Politschek in ihrem Heim besucht. Doch das, was sie sich heimlich erhofft hatte, nämlich vielleicht doch noch etwas über ihre Vorgängerin Julia zu erfahren, war nicht eingetreten. Jette hatte sich gefreut, sie zu sehen. Sie hatte ihre Hand festgehalten und davon geredet, wie sie die Hortensien eingepflanzt hatten. Oder die Himbeerbüsche, die jetzt voll mit Früchten hingen. Es war eindeutig, dass Jette und Julia eine innige Freundschaft verbunden hatte. Aber wenn Laura es einmal wagte zu fragen, ob Julia denn mit Jan glücklich gewesen sei oder ob es vielleicht einen anderen Mann in ihrem Leben gegeben hatte, dann hatte Jette sie nur verständnislos angesehen.

»Du warst so blass, Julchen. Ich hab solche Angst um dich gehabt.«

Diesen Satz wiederholte sie so oft, dass Laura sich langsam fragte, ob Julia nicht vielleicht schwer krank gewesen war. Sie hatte es aber nicht gewagt, Jan noch einmal auf seine frühere Freundin anzusprechen. Es war wie eine unausgesprochene Vereinbarung zwischen ihnen, dass sie die Vergangenheit nicht mehr erwähnen wollten.

Elke sah es Laura sofort an, dass es mit dem Bewerbungsgespräch nicht geklappt hatte.

»Das ist doch keine Katastrophe. Ich wäre froh, wenn ich nicht mehr arbeiten müsste.«

Sie hatte Laura erzählt, dass Marius, obwohl seine Praxis wirklich gut ging, nicht genug Geld verdiente, dass sie den Kredit, den sie für das Haus aufgenommen hatten, ohne Weiteres zurückzahlen konnten. Also hatten sie vereinbart, dass Elke wenigstens noch so lange als Lehrerin arbeiten würde, bis sie schuldenfrei waren.

»Ich vermute mal, das wird dann am Sankt-Nimmerleins-Tag sein.«

Sie standen im Supermarkt an der Kasse, wo sie Einweckgläser und Gelierzucker gekauft hatten, um in den nächsten Tagen zusammen die Himbeeren aus Lauras Garten und die reiche Aprikosenernte von Elkes Bäumen zu Marmelade und Kompott zu verarbeiten.

»Ich hab aber Lust, wieder zu arbeiten. Muss ja nicht unbedingt im Krankenhaus sein. Kannst du mal Marius fragen, ob er nicht vielleicht von einem Kollegen weiß, der eine Sprechstundenhilfe sucht?«

»Klar kann ich das. Er kennt jeden Arzt hier in der Gegend. Aber dass mir dann später keine Klagen kommen, weil du nicht mehr genug Zeit für dein Eheleben hast.«

»Ihr arbeitet doch auch beide, und es schadet eurer Ehe nicht.«

Elke lächelte in sich hinein, als sie bezahlte.

»Schon. Aber ihr seid ja praktisch noch in den Flitterwochen. Ich sag es dir, genieß diese Zeit. Es werden auch mal andere kommen.«

Und dann, erst dann, würde sich herausstellen, ob Laura und Jan tatsächlich zueinander gehörten. So wie sie und Marius. Einmal hatte Jan es ja schon erleben müssen, dass seine Verbindung zu einer Frau der allerersten Irritation nicht standgehalten hatte. Es hatte sich herausgestellt, dass hinter der Fassade des Glücks nichts anderes geherrscht hatte als eine verzweifelte Leere. Keine zwei Jahre hatte es gedauert, bis alles zerbrochen war.

Vielleicht hätte Jan mehr kämpfen müssen. Vielleicht hätte er sich nicht irritieren lassen dürfen durch den Sturm, der ihn da plötzlich umgeworfen hatte. Vielleicht hätte er aufstehen und zupacken müssen. Festhalten, so wie sie es getan hatte. Sie hatte um Marius gekämpft, und sie hatte gewonnen, weil sie es einfach nicht zugelassen hatte, dass das, was sie sich aufgebaut hatten, durch eine Nichtigkeit zerstört worden wäre. Und es war eine Nichtigkeit gewesen. Dann aber hatten sie beide erkannt, wie wertvoll ihre Beziehung war und wie dankbar sie sein mussten, dass sie einander gefunden hatten. Und heute war ihre Ehe stabiler denn je. Es gab nichts mehr, was sie erschüttern konnte.

Michael Persius freute sich, Laura wiederzusehen. Er hatte schon überlegt, ob er sie mal anrufen sollte. Aber da sie davon geredet hatte, ihn einmal zum Essen einzuladen, hätte er es unhöflich gefunden, sich als Erster zu melden. Umso netter war es, sie jetzt vor dem Supermarkt zu treffen.

»Das sieht mir ja nach einer gigantischen Einmachorgie aus.«

»Na, so was. Ein Mann, der sich in der Küche auskennt. Ich wusste gar nicht, dass du Michael kennst, Laura.«

»Kennen dürfte zu viel gesagt sein. Wir sind uns einmal begegnet, Frau Plathe und ich. Im Wald sozusagen.«

Laura wunderte sich nicht, dass Elke und der Fotograf einander kannten. Sie hatte erfahren, dass er seine Bücher regelmäßig in der kleinen Buchhandlung am Marktplatz vorstellte und auch hin und wieder einmal einen Vortrag über die Kunst der Naturfotografie hielt. Er war mit den Jahren sozusagen ein Ortsprominenter geworden, auf den man in der Gegend richtig stolz war. Sie hatte im Internet einige seiner Fotos und seine Biografie gefunden und war von beidem gleichermaßen beeindruckt. Vor allem die Schwarz-Weiß-Fotos der Nebellandschaften hatten sie begeistert. Michael Persius war es gelungen, die geheimnisvolle Stimmung, der sie vor Kurzem auch erlegen war, in wunderbar komponierten Bildern festzuhalten. Sie hatte längst vorgehabt, ihn anzurufen und zum Essen einzuladen, und nutzte nun die Gelegenheit, es sofort zu tun.

»Ich komme gern. Sagen Sie mir nur, wann und was ich mitbringen soll.«

Er gab ihr seine Handynummer, aber Laura wollte es jetzt nicht mehr hinauszögern und lud ihn für den nächsten Abend ein.

»Und mitbringen müssen Sie nichts. Wobei … Es würde mich freuen, wenn Sie ein paar der Fotos mitbringen würden, die Sie kürzlich gemacht haben.«

Michael versprach, das zu tun.

»Da hast du also den interessantesten Typen schon kennengelernt, den die Gegend hier zu bieten hat, und sagst mir kein Wort davon.«

Elke lud die Tüten ins Auto und grinste Laura über das Autodach hinweg an.

»Aber ich muss dich warnen, Michael Persius ist ein berüchtigter Weiberheld. Die Zahl der Herzen, die er in der Gegend gebrochen hat, ist riesig.«

»Soll das heißen, du bist ihm auch verfallen?«

Elkes Lachen klang in Lauras Ohren ein wenig gezwungen.

»Ich würde meine Ehe nie aufs Spiel setzen, egal, wer sich da wie charmant um mich bemühen würde. Und du sollest das auch nicht tun.«

Der warnende Unterton in ihrer Stimme entging Laura nicht. Was dachte sie sich? Dass sie sich wirklich auf einen so offensichtlichen Windhund wie Persius einlassen würde? Das konnte sie doch nicht im Ernst glauben. Sie setzte sich neben Elke ins Auto. Die vergnügte Stimmung, die gerade noch zwischen ihnen geherrscht hatte, war einem angespannten Schweigen gewichen. Manchmal fragte sie sich wirklich, was ihre Freundin – und als solche betrachtete sie Elke in der Zwischenzeit wirklich – tief in ihrem Inneren über sie denken mochte.

»Geht es dir gut?«

Marius räumte wie selbstverständlich das Geschirr in die Spülmaschine, während Laura ein paar Sahnetupfen auf das selbst gemachte Rhabarberkompott spritzte, das Elke mitgebracht hatte.

»Es geht mir prima. Mach dir keine Sorgen.«

Sie wusste, dass Marius ihre nächtliche Begegnung nicht vergessen hatte. Am Tag danach hatte er sie angerufen und gefragt, wie denn die Nacht noch gewesen sei. Ob sie habe schlafen können. Sie hatte ihm nicht gesagt, dass sie kein Auge mehr zugetan hatte und bis in die Morgenstunden darüber gegrübelt hatte, was denn eigentlich mit ihr los war. Das Angebot, mit ihr das Geschirr in die Küche zu bringen, hatte er sicher nur deshalb gemacht, weil er die Gelegenheit suchte, mit ihr zu reden. Sie sah ihn direkt an.

»Wenn du wissen willst, ob ich wieder nächtliche Wanderungen unternommen habe, kann ich dich beruhigen. Ich habe jede Nacht acht Stunden in meinem Bettchen geschlafen.«

»Freut mich zu hören. Allerdings … ich habe nicht nur diese Nacht gemeint. Ich wollte wissen … na ja, ob es dir insgesamt gut geht hier.«

War das der gleiche Mann, den sie vor Kurzem noch als so zurückhaltend, geradezu abweisend empfunden hatte? Der sie kaum angesehen und noch weniger angesprochen hatte? Sie konnte sich die Veränderung nicht erklären. Okay, vielleicht gehört er zu den vorsichtigen Typen, die sich ihr Gegenüber erst einmal genau ansehen, bevor sie sich darauf einlassen. Vielleicht wollte er aber auch seiner Frau einen Gefallen tun, mit der Laura sich inzwischen so gut verstand. Könnte ja sein, dass Elke ihn darum gebeten hatte, doch weniger kühl zu ihr zu sein. Aber war er ein Mann, der prompt tat, was seine Frau von ihm erwartete?

»Sag mal, hast du Julia eigentlich auch gekannt?«

Marius hatte Mühe, den Teller, den er gerade in die Spülmaschine stellen wollte, festzuhalten. Er schlug scheppernd gegen das Geschirr, das er schon eingeräumt hatte.

»Julia? Natürlich habe ich sie gekannt. Nicht sehr gut allerdings. Wir haben uns nur ein paar Mal getroffen. Wieso fragst du?«

»Ich weiß nicht … Ich frag' mich halt nur manchmal, wie sie gewesen ist.« Sie hörte genau, wie gezwungen ihr Lachen klang. »Ist doch normal, dass man neugierig ist auf seine Vorgängerin, oder?«

»Keine Ahnung. Auf jeden Fall ist sie es nicht wert, dass

du dir den Kopf über sie zerbrichst. Sie war nicht die Richtige für Jan. Ganz im Gegensatz zu dir.«

»Ist es auch normal, dass er mir nicht von ihr erzählen wollte? Ich frag mich manchmal, was da wirklich passiert ist zwischen den beiden.«

Sie konnte nicht verhindern, dass ihre Gedanken immer wieder zu der Frau schweiften, die vor ihr mit Jan hier gelebt hatte. Sicher, es war nur für eine sehr kurze Zeit gewesen. Aber es wunderte sie schon, dass sie so gar keine Spuren hinterlassen hatte.

»Kennst du das Parfum Shalimar?«

Augenblicklich fuhr es Marius in den Magen. Er hasste diesen Duft. Er war zu schwer, zu intensiv, drängte sich zu sehr in den Vordergrund. Er wusste, dass Laura dieses Parfum benutzte. Auch heute Abend hatte er es sofort gerochen, als sie ihn begrüßt hatte, und wäre am liebsten auf der Stelle wieder umgekehrt.

»Nie gehört. Ist es das, was du benutzt?«

»Ich schon. Aber anscheinend auch jemand anders.«

Sie erzählte ihm, dass sie ein Fläschchen des Parfums gefunden hatte und perplex darüber gewesen war, eben, weil sie es auch benutzte.

»Wär doch ein komischer Zufall, wenn Julia dieses Parfum auch benutzt hätte. Ich meine, man könnte ja denken, dass Jan nur deshalb auf mich abgefahren ist, weil ihn das Parfum an seine letzte Liebe erinnert hat.«

»Jetzt mach aber mal einen Punkt. Jan liebt dich. Und ganz sicher nicht, weil du einen bestimmten Duft benutzt. Das ist doch ausgemachter Blödsinn.«

War es das wirklich? Konnte es nicht sein, dass sich Jan durch Laura an Julia erinnert fühlte? Dass er sich, möglicherweise ja unbewusst, in sie verliebt hatte, weil er in ihr so etwas wie eine Wiedergängerin der Frau fand, die er geliebt und die ihn verlassen hatte?

Aber vielleicht war es ja wirklich nicht Julia gewesen, die das Parfum benutzt hatte. Vielleicht hatte ein Gast das Fläschchen im Haus vergessen. Das Fläschchen, das sie zweimal ganz deutlich gesehen hatte, aber danach nicht mehr hatte finden können.

Sie stellte die Schälchen mit dem Kompott auf ein silbernes Tablett, füllte noch eine Etagere mit Keksen und winzigen Pralinen. Als sie sich umdrehte, um sie auf das Tablett zu stellen, erschrak sie über den Blick, mit dem Marius sie ansah. Es lag etwas in seinen Augen, das sie nicht deuten konnte. Eine Spur von Angst vielleicht? Oder Besorgnis?

»Kannst du mir bitte noch die Zuckerdose reichen?«

Sie griff daneben, als Marius ihr über den Tisch hinweg die silberne Jugendstildose hinhielt.

»O Gott, das tut mir leid. Ich dachte, du hättest sie schon.«

Marius kniete schon am Boden und versuchte, den Zucker, der sich über die Fliesen verteilt hatte, mit den Händen zusammenzuschieben. Sie holte die Kehrschaufel.

»Lass mich das machen.«

Als sie sich niederkniete, verlor sie für einen Augenblick das Gleichgewicht. Sie schrie leise auf. Marius griff nach ihren Armen und verhinderte, dass sie umkippte.

»Wo bleibt ihr denn? Michael kann es kaum erwarten, meinen Rhabarber …«

Elke trat in die Küche.

»Was macht ihr denn da?«

Marius war sofort auf den Beinen.

»Nichts. Ich meine, ich habe die Zuckerdose fallen lassen, und Laura muss jetzt die Schweinerei auffegen.«

»Mein kleiner Tollpatsch. Ich hätte dir nicht erlauben sollen, die Küche zu betreten. Tut mir leid, Laura. Marius ist in manchen Dingen so ein Macho.«

Laura lachte auf.

»Du meinst, es ist zu viel von ihm verlangt, den Zucker aus dem Regal zu holen?«

Die beiden Frauen kicherten, wie Frauen so kichern, die sich über einen Mann lustig machen.

»Lacht nur über mich. Zucker ist sowieso ungesund.«

Marius nahm kurzerhand das Tablett und verließ damit die Küche. Elke sah ihm lächelnd hinterher.

»Der Arme. Im Haushalt hat er einfach zwei linke Hände … Vielleicht liebe ich ihn genau deswegen.«

Sie öffnete für Laura die Tür des Unterschranks, in dem der Mülleimer stand. Laura schüttete den Zucker, den sie aufgefegt hatte, hinein und füllte die Zuckerdose neu auf.

»Du meinst, wir lieben sie für ihre Defizite?«

»Natürlich tun wir das. Jede Schwäche macht sie doch liebenswerter. Oder könntest du dich in so einen tadellosen Perfektionisten verlieben, an dem es nichts zu kritisieren gibt? Das wäre doch trostlos langweilig. Mal ganz abgesehen davon, dass sie auch uns wegen unseren kleinen Unperfektheiten lieben.«

Stimmt ja. Irgendwie hat sie recht. Ich hab ja auch das Gefühl, dass ich Jan noch mehr liebe, seit ich weiß, dass er Angst hat, mich zu verlieren, und mir deswegen nichts von Julia erzählt hat.

Es hatte sie gerührt, diese schwache Seite an Jan zu erkennen. Dass er verletzbar war, machte ihn noch liebenswerter. Vielleicht, weil es ihn menschlicher machte. Vielleicht, weil es den Beschützerinstinkt in ihr ansprach. Vielleicht, weil sie noch mehr spürte, dass er sie brauchte.

Jans Blick lag stolz auf ihr, als sie mit Elke zurück ins Wohnzimmer kam, wo Marius gerade die Schälchen mit dem Dessert auf dem Tisch verteilte. Sie küsste ihn auf die Wange, bevor sie sich neben Michael Persius setzte, der inzwischen sein iPad geholt hatte, auf dem eines seiner Fotos zu sehen war.

»Das Essen war großartig. Woher haben Sie gewusst, dass ich Schmorbraten liebe?«

»Alle Männer lieben Schmorbraten. Vielleicht, weil er sie an ihre Kindheit erinnert, wenn die Mutter sonntags für die Familie immer groß aufgekocht hat.«

Sie freute sich, dass Michael Persius sich in ihrem Haus so wohl fühlte. Er war geradezu sprachlos gewesen, als er das Haus betreten hatte, um dann in Bewunderungsrufe auszubrechen. So wie das Haus sich jetzt präsentierte, habe es nichts mehr mit dem düsteren Kasten zu tun, den er vor Jahren kennengelernt hatte.

»An Ihnen ist eine Innenarchitektin verloren gegangen. Hier stimmt ja einfach alles.«

Laura hatte sich über sein Lob gefreut. Und vor allem darüber, dass Michael Persius auf den ersten Blick erkannt hatte, wie sehr das Haus jetzt zu ihr passte. Im Gegensatz zu Elke, die zwar sagte, dass ihr die Veränderungen gefielen, die aber auch betonte, dass das Haus ihr auch vorher gut gefallen hatte, war Michael Persius vor Begeisterung fast explodiert.

Es war ein schöner Abend geworden. Lauras Essen war von allen in den höchsten Tönen gelobt worden, der Wein, den Jan besorgt hatte, war hervorragend, die Gespräche hatten sich um Architektur und Fotografie gedreht und um die Freude von Städtern am Landleben. Die Stimmung war aufgeräumt und entspannt.

Genau so hab ich mir das vorgestellt. Das werde ich ab jetzt öfter machen.

Laura lehnte sich auf ihrem Stuhl zurück. Sollte sie jemals daran gezweifelt haben, dass sie eine gute Gastgeberin sein konnte, hatte sich heute Abend dieser Zweifel in Luft aufgelöst. Alles war so gelaufen, wie sie es sich gewünscht hatte. Wenn man mal von dem kleinen Missgeschick in der Küche absah. Sie trank einen Schluck Wein, während sie Jans Erzählung über einen Opernbau lauschte, den er in Kuala Lumpur erstellt hatte. Und plötzlich spürte sie Marius' Blick auf sich. Als sie ihn ansah, sah er weg, als hätte sie ihn bei etwas Unschicklichem ertappt.

»Auf jeden Fall ist es eine Bereicherung für die deutsche Architektur, wenn Sie wieder anfangen, hier zu bauen.« Michael Persius erwies sich als jemand, der durchaus etwas von Architektur verstand, und offensichtlich freute er sich, Jan kennenzulernen, zumal er ja dessen Eltern schon vor Jahren begegnet war.

»Ich hatte mich schon gefragt, wie es kommt, dass Sie wieder in dieses Haus ziehen.«

Bemerkte er nicht die plötzliche Stille, die sein Satz auslöste, sah er nicht Jans Stirnrunzeln? Laura war es, als würde sich ihr eine kalte Hand in den Nacken legen.

»Wieso? Was haben Sie denn gegen dieses Haus?«

Jans Stimme klang plötzlich kühl. Das war so auffällig,

dass Michael Persius sich beeilte, die Wucht seines Satzes zu relativieren.

»Natürlich, es ist ein wunderbares Haus, keine Frage. Es ging mir eigentlich auch weniger um die Architektur …«

Er stockte.

Bitte sprich nicht weiter.

Als würde Laura ahnen, was nun passieren würde, fing sie an, Elkes Rhabarberkompott zu loben. Doch Jan unterbrach sie.

»Um was ging es Ihnen denn? Sagen Sie es. Es würde mich interessieren.«

»Na ja …« Persius suchte nach Worten. Er spürte, dass er sich auf dünnem Eis bewegte, wenngleich er auch nicht genau wusste, wie er dahin gekommen war. »Ich dachte immer, dass jeder Architekt davon träumt, sich ein Haus nach seinen eigenen Wünschen zu bauen. Ich meine, wenn ich mir so vergegenwärtige, wie Ihre Bauten aussehen, hat dieses Haus ja nicht viel damit zu tun.«

»Ich liebe dieses Haus. Und ich bin irre froh, dass ich hier wohnen darf.«

Laura hoffte, dass ihr Einwand die Richtung des Gesprächs ändern würde.

»Das verstehe ich. Sie haben es ja auch geschafft, es zu Ihrem Haus zu machen. Es ist Ihnen wirklich gelungen, eine neue Atmosphäre zu schaffen.«

»Wollen Sie damit sagen, dass die Atmosphäre, die hier vorher geherrscht hat, Ihnen nicht zugesagt hat? Soweit ich weiß, sind Sie doch nur ein-, zweimal hier gewesen.«

Die Aggressivität in Jans Stimme war unverkennbar.

»Das stimmt. Aber es hat ausgereicht, um zu spüren … Hören Sie, ich muss Ihnen doch nicht sagen, dass es hier immer ein wenig … düster war. Das werden Sie doch selbst bemerkt haben.«

»Wie ich das Haus empfunden habe, ist letzten Endes irrelevant. Meine Eltern haben hier gelebt. Sie haben es sich so eingerichtet, wie es ihnen gefallen hat. Sie waren zufrieden damit, so wie es war, und das dürfte doch wohl das Entscheidende gewesen sein.«

»Wenn es ausreicht, zufrieden zu sein, sicher. Ich würde mir aber wünschen, dass ich dort, wo ich lebe, auch glücklich bin.«

Laura hielt den Atem an. Sie sah, dass Elke auf den Tisch starrte, die Schultern hochgezogen, als würde sie einen Schlag erwarten. Marius wollte etwas sagen, doch Jans schneidende Stimme unterbrach ihn, bevor er ansetzen konnte zu reden.

»Ich weiß nicht, wie Sie darauf kommen, dass meine Eltern hier nicht glücklich gewesen sind. Sie haben sie doch kaum gekannt.«

Laura hielt es nicht mehr auf ihrem Stuhl.

»Wollen wir den Kaffee nicht auf dem Steg nehmen? Es ist so eine schöne Nacht. Kommen Sie, Michael, helfen Sie mir.«

Sie ging in die Küche voraus. Ihr Herz klopfte ihr bis zum Hals und wurde erst wieder ruhiger, als sie das Wasser in die Espressomaschine füllte.

»Es tut mir leid. Ich bin da wohl etwas zu weit gegangen.«

Michael Persius' Stimme klang bedrückt.

»Ich verstehe nicht, was in Sie gefahren ist. Wie können Sie meinem Mann sagen, dass seine Eltern …«

»Ich habe nicht von seinen Eltern geredet. Nur von seiner Mutter. Und die ... war in diesem Haus definitiv nicht glücklich.«

Laura starrte ihn an. Er erwiderte ihren Blick mit einem unglücklichen Grinsen.

»Ich weiß, wovon ich rede. Tut mir leid.«

Sie wollte nicht, dass er weiterredete. Zwar wusste sie nicht, warum, aber da war plötzlich dieses Unbehagen, dieses merkwürdige Gefühl in ihrem Magen.

»Wollen Sie mir eigentlich die Freude an meinem Haus verderben?«

»Das Einzige, was ich mir wünsche, ist, dass Sie hier nicht auch noch unglücklich werden.«

So wie meine Schwiegermutter? So wie Julia?

»Sie hätte weggehen sollen. Sie hätte das Haus verlassen sollen. Vielleicht würde sie dann noch leben.«

Laura glaubte ihren Ohren nicht zu trauen. Niemals hatte Jan davon geredet, dass seine Mutter hier unglücklich gewesen wäre, in ihrem Haus, in ihrer Ehe. Er hatte immer nur davon erzählt, wie eng seine Bindung zu Irina gewesen war, wie gut sie sich verstanden hatten. Es fiel ihr ein, dass er kaum von seinem Vater geredet hatte. Und schon gar nicht von der Ehe seiner Eltern.

»Und soweit ich gehört habe, hat es die letzte Frau, die hier gelebt hat, ja auch nicht ausgehalten.«

Sie wollte das nicht hören. Sie hatte nichts zu tun mit Irina. Oder mit Julia. Sie war Laura, und sie lebte ihr eigenes Leben. Das Leben der anderen Frauen, die hier gewohnt hatten – seien sie nun glücklich oder unglücklich gewesen –, hatte mit ihr nichts zu tun.

»Vielleicht ist es besser, wenn ich jetzt gehe.«

Persius sah sie fragend an. Hoffte er, dass sie ihn bat zu

bleiben, wo es ihm doch gerade gelungen war, diesen harmonischen Abend, den sie erlebt hatte, zu zerstören? Sie nickte stumm.

»Ich danke Ihnen für den Abend und das wunderbare Essen, Laura. Ich wünsche Ihnen alles Gute.« Er nahm tatsächlich ihre Hand, und er hielt sie länger fest, als es nötig gewesen wäre. In seinem Blick lag ein tiefes Bedauern. »Passen Sie auf sich auf.«

Er ließ ihre Hand los und ging aus der Küche. Einen Moment später hörte sie die Haustür ins Schloss fallen.

Was für ein Idiot. Wie kommt er dazu, mir solche Sachen zu sagen? Hat der sie nicht alle?

Ihre Hände zitterten, als sie die Espressotassen auf den Steg brachte, wo die anderen es sich in den Sesseln gemütlich gemacht hatten.

»Herr Persius lässt sich entschuldigen. Er … es ging ihm plötzlich nicht gut. Ich soll euch schöne Grüße sagen.«

Jan nickte, als sie ihm die Tasse gab.

»Interessanter Mann. Und ein hervorragender Fotograf.«

Sie vermieden es, über das zu reden, was gerade geschehen war, und bemühten sich stattdessen, heiter und locker über alltägliche Themen zu plaudern. Doch die Stimmung war verdorben. Kurz nachdem sie den Kaffee ausgetrunken hatten, verabschiedeten sich auch Marius und Elke. Jan und Laura blieben zurück. Sie saßen noch eine Weile am Wasser, jeder in seine Gedanken versunken. Als sie bald darauf zu Bett gingen, schliefen sie zum ersten Mal, seit sie in diesem Haus angekommen waren, nicht miteinander.

War er denn von allen guten Geistern verlassen? Wie kam er dazu, so einen netten Abend mit seinen blödsinnigen Vermutungen zu sprengen? Michael Persius saß auf der Terrasse des kleinen Ferienhauses, das er sich für die Zeit, die er hier war, gemietet hatte. Der Bordeaux, den er sich immer mitbrachte, weil er festgestellt hatte, dass das Weinsortiment in den Läden hier seinem Geschmack immer noch nicht entsprach, schmeckte schal. Er wusste nicht, wodurch er sich zu seinen unangemessenen Äußerungen hatte provozieren lassen. Sie waren doch alle nett. Laura sowieso, aber auch ihr Mann. Und diese beiden Freunde – reizende, unkomplizierte Leute, mit denen man interessante Gespräche führen konnte. Er hatte sich wohl gefühlt unter ihnen. Es hatte ihm gefallen in diesem Haus, das so anders war als das Haus, das er in Erinnerung gehabt hatte. Was hatte ihn gereizt, Jan derart zu provozieren? Er bedauerte es, dass es so gekommen war. Aber tat er das wirklich von Herzen? Er bedauerte, dass er Laura den Abend verdorben hatte, ja. Sie hatte so beschwingt gewirkt, als sie ihm die Tür geöffnet hatte, so selig, als sie ihn in ihrem Haus herumgeführt hatte, geradezu euphorisch, als er sie zu den Veränderungen beglückwünschte, die sie in dem Haus vorgenommen hatte. Konnte es tatsächlich sein, dass sie nicht spürte, dass unter all dem Neuen, unter der hellen Farbe, unter der fröhlichen Dekoration die Düsternis des Hauses nicht ganz verschwunden war? War sie wirklich so naiv zu glauben, dass ein neuer Anstrich reichte, um die Trauer und die Hoffnungslosigkeit, die das Haus noch immer erfüllten, zu verdrängen?

Was aber, wenn er sich das alles nur einbildete, nur weil er sich dereinst in Irina verliebt hatte? Wenn er sich lediglich gewünscht hatte, dass sie unglücklich war, weil er dann hätte hoffen können, dass sie bereit gewesen wäre, sich auf ihn einzulassen? Es war zwischen ihnen doch nicht mehr gewesen als diese paar Begegnungen und die intensiven Gespräche, die sie über das Leben geführt hatten. Wie es war, wie es sein konnte, wie man es sich vorgestellt hatte und wie es sich schließlich entwickelte. War Irina wirklich so verzweifelt gewesen, wie er es angenommen hatte? Hatte in ihrem Blick tatsächlich diese unausgesprochene Bitte gelegen, sie zu retten? Vielleicht hatte ihn seine Verliebtheit damals auch nur geblendet. Aber wieso hatte sie sich dann totgefahren, sich und den Mann, mit dem sie lebte? Wenn er sich einer Sache sicher war, dann dessen, dass es kein Unfall war, bei dem Irina Plathe und ihr Mann ums Leben gekommen waren, sondern Selbstmord. Sie hatte keinen anderen Weg gefunden, ihrem Elend zu entkommen, als den Tod. Daran gab es für ihn nicht den geringsten Zweifel.

»War der eigentlich immer so komisch?«

Marius konnte sich den Auftritt von Michael Persius heute Abend nicht erklären.

»Ich kenne ihn ja nicht gut, aber die paar Mal, die ich ihn getroffen habe, war er witzig und charmant. Ein bisschen oberflächlich vielleicht, aber bei seinen Buchvorstellungen hat er die Leute mit seinem Geplauder immer sofort auf seine Seite ziehen können. Ich habe keine Ahnung, wovon er vorher überhaupt geredet hat. Jedenfalls tut Laura mir leid. Sie hat sich so viel Mühe mit dem Essen gegeben, und dann kommt dieser Quatschkopf daher und verdirbt alles. Ich finde das unmöglich.«

Und wenn es stimmte, dass die Frauen in diesem Haus tatsächlich nicht glücklich werden konnten? Marius wusste, dass Michael Persius recht hatte, wenn er behauptete, dass Jans Mutter unglücklich gewesen war. Er selbst hatte eine Depression bei ihr festgestellt und sie über Jahre hinweg mit Antidepressiva behandelt. Er erinnerte sich, wie sie vor ihm gesessen und ihn dazu verdonnert hatte, niemandem etwas davon zu erzählen, wie es ihr ging. Er hatte ein paar Mal versucht, sie zu einer Psychotherapie zu überreden. Aber das hatte sie strikt abgelehnt.

»Wenn ich herausfinde, wieso ich depressiv bin, wird das auch nichts ändern.«

Es war ihm nicht gelungen, sie davon zu überzeugen, dass es wichtig wäre, den Grund für ihre seelische Konstellation zu finden. Sie hatte sich damit abgefunden, dass sie in einer tiefen Dunkelheit gefangen war, und ihn nur darum gebeten, ihr Mittel zu verschreiben, die aus dem Schwarz, in das sie gehüllt war, wenigstens ein Grau machen konnten. Nach außen hin war es ihr gelungen, den Anschein zu vermitteln, dass sie zwar sehr in sich gekehrt, aber ausgeglichen und zufrieden war. Nicht einmal ihrem Mann hatte sie ihren wahren Zustand offenbaren wollen. Marius hatte sich ihrem Willen gebeugt. Und irgendwann hatte er aufgehört, darüber nachzudenken, ob es nicht besser für seine Patientin gewesen wäre, wenn sie weit weg von ihrem Mann, weit weg von ihrem Haus ein ganz anderes Leben angefangen hätte.

»Jedenfalls war Irina die glücklichste Frau, die ich kannte«, fuhr Elke fort. »Ich habe Jan immer um sie beneidet. Sie war zufrieden mit ihrem Leben. Sie hat Jan geliebt, und ihren Mann auch. Dass Julia in dem Haus nicht sonderlich glücklich war, ist doch eine ganz andere Sache.«

Und wenn nicht? Wenn es in diesem Haus so viele negative Schwingungen gab, dass ein sensibler Mensch ihnen gar nicht entgehen konnte? *Das habe ich jetzt nicht wirklich gedacht!* Marius hielt sich für einen rationalen, pragmatischen Menschen, der auf so etwas wie Feng Shui oder anderen esoterischen Humbug noch nie etwas gegeben hatte. *Negative Schwingungen? Was für ein Blödsinn. Ein Haus ist ein Haus ist ein Haus, nicht mehr und nicht weniger. Für die Atmosphäre sind die Menschen zuständig, die darin leben.* Sie allein waren dafür verantwortlich, wie sie sich in ihren vier Wänden fühlten.

Das beste Beispiel dafür war doch Laura. Sie hatte in kürzester Zeit aus dem düsteren Haus ein helles behagliches Zuhause für sich und Jan gemacht. Und es ging ihr gut.

Marius legte sich ins Bett. Er wandte, wie immer, Elke den Rücken zu.

»Glaubst du, dass Laura bei Jan bleiben wird?«

Elke schob sich an seinen Rücken.

»Wieso sollte sie nicht?«

Seine Muskeln spannten sich an, als er Elkes Hand auf seiner Brust spürte.

»Jedenfalls gibt sie sich viel Mühe, alles richtig zu machen. Das ist doch gut, oder?«

»Es ist spät, Elke. Ich muss schlafen. Morgen wird ein langer Tag.« Er nahm Elkes Hand von seiner Brust. »Gute Nacht. Schlaf gut.«

»Du auch.«

Elke lauschte auf Marius' Atem, der ruhig und gleichmäßig ging. Sie wusste, dass er nur so tat, als sei er eingeschlafen. Wie so oft in diesen einsamen Nächten, die sie an der Seite ihres Mannes verbrachte, fragte sie sich, woran er wohl dachte, wenn er vorgab zu schlafen.

Die Frau mit den dunklen Haaren lief lachend über eine Waldwiese, die von Tausenden weißer Buschwindröschen übersät war. Ihr rotes Kleid leuchtete unter dem grünen Dach der hohen Buchen. Ein schwarzer Hund tollte um sie herum.

»Komm doch, Jan. Komm mit mir.«

Jan stand neben Laura in einem schwarzen Moor. Die Bäume um sie herum waren kahl. Grau reckten sie die Äste in den Nebel.

»Komm, Jan. Komm schon.«

Immer weiter entfernte sich die Frau. Ihr Rufen wurde leiser. Jetzt wurde sie von blendendem Sonnenlicht übergossen, ihr dunkles Haar erstrahlte in magischem Glanz.

Laura spürte, wie Jan ihre Hand losließ.

»Es tut mir leid.«

Er sah sie nicht an, als er das sagte. Und dann rannte er los. Mit wenigen Sätzen ließ er das Moor hinter sich. Schon hatte er die Blütenwiese erreicht.

»Jan. Bleib bei mir, Jan. Verlass mich nicht! Ich kann ohne dich nicht leben.«

Lauras Stimme brach vor Verzweiflung. Sie wollte ihm nachrennen, doch das Moor ließ sie nicht los. Zur Bewegungslosigkeit verdammt musste sie mit ansehen, wie Jan die Frau in dem roten Kleid erreichte. Der Hund rannte ihm entgegen, sprang an ihm hoch. Jetzt drehte sich die Frau zu ihm um.

»Da bist du ja, mein Liebster. Komm.«

Sie lachte und küsste ihn. Laura brach es das Herz. Sie hatte Jan verloren.

»Er gehört mir, Laura. Hörst du das? Du wirst ihn nie bekommen.«

Das Lachen der Frau brandete durch den Wald. Es füllte das Moor aus, zugleich warf es Laura um wie ein heftiger Sturmstoß. Sie hatte Jan verloren, wollte nicht mehr leben. Da war die Frau über ihr, ihr Haar fiel bis auf Lauras Gesicht. Ganz dicht war sie nun da. Ihre Augen glühten wie flüssiger Stahl. Aber was war mit ihrem Gesicht? Es war weiß, leichenblass: das Gesicht einer Toten.

Laura schreckte im Bett hoch. Mühsam versuchte sie ihren Atem zu beruhigen. Sie legte die Hand auf die Brust, atmete ganz bewusst ein und aus.

Es war nur ein Traum. Ein beschissener, blöder Traum. Ich denk nicht dran, mich davon beeindrucken zu lassen. Hörst du das, Julia? Du kriegst mich nicht klein.

Sie verwünschte die Frau, die sie nicht kannte und die sich so unverfroren in ihre Träume drängte. Und sie schalt sich blöde, weil sie es dieser Frau überhaupt gestattet hatte, sich so weit in ihrem Unterbewussten festzusetzen, dass sie jetzt auch schon von ihr träumte.

»Kannst du nicht schlafen?« Jan griff nach ihr und zog sie zu sich heran. »Das kommt davon, wenn man so spät so opulent isst.«

Sie lachte leise an seiner Brust.

»Das kommt wohl eher davon, wenn man so anstrengende Gespräche beim Essen führt.«

»Dann sollten wir in Zukunft einfach weniger anstrengende Gäste einladen.«

Sie wollte einwenden, dass sie Michael Persius eigentlich sehr nett gefunden hatte, sagte aber lieber nichts. Jetzt, mitten in der Nacht, hatte sie keine Lust mehr, über den Unsinn zu reden, den er von sich gegeben hatte.

»Du glaubst doch nicht, was er gesagt hat?«

Jan wollte also doch reden. Nachdem sie vorher stumm zu Bett gegangen und zum ersten Mal nicht eng umschlungen eingeschlafen waren, war er jetzt anscheinend so weit, über diesen seltsamen Abend zu sprechen. Laura machte Licht, nahm sich einen Schal und legte ihn sich um die Schultern. Okay, dann eben jetzt.

»Es gab keine unglücklichen Frauen in diesem Haus. Mein Vater und meine Mutter führten eine sehr harmonische Ehe. Ich habe keine Ahnung, wieso dieser Kerl behauptet, dass das nicht so gewesen sein soll.«

»Weißt du, eigentlich ist mir das auch egal. Ich kannte deine Eltern nicht und habe keine Ahnung, ob sie glücklich waren. Aber selbst wenn sie es nicht gewesen sein sollten, dann hätte das nichts mit uns zu tun.«

Höchstens, dass Julia hier wohl auch nicht glücklich war, das könnte was mit uns zu tun haben. Weil du davon betroffen warst.

»Sie waren nicht unglücklich, Laura!«

Seine Stimme war hart und kühl. Als wollte er keine Widerrede dulden.

»Und Julia?«

Sie musste das einfach fragen. Auch wenn er sicher nicht darüber reden wollte. Würde er jetzt auch behaupten, dass Julia hier glücklich gewesen war?

»Julia … Julia war hier wahrscheinlich wirklich nicht glücklich. Aber … ich denke, das war sie auch schon vorher nicht. Wir … hatten uns einfach etwas vorgemacht.«

»Wieso habt ihr euch getrennt?«

Er stand auf. Würde er wieder weglaufen wie das letzte Mal, als sie ihn auf Julia angesprochen hatte? Doch Jan öffnete nur das Fenster. Er atmete tief ein und drehte sich dann zu ihr um.

»Wir haben nicht zueinander gepasst. So etwas kommt vor. Und als sie das gemerkt hat, ist sie gegangen.«

Sie ist gegangen? Hatte er das letzte Mal nicht behauptet, dass sie sich getrennt hatten? Es hatte so geklungen, als wäre das in beiderseitigem Einverständnis geschehen. Jetzt aber hörte sich das so an, als hätte sie ihn verlassen.

»Auf jeden Fall hat das aber nichts mit dem Haus zu tun. Es war ihr nicht zu düster. Sie hat auch nicht irgendwelche negativen Schwingungen gespürt, die vielleicht meine Mutter hinterlassen haben könnte. Ich war einfach nicht der Mann, mit dem sie leben wollte, und sie war nicht die Frau, die zu mir gepasst hat. Deswegen haben wir es beendet.«

Niemand hatte ihr bis jetzt gesagt, wie diese Julia eigentlich ausgesehen hatte. Weder Jan noch Hanno noch Elke.

»Wenn ich blond wäre, hättest du dich dann auch in mich verliebt?«

Er sah sie überrascht an.

»Was ist denn das für eine Frage? Ich habe keine Ahnung … vermutlich ja … Ich meine, es kommt doch nicht auf die Haarfarbe an.«

»Aber als du mich zum ersten Mal gesehen hast, in diesem fiesen Regen … Ich meine, es war eine Frau mit langen schwarzen Haaren, die du von der Straße gerissen hast.«

Sie wusste nicht einmal, ob sie recht hatte. Sie hatte kein Foto von Julia gesehen, hatte keine Ahnung, ob sie der Frau aus ihrem Traum eigentlich glich. Vielleicht hatte sie ja einen hellblonden Raspelhaarschnitt gehabt oder rote Locken.

»Sie hatte doch lange dunkle Haare, oder?«

Jetzt verstand er sie.

»Ja. Sie hatte eine ähnliche Haarfarbe wie du. Woher weißt du das überhaupt?«

Sie würde ihm nichts von diesem Traum erzählen. Schon wieder etwas, was sie ihm nicht erzählen wollte. Sie schlang die Arme um sich. Obwohl die Nacht mild war, begann sie zu frösteln. Hatten sie nicht gesagt, dass sie ehrlich zueinander sein wollten? Hatte sie nicht gedacht, dass sie diesem Mann alles erzählen würde? Und nun reihten sich die Erlebnisse an Träume, an Ängste, an Zweifel, die sie ihm alle nicht mitteilen wollte. Wieso eigentlich nicht? Sie spürte seinen forschenden Blick auf sich.

»Keine Ahnung. Hab einfach geraten.«

Sie musste sich bremsen. Sie durfte sich nicht verrückt machen mit solchen Gedanken. Meine Güte, sie hatte mal gelesen, dass nur zwei Prozent der Weltbevölkerung blond sind. Und in Deutschland sollte es nur maximal fünfundzwanzig Prozent Blonde geben. Also war es sogar eher wahrscheinlich, dass sich ein Mann zweimal in eine dunkelhaarige Frau verliebte. Es hatte rein gar nichts damit zu tun, dass Jans letzte Freundin die gleiche Haarfarbe gehabt hatte wie sie. Und vermutlich war es auch ganz normal, dass sie als Brünette auch von einer brünetten Frau träumte. Am Ende war die Frau im roten Kleid, der Jan hinterhergelaufen war, niemand anders als sie selbst.

Träume sind Schäume. Egal, was der alte Freud dazu sagen würde.

»Du glaubst, ich suche eine zweite Julia? Du glaubst das wirklich?«

»Selbst wenn es so wäre, selbst wenn du eine zweite Julia gesucht hättest, Jan – gefunden hast du mich, Laura. Ich bin nicht Julia. Ich bin Laura.«

Sie wollte nicht mehr darüber reden. Sie wollte diesen Mist einfach aus ihrem Kopf bekommen. Sie zog Jan zu sich ins Bett und kuschelte sich in seine Armbeuge. Sie wollte wieder einschlafen, und sie war fest entschlossen, Julia nicht wieder in ihre Träume zu lassen.

Jan spürte, wie Lauras Glieder schwer wurden. In kurzer Zeit war sie eingeschlafen. Er drückte seine Lippen auf ihr Haar. Ein leichter Duft von Shalimar stieg ihm in die Nase.

Das Parfum, das Julia benutzt hatte.

Es waren nicht Lauras lange Haare gewesen, die ihn an Julia erinnert hatten, sondern ihr Duft. Und das war nicht an jenem Regenabend gewesen, als er sie vor dem heranrasenden Auto gerettet hatte. Da war sie aus der Klinik gekommen, und zur Arbeit, hatte sie ihm später erzählt, ging sie immer ohne Parfum.

Am Morgen nach ihrer ersten Begegnung, als er in der Küche einen Kaffee für sie machte, hatte sie plötzlich hinter ihm gestanden in ihrem dünnen Morgenmantel. Und da hatte er ihn gerochen, den Duft der Frau, die ihm das Herz gebrochen hatte. Ohne dass er es hatte verhindern können, war plötzlich Julia wieder da gewesen, sehr präsent in Lauras kleiner Küche. Die Erinnerung an sie hatte ihn einen Moment lang überwältigt. Er war drauf und dran gewesen, einfach zu gehen und nicht wiederzukommen, denn er war sich selbst nicht sicher gewesen, ob er in Laura nicht vielleicht Julia suchte.

Aber die Gegenwart hatte die Vergangenheit besiegt. Lauras offene Fröhlichkeit, ihre Lebenslust, ihre Neugier und ihre leidenschaftliche Bereitschaft, sich auf ihn einzulassen, drängten Julia und alles, was zwischen ihr und ihm gewesen war, schnell in der Hintergrund. So sehr, dass er sich inzwischen nicht mehr vorstellen konnte, dass er jemals auch nur den Ansatz einer Ähnlichkeit zwischen den beiden Frauen gefunden hatte.

Vielleicht schenke ich ihr einfach ein anderes Parfum.

Tat man so was? Konnte man Frauen von ihrem Lieblingsduft abbringen? Er könnte sagen, dass er auf das Parfum allergisch reagierte, dass ihm leicht übel wurde, wenn er es roch. Laura würde sofort aufhören, es zu benutzen. Er könnte ihr aber auch sagen, dass Julia das gleiche Parfum verwendet hatte und er nicht an sie erinnert werden wollte. Auch dann würde Laura auf ein anderes Parfum umsteigen. Aber würde sie sich dann nicht immerzu fragen, ob es noch andere Dinge gab, die ihn an Julia erinnerten?

4

Die beiden Bilder lagen auf dem Boden, die Gläser in Scherben, die Rahmen zerbrochen. Laura schossen die Tränen in die Augen. Sie konnte sich nicht vorstellen, was geschehen war. Die Fenster waren geschlossen. Also konnte es nicht ein heftiger Windstoß gewesen sein, der eventuell hinter die Bilder gefahren und sie von der Wand gerissen hatte. Hatte Hanno, der die Bilder über dem Kamin aufgehängt hatte, möglicherweise die falschen Dübel benutzt, welche, die nicht genug Halt in dem alten Mauerwerk gefunden hatten? Vorsichtig nahm sie die Drucke vom Boden auf und legte sie auf den Tisch. Die beiden Landschaftsbilder, eines von Ernst Ludwig Kirchner, das andere von Paul Gauguin, liebte sie schon lange. Sie hatte sich die Drucke im Internet bestellt und sich wie ein Kind gefreut, als Hanno sie über dem Kamin angebracht hatte. Morgen würde sie nach Templin fahren und zwei neue Rahmen kaufen. Und dann würde sie die Bilder selbst wieder aufhängen. Mit extralangen Dübeln würde sie sie bombenfest anbringen.

Ein hohes Lachen sirrte durch den Raum, das sie herumriss. Die Frau war wieder da. Sie sah gerade noch den Zipfel eines roten Kleids, der an der Wohnzimmertür vorbeiwehte.

»Hallo! Warten Sie doch mal.«

Sie eilte in die Halle. Da war niemand. Ihre Brust wurde eng. Laura fühlte sich, als würde sie gleich umkippen.

Bitte nicht, lieber Gott.

In ihren Ohren rauschte es, ihre Hände waren eiskalt, Schweiß trat auf ihre Stirn. Die Angst presste ihr Herz zusammen wie eine kalte Hand.

Ich will das nicht. Ich lasse das einfach nicht zu. Ich lasse mich nicht von hier vertreiben. Hörst du das, Julia? Mach, was du willst, aber ich bleibe hier!

Instinktiv ging sie in die Hocke. Das würde ihren Kreislauf stabilisieren. Sie lehnte sich an die Wand, umklammerte ihre Knie und zwang sich, ganz bewusst auf ihren Atem zu achten. Ein und aus. Ein und aus. Verdammt, sie war hier doch nicht in einem Horrorfilm. Draußen schien die Sonne, die Vögel zwitscherten, irgendwo bellte ein Hund. Das war das reale Leben, und sie war mittendrin. Als ihr Atem ruhiger geworden war, stand sie auf. Vorsichtig sammelte sie die Scherben zusammen. Die zerbrochenen Bilderrahmen legte sie an den Kamin. Jan konnte sie verheizen, wenn er das nächste Mal wieder Feuer machen würde. Ein Sonnenstrahl fiel schräg in das Zimmer. Um diese Zeit, wenn die Sonne schon tief stand, reichte sie bis an die gegenüberliegende Wand, die sonst immer im Halbdunkel lag. Dort lehnte noch immer das Ölgemälde, das vorher über dem Kamin gehangen hatte. Sie hatte noch keine Gelegenheit gefunden, Jan zu fragen, was damit geschehen sollte. Einen Moment lang wusste sie nicht, was sie irritierte. Das Gemälde – irgendetwas damit war jetzt, da es plötzlich von der Sonne beschienen war, anders als vorher. Aus dem Dunkel der Kirchenruine, die unter einem schweren schwarzen Himmel stand, düster und bedrohlich, leuchtete jetzt ein roter Farbfleck. Laura hatte ihn noch nie bemerkt. Ihr war das Bild vom ersten Tag an in einer ihr nicht erklärlichen Weise beängstigend erschienen. Als würde diese Backsteinruine von geschehenem Unheil erzählen. Sicher, sie hatte durchaus erkannt, dass der unbekannte Künstler aus der Gegend, der dieses Bild gemalt hatte, ein Meister gewesen war. Aber sie hatte trotzdem sofort gewusst, dass sie es nicht ständig sehen wollte. Als sie sich dem Gemälde näherte, erkannte sie verblüfft, dass der rote Fleck, der aus dem Inneren der Ruine herausleuchtete, das Kopftuch einer betenden Frau war, die, ins Gebet versunken, winzig zwischen den hohen Mauern kniete. Die Sonne wanderte weiter, und wie durch Zauberhand versank die kleine Gestalt wieder in den Braun- und Grautönen, die das Bild beherrschten. Wie einsam diese Gestalt war, ganz allein in einer bedrohlichen Umgebung. Worum sie wohl beten mochte? Flehte sie ihren Gott um Hilfe an? Oder darum, dass er ihr einen Weg aus ihrer Dunkelheit zeigen sollte?

Lauras Magen zog sich krampfhaft zusammen. Sie fühlte, dass sie sich übergeben musste, und rannte durch die Halle zur Toilette, wo sie in einem Schwall ihr Mittagessen von sich gab. Sie konnte nichts gegen die weiteren Kontraktionen ihres Magens tun und erbrach sich, bis sie nur noch bittere Galle spuckte. Zitternd und erschöpft sank sie neben der Kloschüssel zu Boden.

»Laura? Hallo! Jemand zu Hause?«

Nicht Elke, bitte nicht jetzt! Lauras Glieder fühlten sich an wie Blei, matt und völlig zerschlagen. Sie konnte jetzt nicht mit Elke reden. Sie wollte nur ins Bett und schlafen.

»Hier bist du. Um Gottes willen, was ist denn mit dir? Du siehst ja aus wie der Tod.«

Elke kniete schon bei ihr und sah sie besorgt an.

»Was ist denn los mit dir?«

Das Rot ihres Sommerkleids brannte Laura in den Augen.

»Ich muss wohl was Falsches gegessen haben. Mir war plötzlich dermaßen schlecht.«

Sie erhob sich mühsam. Als sie schwankte, schlang Elke ihren Arm um sie.

»Komm, leg dich aufs Sofa. Ich mach dir einen Tee.«

»Bist du gerade schon mal im Haus gewesen?«

Elke sah sie erst verblüfft an, dann schüttelte sie den Kopf.

»Ich wollte meinen Vater besuchen, aber er ist nicht zu Hause. Da hab ich gehofft, dass ich vielleicht bei dir einen Kaffee bekommen könnte.«

Komisch, wieso weiß sie nicht, dass Hanno mit Jan nach Rostock gefahren ist? Sie wollten in einer Baumschule nach Ersatz für die Bäume suchen, die im letzten Winter dem Schneebruch zum Opfer gefallen waren.

»Dein Kleid ist hübsch. Steht dir hervorragend.«

Elke sah an sich hinunter. Lächelte.

»Ja, das finde ich auch. Marius meint zwar, es sei zu auffällig für mich, aber das ist mir egal. Marius ist in diesen Dingen etwas konservativ. Ganz im Gegensatz zu Jan übrigens: Der mochte es schon immer, wenn ich was Rotes anhatte. Er hat mir sogar mal einen knallroten Sari aus Indien mitgebracht. Er fand, dass ich darin aussah wie eine Prinzessin.«

Sie plauderte leicht dahin, während sie Tee machte und Laura damit versorgte.

»Jetzt trink das, dann geht's dir gleich wieder besser. Das ist eine Mischung aus Salbei und Thymian, sehr magenberuhigend.«

Sie setzte sich in den breiten Sessel, der dem Sofa gegenüberstand, und beobachtete Laura, wie sie den Tee trank.

»Hast du keine Decke? Du solltest dich zudecken.«

Laura griff nach der bunten Blümchendecke, die sie über die Lehne des Sofas drapiert hatte. Die Decke war nicht da. Sie setzte sich auf. War die Decke heruntergerutscht? Doch auf dem Boden lag sie auch nicht.

»Was suchst du?«

»Die Decke. Du hast sie doch gesehen. Die mit den kleinen Blumen. Sie liegt immer hier auf der …«

Elke sah sich im Zimmer nach der Decke um. Doch auch sie konnte sie nicht finden.

»Vielleicht hast du sie mit nach draußen genommen. Oder …«

Laura wusste ganz genau, dass sie das nicht getan hatte. Auf den Terrassenstühlen gab es Extra-Kissen und Decken. Sie fing wieder an zu zittern. Krampfhaft umschlang sie ihre Beine. Sie wollte nicht, dass Elke sah, wie elend sie sich fühlte.

»Wahrscheinlich hab ich sie mit ins Schlafzimmer genommen.«

Sie sagte, dass sie sich jetzt einfach gern ins Bett legen und ein bisschen schlafen würde. Elke stand sofort auf, um sie nach oben zu bringen.

»Danke, das ist lieb. Aber so schlecht geht's mir auch nicht. Ich schlaf jetzt ein bisschen, und dann ist alles wieder okay.«

Als sie aufstand, nahm sie all ihre Kraft zusammen, um gegen den Schwindel anzukämpfen, der sie befiel.

»Du bist sicher, dass ich nicht bei dir bleiben soll? Ich könnte Jan anrufen und ihm sagen, dass er …«

»Quatsch. Mit ist nur ein bisschen übel. Bis er zurück ist, bin ich längst wieder auf dem Damm. Danke, dass du mir Tee gemacht hast. Es geht mir schon wieder besser.«

»Okay, dann geh ich mal. Aber wenn es doch nicht besser wird …«

»… dann ruf ich Marius an. Ich verspreche es.«

»Ich wollte eigentlich sagen, dann musst du mich anrufen. Ich bin in zehn Minuten bei dir.« Sie nahm Laura in die Arme. »Wozu hat man denn eine Freundin, wenn nicht für so was?«

Sie brachte Laura zur Treppe und blieb unten stehen, bis die Freundin oben angekommen war. Danach räumte sie die Teetasse in die Spülmaschine. Laura tat ihr leid. Sie hatte so verzweifelt ausgesehen, wie sie da neben dem Klo gekauert hatte. Wie ein kleines verlassenes Kätzchen. Geradezu jämmerlich.

Laura hüllte sich in die Bettdecke. Sie zog die Knie an und schloss die Augen. Was hatte sie nur gegessen, dass ihr dermaßen übel war? Da war doch nur dieses kleine Steak gewesen und der Salat aus Elkes Garten, den sie gestern vorbeigebracht hatte. Sie war stolz darauf, dass in ihrem Garten nahezu alles wuchs, was sie den Sommer über so gern aßen: verschiedene Sorten Salat von Rucola über Romanasalat bis hin zu Chicorée, Tomaten, Kohlrabi, Möhren, Radieschen, unterschiedliche Beerenfrüchte und neben den Aprikosen ein paar alte Apfelsorten. Jan und Laura waren in den letzten Wochen öfter in den Genuss von Elkes Ernte gekommen. Sie mussten zugeben, dass alles nicht nur deutlich besser schmeckte als die Dinge aus dem Supermarkt, sondern auch besser als das, was sie auf dem Templiner Wochenmarkt erwerben konnten. Sie musste Jan anrufen. Er hatte doch das Gleiche gegessen. Ob ihm auch schlecht war? Wo war das Handy? Als sie sich erinnerte, dass sie es im Wohnzimmer gelassen hatte, wollte sie aufstehen und nach unten gehen. Aber kaum hatte sie sich aufgesetzt, fing der Raum an, sich um sie zu drehen.

Später. Ich ruf Jan später an. Jetzt muss ich einfach schlafen.

Sie hatte den Gedanken noch nicht zu Ende gedacht, da fielen ihr auch schon die Augen zu, und sie sank in einen tiefen Schlaf.

Sie hatten Jan Plathe verdächtigt, ein Mörder zu sein. Michael Persius starrte ungläubig auf den Bildschirm seines Notebooks. Es hatte ihm keine Ruhe gelassen. Er hatte nicht aufhören können, an Irina Plathe zu denken. Alles, was er vergessen glaubte oder verdrängt hatte, war wieder in ihm hochgekommen. Seine Verliebtheit, seine Hoffnung, der Schock, als er von Irinas Tod erfuhr. Und der Verdacht, dass sie sich umgebracht haben könnte. Er war nicht in der Lage gewesen, die Gedanken zurückzudrängen, sondern sah sich ihnen jede Minute ausgesetzt. Und schließlich hatte er angefangen nachzuforschen. Er hatte sich in die Zeitungsarchive der regionalen und überregionalen Zeitungen geloggt, aber war dadurch auch nicht klüger geworden. Zwar hatte er irgendwo gelesen, dass es auffällig war, dass man am Unfallort keinerlei Bremsspuren hatte finden können, aber – vermutlich, weil beide Insassen des Autos sofort tot gewesen waren – man hatte das einfach auf sich beruhen lassen. Persius hatte sich fest vorgenommen, das Gleiche zu tun und nicht mehr darüber nachzudenken, was mit Irina geschehen war, hatte nur noch lustlos im Archiv der Zeitung herumgescrollt. Und da war plötzlich dieser Bericht gewesen über Julia Landau, die mit Jan Plathe verlobt gewesen und kurz vor ihrer Hochzeit verschwunden war. Da sie einen Zettel hinterlassen hatte, auf dem sie ihrem Verlobten mitteilte, dass sie ihn verlasse, war die Polizei anfangs davon ausgegangen, dass Frau Landau sich einfach entschlossen hatte, aus Plathes Elternhaus auszuziehen. Schließlich hatte sie in einem kleinen Koffer ein paar Sachen mitgenommen – Beweis genug für die Polizei, dass sie freiwillig gegangen war. Doch dann war der Koffer mit ihren Sachen von einem Fischer in einem der Sölle gefunden worden. Das hatte die Sachlage schlagartig verändert. Man hatte Suchaktionen nach Julia Landau gestartet, hatte die Wälder durchkämmt und auch den See vor dem Jägerhaus abgesucht. Und dann hatte man Jan unter dem Verdacht verhaftet, seine Verlobte getötet zu haben.

Ob Laura das wusste? Sicher, Jan Plathe war nach drei Monaten Untersuchungshaft wieder freigelassen worden. Anscheinend hatte seine Verlobte ein Lebenszeichen von sich gegeben. Und da die Polizei keine Leiche gefunden hatte, sah sie keinen Grund mehr, Jan noch länger festzuhalten. Aber merkwürdig war das schon. Es sah doch ganz so aus, als wäre dieser Familie kein Glück beschieden.

Sollte er Laura erzählen, was er herausgefunden hatte? Er hatte das dringende Gefühl, dass er sie warnen musste.

Aber was würde sie ihm antworten? Doch sicher, dass das mit ihr nichts zu tun habe. Hatte es ja auch nicht. Aber wenn die Polizei damals einfach schlampig gearbeitet und Jan Plathe diese Julia doch getötet hatte? Wenn er einfach nur Glück gehabt hatte? Konnte es nicht sein, dass Laura sich in Gefahr befand wie alle Frauen im Jägerhaus?

Persius fragte sich, was er sich da für krude Kriminalgeschichten zusammenspann. Er hatte Jan Plathe doch erlebt: einen kultivierten, gebildeten Mann, der seine Frau liebte. So sah doch kein Serienmörder aus! Aber hatte er eine Ahnung, wie Serienmörder überhaupt auszusehen hatten? Vermutlich nicht anders als er selbst. Oder Jan oder Marius …

Aber das war doch alles an den Haaren herbeigezogen. Und überhaupt: Er war Fotograf und kein Polizist. Er sollte einfach bei seinen Leisten bleiben. Außerdem hatte er inzwischen fast alle Fotos zusammen, die er für seinen neuen Bildband brauchte. Bald würde er wieder wegfahren und das Jägerhaus mit seinen merkwürdigen Geschichten hinter sich lassen. Ebenso wie Laura. Und falls er in ein paar Jahren wieder hierherkommen sollte, dann würde er Lauras Kinder auf den Knien schaukeln und mit Jan Plathe eine gute Flasche Rotwein trinken. Alles ganz normal.

Laura wagte es nicht, die Augen aufzuschlagen. Sie hatte nicht mehr als eine halbe Stunde geschlafen und sich, als sie aufgewacht war, vollkommen zerschlagen gefühlt. Als sie aufstehen wollte, um sich ein Glas Wasser zu holen, hatte der Raum sich sofort wieder um sie gedreht. Sie hatte sich zurück in die Kissen gelegt. Wieso war ihr nur so entsetzlich schwindlig und schlecht? Ein paar Mal hatte sie die Augen wieder geöffnet, doch selbst im Liegen drehte sich alles. Sie musste sich an der Bettkante festkrallen, weil sie das Gefühl hatte, dass sie im nächsten Moment aus dem Bett fallen würde. Alle Krankheiten, zu denen solche Drehschwindel gehörten, fielen ihr ein. Vielleicht hatte sie sich einen Nerv am Nacken eingeklemmt oder sich eine Innenohrentzündung zugezogen. Oder hatte sie gar einen Hirntumor? Sie hatte noch nie hypochondrische Anwandlungen gehabt, hatte bis jetzt auch immer von sich behauptet, dass sie unheilbar gesund war. Aber irgendeine Ursache musste ihr Unwohlsein doch haben. Sie hoffte, dass Jan nicht so schnell zurückkommen würde. Sie wollte nicht, dass er sie in diesem Zustand sah. Aber wieso eigentlich nicht? Er war ihr Mann. Er sollte wissen, wie es ihr ging. Wovor hatte sie Angst? Dass er sie verließ, wenn sie plötzlich mal nicht die starke Frau war, die er kennengelernt hatte?

Blödsinn! Er würde sich Sorgen machen, würde, falls es nicht besser werden sollte, einen Arzt rufen oder sie ins Krankenhaus bringen. Ein erneuter Brechreiz erschütterte ihren Körper. Sie rollte sich aus dem Bett, kroch auf den Knien in Richtung Bad und übergab sich noch einmal. Doch dieses Mal spuckte sie nur noch den Tee, den Elke ihr gekocht hatte. So viel also zur Heilwirkung von Salbei und Thymian. Als sie sich im Spiegel sah, erschrak sie. Sie sah zum Fürchten aus, weiß wie ein Leintuch. Unter ihren Augen hatten sich fast schwarze Augenringe gebildet, die Lippen waren blutleer, und die Haare hingen ihr in verschwitzten Strähnen ins Gesicht. Sie wollte sich zurück ins Bett quälen, doch ein erneuter Würgereiz zwang sie wieder über die Kloschüssel.

»Mami.«

Sie hörte sich an wie ein kleines Mädchen. Wieso war ihre Mutter jetzt nicht da? Sie hatte ihr immer die Stirn gehalten, wenn es ihr als kleines Mädchen mal schlecht gewesen war. Sie hatte ihr mit einem feuchten Waschlappen das Gesicht gekühlt und ihr schließlich eine Cola-Schwarztee-Mischung eingeflößt, die den Magen beruhigen sollte (und es auch wirklich tat). Aber sie war kein kleines Kind mehr. Sie musste sich um sich selbst kümmern, wie das Erwachsene nun mal taten. Sie atmete flach und hektisch, fast keuchend. In ihren Ohren schrillte das hohe Lachen der Frau. Sie machte sich über sie lustig. Sie amüsierte sich darüber, dass Laura so klein und elend war.

»Hau endlich ab. Lass mich in Ruhe. Ich hab nichts mit dir zu schaffen.«

Sie schrie es in das Dämmerlicht, das sich über das Haus gesenkt hatte. Sie musste Licht machen, in die Küche gehen, sich Cola holen und Tee aufbrühen. Das Licht im Treppenhaus flammte kurz auf und erlosch sofort wieder. Laura klammerte sich am Treppengeländer fest. Tastend suchte sie sich ihren Weg nach unten. Ihre Beine gaben nach, bevor sie die Halle erreichen konnte. Sie sank auf der Treppe in sich zusammen. War das ihr Schluchzen, das sie da hörte? Es erfüllte die Halle und mischte sich mit diesem Lachen, das nun von überall her zu kommen schien.

»Bitte. Ich weiß nicht, was du von mir willst. Wer bist du? Zeig dich doch. Bitte.«

Ihre Stimme überschlug sich. Sie war eindeutig dabei, hysterisch zu werden.

Jan wird mich einweisen lassen. Ich rede mit jemandem, der gar nicht da ist. Ich bin verrückt geworden.

Plötzlich war es ihr klar. Sie musste hier weg. Sie musste dieses Haus so schnell wie möglich verlassen, sonst würde sie wirklich verrückt werden. Ihre Jacke – wo war die Jacke? Und die Tasche. Sie musste die Tasche mitnehmen. Ohne Geld und Ausweis würde sie nicht weit kommen. Sie richtete sich mühsam auf. Das Treppengeländer umklammernd tastete sie sich die letzten Schritte nach unten in die Halle. Die Jacke hing an einem Haken neben der Tür, die Tasche lag auf dem kleinen Tisch. Vor Anstrengung keuchend schlüpfte sie in den einen Ärmel der Jacke, dann musste sie innehalten, die Augen für einen Moment schließen.

Tief durchatmen.

Sie sog den Atem so tief wie möglich in sich ein, ließ ihn durch nur halb geöffnete Lippen wieder heraus. Einmal. Noch einmal. Jetzt der zweite Ärmel. Und jetzt die Tasche. Sie schob sich an der Wand entlang zur Haustür. In dem Moment, in dem sie sie öffnen wollte, hörte sie das Klopfen. Sie erstarrte. Das konnte nicht Jan sein. Er hatte einen Schlüssel. Hanno war mit Jan unterwegs, und Elke war doch gerade erst gegangen. Sie wollte erst morgen wieder nach ihr sehen. Die Gedanken rasten durch ihr Gehirn, während sie stillstand. Sie hielt den Atem an. Wer auch immer da draußen war – wenn sie sich nicht rührte, würde er denken, dass niemand zu Hause war.

Sie sah, wie die Türklinke sich senkte. Er versuchte, ins Haus zu kommen. Oder sie? War es diese Frau? War es die Frau in dem roten Kleid, die vorher durch das Haus gehuscht war, die sich über sie lustig machte? Sie drückte sich an die Wand. Sie musste hier weg. Durch die Terrassentür würde sie fliehen können. Schritt für Schritt schob sie sich in Richtung Wohnzimmer, ließ aber dabei die Haustür nicht aus dem Blick. Jetzt wurde sie aufgedrückt. Irgendetwas würde passieren; sie hatte keine Chance mehr.

»Laura?«

Marius! O Gott, Marius war hier.

»Ich bin hier.«

Schon ging das Licht an.

»Laura. Was ist denn los?«

Er war bei ihr. Ihre Knie gaben endgültig nach. Bevor sie zu Boden fallen konnte, schlang er die Arme um sie. Er würde auf sie aufpassen. Er würde nicht zulassen, dass ihr etwas geschah.

Jette Politschek hastete durch die Wiesen. Über ihr Nachthemd hatte sie einen dünnen Sommermantel gezogen, der ihr viel zu groß war, auf dem Kopf trug sie eine hellblaue Schiebermütze, an den Füßen zwei unterschiedliche Schuhe. Sie hatte nicht überlegt, was sie anziehen sollte, sondern war einfach losgelaufen. Der Mantel, er roch nicht nach ihr. Sie mochte den Geruch auch nicht, der in ihm hing. Der Heimleiter, der manchmal nach ihr sah, roch auch so, irgendwie streng, scharf, ein bisschen nach Putzmittel. Sie riss den Mantel auf und ließ ihn über die Schultern rutschen. Gut so. Jetzt fühlte sie sich besser. Sie lief weiter. Sie durfte nicht zu spät kommen. Die großen Vögel, die zwischen den Pferden nach Futter suchten, schlugen mit den Flügeln. Sie sahen argwöhnisch zu der Frau hin, die laut vor sich hin redend über die Koppel stolperte.

»Ich darf nicht zu spät kommen. Mach dir keine Sorgen. Ich komme schon. Gleich bin ich bei dir.«

Jette wusste, sie würde zu spät kommen. Aber sie konnte es nicht zulassen. Sie musste schneller sein als die Zeit, musste allen ein Schnippchen schlagen. Die Vögel formierten sich zu einer Reihe. Sie bogen die Hälse gegen den sternlosen Himmel, ihr Schrei drang in Jettes Herz. Sie würde sich nicht beirren lassen.

»Aus dem Weg. Lasst mich durch.«

Die Kraniche schnellten auf und nieder. Sie kamen immer näher. Sprangen auf Jette zu. Da, da waren die Krallen. Sie spürte sie auf ihren Armen, die sie schützend vor ihr Gesicht hielt.

»Lasst mich. Lasst mich doch.«

Die schwarzen Augen der Vögel blinkten kalt. Ihre Schnäbel, wieder die Krallen, die Flügel. Sie spürte das Blut über ihr Gesicht laufen. Sie waren zu viele. Sie waren zu viele …

Mike rüttelte Jette wach.

»Wach auf, Jette. Es ist alles gut.«

»Die Vögel. Sie wollen mich nicht durchlassen. Ich komme zu spät. Ich kann sie nicht retten.«

Keuchend stieß Jette die Sätze hervor. Tränen liefen ihr über das Gesicht. Mike legte eine warme Jacke über Jettes Schultern.

»Du bist hier zu Hause, Jette. Hier kann dir nichts passieren.«

In den letzten Wochen waren Jettes Träume immer öfter gekommen. Und, wie es den Anschein hatte, auch immer heftiger. Fast jede Nacht mussten ihr die Pfleger helfen, aus dem Albtraum zu entkommen. Und es dauerte jede Nacht länger, bis die alte Frau sich beruhigen konnte.

»Ich kann sie einfach nicht retten.«

Ihre Stimme schrumpfte zu einem fast tonlosen Flüstern.

»Es geht ihr bestimmt gut. Du musst dir keine Sorgen um Julia machen. Bestimmt liegt sie jetzt im Bett und …«

»Wer ist Julia?«

Das war neu. Mike sah Jette perplex an.

»Sag du es mir. Du kennst sie besser als ich.«

Ihre Augen waren so klar wie schon lange nicht mehr. Sie wischte sich die Haarsträhne aus dem Gesicht.

»Sie heißt Laura, nicht Julia. Das weißt du doch, Mike. Ich muss auf Laura aufpassen. Ich muss aufpassen, dass ihr nichts passiert.«

Der Hund raste in das dunkle Haus, durch die Halle, die Treppe hinauf. Jan hörte ihn erst winseln, dann leise bellen und an der Tür kratzen. War Laura schon im Bett? Es war doch erst kurz nach neun. Er nahm zwei Stufen auf einmal, als er die Treppe hinaufeilte. Dabei riss er das Papier von dem Rosenstrauß. Shadow sah ihn fragend an, als er hinter ihm auftauchte. Er senkte die Nase an die Türschwelle, sog und schnaubte, sah Jan wieder an.

»Leise, Alter, Frauchen schläft schon.«

Behutsam öffnete er die Tür. Das Schlafzimmer war dunkel. Bevor er den Hund daran hindern konnte, stürmte er ins Zimmer.

»Shadow, lass das. Ja, ich freu mich ja auch, dass du wieder da bist.«

Jan machte das Licht an. Das Bild, das sich ihm bot, war einigermaßen absurd. Der große Hund lag auf Laura, die tatsächlich schon im Bett lag, und versuchte, ihr stürmisch über das Gesicht zu schlecken. Sie wehrte ihn lachend ab, doch ihre Versuche, ihn vom Bett zu schieben, blieben vergeblich.

»Raus aus meinem Bett. Jetzt lass das, Shadow.«

Jan zog den Hund am Halsband vom Bett.

»Danke. Du bist mein Retter.«

Laura setzte sich auf und lächelte Jan an. Täuschte er sich, oder war sie ziemlich blass?

»Tut mir leid, dass wir dich geweckt haben.«

Sie kuschelte sich in seine Arme, barg den Kopf an seiner Brust.

»Gar nicht schlimm. Ich freu mich, dass ihr wieder da seid.«

Er drückte ihr die Rosen in die Arme.

»Geht es dir nicht gut? Oder hast du so viel gearbeitet, dass du jetzt schon schlafen musst?«

»Ich hab den ganzen Tag im Garten gewerkelt, und dann bin ich wie tot ins Bett gefallen. Zu viel frische Luft wahrscheinlich.«

»Ich sag doch, du sollst es langsamer angehen lassen. Du wirst dich noch übernehmen, Liebes.«

»Ich bin ganz schön zäh.«

Wie gut er sich anfühlte. Wie wundervoll, dass er wieder da war.

»Habt ihr alles bekommen, was ihr wolltet?«

»Tausend Eichenschösslinge, fünfhundert kleine Buchen. Und für dich, wie gewünscht, einen Ginkgo. Nächsten Donnerstag wird alles geliefert.«

»Klingt super. Aber ihr werdet die Schösslinge doch nicht allein einpflanzen, Hanno und du?«

»Hanno kennt ein paar Arbeiter, die wir dafür anstellen

werden. Es wird alles ganz schnell gehen. Und natürlich werde ich mitarbeiten.«

Das Leben im Jägerhaus hatte so etwas Normales bekommen. Sie hatten jetzt das, was man Alltag nannte. Jan arbeitete an seinen Entwürfen und kümmerte sich um seinen Besitz. Und sie sah zu, dass Haus und Garten in Ordnung waren und dass ihr Mann immer was Ordentliches zu essen bekam.

»Was ist? Wieso runzelst du die Stirn?«

Sie hatte nicht gemerkt, dass sie ihre Augenbrauen zusammengezogen hatte, als sie daran dachte, wie ihr Leben aussah. Aber das war kein Wunder, denn im Grunde fühlte sie sich nicht richtig ausgelastet.

»Sag mir, woran du gedacht hast. Ist irgendetwas passiert, während ich weg war?«

»Was sollte hier schon passieren? Doch, warte, ich habe beobachtet, wie ein Kranichjunges die weite Welt erobern wollte. Plötzlich schwamm da so ein gelbes Flaumbüschel von der Insel weg. Ich habe es erst für ein Entenküken gehalten. Aber dann ist die Kranichmutter gekommen und hat das Kleine mit Schnabelstößen zurück zur Insel gelenkt. Wahrscheinlich war es ziemlich enttäuscht, dass sein erster Ausflug in die Welt schon so schnell endete.«

Jan lachte leise.

»Meine kleine Naturforscherin.«

»Lach mich nicht aus. Hast du vielleicht gewusst, dass Kranichbabys schwimmen können?«

Es hatte sie gerührt, wie aufgebracht der alte Kranich war, als sich sein Junges selbstständig machen wollte. Sein Gurren, mit dem er das Kleine wieder auf die Insel lockte, war über den See zum Steg geweht, auf dem sie sich nach dem Schwimmen getrocknet hatte. Zu gern wäre sie zur Insel geschwommen und hätte die Kraniche einmal aus der Nähe beobachtet, aber Jan hatte ihr verboten, die Insel zu betreten.

»Die Kraniche sollen nicht gestört werden, wenn sie Junge haben.«

Sie hatte das verstanden. Aber heimlich dachte sie, dass sie doch eines Tages einfach zur Insel schwimmen würde. Sie würde sich ganz vorsichtig bewegen und die Kraniche bestimmt nicht stören.

»Du bist ein bisschen blass um die Nase. Geht 's dir nicht gut?«

Sie wusste nicht, wieso sie ihm nicht erzählte, was heute Mittag geschehen war. Wahrscheinlich wollte sie einfach nur nicht, dass er sich Sorgen machte. Marius hatte ihr eine Spritze gegen die Übelkeit gegeben und ein paar Kreislauftropfen, und danach hatte sie sich ziemlich schnell wieder gut gefühlt. Er hatte ihr allerdings aufgetragen, sich in den nächsten Tagen bei ihm in der Praxis vorzustellen. Er wollte sie durchchecken, um sicher zu sein, dass alles in Ordnung war. Sie hatte ihm versprochen, zu ihm zu kommen – und gleichzeitig beschlossen, dass das nicht nötig sei.

»Es ist alles okay. Hab vielleicht ein bisschen viel Sonne abbekommen, als ich im Garten gearbeitet habe. Hast du gesehen, wie toll die Hortensien aufgegangen sind?«

Jan hätte die Hortensien am liebsten herausgerissen. Er erinnerte sich, wie stolz Julia gewesen war, als die Büsche zum ersten Mal ihre dicken rosafarbenen und hellblauen Blüten bekommen hatten. Aber er wusste nicht, wie er Laura hätte erklären sollen, dass er die Büsche nicht mehr sehen wollte. Und tatsächlich waren sie ja auch wirklich prächtig, egal, von wem sie gepflanzt worden waren.

»Und weil du so fleißig gewesen bist, habe ich noch ein Geschenk für dich.«

Er hatte lange gezögert, ob er es wirklich kaufen sollte. Und auch jetzt war er sich nicht sicher, wie Laura reagieren würde. Er reichte ihr die kleine Tüte einer Parfümerie in Rostock. Laura sah ihn fragend an. Dann holte sie den in lila Geschenkpapier verpackten Kubus aus der Tüte.

»Ich liebe Geschenke.«

Sie riss das Papier herunter. Er hielt unwillkürlich den Atem an.

»Ein Parfum? Das nenn ich aber mal mutig.«

Sie betrachtete die schmale hohe Flasche mit dem weißen Etikett.

»L 'eau? Einfach nur Wasser?«

»Ich hab es mir zeigen lassen, und ich dachte, es passt zu dir. Es riecht so … keine Ahnung, wie man das ausdrückt: unkompliziert, klar …«

Sie machte den Deckel ab und tupfte sich einen Tropfen der wasserklaren Flüssigkeit auf das Handgelenk, führte es an die Nase, schnüffelte, schloss die Augen. Und dann sagte sie nur: »Hmmmm. Das riecht wunderbar.« Sie küsste ihn auf den Mund. »Du bist sehr süß. Ich danke dir.«

Sie tupfte sich auch noch ein paar Tropfen des Parfums hinter die Ohren und zwischen ihre Brüste. Dann lächelte sie ihn schelmisch an.

»Und du meinst nicht, es ist ein bisschen zu unschuldig für mich? Ich meine … ich bin ja doch wohl eine ganz gerissene Verführerin.«

»Das bist du. Aber gleichzeitig bist du auch ein kleines Mädchen.«

Sie zog seinen Kopf an ihre Brust. Er sog den neuen Duft ein, der nur ihr allein gehörte. Seine Lippen wanderten an ihrem Hals empor, fanden ihren Mund. Sie lächelte, als sie ihn auf sich zog, und wischte den Flash, der durch ihre Gedanken schoss, schnell beiseite. Sie wollte nicht darüber nachdenken, ob er ihr das Parfum vielleicht deswegen gekauft hatte, weil schon eine andere Frau in diesem Haus den Duft benutzt hatte, den sie so gern trug. Shalimar war Vergangenheit. Gleich morgen früh würde sie es entsorgen.

5

Marius war erleichtert, als er herausfand, was Laura fehlte. Oder besser gesagt, was mit ihr los war. Denn es fehlte ihr tatsächlich gar nichts. Im Gegenteil.

»Und du bist dir ganz sicher?«

Ihre Augen glänzten vor Anspannung.

»So sicher, wie sich ein Arzt nur sein kann. Du bist schwanger, Laura.«

Sie konnte nicht anders, es riss sie aus dem Stuhl, in dem sie bangend gesessen hatte, um mit Marius die Ergebnisse der Untersuchungen, die er gemacht hatte, zu besprechen. Sie fiel ihm um den Hals. Lachend und weinend und jubelnd, alles gleichzeitig.

»Ich krieg ein Kind! Deswegen war mir so schlecht, einfach, weil ich schwanger bin. Wie verrückt ist das denn, dass ich nicht selbst auf das Nächstliegende gekommen bin? Danke, Marius, danke, danke, danke.«

Sie küsste ihn auf die Wange, er hielt sie lachend umfangen.

»Das ist die beste Nachricht seit Jahren. Ich meine, seit Jan mich gefragt hat, ob ich ihn heiraten will. Das ist alles so wahnsinnig. Ich werde Mutter, Marius, das ist so irre.«

Er konnte sich an ihrer Freude kaum satt sehen. Sie war so glücklich, so aufgeregt, ja, so voller guter Hoffnung.

»Mir musst du da nun wirklich nicht danken. Ich bin nur der Überbringer der guten Nachricht.«

»Ich hatte mir schon Sorgen gemacht. Hätte ja sein können, dass ich Magenkrebs habe oder einen Hirntumor oder sonst irgendwas Schreckliches. Dabei kriege ich einfach nur ein Kind!«

Plötzlich stand sie ganz still da. Sie legte ihre Hände auf ihren Bauch, so als wollte sie das kleine Wesen, das in ihr heranwuchs, spüren.

»Wann?«

»Ich vermute, du bist im zweiten Monat. Also dürfte dein Baby so im März kommen. Ein kleines Frühjahrswunder.«

Wenn die Kraniche wiederkämen, würde sie ihr Kind bekommen. Es würde die ersten Frühlingssonnenstrahlen spüren, sehen, wie die Buchen die ersten Blätter bekämen, würde den Duft des Holunders riechen. Ein Frühjahrswunder.

»Meinst du, ich werde eine gute Mutter sein?«

»Wieso denn nicht? Du und Jan, ihr werdet die besten Eltern auf der Welt werden!«

Sie musste nach Hause und Jan sofort diese wundervolle Nachricht überbringen. Dieses Kind würde die Krönung ihrer Liebe sein.

Als sie aus Marius' Praxis über den Marktplatz auf ihr Auto zueilte, sah sie Michael Persius, der an einem Stand einkaufte. Eigentlich wollte sie nicht mit ihm reden. Seit dem verunglückten Essen hatten sie keinen Kontakt mehr gehabt. Und das hatte ihr auch nicht leid getan. Nur hin und wieder hatte sie überlegt, ob er sich überhaupt noch im Lande befand oder ob er schon wieder nach München zurückgefahren war, ohne sich zu verabschieden.

»Hallo, Laura.«

Er stellte sich ihr in den Weg.

»Wie geht es Ihnen? Sie sehen großartig aus. Das Leben hier scheint Ihnen gut zu tun.«

»Da haben Sie recht. Es geht mir gut. Es geht mir absolut super.«

»Ich wollte mich schon lange bei Ihnen melden, um Ihnen nochmals für das Essen zu danken. Es hat wirklich außerordentlich gut geschmeckt. Aber es ist immer etwas dazwischen…« Er unterbrach sich und beschloss, nicht zu lügen. »Wenn ich ehrlich sein soll – ich habe mich nicht getraut. Nicht nach meinem … einigermaßen bescheuerten Benehmen.«

»Kein Problem. Ich hab's schon vergessen.« Auch wenn sie gedacht hatte, dass sie ihm nie verzeihen würde, wie er sich benommen hatte – heute schwebte sie auf Wolken und hatte keinerlei Lust, sich den Tag durch auch nur den Hauch einer Missstimmung verderben zu lassen. »Machen Sie sich keine Gedanken. Es ist alles in Ordnung.«

Und jetzt lass mich gehen. Ich hab keine Zeit für belanglose Plaudereien. Ich muss zu meinem Mann. Ich hab vor, ihn so glücklich zu machen, wie er es noch nie war.

»Sie sind wirklich eine bewundernswerte Frau. Ich hab das Gefühl, Sie lassen sich von überhaupt nichts aus der Ruhe bringen.«

Wenn du wüsstest, was mich gerade total aus der Ruhe bringt.

Sie wollte jetzt endlich weiter und sagte, sie habe wirklich keine Zeit. Ihr Mann würde auf sie warten.

»Ja, dann wünsche ich Ihnen einen schönen Tag. Und bitte, grüßen Sie Ihren Mann. Sagen Sie ihm, dass ich mich für mein Benehmen entschuldige. Es stand mir überhaupt nicht zu, über seine Familie zu urteilen. Nicht nach allem, was er erlebt hat.«

Da war er wieder, dieser Schatten. Als wenn sich eine Wolke vor die Sonne geschoben hätte, erschauerte Laura plötzlich.

»Ich weiß nicht, was Sie meinen. Reden Sie von dem Unfall seiner Eltern?«

»Das auch. Aber ich kann mir vorstellen, dass es genauso schlimm für Ihren Mann war, dass man ihn verdächtigt hat, seine Freundin umgebracht zu haben. So etwas wünscht man seinem schlimmsten Feind nicht.«

Der Satz dröhnte in Lauras Ohren. Man hatte Jan verdächtigt, Julia getötet zu haben? Aber das war doch absolut verrückt. Julia hatte ihn verlassen. Warum sollte jemand gedacht haben, dass Jan …

»Ich weiß nicht, was Sie meinen.« Ihre Stimme war zu einem Flüstern geworden. »Julia ist weggegangen. Aber … doch nach Südamerika. Ich hab die Karte gesehen, die sie aus Costa Rica geschrieben hat.«

Sie sah plötzlich so verzweifelt aus, dass es ihm schon leid tat, seine Klappe nicht gehalten zu haben. Aber immerhin, Jan hatte Laura also nichts davon erzählt, dass die Polizei ihm einen Mord zugetraut hatte.

»Woher wollen Sie das denn alles wissen? Jan … Er ist doch kein Mörder. Das ist doch alles vollkommen absurd.«

»Sie konnten wohl nicht anders. Als man den Koffer von Julia Landau aus einem Tümpel gezogen hat, ging die Polizei wohl davon aus, dass sie noch hier in der Gegend sein müsse. Irgendwo verscharrt, umgebracht von ihrem Mann. Es tut mir leid, ich dachte, Sie hätten das gewusst.«

Nichts hatte sie gewusst. Den wichtigsten Teil der Trennung von Julia hatte er ihr verschwiegen. Er hatte ihr einfach nicht gesagt, dass Polizei und Staatsanwaltschaft so überzeugt davon gewesen waren, dass er Julia umgebracht hatte, dass sie ihn verhaftet hatten.

»Und wieso haben sie ihm dann nicht den Prozess gemacht?«

»Nachdem man keine Leiche gefunden hatte und Frau Landau eine Abschiedszeile an ihren Mann und dann auch diese Karte aus Costa Rica geschrieben hat, ließ sich die Anklage wohl nicht aufrechterhalten.«

»Was soll das heißen? Man war doch wohl überzeugt, dass er es nicht war. Er konnte es ja nicht gewesen sein, wenn sie doch in Costa Rica lebt.«

»Nein, konnte er nicht. Er hat es ganz bestimmt nicht getan.«

Natürlich hat er es nicht getan. Jan ist doch kein Mörder. Das hätte ich bemerkt. Ich hätte mich doch niemals in einen Mörder verliebt.

Sie wollte nur weg. Nach Hause zu Jan. Auf keinen Fall wollte sie weiter mit Michael Persius reden.

Sie brachte es nicht über sich. Sie konnte Jan einfach nicht erzählen, dass er Vater würde. Nicht heute jedenfalls. Morgen vielleicht. Morgen war ein neuer Tag. Heute musste sie nachdenken, in sich hineinhorchen, sich fragen, was ihr dieser Mann, den sie liebte und dessen Frau sie war, noch alles verschwiegen hatte. Sie legte die Hand auf ihren Bauch, als wollte sie das Wesen, das da in ihr heranwuchs, beruhigen.

Ich pass auf dich auf. Ich sorg dafür, dass es dir immer gut geht.

»Hast du alles bekommen?«

Der Einkauf! Sie hatte vollkommen vergessen, dass sie noch hatte einkaufen wollen. Dass sie zu Marius gehen würde, hatte sie Jan nicht gesagt. Wie hätte sie ihm das auch erklären sollen, nachdem sie ihm verschwiegen hatte, dass ihr vor ein paar Tagen so schlecht gewesen war?

»Ähm … nicht wirklich. Ich … war zu spät dran. Das Landbrot war schon aus, und der Metzger hat erst morgen wieder Rouladenfleisch.«

»Tut mir leid, dass du umsonst gefahren bist. Wenn du willst, übernehm' ich morgen das Einkaufen.«

Er war so nett. Und so besorgt. Er tat alles, damit es ihr hier gut ging. Als Jan seine Hand auf ihre Schulter legte, zuckte sie zusammen. Und schämte sich im nächsten Moment dafür.

»Kommst du mit deinem Entwurf voran?«

Jan hatte die letzten Tage sehr viel gearbeitet, der Abgabetermin war der erste August. Nicht allzu viel Zeit für ein derart großes Projekt. Er hoffte sehr, dass er den Zuschlag bekommen würde. Das Kaufhaus in Köln sollte der Beginn seiner dritten Karriere sein. Es war ihm wichtig, dass er wieder Projekte in Deutschland haben würde, vor allem, weil er dann weniger oft unterwegs zu sein brauchte. Die Zeit im Jägerhaus und vor allem die Zeit mit Laura war ihm so wichtig, dass er einige Anfragen aus Japan und Australien schon abgesagt hatte.

Sie küssten einander innig. Jan ging zurück an seinen Schreibtisch, Laura schnappte sich den Hund, um einen Spaziergang mit ihm zu machen. Bevor sie das Grundstück verließ, drehte sie sich noch einmal um. Jan saß bei geöffneten Terrassentüren am Schreibtisch. Er starrte auf den Bildschirm vor ihm, aber jetzt hob er den Kopf und sah nachdenklich auf den See. Täuschte sich Laura, oder verdüsterte sich sein Blick? Woran dachte er? Sicher doch nur an sein Projekt? Oder dachte er etwa an Julia? Sah er sie vor sich, wie sie sich auf dem Steg sonnte, wie sie ins Wasser sprang? Laura hasste sich in diesem Moment für ihre Gedanken. Sie wusste, dass sie mit ihm reden musste. Und sie wusste zugleich, dass sie sich davor fürchtete. Würde er nicht einfach wieder sagen, dass das alles vorbei sei, dass er die Zeit mit Julia abgehakt hatte? Wieso hatte er dann nicht erzählt, dass er ihretwegen in Untersuchungshaft gewesen war? Sie musste ihn danach fragen, daran gab es keinen Zweifel. Sonst würde sie keine Ruhe finden. Aber musste sie ihm dann nicht auch von ihren Träumen erzählen, von der Stimme, von der Panik, die sie hin und wieder in diesem Haus überfiel? Und natürlich von dem Kind?

Sie sah, dass Jan aufstand und im Inneren des Hauses verschwand. Wahrscheinlich holte er sich nur einen Kaffee oder ein Glas Wasser. Doch sie konnte das Gefühl des Unbehagens nicht abstreifen. Als sie durch das Küchenfenster sah, sah sie Jan in sich zusammengesunken auf einem Stuhl sitzen. Das Gesicht verbarg er in seinen Händen. Auf dem Tisch vor ihm stand eine Kaffeetasse, die Laura noch nie gesehen hatte. Es war eher ein Becher, weiß mit einem dicken goldenen Rand. Jetzt nahm er ihn – und öffnete seine Hand. Der Becher zerschellte auf dem Fliesenboden. Jan starrte trübe auf die Scherben, die sich in der Küche verteilt hatten. Dann stand er auf und kehrte alles hastig zusammen. Eine größere Scherbe nahm er in die Hand, betrachtete sie einen Moment lang und warf dann alles in den Mülleimer. Er verließ die Küche, um im nächsten Moment zurückzukehren. Er holte den Müllbeutel aus dem Eimer, verknotete ihn und verließ damit die Küche. Laura sah zu, dass sie wegkam. Sie ging quer durch den Garten, bis sie hinter den Schuppen kam, hielt inne, drehte sich um und beobachtete Jan, wie er den Müllbeutel tief in die Tonne stopfte. Er sah sich forschend um, als er zurück zum Haus ging, so, als ob er sich beobachtet fühlte. Laura drückte sich an die Schuppenwand, die von der Sonne warm war. Shadow stand still neben ihr, als ob er spürte, dass er kein Geräusch machen durfte.

Ich spioniere meinem Mann hinterher.

Laura schüttelte den Kopf über sich selbst. *Er hat nur den Müll rausgebracht. Ganz normal.* Wie kam sie dazu, ihm zu misstrauen? Sie schauderte und ging nun endlich los. Bildete sie sich das nur ein, oder wurde sie mit jedem Schritt, den sie sich von Jan und dem Haus entfernte, ruhiger?

Marius hätte sich am liebsten die Zunge abgebissen. Wie kam er dazu, seine Schweigepflicht zu brechen und Elke zu erzählen, dass Laura schwanger war? So etwas hatte er noch nie getan. Seine Patienten mussten sich darauf verlassen können, dass nichts von dem, was in seiner Praxis gesprochen wurde, nach außen drang. Und jetzt hatte er Elke ohne Not erzählt, dass Laura und Jan Eltern werden würden.

»Sie kriegen ein Kind? Das ist ja großartig. Ich freu mich so für die beiden. Meinst du, dass sie mich zur Patentante machen?«

Elkes Freude war groß. Und ehrlich. Sofort begann sie

Pläne zu schmieden für die Zeit, wenn im Jägerhaus ein Kind aufwachsen würde. Sie würde Laura unterstützen, würde babysitten, bunte Jäckchen stricken und Babynahrung aus den Früchten ihres Gartens einkochen. Nicht einen Moment erweckte sie den Eindruck, dass sie vielleicht neidisch gewesen wäre. Sie, die selbst keine Kinder haben konnte, hätte allen Grund gehabt, Laura ihr Glück zu missgönnen. Doch Elke schien ihr eigenes Schicksal inzwischen so weit akzeptiert zu haben, dass sie sich einfach von Herzen für die andere Frau freuen konnte.

Marius ahnte nicht, *wie* erleichtert Elke ob dieser guten Nachricht tatsächlich war. Dieses Kind war ein Geschenk des Himmels. Es würde Laura und Jan noch enger aneinander binden, als es bisher schon der Fall war. Sicher würden sie wunderbare Eltern sein, würden mit Freuden die neue gemeinsame Verantwortung tragen. Und Laura würde für immer bei Jan bleiben. Sie beschloss, nach dem Essen ihren Garten zu plündern und Laura einen dicken Blumenstrauß zu bringen. Und einen Korb voller Früchte. Das würde sie ab jetzt die ganze Zeit tun, bis das Kind da war. Sie würde Laura mit Vitaminen versorgen, würde ihr Arbeit abnehmen, würde sich ganz einfach als die gute Freundin erweisen, die eine Frau in dieser Situation brauchte.

Nach dem Essen verzichtete Marius auf den Espresso, den sie im Sommer üblicherweise an dem kleinen hellgrünen Eisentisch im hinteren Teil des Gartens tranken. Er wollte, bevor die Nachmittagssprechstunde begann, schnell noch bei Laura vorbeisehen. Er hatte ihr ein paar Seiten zusammengestellt über die richtige Ernährung in der Schwangerschaft und über alles, worauf sie sonst noch zu achten habe. Elke trug ihm auf, Laura schöne Grüße zu überbringen. Sie würde sich im Laufe des Nachmittags bei ihr einfinden.

Einen kleinen Augenblick lang fragte sich Marius, ob Elkes Abschiedsumarmung nicht fester war als sonst. Sie hielt ihn umschlungen und drückte einen Kuss auf seine Brust.

»Ich bin so froh.«

Sie hatte sich verändert in der Zeit, seit Laura im Jägerhaus lebte. Elke war weicher geworden, nicht mehr so in sich gekehrt. Ihre nächtlichen Streifzüge hatten zwar noch nicht wieder völlig aufgehört, aber sie waren seltener geworden. Und sicher würde sie bald wieder die ganze Nacht durchschlafen. Die Sorgen, die sich Marius um seine Frau gemacht hatte, waren erheblich geringer geworden. Sie war stabiler denn je. Was auch immer er befürchtet hatte, es würde nicht eintreten.

Laura wanderte auf dem warmen Sandweg durch den Buchenwald, dessen Blätter ein wundersames Spiel mit den Sonnenstrahlen spielten, die sich durch das dichte Dach der Bäume immer wieder ihren Weg suchten. Shadow sprang neugierig durch den hohen Farn, als würden dessen lange gefiederte Zweige aufregende Geheimnisse verbergen.

Es war ziemlich heiß in diesem Monat. Seit drei Wochen hatte es nicht mehr geregnet. Bei jedem Schritt staubte Sand um ihre Füße, die in leichten Sandalen steckten und schon nach ein paar Metern so schmutzig aussahen wie die Füße des kleinen Mädchens, das damals, als es mit seiner Mutter Ferien auf einem bayerischen Bauernhof gemacht hatte, von morgens bis abends barfuß herumgerannt war und sich abends immer geweigert hatte, sich waschen zu lassen, weil es ja am nächsten Morgen wieder schmutzig werden würde. Karin Nordmeyer hatte es viel Fantasie gekostet, ihre kleine Tochter dazu zu überreden, den Schmutz nicht in der Bettwäsche, sondern in einer blauen Plastikwanne abzustreifen, die sie vor eine Bank im Bauerngarten des Hofes gestellt hatte. Sie hatte Laura eine Schüssel mit Himbeeren in die Hand gegeben. Laura schmeckte den süß-fruchtigen Geschmack der Beeren noch heute auf ihrer Zunge, wenn sie sich an diese glückseligen Tage mit ihrer Mutter erinnerte. Nächstes Jahr würde sie selbst ein Kind haben. Vielleicht eine kleine Tochter. Sie würde sie auf eine Decke inmitten einer Gänseblümchenwiese legen, würde ihre kleinen dicken Füße das Wasser des Sees spüren und sie die Beeren aus dem Garten kosten lassen. Und abends würde sie sie in ihr Bett legen, sich zu ihr setzen, ihr Geschichten erzählen, bis ihr die Augen zufielen.

Und Jan? Was spielte er für eine Rolle in diesem Szenario?

Sie ging zur Seite, als sie ein Auto kommen hörte. Um es vorbeizulassen, blieb sie stehen. Marius stieg aus.

»Gut, dass ich dich treffe. Ich wollte gerade bei euch vorbeifahren.«

Er reichte ihr die Ausdrucke.

»Damit du dich schon mal einlesen kannst in das, was in den nächsten Monaten auf dich zukommt.«

Sie dankte ihm herzlich. Wie nett, dass er sich so um sie kümmerte.

»Und, was hat der werdende Vater zu der Neuigkeit gesagt?«

Marius ging davon aus, dass Jan außer sich vor Freude war, bemerkte dann aber, dass ihr Lächeln auf einmal wie weggewischt war.

»Du hast es ihm noch nicht gesagt? War er nicht zu Hause? Na, dann wird ihn ja heute Abend eine freudige Überraschung …«

»Ich … ich wollte mich noch ein bisschen allein freuen.«

Es klang in Lauras Ohren irgendwie unehrlich, was sie da sagte.

Und natürlich fragt er sich jetzt, was mit mir los ist.

Sie sah plötzlich so unsicher aus, so traurig. Das Strahlen von heute Morgen war verschwunden. Wie ein ratloses Kind ließ sie den Kopf hängen und starrte auf ihre schmutzigen Füße. Er konnte dem Impuls, sie in die Arme zu nehmen, nicht widerstehen.

»Was ist das denn? He! Wieso bist du denn plötzlich so … traurig?«

Er sah nicht, wie die Tränen in ihren Augen aufstiegen, aber er merkte, dass sie in seinen Armen bebte, als würde ein Schluchzen sie schütteln.

»Hallo … jetzt bist du doch ein wenig überrumpelt von der Neuigkeit?«

»Ich hab keine Ahnung, was mit mir los ist. Aber ich hab plötzlich so … so eine Angst … Was, wenn Jan gar kein Kind will? Was, wenn etwas passiert? Wenn es nicht gesund ist? Es ist plötzlich alles so schwer.«

Sie wischte sich über das Gesicht.

»Wenn ich jetzt sage, dass deine Hormone verrückt spielen, klingt das vielleicht wie ein Allgemeinplatz. Tatsache ist aber, dass das stimmt. In deinem Körper findet gerade eine Revolution statt. Da kann es schon mal vorkommen, dass du plötzlich nicht mehr aus noch ein weißt.«

Jetzt öffneten sich die Schleusen endgültig. Laura konnte die Tränen nicht mehr zurückhalten. Marius hatte es hin und wieder erlebt, dass Frauen am Anfang ihrer Schwangerschaft emotional aus dem Tritt kamen, aber dass das auch Laura passieren würde, damit hatte er nicht gerechnet. Er hielt sie eine Weile lang fest umarmt.

»Ich … versau dir dein ganzes Hemd …«, hörte er sie jetzt abgehackt schluchzen.

»Kein Problem. Dafür gibt's Waschmaschinen. Heul dich ruhig aus.«

Mit einem neuen Aufschluchzen verbarg sie ihren Kopf wieder an seiner Brust.

Die Sonne schien auf sie. Shadow starrte sie ratlos an. Er wedelte unschlüssig mit dem Schwanz und legte den Kopf schief. Es gefiel ihm nicht, dass sein Frauchen weinte. Und genauso wenig gefiel es ihm, dass sie in den Armen eines Mannes lag, der nicht Jan Plathe war.

Elke wollte noch ein paar der gelben Ginsterzweige schneiden und sie zu den Sonnenblumen stecken, die sie zu einem dicken Strauß gebunden hatte. Der eigenartige Duft des Ginsters, der zwischen herb und süß schwebte, gefiel Laura sehr. Er würde ihr Wohnzimmer ausfüllen wie ein Sommerhauch. Elke wanderte quer durch den Wald zur Pferdekoppel, auf der einige alte Ginsterbüsche mit der Sonne um die Wette leuchteten.

Als sie den Sandweg querte, der zum Jägerhaus führte, sah sie Marius' Auto. Und dann sah sie das Paar, Laura und

Marius, die in einem Sonnenflecken standen. Sie hielten einander eng umschlungen, standen ganz still, als hätten sie die Welt um sich herum vergessen. Der Blumenstrauß fiel Elke aus den Händen auf den weichen Waldboden. Kleine Sonnen im Zwielicht, das jetzt plötzlich herrschte. Ihr Kopf dröhnte. Sie wollte das nicht sehen, nicht noch einmal. Sie wollte das nicht noch einmal erleben.

Vielleicht sollte er Laura vorschlagen, ein paar Tage zu ihrer Mutter zu fahren. Die beiden Frauen telefonierten zwar regelmäßig, aber sicher hatte Laura ordentlich Heimweh.

Auf jeden Fall musste er sie aus dem Haus bekommen. Es durfte einfach nicht mehr so etwas passieren wie vorher, als er plötzlich Julias Lieblingstasse in der Hand gehalten hatte. Sie hatte sie bei einem kleinen Trödler in Paris gekauft, als sie zum ersten Mal ein paar Tage zusammen weggefahren waren. Paris, die Stadt der Liebe. In einem Taumel von Glück waren sie durch die Straßen der Stadt gestreift. Sie hatten in einem winzigen, ziemlich schmuddeligen Hotel am Montparnasse gewohnt und morgens mit Café und Croissants in einem Bistro um die Ecke gefrühstückt. Auf dem Eiffelturm hatten sie sich geküsst, und im Bois de Boulogne wären sie beinahe übereinander hergefallen, wenn nicht im letzten Moment der winzige Rest Vernunft, den sie noch besaßen, sie dazu gebracht hätte, sich eilig in ihr Hotelzimmer zurückzuziehen, wo sie sich die ganze Nacht hindurch liebten. Schon lange hatte er nicht mehr an Paris gedacht, auch die Tasse mit dem Goldrand hatte er vergessen. Bis er sie mit einem Mal in der Hand gehabt hatte, als er nach einer Schüssel suchte, um sich eine Weile mit Himbeerpflücken von seiner Arbeit abzulenken. Was hatte er noch alles übersehen? Was würde ihm – oder noch schlimmer, Laura – noch alles in die Hände fallen, das Julia zurückgelassen hatte? Eine Zeit lang hatte er ernsthaft darüber nachgedacht, ob er das Haus nicht einfach abfackeln sollte. Zu schmerzhaft war es gewesen, in den Erinnerungen zu leben. Er hatte Hanno dann gebeten, alles, was an Julia erinnerte, wegzuschaffen, während er für ein paar Tage an die Ostsee gefahren war. Und während er am Meer entlangging, hatte er den Entschluss gefasst wegzugehen. Das war der Beginn seiner zweiten Karriere in Fernost gewesen.

Wieso hatte er nicht daran gedacht, das Haus noch einmal gründlich zu durchsuchen? Weil er nicht an Julia denken wollte? Weil er überzeugt war, Julia erfolgreich verdrängt zu haben? Oder weil er schlicht davon ausgegangen war, dass Hanno damals jede Spur von Julia in seinem Haus getilgt hatte?

Wie auch immer: Was bis jetzt nicht geschehen war, musste er schleunigst nachholen. Und dieses Mal würde er es nicht Hanno überlassen, er würde selbst dabei sein, wenn die letzten Spuren von Julia aus dem Haus geschafft werden würden. Heute Abend würde er Laura fragen, ob sie nicht für ein paar Tage nach München fahren wolle.

Jan musste sie trösten. Wie er sie immer getröstet hatte. Sie musste zu Jan, ihrem besten Freund. Aber was sollte sie ihm sagen? Dass sie außer sich war, weil sie den Verdacht hatte, dass Laura ihn betrog? Wie Julia ihn betrogen hatte? Sie würde ihm wehtun, ihn quälen. Schon einmal hatte sie erlebt, wie der Schmerz sein Herz zerrissen hatte. Das sollte nicht noch einmal passieren.

»Elke?«

Jan kam auf die Terrasse.

»Wenn du Laura suchst – sie macht gerade ihre Runde mit Shadow.«

Das glaubst du wirklich?, tobte es in ihr. *Weißt du nicht, was sie gerade tut? Dass sie sich mit meinem Mann heimlich im Wald trifft?*

»Willst du auf sie warten? Ich mache schnell Kaffee und …«

»Wieso lässt du sie allein im Wald herumlaufen? In ihrem Zustand.«

»In ihrem Zustand? Wovon redest du? Es geht Laura gut. Sie kennt sich inzwischen besser aus als ich.«

Er weiß es nicht. Sie hat es ihm nicht gesagt. Wieso hat sie es ihm nicht gesagt? Natürlich – weil er nicht der Vater ist. Das heißt, dass sie ihn verlassen wird. Sie wird ihm genau dasselbe antun wie Julia.

Die Gedanken rasten durch Elkes Hirn. Sie schloss die Augen. Doch da wurde es noch schlimmer: das weiße Gesicht, die schwarzen Augen, die sie so spöttisch ansahen.

»Oder weißt du etwas, was ich nicht weiß?«

Jan sah Elke fragend an.

»Sie ist schwanger. Ich dachte, das hätte sie dir erzählt.«

Jan verlor die Fassung. Er spürte, wie ihm die Gesichtszüge entgleisten, wie er die Augen aufriss. Das Herz wollte ihm aus der Brust springen.

Laura! Sie war schwanger. Sie würden Eltern werden. Sie würden ein Kind bekommen und es hier, im Jägerhaus, zusammen aufziehen.

»Bist du sicher? Woher weißt du das?«

»Marius hat es mir erzählt. Wir dachten, du wüsstest es auch schon.«

Sie war also sogar schon beim Arzt gewesen? Wann? Wieso hatte sie ihm nichts davon erzählt?

»Sie hat es dir nicht erzählt? Das tut mir leid.«

Ja, ihm tat es auch leid. Er hätte diese weltbewegende Nachricht nicht von Elke erfahren sollen. Laura hätte es ihm sagen müssen. Ihr allein hatte das Privileg zugestanden, ihm zu sagen, dass er Vater werden würde.

»Meinst du, das ändert irgendwas? Elke, ich werde Vater! Hier wird ein Kind aufwachsen. Das erste von vielen. Es wird wunderbar werden.« Er strahlte und lachte und zog sie in seine Arme. »Du solltest mir gratulieren, statt eine Schnute zu ziehen.«

Begriff er denn nicht? Sie hatte es ihm nicht erzählt! Wieso nahm er das so auf die leichte Schulter? Dieses Kind würde nicht hier aufwachsen. Laura würde fortgehen, bevor es auf die Welt kam. Und dieses Mal würde er endgültig zerbrechen, wenn nicht nur die Frau, die er liebte, sondern auch sein Kind aus seinem Leben verschwinden würde.

»Hast du Lust, Patentante zu werden? Ich hab zwar noch nicht mit Laura gesprochen, aber ich bin sicher, sie findet das eine gute Idee.«

»Natürlich. Ich fühle mich geehrt, dass du mich fragst. Ich werde eine super Patentante sein.«

Sie zwang sich zu einem Lächeln. Sollte er die Momente der Freude doch noch auskosten. Die Katastrophe würde schnell genug über ihn hereinbrechen. Und nichts würde sie verhindern können. Sie nahm ihn in die Arme.

»Ich freu mich so sehr für euch. Das weißt du.«

»Und es macht dir bestimmt nichts aus? Ich meine …«

Er unterbrach sich. Schließlich wusste er genau, wie sehr sie sich ein Kind gewünscht hatte. Es war so liebenswert, dass er in diesem Moment der größten Freude an sie dachte. Ob es ihr nicht wehtun würde, wenn seine Frau ein Kind bekäme. Das Kind, nach dem sie sich so lang schon sehnte.

»Ich hab damit abgeschlossen. Wirklich. Aber weil es bei mir eben nicht sein soll, heißt das noch lange nicht, dass ich keiner anderen Frau ein Kind gönne. Nein, wirklich, das ist so eine schöne Nachricht. Was wäre ich für ein Mensch, wenn ich mich nicht mit euch freuen könnte?«

Jan glaubte ihr, das war ganz offensichtlich. Er machte Kaffee, überlegte, ob seine alte Wiege noch irgendwo im Haus stand. Er rätselte, ob er einen Jungen oder ein Mädchen bekommen würde und wo in diesem großen Haus sie das Kinderzimmer einrichten würden. Elke ließ ihn gewähren. Wozu sollte sie ihm jetzt schon die Freude verderben? Mochte er doch noch diesen kurzen Moment lang glücklich sein. Es würde früh genug alles in Scherben liegen. Sie wusste, sie würde es nicht verhindern können. Aber sie würde für ihn da sein, ihn trösten, ihm Mut machen. Er würde froh sein, sie an seiner Seite zu haben, und endlich begreifen, dass es keine Frau auf der Welt gab, die ihn so sehr liebte wie sie. Nur eines würde sie verhindern müssen, nämlich dass er danach wieder wegging, wie er es schon einmal getan hatte. Sie wollte nicht noch einmal so lange Zeit ohne ihn sein.

Marius hörte die Brust des kleinen Mädchens ab.

»Das klingt doch ganz hervorragend, Nina. Deine Lunge macht überhaupt kein blödes Geräusch mehr.«

Ninas Mutter, Suse Hansen, seufzte erleichtert auf. Sie hatte in den letzten Wochen große Sorgen um ihre Kleine gehabt, die Marius in das Krankenhaus von Templin eingewiesen hatte, wo sie auf eine schwere Lungenentzündung behandelt worden war.

»Die nächsten zwei Wochen muss sie noch langsam tun. Sie kann im Garten spielen, aber in den Kindergarten sollte sie noch nicht wieder gehen. Da vergessen die Kinder allzu schnell, dass sie noch nicht wieder ganz fit sind, wenn sie mit den anderen toben, und dann könnte es zu einem Rückfall kommen.«

Suse versprach, sich an Marius' Anweisungen zu halten.

»Ich kann Ihnen gar nicht sagen, wie dankbar ich Ihnen bin.«

Sie knöpfte Ninas Kleidchen wieder zu. Die Kleine strahlte, als sie den Lutscher, den es bei Marius obligatorisch gab, in Empfang nahm.

»In einer Woche kommen Sie bitte nochmals mit Nina vorbei. Und dann dürfte sie es überstanden haben.«

Als Suse sich verabschiedete, fiel ihr ein, was sie Marius noch fragen wollte.

»Sagen Sie, Doktor Berg, suchen Sie eigentlich immer noch eine Sprechstundenhilfe?«

»Ganz dringend. Heike ist nur noch bis Monatsende da. Dann zieht sie mit ihrem Mann nach Bremen. Er hat da einen guten Job bekommen.«

Suse hatte, bevor Nina auf die Welt gekommen war, in Feldberg bei einem Internisten als Sprechstundenhilfe gearbeitet. Und da sie und ihr Mann sich mit der Idee trugen, ein Haus zu bauen, hatten sie beschlossen, dass Suse nun, da Nina schon in den Kindergarten ging, sich einen

Job suchen sollte. Marius hätte sie am liebsten geküsst, als er hörte, dass sie sich um die Stelle bewerben wollte.

»Sie schickt der Himmel, wissen Sie das? Wann können Sie denn anfangen?«

»Zum nächsten Ersten wäre kein Problem. Nina geht dann in den Ganztagskindergarten in Templin, und ich kann wieder voll arbeiten.«

Sie gaben einander die Hand und besiegelten damit den Anstellungsvertrag mündlich. Bis übermorgen würde Marius Suse einen schriftlichen Vertrag schicken, und am nächsten Ersten würde sie bei ihm anfangen zu arbeiten. Als Suse und Nina gingen, konnte Marius es kaum fassen, dass er die nächsten Monate die Praxis nicht allein würde schmeißen müssen, wie er befürchtet hatte.

Als er sich die Hände wusch, wanderten seine Gedanken zu dem Vorfall mit Laura. Es hatte ihn erschüttert, wie durcheinander sie gewesen war. Diese helle Freude, die in ihr gewesen war, als sie seine Praxis verlassen hatte, war wie weggeweht. Sie hatte plötzlich nur noch aus Sorgen bestanden. Sicher, er kannte das, dass Frauen, vor allem, wenn sie zum ersten Mal Mutter wurden, plötzlich wacklige Knie bekamen, dass sie verunsichert waren, ob sie die Verantwortung, die da auf sie zukam, würden tragen können. Aber Laura? Er hatte sie als so stark und unerschütterlich optimistisch kennengelernt, dass er nicht erwartet hatte, dass sie sich solche Sorgen machen würde. Er hoffte sehr, dass er sie hatte beruhigen können. Und noch mehr hoffte er, dass sie Jan so schnell wie möglich von dem Kind erzählen würde. Jan würde ihr helfen, die Zweifel, die in ihr aufkeimten, zu zerstreuen. Marius beschloss, auch mit Elke über Lauras Ängste zu reden. Sie würde sich der Freundin annehmen, ihr helfen, sich auf das Kind vorzubereiten. Was immer man gegen Elke sagen konnte, dass sie launisch war und nicht besonders fröhlich, auch dass sie viel zu oft von einer allzu erklärlichen Wehmut geplagt wurde – sie hatte ein großes Herz. Sie würde alles tun, damit es der einzigen Freundin, die sie seit Langem hatte, gut gehen würde.

So wie sie es damals auch bei Julia getan hatte. Marius sah auf seine Hände. Sie zitterten. Er ging zum Fenster, sah auf den Marktplatz hinaus, wo ein halbes Dutzend Kinder im Brunnen planschten. Er öffnete das Fenster. Die Luft, die hereinkam, war heiß und stickig. Er sah zum Himmel, der in einem makellosen Sommerblau strahlte. Und doch glaubte Marius die Spannung zu spüren, die ein baldiges Gewitter ankündigte.

Laura ritt auf Flora durch die Wiesen. Sie liebte diesen Weg entlang der kleinen Sölle, die in der Hitze der letzten Wochen auszutrocknen drohten. Dicke Kröten saßen bis zum Bauch im Schlamm. Ihr Konzert erfüllte die spannungsgeladene Luft. Flora wedelte mehr mit dem Schweif als sonst. Fliegen in dichten Schwärmen plagten das Pferd, als es in langsamem Trab auf den Wald zuging.

»Im Wald geht's dir besser, Kleine. Da ist es kühler.«

Flora hatte sie freundlich begrüßt, als sie an die Koppel gekommen war, um auszureiten. Es würde dem Pferd gut tun, in den Wald zu kommen. Auf der Koppel gab es zwar einige Bäume, aber an Tagen wie diesen lag die Hitze in einer undurchdringlichen Glocke über dem Tal und machte den Pferden sehr zu schaffen. Sie passte sich dem Rhythmus des Pferdes an. Es wiegte sich im Trab so sanft, dass sie nun endlich ganz ruhig wurde.

Ihre Gedanken schweiften zu dem Kind, das sie in sich trug. Sobald es groß genug war, würde sie ihm ein Pony kaufen. Jan würde ihm das Reiten beibringen, und dann würden sie zu dritt lange Ausritte machen. Sie lächelte bei der Vorstellung des aufgeregten kleinen Mädchens, das zum ersten Mal auf einem Pferd sitzen würde. Sie sah Jans stolzes Vatergesicht vor sich. Wie war sie nur darauf gekommen, dass sie ihm nichts von dem Kind erzählen wollte? Was hatte sie sich denn vorgestellt? Dass sie einfach abhauen wollte, ohne ihm etwas davon mitzuteilen? Dass sie irgendwo ihr Kind allein aufziehen würde? Dass sie dem Kind nicht sagen würde, wer sein Vater war?

Das müssen wirklich die Hormone sein.

Natürlich würde sie Jan, sobald sie zu Hause war, erzählen, dass er Vater würde. Er würde ganz aus dem Häuschen sein vor Freude. Er würde eine Flasche Champagner aufmachen. Sie würde sagen, dass sie in den nächsten Monaten keinen Alkohol trinken würde. Dann würde er ihr eine Apfelsaftschorle bringen, und sie würden auf ihre Zukunft anstoßen. Und sie würde ihn niemals mehr nach Julia fragen.

Ihre Mutter hatte doch recht: Vergangenes sollte vergangen sein. Sie würde es nicht mehr zulassen, dass die alten Geschichten ihre Gegenwart trübten.

Die Schatten den Blätter tanzten auf dem sandigen Weg, den sie entlangritt. Im Wald war es merklich kühler als draußen auf der Wiese. Flora ging aufmerksam den Weg entlang, gefolgt von Shadow, der immer wieder in der Tiefe des Waldes verschwand, aber auch schnell wieder auftauchte und sich an Floras Seite setzte.

Plötzlich blieb Flora stocksteif stehen, so als hätte sie vor etwas Angst.

»Was ist denn, Süße? Wieso willst du nicht weiter?«

Sie versuchte, in dem flirrenden Halbschatten, der vor ihr lag, zu erkennen, was Flora beunruhigte. Möglicherweise ein Baumstamm, der quer über dem Weg lag. Oder vielleicht auch ein Wanderer, der hier Pilze suchte. Das Pferd ließ sich weder durch gutes Zureden noch durch einen Schenkeldruck dazu bewegen weiterzugehen. Laura sprang schließlich ab, nahm die Zügel in die Hand und wollte Flora führen. Doch auch jetzt blieb das Pferd wie angewurzelt auf dem Weg stehen. Shadow, der sich eng an Laura drängte, als würde Floras Unruhe auch auf ihn übergehen, gab einen leisen, fiependen Ton von sich.

»Spinnt ihr jetzt alle beide? Da ist nichts. Jetzt los, ihr Memmen, weiter geht's.«

Sie verstärkte den Zug auf Floras Zügel. Das Pferd machte endlich einen zögernden Schritt weiter. Mit viel gutem Zureden gelang es Laura, die Stute hinter sich herzuziehen.

Und da sah sie es. Im Graben, der neben dem Weg herführte, lag jemand. Laura stockte das Herz. Sie überwand ihren Schrecken sofort, rannte zu der Gestalt und erkannte sie sofort.

»Jette! Um Gottes willen, was machen Sie denn hier?«

Die alte Frau lag mit geschlossenen Augen am Wegrand, die Beine im Graben. Laura beugte sich über sie.

»Jette, was ist denn? Jette! Hören Sie mich?«

Sie riss das Handy heraus. Marius musste sofort kommen.

»Ob sie noch lebt? Ja, ich glaube schon. Doch … ihre Brust bewegt sich. Aber sie erkennt mich nicht.«

Marius versprach, sofort zu kommen. Laura setzte sich

zu Jette. Sie machte ihr T-Shirt im Graben nass und betupfte damit Jettes kreideweiße Stirn.

Du warst so blass. Du warst so schrecklich blass.

Jettes Stimme dröhnte ihr in den Ohren. Sie durfte nicht sterben.

»Marius kommt gleich. Doktor Berg, den kennen Sie doch. Bitte, Jette, halten Sie durch.«

Als sie ihr T-Shirt zum zweiten Mal nass machte, hörte sie die Stimme hinter sich.

»Da bist du ja, Laura.«

Sie drehte sich um. Fassungslos sah sie in die wasserblauen Augen der alten Frau.

»Was machen Sie bloß für Sachen, Jette? Sie haben mir einen ganz schönen Schreck eingejagt.«

»Du darfst nicht allein in den Wald gehen, Laura. Gefährlich … viel zu gefährlich … der Sumpf …«

Jette keuchte vor Anstrengung. Sie klammerte sich an Lauras Arm fest und versuchte, sich aufzusetzen.

»Nicht in den Wald, Laura. Nicht …«

»Bitte, Sie dürfen sich nicht so anstrengen. Doktor Berg wird gleich da sein.« Sie half der alten Frau, sich aufzusetzen und an einen Baum zu lehnen. Ihr Gesicht verzerrte sich vor Anstrengung. »Was machen Sie hier denn so allein? Sie sind doch nicht den ganzen Weg hierhergelaufen?«

Jette schloss die Augen. Ihre kleine Hand ließ Lauras Hand nicht los. *Dass so eine zarte Person so eine Kraft hat!* Laura sah, wie ihre mageren Knöchel vor Anstrengung weiß wurden.

»Mike wird sich Sorgen machen. Sie dürfen doch nicht so allein herumgehen.«

Jette nickte. Ein Lächeln stahl sich auf ihr Gesicht.

»Guter Junge, der Mike. Aber er glaubt mir nicht, Laura.« Sie öffnete die Augen und sah Laura verschmitzt an. »Er glaubt, dass ich verrückt bin. Bin ich aber nicht. Ich bin Jette Politschek. Ich wohne im Josefsheim in Templin. Ich bin sechsundachtzig Jahre alt. Früher war ich die beste Gärtnerin in der Uckermark.«

Laura nickte. Mit der Hand, die Jette nicht umklammert hielt, streichelte sie über deren Arm. Es war erstaunlich, wie klar die alte Frau war. Nichts deutete darauf hin, dass sie ihr Gedächtnis verloren hatte.

»Und du bist Laura, die Frau von Jan Plathe. Du bist gut für ihn. Du musst bei ihm bleiben. Aber du musst auf dich aufpassen. *Ich* muss auf dich aufpassen.«

Sie seufzte tief auf. Ihr Kopf fiel zur Seite. Laura erschrak.

»Jette. Wachen Sie auf! Jette!«

Sie tastete nach dem Puls der alten Frau, doch sie fand ihn nicht. Das war doch nicht möglich. Sie konnte doch jetzt nicht sterben.

»Jette, bitte! Bitte wachen Sie auf, Jette!«

Sie legte die Frau behutsam auf den Boden, fing mit einer Herzmassage an. Als Krankenschwester wusste sie genau, was zu tun war. Druck auf den Brustkasten, fünfmal, dann Mund-zu-Nase-Beatmung, und wieder Druck auf den Brustkasten.

Der Krankenwagen kam mit Blaulicht den Sandweg entlang. Marius und ein Notarzt sprangen heraus. Laura konnte nur noch beklommen sehen, wie sie die Notfallmaßnahmen koordinierten und Jette schließlich in den Krankenwagen packten.

Marius fuhr nicht mit dem Notarztwagen zurück. Er hatte gesehen, wie aufgewühlt Laura war.

»Ist bei dir alles in Ordnung?«

Sie nickte, und wieder einmal konnte sie die Tränen nicht zurückhalten.

»Wird sie durchkommen?«

»Ich hoffe es. Allerdings, wenn es wieder ein Schlaganfall war … Was hat sie eigentlich hier gemacht? War denn niemand aus dem Heim bei ihr?«

»Ich glaube, sie hat mich gesucht.«

Jette hatte nach Laura gesucht? Aber wieso? Marius hatte nicht einmal gewusst, dass die beiden sich kannten.

»Weißt du, was sehr komisch ist? Am Anfang hat sie mich immer für Julia gehalten. Sie hat sich so gefreut, sie zu sehen. Hat immer gesagt, dass sie ihr nicht hatte helfen können. Und heute … hat sie mich zum ersten Mal mit meinem Namen angeredet. Sie hat gesagt, dass ich auf mich aufpassen soll.«

»Na ja, da hat sie durchaus recht. Jede schwangere Frau muss auf sich aufpassen.«

»Sie wusste doch nicht, dass ich schwanger bin. Sie hat es einfach so gesagt. Pass auf dich auf, Laura. Pass auf dich auf.« Es wurde ihr, trotz der Schwüle, die jetzt über dem Wald lag, plötzlich kalt. »Ich möchte wissen, warum sie so eine Angst um mich hat.«

»Vermutlich hat das gar nichts zu bedeuten. Leute in ihrem Alter und mit ihrer Krankheitsgeschichte leiden gern mal an Verfolgungswahn. Ich kenne das. Sie denken, alle wollen ihnen Böses. Die einen denken, ihre Kinder wollen an ihr Geld, die anderen denken, der Nachbar will sie umbringen.«

»Aber sie hat keine Angst um sich. Sie hat Angst um *mich.*«

In diesem Moment krachte ein Donner über ihnen, und der Himmel öffnete seine Schleusen. Sie waren in null Komma nichts bis auf die Haut durchnässt. Und plötzlich lachte Laura laut auf.

»Was für ein irrer Tag.«

Die Spannung, die in der Luft gelegen hatte, war mit einem Mal verschwunden. Sie machten, dass sie aus dem Wald kamen, während die Blitze über ihnen den schwarzblauen Himmel zerrissen.

»Hier, der Graben. Lass uns hier das Schlimmste abwarten.«

Nass waren sie ja schon. Und da sich weit und breit kein sicherer Unterschlupf bot, zwangen sie das widerstrebende Pferd in den tiefen Graben und kauerten sich, zusammen mit Shadow, eng aneinander, um den Blitzen, die jetzt im Sekundentakt über den Himmel schossen, keine Angriffsfläche zu bieten.

Elke liebte es, nach dem Gewitter durch den Wald zu gehen. Der Boden dampfte vor Nässe. Von den Bäumen tropften silberne Wasserperlen. Aus den kleinen Tümpeln, die das Moor bildete, stiegen dünne Nebelschwaden auf. Es roch nach Moos und feuchtem Sand. Der typische Sommergeruch in der Uckermark. Als sie Flora vor ihrem Haus stehen sah, war sie erstaunt. Was machte Lauras Pferd hier?

Sie hörte durch das geöffnete Fenster ein helles Lachen.

»Und du bist sicher, dass Elke nichts dagegen hat, dass ich das anziehe?«

Sie sah Laura in ihrem Wohnzimmer stehen. Ihr Oberkörper war nackt. Eine weiße Bluse kam angeflogen, die sie geschickt auffing und in die sie schnell hineinschlüpfte.

»Ich würde sagen, das steht dir deutlich besser als Elke. Ihr war das Ding schon immer viel zu weit.«

Laura lachte auf und knöpfte sich die Bluse zu. Sie passte ihr wie angegossen.

»Da bist du ja, Elke.«

Marius hatte sie entdeckt. Er kam aus der Tür.

»Hat dich das Gewitter auch erwischt? Laura und ich sind mitten hineingeraten. Wir waren sofort nass bis auf die Haut.«

Elke lachte, als sie Laura in ihrer Bluse sah.

»Steht dir super. Von mir aus kannst du sie behalten. Oder, Marius? Laura sieht tausendmal besser in dem Teil aus als ich.«

Sie machte Tee und erzählte derweil, dass sie das Gewitter im Jägerhaus abgewartet hatte. Zusammen mit Jan, der sich große Sorgen machte, weil er Laura irgendwo im Wald wähnte.

»Allein! Aber das warst du ja nicht.«

»Gott sei Dank. Ohne Marius hätte ich mich wahrscheinlich zu Tode gefürchtet. Oder ich wäre vom Blitz erschlagen worden. Jedenfalls wäre ich niemals auf die Idee gekommen, in einem Graben das Gewitter abzuwarten.«

Das Angebot, Jan anzurufen und ihm Bescheid zu sagen, lehnte sie ab. Sie schlüpfte in trockene Gummistiefel, die Elke ihr auch noch lieh, schwang sich auf Flora, die sich inzwischen beruhigt hatte, und ritt davon. Sie wollte jetzt nur noch schnell nach Hause. Sie hatte Jan eine Menge zu erzählen.

Elke warf Lauras Sachen in die Waschmaschine.

»Gut, dass du zufällig in der Nähe warst.«

Marius erzählte ihr von Jette. Und dass Laura ihn alarmiert hatte. Dass Jette Angst um Laura hatte, sagte er Elke nicht.

Auch nicht, als sie darüber rätselte, was die alte Frau allein im Wald zu suchen hatte.

»Hauptsache, Laura ist nichts passiert. Und ihrem Kind auch nicht. Jan würde es nicht überleben, wenn er sie auch noch verlieren würde.«

»Laura ist nicht Julia. Ich denke, Jan wird sie so schnell nicht mehr los werden. Sie ist zäh und wild entschlossen, an seiner Seite glücklich zu werden.«

Elke sah ihn nicht an, als sie sagte: »Das war Julia damals auch. Und du weißt, was dann passiert ist.«

Ich weiß es?, schoss es Marius durch den Kopf. Wir haben doch alle keine Ahnung, was wirklich geschehen ist. Sie ist einfach abgehauen. Nur das wissen wir. Und sie ist nicht dort angekommen, wo sie ankommen wollte. Costa Rica jedenfalls hatte niemals zu ihrem Plan gehört.

Sie hatte ihm nicht gesagt, dass sie schwanger war. Jan hatte sich vor Elke noch locker gegeben. Es ging niemanden etwas an, was er fühlte. So sehr er sich darauf freute, Vater zu werden, so unruhig war er, wenn er an Laura dachte. Er fragte sich, ob sie das Kind überhaupt haben wollte. Vielleicht hatte sie ja vor, heimlich abzutreiben, ihm weder zu erzählen, dass sie ein Kind erwartete, noch, dass sie es nicht haben wollte. Grübelnd saß er am Schreibtisch. Der See lag nach dem Gewitter blank und ruhig da. Ein Entenpaar schwamm quer über den See, vier gelbe Küken paddelten eifrig hinter ihm her, eine lange Linie im Wasser hinter sich herziehend. Auf dem frisch gemähten Rasen stocherte ein Wiedehopf mit seinem gebogenen Schnabel nach Insekten.

»Upupupu.« Sein Ruf lockte ein kleineres Weibchen herbei, das sofort anfing, den Boden abzusuchen. Ihre Jungen mussten mindestens zehn Tage alt sein; vorher hatte das Weibchen die ganze Zeit auf dem Nest gesessen, während das Männchen allein nach Nahrung für den immer hungrigen Nachwuchs zu suchen hatte. »Upupupu.« Seit er denken konnte, war der hohle Klang des Wiedehopfrufs für Jan untrennbar mit dem Sommer verbunden. Und wenn sich die Paare im August nach Süden aufmachten, wusste er, dass der Sommer bald vorbei sein würde. Als die Vögel mit vollen Schnäbeln in ihrem immer ein wenig unbeholfen aussehenden Flug in dem alten Apfelbaum verschwanden, den Jans Großvater zur Geburt seines Sohnes gepflanzt hatte, nahm Jan das Fernglas, das im Regal stand, zur Hand. Tatsächlich hatte der Wiedehopf in den Zweigen des Apfelbaums sein Nest gebaut, aus dem hungrige Schnäbel gelb hervorleuchteten. Die beiden Altvögel stopften die Insekten in die Mäuler ihres Nachwuchses, um sofort wieder davonzufliegen, um aufs Neue nach Futter zu suchen. Jan ertappte sich dabei, die Vögel um die Selbstverständlichkeit zu beneiden, mit der sie ihrer Aufgabe nachkamen. Einfach tun, nicht denken. Würden er und Laura genauso instinktsicher und bedingungslos ihre Aufgabe als Eltern übernehmen?

Der Hund kam über den Rasen gerannt. Aufgedreht sprang er auf die Wiedehopfe zu, die ihm in kleinen flatternden Sprüngen auswichen und sich ein paar Meter weiter wieder niederließen, um ihre Futtersuche fortzusetzen. Jetzt sah Jan Laura herankommen. Was trug sie für eine Bluse? Und die blauen Gummistiefel hatte er auch noch nicht gesehen. Der Hund lief auf sie zu, umsprang sie einen Moment lang. Sie streichelte ihn lächelnd und setzte ihren Weg zum Haus fort.

Ihr Haar, das sie zu einem Zopf geflochten hatte, glänzte in der Sonne wie Rabenfedern. Ihr Gesichtsausdruck war entspannt, ihr Schritt entschlossen. Jetzt kam sie zur Terrasse herauf.

»Jan.«

Er zögerte.

»Da bist du ja.«

Sie kam durch die Terrassentür herein. Im Gegenlicht wirkte sie schmal und zerbrechlich. Die Sonne zeichnete eine Aureole aus Gold um sie.

»Ich hab mir Sorgen gemacht. Wegen des Gewitters.«

»Das tut mir leid. Es hat mich im Wald erwischt. Aber ich hab es gut überstanden.«

Sie standen voreinander, verlegen und unschlüssig. Nicht über das Gewitter wollten sie reden. Es gab Wichtigeres. Wenn sie nur gewusst hätten, wie sie anfangen sollten.

»Elke war hier, nicht wahr?«

Er nickte. Und dann sprachen sie beide gleichzeitig.

»Sie hat es dir erzählt.«

»Sie hat mir etwas erzählt.«

Sie brachen ab, sahen einander an, und jeder wartete darauf, dass der andere fortfahren würde. Der Moment zog sich hin. Dann nahm Laura Jans Hand.

»Ich hätte es dir selbst sagen wollen. Aber … vielleicht

ist es ja auch egal, wer wem wann was sagt. Das Wichtigste ist doch der Inhalt.«

Sie holte tief Luft.

»Wir bekommen ein Baby, Jan.«

Ihr Blick war fragend und unsicher. *Wieso schaut sie so bekümmert?*, fragte er sich. *Nur, weil ich es schon von Elke weiß?*

Wieso sagt er nichts? Es kann doch nicht sein, dass er sich nicht freut.

Alles, was an Freude in ihr gewesen war, wurde jetzt von Unsicherheit überwölbt. Da standen sie, und sie fühlte sich auf einmal so fremd. Er zog seine Hand aus der ihren. Ihr war, als würde er nicht nur ihre Hand loslassen, sondern auch sie selbst. Ihre Knie wurden weich. Sie hatten nicht darüber geredet, ob sie Kinder haben wollten. Es war so schnell so viel zwischen ihnen passiert, dass sie gar nicht dazu gekommen waren, dieses wichtige Thema anzuschneiden.

»Du willst keine Kinder.«

Wenn das wirklich so war, würde sie … Was würde sie denn? Überlegen müssen? Weggehen? Das Kind wegmachen lassen? Verzichten? Sie hatte sich nie ein Leben mit Jan allein vorgestellt. Von dem Augenblick an, als er sie gefragt hatte, ob sie seine Frau werden würde, und sie Ja gesagt hatte, war sie davon ausgegangen, dass sie beide eine Familie wollten. Mit einem, zwei oder drei Kindern. Es hatte für sie überhaupt keinen Zweifel daran gegeben, dass sie beide dieselbe Idee von ihrer Zukunft hatten. Wie hatte sie sich so täuschen können?

»Wie kannst du denken, dass ich keine Kinder will?« Es war wie eine Erlösung, als er sie an sich zog. »Natürlich will ich Kinder. Zwei. Oder fünf. Oder von mir aus auch sieben. Und jedes soll so aussehen wie du.« Er küsste sie auf die Wangen, auf die Lider, auf den Mund. »Ich kann mir nichts Schöneres vorstellen, als einen Haufen kleiner Mädchen um mich zu haben, die so schön und so fröhlich und so lebenslustig sind wie du. Natürlich freu ich mich auf unser Kind. Laura, das ist so eine wunderbare Neuigkeit!«

Und jetzt fühlte sich endlich wieder alles richtig an. Laura lag an Jans Brust. Sie führte seine Hand zu ihrem Bauch.

»Zum vierten Geburtstag bekommt es ein Pony. Und du wirst ihm das Reiten beibringen. Und wir werden …«

»Zum vierten schon? Du bist wohl verrückt. Das ist viel zu gefährlich. Ich werde nicht zulassen, dass sich mein Kind vor dem achtzehnten Lebensjahr auf ein Pferd setzt.«

Sie lachte laut auf. Er würde sein Kind lieben, es behüten und niemals zulassen, dass ihm irgendetwas Schreckliches geschah.

Der Hund rannte plötzlich bellend davon. Seine Stimme überschlug sich vor Begeisterung. Sie traten auf die Terrasse und sahen Hanno herankommen, den Shadow mit wilden Sprüngen umtanzte.

»Ist ja gut, du Verrückter. Jetzt beruhige dich. Du tust ja so, als hätten wir uns wochenlang nicht gesehen.« Es war offensichtlich, dass Hanno sich über die überbordende Zuneigung des Hundes freute.

»Hallo, ihr beiden. Ich störe wohl.«

Es war ihm wie immer peinlich, in Lauras und Jans Privatleben zu platzen. Zurückhaltend wie er war, hätte er immer am liebsten vorher angerufen, um sein Kommen anzukündigen. Aber natürlich wusste er auch, dass so ein

Anruf seinem Kommen mehr Bedeutung zumessen würde, als nötig war, und so befand er sich jedes Mal in einer Zwickmühle, wenn er Jan sprechen wollte.

»Du kommst wie gerufen.« Jan freute sich wirklich, Hanno in diesem Moment zu sehen. Er musste es einfach jemandem sagen. »Wir kriegen ein Kind, Hanno. Du wirst quasi Stiefgroßvater oder so was Ähnliches.«

Hanno war überwältigt. Es war ihm, als würde die Sonne plötzlich noch heller scheinen. Und die Vögel in den Bäumen, jubilierten sie nicht aus vollen Kehlen? Er zog Jan an sich, drückte ihn fest.

»Was für eine wunderbare Neuigkeit.« Er küsste Laura auf die Wange. »Du hast keine Ahnung, wie glücklich du einen alten Mann machst. Ich verspreche, ich werde eurem Kind ein toller Opa sein. Oder so was Ähnliches.«

»Du musst dich genauso um sie – oder ihn – kümmern, wie du es um mich getan hast. Du musst ihm alles über den Wald erzählen und über die Tiere. Über die Sterne und über die bösen Nixen im See.«

Sie malten sich aus, wie sie das Kind, das bald im Jägerhaus wohnen würde, aufziehen wollten, und stritten sich prompt darüber, in welchem Alter es Rad fahren oder schwimmen lernen sollte. Ob es in einen Kindergarten gehen oder lieber den ganzen Tag an Hannos Seite in der Natur verbringen sollte. Sie redeten über Sandkästen und Schwimmflügel, über Osternester, die das Kind in den blühenden Wiesen suchen sollte, und über Weihnachtsbäume, die es gemeinsam mit Hanno und Jan im Wald aussuchen würde. Das Bild, das entstand, glühte vor Glück und Heiterkeit. Nie würde es ein glücklicheres, zufriedeneres, behüteteres Kind geben als das von Laura und Jan.

Laura saß in einem Sessel und lauschte den Plänen der beiden Männer. Sie berührte ihren Bauch.

Hörst du das? Du wirst ein supertolles Leben haben, kleiner Wurm.

Sie spürte Jans lächelnden Blick auf sich und war von Glücksgefühlen erfüllt. »Guter Hoffnung sein«, was für eine treffliche Beschreibung ihres Zustands. Ja, sie war voller Hoffnung, dass alles gut werden würde. Ihr Leben hatte eine gänzlich neue Perspektive bekommen.

IV.

August

1

Sie rannte in heller Panik durch den Wald, stolperte über Wurzeln, stieß sich an Ästen, versank in dem morastigen Boden. Ihr schwerer Bauch schwang vor ihr auf und ab wie ein Medizinball. Sie drohte das Gleichgewicht zu verlieren und zu stürzen. Aber sie durfte nicht stürzen, sie musste weiter, raus aus dem Wald. Ihr keuchender Atem dröhnte ihr in den Ohren. Das Herz schlug zum Zerspringen. Sie hörte die Schritte hinter sich näher kommen. Sie war schneller. Sie hörte ihren Atem.

»Bleib stehen.«

Nein, nur nicht stehenbleiben. Da, die Kraniche, sie schwangen sich direkt vor ihr in die Lüfte. Ihr Schrei ließ die Luft vibrieren. Es klang wie ein höhnisches, bösartiges Lachen.

»Ich will dir doch nichts tun. Warte, Laura!«

Jetzt war sie direkt hinter ihr.

»Hilfe!« Da musste doch jemand sein. Irgendjemand musste kommen, um sie zu retten. Dort, zwischen den Bäumen, die Gestalt – das war doch Jan. Oder was es Marius?

»Hilfe! Hier bin ich. Hilf mir, bitte!«

Die Gestalt wandte sich ihr zu. Jan. Es war Jan.

»Jan, hilf mir!«

Gott sei Dank, er erkannte sie. Jan kam auf sie zu, flog geradezu zwischen den Bäumen durch.

»Da bin ich. Du brauchst keine Angst mehr zu haben.«

Sein Gesicht. Was war mit seinem Gesicht? Es veränderte sich. Seine Augen … Das Blau wurde immer intensiver. Jetzt sprühte es goldene Funken. Das war nicht Jan. Das war *sie.* Das war Julia.

»Du bist tot. Du kannst gar nicht hier sein.«

Ihr rotes Kleid glühte wie Feuer. Die Hand, die nach ihr griff, was war mit ihr? Es war die Hand eines Skeletts. Sie hielt ein Messer umklammert, ein riesiges, glänzendes Metzgermesser.

»Es ist gleich vorbei. Sei ganz ruhig. Gleich wirst du deine Last loshaben.«

Laura drehte sich um. Julia stand schon vor ihr. Laura drehte sich nach allen Seiten, aber die Frau war überall. Jetzt. Sie griff nach ihr. Die Skeletthand war eisig kalt. Laura erstarrte. Sie hatte verloren, konnte sich nicht wehren. Das Messer schlitzte ihren Bauch auf.

»Mein Baby! Nimm es mir nicht weg!«

Die Frau hatte das blutüberströmte Kind in ihren knochigen Armen und verschwand mit ihm im Nebel des Waldes. Laura fühlte mit ihren Händen das riesige Loch in ihrem Bauch. Das Blut strömte wie ein Wasserfall aus ihr heraus.

Jan hörte Lauras Schrei. Er raste die Treppe hinauf und riss die Schlafzimmertür auf. Laura saß im Bett, ihre Blicke irrlichterten durch das Zimmer. Das Haar hing ihr verschwitzt ins Gesicht. Sie presste die Hände auf den Bauch.

»Laura, wach auf!«

Jan nahm sie in die Arme, hielt sie fest an sich gedrückt.

»Sie will mir das Baby wegnehmen.«

Laura keuchte an seiner Brust.

»Beruhige dich doch. Du hast nur schlecht geträumt.«

Ihr Blick war panisch.

»Ich bin hier. Bei dir. Ich lasse nicht zu, dass dir was geschieht.«

»Sie kann es nicht ertragen, dass ich ein Baby bekomme. Sie will es haben.«

Stoßweise atmend erzählte sie Jan von ihrem Traum. Er war erschüttert über die reale Angst, in der sie sich befand. Als könnte sie Traum und Wirklichkeit nicht auseinanderhalten. Seit sie schwanger war, hatte sie immer wieder grauenvolle Träume gehabt. Und immer hatte jemand versucht, ihr das Kind wegzunehmen.

Langsam beruhigte sich Laura und sah ihn verlegen an.

»Tut mir leid, dass ich dich gestört habe.«

Sie war wie öfters in der letzten Zeit schon früh zu Bett gegangen, während Jan noch unten am Computer arbeitete.

Die Schwangerschaft nahm sie mehr mit, als sie erwartet hatte. Nicht nur, dass sie schreckliche Träume quälten. Seit ein paar Wochen war sie auch von entsetzlichen Übelkeitsanfällen geplagt. Es war nicht die übliche morgendliche Übelkeit, die viele Schwangere in den ersten Wochen durchstehen mussten. Laura hatte sich bis zu fünfzigmal am Tag übergeben. Sie wurde immer dünner und schwächer.

Marius hatte sie schließlich für ein paar Tage ins Krankenhaus überwiesen, wo man ihren enormen Flüssigkeitsverlust, der nicht nur für sie, sondern auch für ihr Baby gefährlich war, mit Infusionen ausgeglichen hatte. *Hyperemesis gravida* nannte man diese schwere Form von Schwangerschaftsübelkeit, die bei kaum einem Prozent werdender Mütter vorkam. Sie hing, wie Marius ihnen erklärte, mit der hormonellen Umstellung durch die Schwangerschaft zusammen, die bei manchen Frauen die Magenflora so veränderte, dass sie nichts mehr bei sich behalten konnten. Laura war entsetzlich enttäuscht gewesen, dass es ihr so schlecht gegangen war. Sie hatte sich so darauf gefreut, schwanger zu sein, zu spüren, wie sich das Leben in ihr entwickelte. Doch durch die Übelkeit war sie traurig, fast depressiv geworden. Wenn Jan nicht gewesen wäre, der sich aufopfernd um sie kümmerte, und Elke, die sie täglich besuchte und ihr mit kleinen Geschenken Mut machen wollte – Laura hätte nicht gewusst, wie sie die Zeit hätte überstehen sollen. Sie hatte sich dafür gehasst, ihrem Kind keine ausgeglichene, fröhliche werdende Mutter zu sein. Zeitweilig hatte sie auch das Kind gehasst, das sie in einen derartig jämmerlichen Zustand versetzt hatte. Wenn es doch nur schon vorbei wäre. Wenn es doch nur schon März wäre und das Kind endlich auf der Welt. Es graute ihr vor den kommenden Monaten. Sie konnte sich nicht vorstellen, wie sie sie überstehen sollte. Dazu gesellte sich in letzter Zeit noch eine tiefe Scham. War es ein Wunder, dass sie träumte, das Kind würde ihr aus dem Bauch geschnitten und weggenommen werden, wenn sie sich doch heimlich wünschte, sie wäre nie schwanger geworden? Nein, die Träume waren die gerechte Strafe für ihren Egoismus.

»Ich bin so schrecklich. Das Baby wird mir das nie verzeihen.«

Sie legte sich erschöpft auf das Kissen zurück und schloss die Augen. Sie konnte Jans sorgenvollen Blick nicht ertragen.

»Was für ein Blödsinn. Du bist erschöpft von der Übelkeit. Und auch enttäuscht, ganz klar. Da ist es nur normal, dass du so einen Blödsinn träumst. Aber es ist nur ein Traum, Laura. In Wirklichkeit freust du dich auf das Baby. Und das ist das Einzige, was es spürt – mal abgesehen davon, dass ich es jetzt schon liebe.« Er beugte sich über sie, küsste sie auf den kleinen Bauch. »Hörst du das, Zwerglein? Wir freuen uns ganz irre auf dich. Du schläfst jetzt in deinem warmen Nest noch ein paar Monate, und wenn du dann die Welt sehen willst, werden wir dich mit Pauken und Trompeten in Empfang nehmen.«

Er presste die Lippen auf die Rundung und prustete. Laura musste lachen. Ihre Finger drehten Locken in Jans Haar.

»Ob sie wohl deine Locken haben wird?«

»Sie? Wieso denkst du, dass wir ein Mädchen bekommen werden?«

»Jette hat gesagt, wenn es einem immer so furchtbar übel wird, wird es ganz sicher ein Mädchen. Vor allem, wenn man dabei auch noch so beschissen aussieht wie ich. Jungenmütter sind strahlend schön während der Schwangerschaft. Mädchenmütter sehen eher aus wie ich.«

Sie sah wirklich nicht gut aus in der letzten Zeit. Ihr Gesicht, das immer blasser geworden war, war eingefallen. Unter den Augen hatten sich schwarze Ringe gebildet. Ihre Lippen waren vom ständigen Übergeben rissig.

»Ach, die Jette, die selbst nie ein Kind gehabt hat. Die muss es ja wissen.«

Es war Jan überhaupt nicht recht gewesen, dass Jette, die sich inzwischen von dem kleinen Schlaganfall, den sie im Wald erlitten hatte, einigermaßen erholt hatte, immer wieder von Mike im Rollstuhl an Lauras Krankenbett geschoben worden war. Er war einmal dazugekommen, als Jette Lauras Hand fest umklammert und sie angefleht hatte wegzugehen.

»Du bist nicht sicher hier. Und dein Baby auch nicht. Du musst weggehen, Laura. Geh weg von hier.«

Er hatte die Furcht in Lauras Augen gesehen. Und dann hatte er sich einfach Jettes Rollstuhl gegriffen und sie zurück in ihr Zimmer geschoben. Mike hatte er angewiesen, Jette nicht mehr zu Laura zu bringen, die nun wirklich keine Aufregung vertragen würde. Als er sich von der alten Frau verabschieden wollte, hatte sie sich an seinen Arm geklammert.

»Bring sie weg, Jan. Sie ist hier nicht sicher. Es wird ihr ein Unglück geschehen. Wie Julia.«

Er hatte sie brüsk weggeschoben und sie angefahren, dass sie endlich mit diesem Blödsinn aufhören solle. Dann war er gegangen. Jettes Schreie hatten durch die Gänge geklungen, bis er das Heim hinter sich gelassen hatte.

»Es ist mir völlig egal, ob es ein Mädchen oder ein Junge wird. Das weißt du.« Seine Stimme klang sanft, als er sie sorgsam zudeckte. »Hauptsache, es ist gesund.«

Sie nickte und schloss die Augen. Er hatte ja recht. Sie hörte, wie er leise die Tür hinter sich schloss, und schon hatte sie die Augen wieder offen. Sie wollte nicht mehr einschlafen, nicht mehr in diese Träume versinken. Sie wollte sich endlich aus vollem Herzen auf ihr Baby freuen können.

Eigentlich hatten Elke und Marius im August wie jedes Jahr für drei Wochen wegfahren wollen. Dieses Mal hatten sie vorgehabt, nach Kanada zu fliegen. Sie wollten mit einem Mietwagen einmal das Land von Ost nach West durchqueren und anschließend noch ein paar Tage in New York verbringen – die perfekte Verbindung zwischen Natur und Großstadt. Elke, die noch nie in Übersee gewesen war, hatte sich voller Elan auf die Vorbereitung der Reise gestürzt. Sie liebte es, ihre Trips bis aufs I-Tüpfelchen genau zu planen. Die Flüge und der Mietwagen waren längst gebucht, auch das Hotel in New York, lediglich die Übernachtungen in Kanada wollten sie sich offenhalten: Dort, wo es ihnen gefiel, würden sie einfach bleiben.

Die Sonne glitzerte auf dem See. Bienen summten in den Blumenbeeten, hin und wieder flog von der Insel das aufgebrachte Geschrei der Kranichjungen herüber, die zwar das Nest schon verlassen zu haben schienen, sich aber immer noch gern von ihren Eltern füttern ließen. Elke lächelte, als sie zu der Insel hinübersah. Seit sie es vor vielen Jahren durchgesetzt hatte, dass die Insel von niemandem mehr betreten werden durfte, hatten sich jedes Jahr mehr Kraniche eingefunden, um auf der Insel, auf die kein Feind sich verirren würde, zu nisten. Morgens und abends flogen die Altvögel auf, um sich auf den Wiesen den Bauch vollzuschlagen und Futter für ihre Jungen zu suchen.

Elke hatte Marius noch nichts von ihren Überlegungen mitgeteilt. Sie dachte seit ein paar Tagen darüber nach, dass sie eigentlich gar nicht in Urlaub fahren wollte. Nicht in so einem herrlichen Sommer. Seit mehr als vier Wochen herrschte hier schönstes Wetter, und die Vorhersage sah auch nur schöne Tage bis hinein in den September vor.

Wieso muss man wegfahren, wenn es hier doch auch so herrlich ist?

Aber Marius brauchte diese regelmäßigen Auszeiten, in

denen er ganz weit weg von seinen Patienten sein konnte. Er schuftete so viel, dass er einen Tapetenwechsel dringend nötig hatte. Nur an einem Ort, der weit weg war von seinem Alltag, konnte er wieder zu Kräften kommen. Sie verstand das natürlich. Er brauchte andere Eindrücke, brauchte eine Zeit, in der niemand etwas von ihm wollte.

»Sag mal, meinst du nicht, wir sollten unseren Urlaub verschieben?«

Marius kam in den Garten, um sich für den Tag zu verabschieden. Seit sie Ferien hatte, war Elke immer schon ganz früh auf und pusselte in ihren Gemüsebeeten herum. Sie liebte es, morgens, wenn noch Tau auf dem Rasen lag und die Luft noch klar und frisch war, die Möhren und die dicken Kohlrabiköpfe zu ernten, den Mangold und den Rhabarber zu schneiden und den Salat für das Mittagessen.

»Hast du keine Lust mehr auf Kanada?«

»Das nicht. Ich dachte nur … na ja, Laura … Es ist schließlich ihr erstes Kind. Irgendwie hab ich so ein mulmiges Gefühl bei dem Gedanken, so weit weg zu sein. Ich meine, langsam läuft es ja nun endlich gut. Aber trotzdem, sie war so elend beieinander in den letzten Wochen. Ich … Irgendwie hätte ich ein schlechtes Gefühl dabei, sie jetzt allein zu lassen.«

»Natürlich fahren wir nicht. Ich mag sie doch auch nicht allein lassen. Wir können sie doch nicht Jans Fürsorge und vor allem nicht seinen jämmerlichen Kochkünsten aussetzen.«

Seit Laura aus dem Krankenhaus entlassen war und sie die Übelkeit endlich überwunden hatte, hatte sich Elke als eine zuverlässige Lieferantin von selbst gebackenem Brot,

Obst, Gemüse, Salat und literweise frischen Säften unentbehrlich gemacht. Laura war zwar anfangs verlegen gewesen, weil sie es nicht zulassen wollte, dass sich jemand so um sie kümmerte, aber dann hatte sie aufgegeben und brav alles gegessen, was von Elkes Garten auf ihren Tisch kam.

Und wirklich sah es so aus, als wäre endlich alles in Ordnung. Laura bekam ihre natürliche Gesichtsfarbe zurück und nahm auch endlich zu. Und, vor allem: Sie fand ihren Optimismus wieder. Sie freute sich darauf, das Kinderzimmer einzurichten und mit Elke Streifzüge durch die Kinderboutiquen zu machen, um alles, was das Baby benötigte, endlich einzukaufen.

»Meinst du, dass es dem Baby geschadet hat, dass Laura in den ersten Wochen so … neben sich war? Ich meine … Ich hab gelesen, dass die Kinder im Mutterleib alles mitbekommen, was um sie herum so vor sich geht. Es wäre doch schrecklich, wenn da irgendwas zurückbleiben würde.«

Marius beruhigte sie. Er hatte noch nie etwas davon gehört, dass ein Kind seine Mutter ablehnte, bloß weil es ihr in den ersten Wochen der Schwangerschaft nicht gut gegangen war.

»Und Laura? Meinst du, sie wird es dem Kind jemals verzeihen, dass es ihr seinetwegen so schlecht ging?«

»Laura wird in dem Moment, wenn das Kind auf der Welt ist, alles vergessen haben. Du musst dir keine Sorgen machen.«

Es gefiel ihm, wie sehr sich Elke um Laura kümmerte. Es freute ihn, dass sie sich solche Sorgen um die Freundin machte. Ihre nächtlichen Spaziergänge und Bootsfahrten hatten inzwischen ganz aufgehört. Er hatte den Eindruck, dass es Elke so gut ging wie seit Jahren nicht.

Suse Hansen hatte sich gut in Marius' Praxis eingearbeitet. Er dankte Gott jeden Tag, dass er ihm diese fleißige, patente Frau in die Praxis geschickt hatte, die auch noch eine immerwährende gute Laune zu haben schien.

»Ich freue mich, dass es Ihnen wieder besser geht, Frau Plathe.«

Laura war erstaunt, in Marius' Praxis ein neues Gesicht zu sehen. Als sie das letzte Mal hier gewesen war, hatte noch Heike Baum die Patienten in Empfang genommen.

»Ich wusste gar nicht, dass du eine neue Sprechstundenhilfe hast.«

»Frau Hansen hat mir der Himmel geschickt. Ohne sie müsste ich den Laden zur Zeit allein stemmen.«

Er hatte also eine neue Sprechstundenhilfe gesucht? Wieso hatte er dann nicht sie genommen? Natürlich, jetzt war sie schwanger, aber anscheinend hatte er schon länger einen Ersatz für Heike Baum gesucht. Hatte er ihr die Arbeit hier nicht zugetraut? Zweifelte er an ihrer Qualifikation? Aber wieso hatte er nicht mit ihr geredet? Sie hätte ihm doch ihre Zeugnisse vorgelegt, aus denen er hätte sehen können, was sie für eine hervorragende Krankenschwester gewesen war.

»Wahrscheinlich bist du jetzt echt erleichtert, dass du dich nicht für mich entschieden hast?«

Sein Staunen konnte nicht gespielt sein. Dazu war es viel zu schnell und zu spontan auf seinem Gesicht erschienen.

»Ich versteh dich nicht.«

»Ich hatte Elke doch gebeten, dich zu fragen, ob du jemanden weißt, der eine Sprechstundenhilfe sucht, nachdem sie im Krankenhaus gerade keine freie Stelle hatten.

Ich hätte gern wieder angefangen zu arbeiten. Aber jetzt ist es ja egal.«

Es war nicht egal. Elke hatte ihm nicht gesagt, dass Laura eine Stelle suchte. Er hätte sie doch sofort eingestellt.

»Ich vermute, sie hat einfach vergessen, mir das zu erzählen.«

»Das hat sie wohl, ja.«

Marius' Blick war nachdenklich. Als würde er sich Vorwürfe machen, weil er sie nicht eingestellt hatte.

»Mach dir keine Vorwürfe. Es hat einfach nicht sollen sein. Und wie wir jetzt sehen, ja auch zu Recht. Ich wäre ja schon in den ersten Wochen dauernd ausgefallen.«

Oder auch nicht. Vielleicht wären Lauras Übelkeitsattacken deutlich sanfter ausgefallen, wenn sie einen Job gehabt hätte. Er hatte zwar nicht darüber geredet, aber er wusste, dass in der Medizin für heftige Schwangerschaftsübelkeiten durchaus auch psychische Ursachen verantwortlich gemacht wurden. Und vielleicht hätte es ihr wirklich gut getan, nicht immer nur im Jägerhaus zu sein und daran zu denken, dass sie ein Kind bekam, sondern einfach einem ganz normalen Job nachzugehen, der sie forderte und ihr nicht die Zeit ließ, sich darüber Gedanken zu machen, was jetzt alles auf sie zukommen würde.

Merkwürdig war das schon, dass Elke vergessen hatte, ihm von Lauras Plänen zu berichten. Normalerweise war sie außerordentlich zuverlässig. Hatte sie es ihm vielleicht nicht gesagt, weil sie verhindern wollte, dass er und Laura sich täglich sahen? Aber das würde ja bedeuten, dass sie gewusst hatte … Er zwang sich, den Gedanken nicht zu Ende zu denken. Er war sich sicher, dass

Elke keine Ahnung hatte, was mit ihm vor zehn Jahren geschehen war.

Die Untersuchung ergab, dass es Laura und dem Baby hervorragend ging. Die letzten Monate der Schwangerschaft würde sie nun mühelos überstehen.

»Ich muss dich jetzt doch noch etwas fragen, Marius. Julia – war sie eigentlich schwanger, als sie Jan verlassen hat?«

Marius sah sie verblüfft an. Wieso wollte sie das wissen?

»Ich … ich kannte sie nicht sehr gut. Und meine Patientin war sie auch nicht. Aber ich glaube, wenn sie schwanger gewesen wäre, hätten die Leute darüber geredet. Zumindest Elke hätte mir etwas davon gesagt. Sie war ja mit Julia befreundet.«

Er schüttelte den Kopf. Nein, Julia war nicht schwanger gewesen. Heute dachte er, *leider* war sie nicht schwanger gewesen. Denn dann wäre vielleicht alles anders gekommen.

Die Männer hörten im Unterholz ein wütendes Schnauben.

Sie sahen einander an. Das war ein Wildschwein. Vermutlich eine Bache mit Jungen. Ein einzelnes Schwein wäre längst im Wald verschwunden, als die Männer mit den Baumschösslingen anrückten, um sie in dem Streifen Lichtung zu setzen, der entstanden war, als eine Windhose Hunderte von alten Eichen zu Fall gebracht hatte. Die Männer standen reglos da und lauschten dem Geräusch, das durchaus bedrohlich war. Meist war es relativ ungefährlich, einem Wildschwein zu begegnen, denn normalerweise hätte das Tier kein Interesse an einem Zusammenstoß mit einem Menschen gehabt und sich, kaum dass es einen gesehen hatte, eilig davongemacht, doch das

Aufeinandertreffen mit einer Bache, die Frischlinge führte, konnte durchaus lebensgefährlich sein. Shadow, der unter einem Busch in der Sonne lag und schlummernd darauf wartete, dass die Männer irgendwann ihre Arbeit beenden würden, schoss plötzlich hoch und raste bellend in die Richtung, aus der das Geräusch gekommen war. Und tatsächlich, aus dem dichten Farn stand eine Bache auf. Kurz äugte sie zu dem bellenden Hund, dann galoppierte sie davon, drei gestreifte Schweinchen eilig hinter ihr her.

Jan und Hanno riefen Shadow zurück. Doch dieses Mal hatte ihn der Jagdinstinkt fest in seinen Fängen. Er sah und hörte nichts mehr und verschwand japsend und fiepend vor Jagdeifer im Zwielicht des Waldes.

»Verdammt! Shadow, hierher! Shadow!«

Doch der Hund hörte nicht. Sein Bellen wurde immer leiser, je weiter er sich entfernte. Hanno lief dem Hund hinterher, während Jan und die anderen Männer weiter die Schösslinge pflanzen wollten. Sie wussten, dass der Hund, wenn er die Spur der Bache verloren hatte, dorthin zurückkehren würde, wo er losgerannt war.

Hanno hastete durch den Wald. Es war heiß, er kam schnell außer Atem. Weit vor sich hörte er den Hund.

Dieser verdammte Kerl! Er hatte Angst, dass Shadow die Bache in die Enge trieb und sie sich mit ihren Hauern gegen ihn wehrte. Gegen das wütende Wildschwein würde der Hund keine Chance haben. Er musste ihn bremsen, bevor es zum Schlimmsten kam. Er rief und pfiff, doch der Hund machte keine Anstalten, zu ihm zurückzukehren. Immer tiefer gerieten sie in den Wald. Längst hatte Hanno die Sandwege verlassen und kämpfte sich durch das dichter werdende Strauchwerk. Die Äste der Büsche schlugen ihm ins Gesicht, Blut rann von einem Kratzer auf seiner Stirn in seine Augen. Er blieb stehen, um sich mit einem Taschentuch über das Gesicht zu wischen, und dabei nahm er die Stille wahr, die plötzlich um ihn herum herrschte. Das Bellen des Hundes war verstummt. Das konnte zweierlei bedeuten: Entweder hatte er den Kampf gegen die Bache verloren, oder er hatte die Jagd aufgegeben und lief schon wieder zurück zu seinem Herrchen. Wieder rief Hanno nach dem Hund. Atemlos ging er weiter. Und jetzt hörte er ein Winseln. Er erschrak. Vielleicht war der Hund verletzt.

»Shadow! Wo bist du? Shadow?«

Das Winseln hörte nicht auf. Hanno folgte dem Geräusch vorsichtig. Es war ja nicht gesagt, dass das aufgebrachte Wildschwein nicht noch in der Nähe war. Mücken fielen in dichten Schwärmen um ihn her. Das Moor! Er hatte nicht bemerkt, dass er sich mitten im Moor befand. Vorsichtig suchte er sich einen Weg durch den feuchten Untergrund. Er hört ein leises Platschen, und dann sah er den Kranich, der wie ein grauer Geist zwischen den Bäumen herumstakste. Der Vogel hielt inne und reckte den Hals in die Höhe. Ruckartig wandte er den Kopf in Hannos Richtung. Wieder war das Winseln zu hören. Hanno sah jetzt auch Shadow und erkannte auf den ersten Blick, dass der Hund nicht verletzt war. Er stand wie angewurzelt auf einer Schilfinsel mitten im Moor. Sein Winseln klang jämmerlich. Hanno watete durch das Wasser auf ihn zu. Der Hund zitterte am ganzen Körper und starrte in die kühle Finsternis vor ihm.

»Shadow. Es ist alles in Ordnung. Jetzt komm, wir gehen nach Hause.«

Der Hund zeigte mit keiner Regung, dass er Hanno wahrgenommen hatte. Das Winseln wurde zu einem leisen Knurren. Die Nackenhaare des Hundes stellten sich auf. Hanno lauschte in die Stille, die nur unterbrochen wurde von dem Geräusch, das ein Laubfrosch machte, der sich hüpfend durch das Nass bewegte. Sie mussten hier weg. Er griff nach Shadows Halsband, wollte den Hund mit sich ziehen. Doch der blieb stocksteif stehen. Das Knurren wurde bedrohlich.

»Da ist nichts, Shadow. Nur ein paar Frösche und der Kranich. Das wird dir doch wohl keine Angst machen. Jetzt komm mit mir.«

Er streichelte die bebende Flanke des Hundes.

»Komm, mein Großer, es ist alles in Ordnung. Wir haben hier nichts verloren.«

Schließlich gelang es ihm, den Hund mit sich zu ziehen. Er hielt ihn fest am Halsband. Erst einige hundert Meter weiter spürte er, wie sich die Anspannung des Hundes löste.

Früher, als er ein kleiner Junge gewesen war, hatte er das Moor geliebt. Tagelang war er, obwohl sein Vater es ihm verboten hatte, durch das dunkle Wasser gewatet, in dem die Bäume standen, hatte Frösche und Kröten gefangen und die Vögel beobachtet, die im verschwiegenen Dämmerlicht wohnten. Sein Schönstes aber war es gewesen, die Geisterkraniche zu beobachten, die – weil sie die Schwungfedern in der Mauser verloren und deswegen eine Zeit lang flugunfähig waren – den Schutz des Moores suchten, wo sie sich vor ihren natürlichen Feinden verstecken konnten. Lautlos tauchten sie zwischen den Bäumen auf und verschwanden ebenso schnell wieder, wie sie erschienen waren. Das Betreten des Moores war schon seit vielen Jahren verboten. Die Natur konnte sich hier ganz ungestört entwickeln. Für den kleinen Hanno war es immer ein wundersam verzauberter Ort gewesen, dessen Geheimnisse man nicht entschlüsseln konnte. Das schlimmste Geheimnis aber, das das Moor seit vielen Jahren barg, jagte Hanno einen Schauder über den Rücken. Er betete jede Nacht seines Lebens, dass es nie entdeckt werden würde. Der Hund hatte es gespürt. Instinktiv hatte er begriffen, dass etwas Schreckliches im Moor verborgen lag. Es war kein Wunder, dass er so verstört reagiert hatte.

2

Marius hatte unrecht, fand Elke: Laura würde keine gute Mutter sein. Sie war viel zu sehr mit sich selbst beschäftigt. Dauernd war irgendwas. Erst diese Übelkeit, die natürlich viel heftiger sein musste als bei allen anderen Frauen. Und kaum ging es ihr wieder besser, hatte sie nun plötzlich Magenkrämpfe. Es war klar: Sie wollte, dass sich alle um sie kümmerten. Sie und Jan und natürlich auch Marius, der inzwischen ja schon im Jägerhaus zu wohnen schien, so oft sah er nach Laura. Sogar auf seinen wohlverdienten Urlaub verzichtete er freiwillig, nur damit diese Diva nicht ohne ärztliche Betreuung wäre.

»Nimm noch einen Schluck von dem Smoothie. Er wird dir gut tun.«

Wie sie das Glas ansah! Als würde sie sich davor ekeln. Dabei hatte Elke sich solche Mühe gegeben. Hatte Bärlauch im Wald gesammelt, Petersilienwurzel ausgegraben, frisches Basilikum in Templin besorgt. Das alles hatte sie im Mixer mit einer Banane und einer halben Ananas verquirlt. Etwas Gesünderes gab es nicht. Sie trank es doch auch, wenn sie sich mal schwächlich fühlte, und es brachte jedes Mal auf der Stelle ihre Lebensgeister zurück.

»Tut mir leid, aber irgendwie ... Ich trinke es später, ich verspreche es dir.«

Laura schob das Glas mit der grasgrünen Flüssigkeit in

die Mitte des Tischs. Sie war Elke ja dankbar, dass sie sich so um sie kümmerte. Aber diese dicklichen Säfte, die sie ihr in letzter Zeit brachte, konnte sie einfach nicht runterbringen. Vor allem nicht, wenn sie, wie jetzt, solche Magenschmerzen hatte. Am liebsten würde sie nur Kamillentee trinken und etwas Zwieback dazu essen. Dann würde es ihr sicher gleich wieder besser gehen.

»Du musst was zu dir nehmen, Liebes. Dein Baby braucht Vitamine und Mineralien. Du willst doch nicht, dass du es nicht genug ernährst.«

Elke hatte Lauras wunden Punkt getroffen. Die Angst, dass sie ihrem Kind nicht genug lebenswichtige Nährstoffe zuführte, plagte sie seit den ersten Übelkeitsanfällen. Was war nur mit ihr los? Sie war immer absolut gesund gewesen. Nicht einmal die jährlichen Erkältungswellen hatten sie erreicht. Sie hatte das darauf zurückgeführt, dass sie einfach nicht krank sein wollte. Und natürlich darauf, dass sie viel Sport trieb und sich einigermaßen gesund ernährte. Und jetzt war sie seit Monaten schon außer Gefecht gesetzt. Nur weil sie schwanger war, was man nun wirklich nicht als Krankheit betrachten konnte.

Elke breitete vor ihr ihre neuesten Baby-Einkäufe aus.

»Sind diese Schühchen nicht irre süß? Und sieh mal, dieses Spitzenkleidchen und dieses Hemdchen.«

Sie musste lächeln, als sie die kleinen Kleidungsstücke in die Hand nahm. Sie waren absolut bezaubernd. Ihr Kind würde darin wunderhübsch aussehen. Ein bisschen zu hübsch vielleicht. Elke tendierte dazu, eher unpraktische Dinge zu kaufen, zum Beispiel weiße und rosa Kleidchen und zarte Stoffschühchen, die jeder Prinzessin gut gestanden hätten. Das Prunkstück war ein zartgelber kleiner Mantel mit Knöpfen aus bunten Schmucksteinen.

»Du darfst nicht so viel Geld ausgeben, Elke. Was machen wir, wenn es ein Junge wird? Der wird ja wohl keine rosa Kleidchen anziehen.«

»Wenn es wirklich ein Junge wird, was ich allerdings nicht glaube, dann kann ich alles umtauschen. Das hab ich schon mit Frau Sahmer besprochen. Sie ist da sehr verständnisvoll.«

Laura hatte Frau Sahmer kennengelernt, als sie das einzige Mal, zusammen mit Elke, in deren Kinderladen gewesen war. Sie war eine nette, fröhliche Frau, die Laura sofort in die Arme genommen hatte, als sie hörte, dass sie schwanger sei. Seit es ihr aber wieder schlechter ging, hatte Laura sich nicht aufraffen können, noch einmal nach Eberswalde zu fahren.

Es war doch noch Zeit. Sie würde sich um die Babyausstattung kümmern, wenn es ihr wieder besser ging. Vielleicht würde sie aber auch einfach im Internet stöbern und sich die Sachen, die ihr gefielen, schicken lassen.

»Im Internet? Das kannst du doch nicht machen! Man muss die Sachen doch in Natur sehen. Und, vor allem: Man muss sie anfassen können.«

Elke war geradezu empört gewesen über Lauras Plan. Sie hatte nicht verstanden, dass Laura ihr damit sagen wollte, dass sie sich eigentlich lieber selbst um die Erstausstattung ihres Kindes kümmern wollte. So sehr ihr Elkes Aufmerksamkeit gut tat, so sehr schmerzte es sie gleichzeitig, dass nicht sie den Spaß hatte, sondern ihre Freundin. Sie war es doch, die schwanger war. Sie hätte sich auf alle Vorbereitungen für das Kind stürzen müssen.

Und jetzt sah es so aus, als hätte Elke das alles einfach an sich gezogen.

Automatisch knöpfte sie den kleinen Mantel zu. Und wieder auf. Die Knopflöcher waren viel zu eng, es würde jedes Mal viel zu viel Mühe machen, ihrem Kind den Mantel anzuziehen. Mal ganz abgesehen davon, dass sie eigentlich nicht wusste, wieso ein Säugling einen derart prunkvollen Mantel brauchte und wann überhaupt die Gelegenheit sein würde, dem Kind diesen Mantel anzuziehen.

»Wenn dir der Mantel nicht gefällt, kann ich ihn zurückbringen.«

»Nein. Er ist irre süß. Ich … na ja, ich weiß allerdings nicht so richtig, wann sie ihn anziehen soll. Ich meine, für den Sandkasten ist das ja wirklich nichts.«

»Wann, fragst du? Wir werden in Templin im Café sitzen. Oder auch mal einen Ausflug nach Berlin machen. Da soll sie doch nicht wie eine graue Provinzmaus aussehen. Die Leute werden sich nach ihr umdrehen, Laura.«

Sie schob das Glas mit dem grünen Saft wieder zu Laura hin.

»Jetzt trink das noch schnell aus. Dann räume ich die Spülmaschine ein, und heute Nachmittag bring ich euch das Hühnerfrikassee, das ich Jan versprochen habe.«

Hatte sie Elke nicht gesagt, dass es kaum etwas gab, das sie mehr hasste als Hühnerfrikassee? Es schüttelte sie schon bei dem Gedanken an das farblose und für sie auch völlig geschmacksfreie Gericht. Wahrscheinlich hatte Elke es vergessen. Sie würde einfach ein paar Bissen essen und Jan den Löwenanteil überlassen, denn der liebte das Gericht, das ihn an seine Kindheit erinnerte. Widerstrebend trank sie den letzten Schluck des Smoothies und konnte es gerade noch verhindern, dass sich ihr Gesicht vor Ekel verzog, als sie die breiartige Flüssigkeit ihre Kehle hinunterrinnen spürte.

»Braves Mädchen.«

Elke nahm ihr das Glas ab. »Du wirst sehen, dein Magen wird sich schnell beruhigen.«

Und wenn mir der Magen von deinem grünen Zeug weh tut? Wenn ich die ganzen Kräuter und Gemüse einfach nicht vertrage?

Laura wagte es nicht, Elka zu bitten, sie doch einfach in der nächsten Zeit mal mit ihren Zaubertränken zu verschonen. Sie wollte die Freundin nicht kränken.

Lieber tut mir der Magen weh? Ich hab sie doch nicht alle.

Sie ahnte, dass sie ein schlechtes Gewissen Elke gegenüber hatte. Sie hatte das Glück gehabt, schwanger zu werden. Sie würde das bekommen, was sich Elke so sehnlichst gewünscht hatte. Und sie fühlte sich schlecht und krank und hatte sich nicht nur einmal gewünscht, das Kind einfach nicht bekommen zu müssen. Wenn Elke an ihrer Stelle gewesen wäre, sie hätte gestrahlt und sich fröhlich dem Nestbau zugewandt. Sie hätte sich weder von Übelkeit noch von Magenschmerzen, noch von schlechten Träumen beeindrucken lassen. Wahrscheinlich hätte sie das alles auch nicht gehabt.

Sie musste ihr einfach dafür dankbar sein, dass sie es ihr nicht übel nahm, dass sie das Kind bekam, das Elke nie haben würde, dass sie nicht neidisch war, sondern sich mit ganzem Herzen für Laura und Jan freute und alles dafür tat, dass es Laura in diesen Monaten gut ging. Sie hörte das Geschirr klappern, das Elke in die Spülmaschine räumte, und kam sich furchtbar egoistisch vor. Wieso konnte sie Elke die Freude nicht gönnen, sie und ihr ungeborenes Kind zu verhätscheln? Wieso war sie so schlecht gelaunt und ungeduldig?

Elke würde es nicht zulassen, dass Laura sich nicht richtig um Jans Kind kümmerte. Eine Frau, die sich so wenig auf ihr Baby freute, würde mit Sicherheit auch keine gute Mutter sein. Auch wenn Marius nicht ihrer Meinung war, sie wusste, dass Laura es nicht schaffen würde, das Kind so zu lieben, wie es das verdiente.

Natürlich war Marius nicht ihrer Meinung. Er war ja fast so blind, was Laura anging, wie Jan. Eine tolle Frau sei sie, ein Segen für Jan – und für sie. Wie er sich freute, dass sie und Laura befreundet waren. Als hätte sie so eine Freundin überhaupt nötig. Sie wusste, dass Marius sich Sorgen gemacht hatte, weil sie so gern allein war, weil ihr Haus nicht dauernd voll gewesen war mit schnatternden Weibern, die über alles und jedes tratschten und sich zum Kaffeeklatsch und gemeinsamen Kinobesuchen trafen. Sie spürte seinen erleichterten Blick, wenn sie für Laura kochte, wenn sie ihm erzählte, dass sie den ganzen Nachmittag bei ihr gewesen war und sie es so richtig schön miteinander gehabt hatten. Er hatte nie begriffen, dass sie einfach nicht mehr wollte, als mit ihm glücklich zu sein. Sie brauchte keine Freundin. Sie hatte ihn, sie hatte ihren Vater, und sie hatte Jan. Genug Menschen, die sie liebte und um die sie sich sorgte. Sicher, sie hatte sich gefreut, als Jan Laura mitbrachte, aber doch nicht, weil sie sich einsam gefühlt hätte. Es war ihr nur um Jan gegangen. Wenn er mit dieser neuen Frau glücklich sein konnte, dann freute sie sich für ihn. Für den Mann, der es so sehr verdient hatte, nach den Jahren des Schmerzes und der Qual nun endlich wieder voller Optimismus auf sein Leben zu blicken. Sie hatte Laura alle Chancen gegeben. Sie hatte sich bemüht, sie zu mögen. Und sie hatte sich für sie gefreut, dass sie ein Kind erwartete. Aber Laura hatte sie enttäuscht. Jan war in ständiger Sorge um sie. Sein Lachen war verschwunden. Auf seiner Stirn war eine steile Falte entstanden. Und war nicht auch sein Haar grau geworden in den letzten Monaten? So sehr er es auch allen vorzumachen versuchte – er war nicht glücklich. Allein, wenn er von seinem Kind redete, bekamen seine Augen einen heiteren Glanz, klang seine Stimme fröhlich. Sie hatte nächtelang wach gelegen und gegrübelt, wie sie Jan helfen konnte. Sie hatte doch alles getan, damit es Laura gut ging. Und wenn das alles doch nicht reichte? Wenn diese Frau nicht nur Jan unglücklich machte, sondern auch das Kind, das sie bekommen würde? Sie durfte es nicht zulassen, dass im Jägerhaus noch einmal eine Katastrophe geschah.

»Es schmeckt echt scheußlich, aber ich trinke es immer ganz brav.«

Laura lachte Hanno an, der den Hund abholen kam, um ihn mit auf seinen Gang durch den Wald zu nehmen. Seit es Laura nicht so gut ging, hatte er sich angewöhnt, Shadow einmal am Tag den nötigen Auslauf zu verschaffen. Obwohl er in den letzten Tagen befürchtet hatte, dass der Jagdtrieb wieder mit dem Hund durchgehen würde, musste er erstaunt registrieren, dass er sich kaum mehr als fünf Meter von ihm entfernte und auf Hannos Ruf oder Pfiff sofort reagierte.

»Gutes Mädchen. Augen zu und runter damit. Elkes Tränke wirken wirklich Wunder.«

»Wenn sie vielleicht wenigstens den Bärlauch weglassen würde. Den mag ich schon als Salat nicht. Oder, noch schlimmer, als Pesto. Derjenige, der auf diese Idee gekommen ist, ist nicht mein Freund. Ich hab keine Ahnung, wie es kommen konnte, dass Bärlauch plötzlich der neue Rucola wurde. Die Leute spinnen doch alle.«

Hanno erinnerte sich an die abgeschnittenen Bärlauchpflanzen, die er gestern im Wald gesehen hatte. Er schüttelte den Kopf. Hatten die Leute es immer noch nicht kapiert, dass es gefährlich war, den wilden Bärlauch aus dem Wald zu essen? Es hatte weiß Gott genug Artikel in den Zeitungen darüber gegeben, dass der Bärlauch, wie alle anderen Pflanzen, die im Wald am Boden wucherten, mit den Eiern des Fuchsbandwurms verseucht sein konnte. Wenn Menschen die mit dem Bärlauch zu sich nahmen, setzten sie sich in der Leber fest und verursachten dort schwere, zuweilen auch tödliche Schäden. Zwar gab es inzwischen gute Heilmittel gegen den Fuchsbandwurm, aber es musste doch nicht sein, dass man sich so eine schwere Krankheit einfing, nur weil man es romantischer fand, das Kraut selbst zu sammeln, statt es im Supermarkt zu kaufen, wo es in der Regel aus einem kontrollierten Gewächshaus stammte. Mal ganz abgesehen davon, dass immer die Gefahr bestand, dass unwissende Sammler aus Versehen Maiglöckchenblätter erwischten oder die Blätter der Herbstzeitlosen, die sich kaum von denen des Bärlauchs unterschieden und tödlich giftig waren. Er selbst hatte längst aufgehört, den wilden Bärlauch zu sammeln, und er hatte sich auch von Elke versprechen lassen, dass sie ihn von ihrem Speisezettel strich. Seine Tochter hatte ihn anfangs ausgelacht. Es starben tausendfach mehr

Menschen im Straßenverkehr oder an einer Grippe als an einem durch Bärlauch aufgenommenen Fuchsbandwurm. Doch als sie begriffen hatte, wie ernst es ihm war, hatte sie das Kraut in ihrem Garten angepflanzt, der von einem dichten Zaun umgeben war und in den sich der Fuchs normalerweise nicht verirrte. Einen Moment lang schoss es ihm durch den Kopf, dass Elke ihm vielleicht nur etwas vormachte. Sie liebte es, durch den Wald zu streifen und Beeren zu sammeln. *Sie würde doch nicht* … Ach was, sie war eine vernünftige Frau, und als Biologin waren ihr die Gefahren des Waldes durchaus bekannt. Natürlich war sie es nicht gewesen, die hier den Bärlauch abgeschnitten hatte. Der Bärlauch, den sie in den grünen Trank gemischt hatte, den sie Laura zur Kräftigung gemacht hatte, war sicher aus ihrem Garten. Es konnte gar nicht anders sein.

Jan öffnete die Tür zum Eckzimmer. Er zögerte. Viel zu lange hatte er gewartet, bevor er sich entschlossen hatte, das Zimmer zu betreten. Doch die Überlegung, wo sie denn das Kinderzimmer einrichten wollten, hatte immer wieder bei diesem Zimmer geendet. Nicht nur, dass es groß und hell war, es lag auch neben dem Schlafzimmer. Das Kind könnte ganz in ihrer Nähe sein. Anders als bei allen anderen Zimmern im Haus würden sie sofort hören, wenn das Baby weinte. Laura hatte nicht aufgehört, über dieses Zimmer zu reden, und schließlich hatte er ihr versprochen, es in Augenschein zu nehmen. Der Vollmond fiel durch die großen Fenster in den Raum, sodass Jan kein Licht machen musste. Der Raum war leer. Hanno hatte ihn damals nach Julias Verschwinden ausgeräumt. Die alten Dielen knarrten leise, als Jan hereinkam.

»Wundervoll. Ich liebe diese alten Holzböden.« Julias Stimme schwebte durch das Zimmer. Sie hatte sich auf den ersten Blick in das große Eckzimmer verliebt. »Ein bisschen Farbe, ein Sofa, ein Schreibtisch, mehr braucht es nicht.«

Sie hatte sich sofort Farbe besorgt und an einem Wochenende erst die verblassten Tapeten abgezogen und die Wände dann in Hellgrün gestrichen. Im Internet hatte sie einen kleinen, grünen Schreibtisch gefunden, den sie zwischen die beiden Eckzimmer gestellt hatte. Das Sofa stammte aus einem kleinen Trödelladen in Schwerin. Sie hatte es in einem leuchtenden Pink beziehen lassen, das in fröhlichem Gegensatz zu dem Grün der Wände und dem dunklen Braun des Eichenbodens gestanden hatte. Würde das Kind sich hier wohl fühlen? Wieso nicht?, versuchte er sich zu beruhigen. Es weiß nicht, was hier geschehen ist. Aber würde es nicht spüren, wie schwer ihm das Herz wurde, wenn er hier war?

Er öffnete die Fenster. Der Nachtwind wehte herein. Ende August brachte er schon die Kühle des Sees herüber. Jan stellte sich ans Fenster. Es war ihm, als würde Julias Präsenz immer geringer, als würde der Wind alle unguten Schwingungen aus dem Fenster tragen. Er war entschlossen, dieses schönste Zimmer im ganzen Haus nicht mehr leer stehen zu lassen. Sein Kind sollte hier einziehen, ja. Es würde jede Erinnerung an das, was einmal hier geschehen war, verdrängen.

Laura lag im Bett. Der Schlaf wollte heute nicht kommen. Zwar hatten die Magenschmerzen im Lauf des Nachmittags aufgehört, Elkes Zaubertrank sei Dank. Aber sie verlor sich nun in Grübeleien über den Namen, den sie dem

Kind geben wollten. Vielleicht erwartete Elke, die sich unbändig darauf freute, Patentante zu werden, ja, dass das Kind nach ihr benannt wurde. – Elke? Laura wusste ganz sicher, dass sie ihr Kind so nicht nennen würde. Nicht wegen der realen Elke, aber so gut gefiel ihr der Name denn doch nicht. Außerdem wollte sie ihr Kind nicht nach einer Person aus ihrem eigenen Umfeld benennen; es sollte seinen ganz eigenen Namen haben, und deshalb würden auch Jan oder Hanno nicht infrage kommen, falls es ein Junge werden sollte.

Als sie das Knarren vernahm, setzte sie sich alarmiert auf. Das war kein Traum. Auch Shadow, der bis jetzt friedlich auf seinem Kissen neben dem Bett geschlummert hatte, reagierte sofort auf das Geräusch. Er hob den Kopf und spitzte die Ohren. Ein leises Grollen kam aus seiner Kehle. Jetzt hörte sie die Schritte. Das war ganz nah. Und es war kein Traum. Sie kamen aus dem Eckzimmer nebenan, dem Zimmer, das verschlossen war. Laura und der Hund waren gleichzeitig an der Tür. Auch wenn Laura ein Schauder über den Rücken lief – sie wollte das jetzt wissen. Vielleicht spukte es ja doch? Vielleicht schlich die Frau im roten Kleid durch das Haus?

Jan schrak zusammen, als das Licht anging.

»Ach, du bist es? Shadow und ich haben uns gefragt, ob hier nicht ein Geist herumturnt.«

Laura, unter deren Nachthemd sich ein deutliches Bäuchlein abzeichnete, sah sich neugierig um.

»Ich wollte nur mal sehen, ob das Zimmer für unser Kind geeignet sein könnte.«

»Natürlich ist es geeignet. Es ist das schönste Zimmer

im ganzen Haus, Jan. Es wäre eine Schande, wenn es nicht bewohnt würde.«

Sie wusste nicht, was sie sich alles ausgemalt hatte. Aber dass das Zimmer komplett leer sein würde, hatte sie nicht erwartet. Ihr Blick ging von den Fenstern, deren Rahmen grün gestrichen waren, zur Decke, die von einem helleren Grün bis ins Hellblau changierte. Das Kinderbett würde an der Wand stehen, die an ihr Schlafzimmer grenzte, die Wickelkommode an der Wand gegenüber. Daneben hätte ein Schrank Platz oder ein hübsches kleines Sofa, auf dem sie sitzen würde, wenn ihr Kind auf dem dicken weichen Teppich, den sie in die Mitte des Zimmers legen würde, mit Legos oder Spielzeugautos oder Puppen spielte.

Als sie sich neben ihn ans Fenster stellte, nahm sie plötzlich den Geruch war. Nur ein leiser Hauch, der ihr plötzlich in die Nase gefahren war.

»Riechst du das?«

Jan schüttelte den Kopf.

Sie hatte es fallen lassen. »Oh, tut mir leid, es ist mir aus der Hand gerutscht. Was bin ich nur für ein schrecklicher Tollpatsch.« Sie hatte gelacht und sich entschuldigt. Und der Duft hatte sich in dem Raum ausgebreitet.

»Shalimar. Ich weiß es genau. Mein Duft.«

Lauras Duft. Und nicht Julias Duft. Er war sich sicher gewesen, dass Julia das Fläschchen nicht, wie sie behauptet hatte, aus der Hand gerutscht war. Sie hatte es absichtlich fallen gelassen. Vielleicht war es ja auch unsensibel gewesen, ihr den gleichen Duft zu schenken, den seine Mutter eine Zeit lang getragen hatte, als er noch ein sehr kleiner Junge gewesen war. Aber er hatte sich nichts dabei gedacht, als er das Parfum in der Drogerie stehen sah. Er hatte sich nur daran erinnert, wie gut ihm dieser Duft gefallen hatte, als er ein kleiner Junge war.

Er muss es doch riechen. Ich versteh nicht, wieso er das leugnet.

»Sag nicht, dass du dich nicht erinnerst, dass ich mal dieses Parfum getragen habe, bevor du mir das andere mitgebracht hast.«

»Doch, natürlich erinnere ich mich. Aber ich rieche hier nichts, tut mir leid.«

Die Erinnerungen schlugen über ihm zusammen. Julias Lachen, Julias Freude, Julias Fremdheit, als sie sich immer öfter hierher zurückgezogen hatte, um allein zu sein.

»Egal, was du hier riechst – es wird verschwunden sein, wenn wir das Zimmer neu gestrichen haben.«

»Wieso sollten wir es streichen? Ich finde das Grün wunderschön. Es ist so frisch. Die weißen Möbel, die ich ausgesucht habe, werden wunderbar dazupassen.«

»Natürlich werden wir es neu streichen. Alles wird neu und frisch sein, wenn das Baby hier einzieht.«

Und alle Gerüche und Gedanken und Erinnerungen werden verschwunden sein.

Lauras Herz schlug beschwingt, als sie sich vorstellte, wie sie hier zwischen den Fenstern sitzen und ihr Baby stillen würde. Das Kratzen von Shadows Pfoten auf dem Holz riss sie aus ihren Gedanken.

»Was machst du da, Shadow? Hör damit auf.«

Der Hund ließ sich nicht beirren. Die Nase am Boden scharrte er mit den Vorderpfoten, als wollte er sich in das Holz eingraben. Sie nahm ihn am Halsband und wollte ihn aus dem Zimmer ziehen. Und da sah sie den dunklen Flecken, an dem Shadow herumgescharrt hatte.

»Was ist das denn?«

Jan sah zu ihr hin. Er kam näher und sah den Flecken. Er hatte ihn noch nie zuvor gesehen.

»Keine Ahnung. Wahrscheinlich ein Wasserfleck. Ich hab dir doch erzählt, dass das Dach über dem Zimmer beschädigt war. Vermutlich hat es hereingeregnet.«

Sie würden den Boden sowieso abziehen lassen, und dann würde von dem Flecken nichts mehr zu sehen sein. Laura ging in die Knie.

»Das ist kein Wasserfleck. Dafür ist er viel zu dunkel. Das hier sieht aus … wie ein Blutfleck.«

»Was für ein Blödsinn. Wie sollte ein Blutfleck in Julias Zimmer kommen?«

Es war also doch Julias Zimmer gewesen. Und er hatte es ihr nicht gesagt. Er hatte die ganze Zeit nicht gewollt, dass sie es betrat, obwohl hier nichts mehr an Julias Existenz erinnerte. Bis auf den Blutfleck. – *Bis auf den Blutfleck?*

Sie versuchte, Jans Gesichtsausdruck zu erkennen. Doch er war jetzt an der Tür.

»Das wird alles nicht mehr zu sehen sein, wenn die Handwerker hier drin waren. Und jetzt komm. Im Moment ist es hier wirklich zu ungemütlich.«

Sie zögerte. Noch einmal warf sie einen Blick auf den Flecken. Ein Wasserfleck war das auf jeden Fall nicht, egal, was Jan ihr weiszumachen versuchte.

Hanno hatte das Essen bei Elke genossen. Sie war wirklich eine hervorragende Köchin. Ihr Lammbraten hätte mit dem jedes Spitzenkochs mithalten können. Es war anfangs ein sehr entspannter Abend gewesen. Sie hatten über das Wetter geredet, das dieses Jahr einfach herrlich war, über das Pferd, das sich Elke im Herbst kaufen wollte, über Elkes Garten und über die Kraniche, die in diesem Jahr wieder auf der Insel nisteten. Doch dann war die Rede darauf gekommen, wann Elke und Marius denn in Urlaub fahren würden. Und die Stimmung war schlagartig dahin. Marius hatte vorgeschlagen, dass sie ihre Reise im nächsten Frühjahr machen würden. Das hatte Elke abgelehnt. Dann würde doch gerade Lauras Baby da sein.

»Wir können sie doch dann nicht allein lassen. Sie hat doch keine Ahnung, was sie mit einem Kind anfangen soll.«

Hanno und Marius hatten ihr heftig widersprochen. Sie beide waren davon überzeugt, dass Laura eine sehr gute Mutter sein würde.

»Das denkt ihr nur, weil ihr in sie verliebt seid. Aber meiner Meinung nach hat sie überhaupt kein Muttergen in sich. Wenn wir nicht aufpassen, wird sie es versauen.«

Elke war aufgesprungen und in die Küche gelaufen. Marius und Hanno hatten einander ratlos angesehen.

»Ich weiß nicht, wieso sie so sicher ist, dass Laura es nicht packen wird.«

Marius' Stimme hatte besorgt geklungen.

»Ich denke, es gefällt ihr einfach, gebraucht zu werden.«

Hanno hatte die Sorge, die er in sich aufsteigen fühlte, wegdrängen wollen. War es nicht normal, dass sich jede Frau für die bessere Mutter hielt? Und war es nicht nachvollziehbar, dass sich Elke, die nie ein Kind haben würde, erhoffte, dass sie bei der Erziehung von Lauras Kind eine wichtige Rolle spielen würde?

»Laura wird es gut machen. Und Elke wird das einsehen. Ich mache mir da gar keine Sorgen.«

Elke war mit einem Brombeerkuchen zurückgekommen.

»Natürlich habt ihr recht. Sie wird das schon schaffen. Ich mach mir halt immer ein paar Sorgen zu viel.«

Sie hatte den Kuchen verteilt und das Gespräch auf die Brombeeren gelenkt, die in diesem Jahr überwältigend üppig Früchte trugen. Marius und Hanno hatten sich dankbar auf das neue Thema eingelassen.

»Vielen Dank für das Essen und den netten Abend.«

Hanno umarmte seine Tochter, nickte Marius, der schon dabei war, den Tisch abzuräumen, noch einmal zu und machte sich auf den Heimweg. Der Mond schien hell und zauberte eine traumhafte Stimmung auf den Garten, der bis zum See hinunter reichte. Hanno beschloss, den kleinen Weg am See nach Hause zu nehmen. Die Sonnenblumen hatten ihre Blüten in der Nacht geschlossen, die Rosen, die in dichten Sträuchern die Gemüsebeete begrenzten, wiegten sich im Nachtwind und verströmten ihren süßen Duft, der sich mit dem knoblauchartigen Geruch des Bärlauchs zu einer verwirrenden Komposition mischte. Hanno war schon fast am See, als er innehielt. Der Bärlauchgeruch lag ihm noch in der Nase. Er drehte sich um und ging zurück zu den Beeten, in denen Elke Gemüse und Kräuter zog – und Bärlauch, dessen lanzettförmige Blätter deutlich im Mondlicht zu erkennen waren. Das kleine Feld zwischen den Zwiebeln und dem Thymian stand dicht und üppig da. Kein Blättchen war abgeschnitten. Wo immer also der Bärlauch herkam, den Elke in das Getränk mischte, mit dem sie Laura aufpäppelte – aus ihrem Garten war er auf keinen Fall. Hanno wusste nicht, wie er diese Erkenntnis einzuordnen hatte. Aber sie beunruhigte ihn, auch wenn er nicht sagen konnte, wieso eigentlich.

V.

September

1

Es war menschliches Blut. Daran gab es keinen Zweifel. Laura erstarrte, als sie hörte, was der Laborant ihr am Telefon mitteilte. Also doch. Ihr Instinkt hatte sie nicht getrogen: Der Fleck in Julias ehemaligem Zimmer war ein Blutfleck.

Sie hatte mit dem Messer etwas von dem verfärbten Holz abgekratzt und es nach München in ein Labor geschickt, das sie noch von ihrer Tätigkeit als Krankenschwester her kannte. Sie hatte den Laboranten Mark Kaiser an die alten Zeiten erinnert, hatte ihn danach gefragt, wie es seiner Frau und seinen Kinder gehe, und ihn gebeten, doch die kleine Probe, die sie ihm schicken würde, zu analysieren. Sie hatte geflunkert, dass es sich um einen Flecken auf einem Möbelstück handle, das sie streichen wollte. Wenn sie erst wüsste, um was es sich handelte, könnte sie den Flecken vielleicht effektiver bekämpfen.

Es hatte eine Woche gedauert, dann war die Antwort da. Also Blut. Da sie keine Vergleichsmöglichkeit hatte, würde sie nicht beweisen können, dass es sich um Julias Blut handelte.

Hatte sie Jan deswegen nicht in dieses Zimmer lassen wollen? Weil da etwas Schreckliches geschehen war, an das er sich nicht erinnern wollte? Vielleicht …

Nein, das denke ich jetzt nicht wirklich. Jan ist kein Mörder. Er ist kein Mörder. Er darf einfach kein Mörder sein.

Wahrscheinlich hatte sich Julia einfach wehgetan. Sie war gegen eine Kante, vielleicht eines Tisches oder eines Schranks, geknallt und hatte zu bluten angefangen. Oder sie hatte plötzlich Nasenbluten bekommen. Aber wenn es so harmlos gewesen wäre, hätte Jan doch nicht so getan, als würde er den Flecken zum ersten Mal sehen. Sie zitterte am ganzen Körper. Es konnte nicht sein, was sie dachte. Es konnte nicht sein, dass Jan Julia in diesem Zimmer … Sie zwang sich dazu, den Gedanken nicht zu Ende zu denken. Die Polizei hatte damals den Flecken sicher gesehen. Und da Jan nicht einmal angeklagt worden war, hatte es ganz bestimmt eine plausible Erklärung für ihn gegeben. Aber warum hatte Jan sie ihr dann nicht mitteilen wollen? War er der Polizei durch die Lappen gegangen? Hatte er … hatte er den perfekten Mord begangen? Ohne Leiche, ohne Spuren, ohne Motiv? Sie musste mit ihm reden. Sie konnte ihre Zweifel einfach nicht mehr länger für sich behalten. Sicher würde es für alles eine Erklärung geben, eine simple, einleuchtende Erklärung. Heute Abend, wenn er aus Köln zurück war, würde sie ihm den Laborbericht zeigen und ihn um eine Erklärung bitten.

Inzwischen musste sie sich ablenken. Sie musste raus aus diesem Haus, in die Sonne, die für September noch so ungewöhnlich warm schien. Sie rief Shadow. Doch in dem Moment, als sie seinen Namen aussprach, fiel ihr ein, dass der Hund ja mit Hanno unterwegs war. Vielleicht sollte sie einen Spaziergang zu Hannos Haus machen und dort Shadow abholen. Sie schlüpfte in die weite Strickjacke, die sie bequem über ihrem Bauch zuknöpfen konnte, wickelte sich ihren hellblauen Lieblingsschal um den Hals und ging los.

Die Sonne stand schon tief. Ihr Licht lag weich über dem See, von dem jetzt morgens schon die Nebelschwaden aufstiegen. Bald würden sich die Kraniche, die den Sommer auf der Insel verbracht hatten, mit denen aus Skandinavien auf den abgeernteten Feldern versammeln, um spätestens Ende September ihren Flug in den Süden anzutreten. In den Nächten hörte man am Himmel schon hin und wieder den schrillen Schrei der Züge, die schon unterwegs waren.

Und wenn sie im Frühjahr wiederkommen, wirst du schon auf der Welt sein, mein Zwerglein.

Falls sie dann überhaupt noch da sein würde. Falls sie dann noch Jans Frau sein würde. Das war doch alles vollkommen absurd. Wieso ließ sie solche Gedanken zu? Wieso vertraute sie nicht einfach ihrem Mann? Wieso freute sie sich nicht auf ihr Baby?

Als sie zu Hannos Haus kam, stellte sie schnell fest, dass er von seinem täglichen Gang durch den Wald und über die Felder noch nicht zurück war. Sie beschloss, sich auf die Bank vor dem Haus zu setzen und auf ihn und Shadow zu warten. Die Sonne fiel über den See, auf den sie eine glitzernde Bahn malte, bis zu Hannos Haus. Die Bank und die Wand, an die sich Laura lehnte, waren warm. Sie setzte sich und hielt ihr Gesicht mit geschlossenen Augen in den Himmel. Bald würde der Herbst Einzug halten, danach der Winter. Sie erinnerte sich, wie sehr sie sich darauf gefreut hatte, mit Jan am Kamin zu sitzen, Wein zu trinken, zu lesen oder zu plaudern.

Als sie zu frösteln begann, trat sie in die Hütte, die Hanno nie abschloss. Sie wollte sich eine Decke holen, in die sie sich wickeln konnte. Wie so oft staunte sie darüber, wie aufgeräumt und sauber es bei dem alten Mann war. Sie hatte Elke einmal gefragt, ob sie bei ihrem Vater putzen würde. Aber Elke hatte nur gelacht. Da sei ihr Vater sehr eigen. Er würde niemanden an seine Sachen lassen. Sogar damals, als sie noch ein kleines Mädchen gewesen war und er sie allein aufgezogen hatte, hatte er nie eine Putzfrau in sein kleines Reich gelassen. Selbst das Bügeln hatte er sich beigebracht und es so gut gemacht, dass Elke sich daneben immer wie eine Anfängerin in Sachen Haushalt vorkam.

Umso merkwürdiger war es heute, dass auf dem Tisch noch seine Kaffeetasse vom Frühstück stand und dazu ein Brettchen, auf dem ein benutztes Messer und eine geringelte Apfelschale lagen. Irgendwas musste ihm seine Pläne durcheinandergebracht haben. Dabei hatte er doch, als er vor ein paar Stunden im Jägerhaus aufgetaucht war, um Shadow abzuholen, gelassen wie immer gewirkt. Ohne nachzudenken räumte Laura den Tisch ab, spülte Tasse, Brettchen und Messer und verstaute sie nach dem Abtrocknen in den Geschirrschrank.

Die Besteckschublade klemmte ein wenig. Sie ließ sich nicht ganz zuschieben. Laura ruckelte sie ein wenig hin und her. Vielleicht hatte sie sich nur verzogen. Als sich die Schublade immer noch nicht ganz in den Schrank schieben ließ, zog sie sie einfach ganz heraus. Irgendwas musste hinter sie gerutscht sein. Sie griff in den Hohlraum und zog ein Heft heraus. Sie lächelte vor sich hin. Vermutlich ein Haushaltsheft, in das der penible Hanno seine Einnahmen und Ausgaben schrieb. Sie kannte das von ihrer verstorbenen Großmutter. Die hatte jeden Abend ihre Ausgaben in ein kariertes Schulheft eingetragen, sorgfältig nach Lebensmitteln und Haushaltsdingen und, wie sich Laura erinnerte, Luxusgütern aufgeteilt. Wobei zu den Luxusgütern solche Dinge wie Nagellack gehörten. Oder Parfum oder Wimperntusche für ihre Enkelin. Was wohl Hanno in sein Heft notierte? Als sie es in den Händen hielt, stutzte sie. Es war kein gewöhnliches Schulheft, sondern ein kleines schickes, in hellgrünes Wildleder gebundenes Notizheft, das von einem Gummiband verschlossen wurde. Dass Hanno so ein edles Heft benutzte? Vielleicht hatte er es ja von Elke irgendwann einmal geschenkt bekommen. Laura zögerte ein wenig. Durfte sie das? War das nicht ein Vertrauensbruch? Aber Hanno hatte ihr doch selbst erzählt, dass er ein Haushaltsbuch führte. Er hätte sicher nichts dagegen, wenn sie es sich einmal ansah. Als sie das Notizbuch öffnete und den Stempel auf der Innenseite des Einbands sah, war ihr, als würde die Welt stehen bleiben.

JULIA LANDAU, CORNELIUSSTRASSE 19, 80331 MÜNCHEN

Dieses Notizbuch gehörte Julia.

Laura sank auf einen Stuhl. Wie kam dieses Notizbuch hierher in Hannos Küchenschrank? Plötzlich wurde sie von Entsetzen geschüttelt. Sie sollte auf der Stelle weggehen, das Buch einfach liegen lassen und bloß nicht hineinschauen.

»Laura. Huhu, ich bin's.« Elkes Stimme schallte durch das leere Haus. Sie war zwar nicht ausdrücklich mit Laura verabredet, aber es hatte sich so eingespielt, dass sie einmal am Tag bei ihr vorbeisah. Sie tranken Tee zusammen, aßen den Kuchen, den Elke mitbrachte. Manchmal sahen sie sich auch alte Fotos an, die Elke in Kartons mitbrachte und die meistens Jan und sie zeigten, wie sie als Kinder waren. Komisch, dass Laura sich nicht meldete. Elke wusste, dass Jan nicht zu Hause war. Sie ging eilig durch das Haus und fürchtete schon, dass sie Laura irgendwo zusammengebrochen finden würde. Doch im Wohnzimmer war sie nicht, auch nicht in ihrem kleinen Dachzimmer. Und auch das Schlafzimmer war leer. Als sie gerade wieder die Treppe hinuntergehen wollte, sah sie aus dem Augenwinkel, dass die Tür zum Eckzimmer aufstand. Laura hatte ihr schon gesagt, dass sie dieses Zimmer zum Kinderzimmer machen wollten. Sie drückte die Tür ein wenig auf, neugierig, für welche Farben sich Laura und Jan entschieden hatten. Sie verzog spöttisch das Gesicht, als sie sah, dass die Wände hellgelb gestrichen worden waren. Klar, sie hatten sich nicht entscheiden wollen, ob es ein Junge oder ein Mädchen würde. Da nahm man eben was Neutrales. Aber wieso gerade Gelb? Die Farbe des Neids und der Eifersucht. Als sie das Zimmer wieder verlassen wollte, hielt sie plötzlich inne. Der Fleck – er war noch da. Nicht mehr so rot wie damals, eher bräunlich wie getrocknetes Blut. Ihr Blick saugte sich an dem Flecken fest. Sie brachte es nicht fertig wegzusehen. Als sie entdeckte, dass jemand an dem Flecken herumgekratzt hatte, ging sie in die Knie. Der Kratzer war ganz frisch. Wer hatte das getan? Und warum? Vielleicht der Bodenleger, der den Dielenboden abziehen sollte? Sicher, das war die einleuchtendste Erklärung. Er wollte sicher wissen, wie tief der Fleck ins Holz gedrungen war, wie tief er in den Boden hineinschleifen musste. Sie verließ das Zimmer, sorgfältig darauf achtend, dass die Tür so angelehnt war wie vorher, bevor Elke sie aufgestoßen hatte.

Laura war noch immer nicht da. *Vielleicht sitzt sie ja am See.* Elke ging durch das Wohnzimmer auf die Terrasse. Als sie die Tür öffnete, blies ein Windstoß herein. Einige Papiere, die auf dem Couchtisch lagen, segelten zu Boden.

»Mist.«

Sie sammelte die Papiere zusammen. Eine Stromrechnung, eine Telefonrechnung, ein Brief von Lauras Mutter und ein Laborbericht. Sie stutzte. Was machte Laura mit einem Laborbericht? Noch dazu von einem aus einem Münchner Labor? Sie studierte das Papier.

Die Sonne ging glühend rot unter. Das Tal lag wie verwunschen da. Leichte rosafarbene Nebel füllten die Senken, ein paar Wölkchen, die am blaugrün schillernden Himmel standen, fingen die letzten Sonnenstrahlen auf und verwandelten sich in fast orangefarbene Wattebäusche. Am Himmel zeigten sich die Kraniche in ihren langen Flugformationen und landeten schließlich auf den Äckern.

Hanno hatte an diesem Abend kein Auge für das Malgenie der Sonne. Als er aus dem Wald gekommen war und gerade seinen Weg nach Hause antreten wollte, war der Reifen eines Holzlasters mit einem ohrenbetäubenden Knall geplatzt. Der Laster war ins Schleudern geraten, und die Baumstämme, die er geladen hatte, waren von der Ladefläche gerutscht. Der Fahrer war mit dem Schrecken davongekommen. Hanno hatte ihm geholfen, den kaputten Reifen zu wechseln, eine schweißtreibende Arbeit. Danach luden sie zusammen mit ein paar Waldarbeitern die Holzstämme wieder auf den Laster. Er fürchtete, dass sie bis tief in die Nacht damit zu tun haben würden. Er sollte

Laura Bescheid geben, dass sie vielleicht den Hund abholen sollte. Aber sie ging nicht ans Telefon.

Julia Landau hatte ein Verhältnis mit Marius Berg gehabt. Sie hatten geplant, zusammen wegzugehen.

In knappen Sätzen hatte Julia in ihrem Tagebuch festgehalten, wie sie und Marius sich verliebt hatten. Wie sie versucht hatten, die Gefühle, die sie füreinander hegten, zu leugnen. Wie sie aber schließlich festgestellt hatten, dass sie ohne einander nicht leben wollten. Sie hatten geplant, zusammen nach Schweden auszuwandern. Die Tickets für die Fähre von Sassnitz nach Trelleborg hatte Marius besorgt. Am vierzehnten September hatten sie sich dort treffen wollen, um endlich für immer zusammen zu sein.

Laura starrte fassungslos auf das Tagebuch in ihren Händen. Julia hatte niemals vorgehabt, nach Costa Rica zu gehen. Laura versuchte zu verstehen, was vor zehn Jahren passiert sein mochte. Aber sie konnte sich einfach keinen Reim darauf machen. Marius war doch hier und lebte bei seiner Frau. Konnte es sein, dass Julia sich die Sache mit ihm nur eingebildet hatte? Dass sie ihn mehr geliebt hatte als er sie? Vielleicht war sie für ihn nicht mehr als ein unbedeutender Seitensprung gewesen. Aber er hatte die Tickets besorgt. Hätte er das getan, wenn er sie nicht geliebt hätte?

Sie hörte Schritte vor dem Haus. Das musste Hanno sein. Er würde ihr alles erklären. Er *musste* ihr alles erklären. Sie nahm das Tagebuch und ging zur Tür.

Es war nicht Hanno, der da gekommen war. Es war Elke.

»Hier bist du. Ich hab mir schon Sorgen gemacht, dass dir etwas …«

Elke stockte, als sie sah, was Laura in der Hand hielt.

»Was machst du denn hier? Du hast in Hannos Sachen rumgeschnüffelt?«

Laura spürte Elkes Wut.

»Ich hab Julias Tagebuch gefunden.«

Sie wusste alles! Alles, was sie in den letzten Jahren vergessen geglaubt hatte, würde jetzt wieder ans Tageslicht kommen. Wieso hatte Hanno Julias Sachen auch nicht weggeworfen? Er hatte ihr doch versprochen, sie zu entsorgen. Alle würden es erfahren, das mit Julia und Marius. Sie würden erfahren, dass er sie betrogen hatte und verlassen wollte. Alles, was sie getan hatte, wäre umsonst gewesen.

»Du hast es gewusst, nicht wahr? Du hast gewusst, dass dein Mann mit Julia weggehen wollte. Wieso hat er es nicht getan? Sag es mir, Elke, sag mir endlich, was damals passiert ist!«

In diesem Moment spürte Laura den Schlag an ihrem Kopf. Es wurde schwarz um sie.

Sie musste sie wegbringen. Hanno konnte jeden Augenblick zurückkommen. Elkes Gehirn arbeitete wie eine Maschine. Wo sollte sie sie hinbringen? Es gab nur einen Ort, an dem sie niemand suchen würde. Sie rannte in den Schuppen. Die Schubkarre stand da, wo sie immer gestanden hatte. Sie fuhr sie vor die Hütte. Gott sei Dank hatte Laura noch nicht so viel zugenommen. Elke schaffte es mühelos, den schlaffen Körper auf die Schubkarre zu laden. Jetzt musste es schnell gehen. Sie schob die Karre zum See, wo Hanno sein Ruderboot festgemacht hatte. Sie musste sie erst einmal aus dem Weg schaffen. Dann würde sie sich überlegen, was weiter zu geschehen hatte. Laura regte sich stöhnend. Verdammt, sie kam schon wieder zu sich. Elke rannte zurück in die Hütte. Irgendwas musste sie finden, um Laura zu fesseln. Im Schuppen fand sie, was sie suchte.

»Laura. Bin wieder da. Laura?«

Jan wunderte sich, dass das Haus dunkel war. Selbst wenn Laura schon ins Bett gegangen war – sie ließ doch immer wenigstens ein Licht brennen. Aber heute war das Haus dunkel. Er lief die Treppe hinauf.

»Laura?«

Sie war nicht da, weder im Schlafzimmer noch in einem der anderen Räume. Atemlos stand er in der Küche. Sie hatte nichts gekocht, was sie immer tat, wenn sie ihn zurückerwartete. Wo war sie? Es konnte nicht sein, dass sie es auch getan hatte! Sie konnte nicht weggegangen sein. Nicht Laura. Nicht in ihrem Zustand. Es gab keinen Grund anzunehmen, dass sie ihn verlassen hätte.

»Herr Plathe?« Jan glaubte, sein Herz bliebe stehen, als er den Polizisten in seiner Haustür stehen sah. Es war ihr etwas passiert. Sie hatte einen Unfall gehabt. Wieso sonst würde spät am Abend ein Polizist vor seiner Tür stehen? Er erkannte ihn: Es war der Polizist, dem sie angezeigt hatten, dass ihnen Shadow zugelaufen war, Polizeiobermeister Kuhn.

»Was ist passiert? Hatte sie einen Unfall? Wo ist sie? Ist sie im Krankenhaus?«

Die Sätze brachen aus ihm heraus. Er musste zu ihr. Sicher war sie verletzt. Ob mit dem Kind alles in Ordnung war? *Mein Gott, bitte lass sie am Leben sein. Alle beide.*

»Entschuldigen Sie, dass ich so spät noch vorbeischaue. Aber ich war gerade in der Nähe. In einer Datsche am See wurde eingebrochen, und da dachte ich, ich gehe einfach bei Ihnen vorbei. Es geht um Ihren Hund.«

Jan war schwindlig vor Erleichterung.

»Um Shadow? Wir haben so lange nichts von Ihnen gehört, da dachten wir …«

»Wir haben endlich den Besitzer gefunden. Ein Bauer im Oderbruch, Hannes Fulda. Er hatte nicht angezeigt, dass der Hund entlaufen ist. Wahrscheinlich hat er gehofft, dass er von allein wieder zurückkommt. Aber seine Kinder haben jetzt ein Foto ins Internet gestellt.«

»Heißt das, sie wollen ihn wieder zurück? Aber das geht nicht, Shadow ist jetzt unser Hund.«

»Das machen Sie am besten mit dem Besitzer aus. Ich habe Ihnen die Adresse hier aufgeschrieben. Rufen Sie ihn an und reden Sie mit ihm. Für uns ist die Sache damit erledigt.«

Er drückte Jan einen Zettel in die Hand.

»Danke. Das werden wir tun.«

Peter Kuhn verabschiedete sich und bat noch einmal um Entschuldigung für seinen späten Besuch.

»Kein Problem. Danke, dass Sie vorbeigekommen sind.«

»Sagen Sie, wieso haben Sie mich nach Ihrer Frau gefragt? Ist irgendetwas passiert?«

Nur, dass ich offensichtlich inzwischen vollkommen paranoid bin.

»Nein. Sie macht einen Spaziergang mit dem Hund. Nichts Ungewöhnliches. Aber als ich Sie da stehen sah … Ich habe einfach einen fürchterlichen Schreck bekommen. Ist ja nicht alltäglich, dass die Polizei plötzlich vor der Tür steht.«

Peter Kuhn nickte. Er kannte diese Reaktion der Leute. Immer dachten sie gleich an das Schlimmste, wenn sie jemanden wie ihn sahen, oder sie bekamen auf der Stelle ein schlechtes Gewissen. Viele überlegten, ob sie die letzten Strafzettel gezahlt hatten oder bei Rot über die Ampel gefahren waren.

Als Kuhn sich verabschiedet hatte, atmete Jan tief durch. Es war sicher alles ganz normal. Laura würde jeden Moment zur Tür hereinkommen. Sie würde ihm erzählen, was sie in den letzten zwei Tagen gemacht hatte. Es würde ihr gut gehen. Sie würden zusammen eine Kleinigkeit essen, und er würde ihr erzählen, dass er den Auftrag für den Bau des Kaufhauses tatsächlich bekommen hatte. Er holte sich eine Tüte Chips aus dem Schrank, öffnete eine Flasche Rotwein und setzte sich ins Wohnzimmer. Gleich würde sie zur Tür hereinkommen, gesund und munter.

Hanno wollte erst kurz duschen, bevor er zu Laura ging, um ihr den Hund zu bringen. Er war von der Schufterei total durchgeschwitzt und wollte ihr dermaßen stinkend nicht unter die Augen treten. Als er zur Hütte kam, wunderte er sich, dass die Tür offen stand. War Laura vielleicht hier gewesen, um Shadow abzuholen? Das hätte ihm leid getan. Er trat in die Hütte. Und sah, dass die Besteckschublade herausgezogen war. Das Notizbuch! Er tastete in den Hohlraum des Schranks. Er war leer. Das konnte nicht sein. Niemand wusste, dass er Julias Tagebuch hier aufbewahrte. Er hatte es nicht einmal Elke gesagt. Das Geschirr von heute Morgen – er hatte es auf dem Tisch stehen lassen. Jemand hatte es abgewaschen und in den Schrank gestellt. Elke? War Elke hier gewesen? Hatte sie das Notizbuch gefunden?

»Hanno?«

Das war Jans Stimme. Hastig schob er die Schublade wieder in den Schrank.

»Jan? Hallo. Was kann ich für dich tun?«

»Ich bin vor einer Stunde nach Hause gekommen.«

Shadow raste auf ihn zu, sprang bellend und winselnd an ihm hoch.

»Ist ja gut. Ich bin ja wieder da. Alles gut, mein Alter.«

»Ich wollte ihn gerade rüberbringen.«

Jan verstand eine Sekunde lang nicht. Natürlich, der Hund, er war bei Hanno gewesen. Bei Hanno? Das hieß, dass Laura allein unterwegs war? Sie war nicht auf einem Spaziergang mit Shadow? Sie hatte sich auch nicht bei Hanno verplaudert, wie er angenommen hatte?

»Ich hab angenommen, Laura ist bei dir.«

»Ist sie nicht zu Hause?«

Jan schüttelte den Kopf. Um Hannos Herz legte sich eine kalte Hand. Das Tagebuch … Lauras Verschwinden …

»Sie ist wahrscheinlich bei Elke. Vermutlich haben sie zusammen gekocht und die Zeit vergessen. Ich ruf gleich mal bei ihr an.«

»Nicht nötig. Ich geh bei ihr vorbei.«

Hanno entschloss sich, Jan zu begleiten. Irgendwie musste er der Angst, die sich in ihm festsetzte, Herr werden. Er musste sich persönlich vergewissern, dass alles in Ordnung war.

2

Laura schlug die Augen auf. Es war dunkel um sie herum.

Als sie versuchte aufzustehen, bemerkte sie, dass sie an Händen und Füßen gefesselt war. Die Kabelbinder waren fest zugezogen und schnitten ihr ins Fleisch. Panik überfiel sie. Sie musste hier weg, bevor Elke zurückkam. Mühsam rollte sie sich zur Seite, rutschte über den feuchten Boden, bis sie an eine Bretterwand stieß.

»Hilfe! Hört mich jemand? Hilfe!«

Sie lauschte in die Dunkelheit. Nur das Rauschen des Windes war zu hören. Sie schrie noch einmal um Hilfe und wusste doch, dass niemand sie hören würde. Sie schob sich mit dem Rücken an der Wand hoch. Schwindel überfiel sie. *Jetzt nicht wieder ohnmächtig werden.* Elke würde zurückkommen. Und ganz sicher nicht, um sie freizulassen. Mühsam um ihr Gleichgewicht kämpfend, rutschte sie an der Wand entlang, bis sie die Türklinke in ihrem Rücken spürte. Hoffnung stieg in ihr auf. Mit dem Ellbogen gelang es ihr, die Klinke hinunterzudrücken. Die Tür war abgeschlossen. Es gab keine Chance zu entkommen. Ihr Schluchzen ging in den hellen Schreien der Kraniche unter, die mit tosenden Flügelschlägen auf der Insel landeten. Sie sank in die Knie, rollte sich auf den Boden.

Ich muss nachdenken, muss wissen, was ich tue, wenn sie zurückkommt.

Sie erinnerte sich, was passiert war. Elke hatte sie bei Hanno mit Julias Tagebuch in der Hand angetroffen. Sie hatte ihr auf den Kopf zugesagt, dass ihr Mann ein Verhältnis mit Julia gehabt hatte. Und dann musste sie sie niedergeschlagen haben. Aber wieso? Wieso wollte Elke sie aus dem Weg haben? Es konnte doch nicht sein, dass sie so ausgerastet war, weil sie ihr gesagt hatte, dass ihr Mann ihr untreu gewesen war. Selbst wenn sie es nicht gewusst hatte, solche Dinge kamen doch vor. Dass Männer ihre Frauen betrogen und Frauen ihre Männer. Deswegen hatte sie sie doch nicht niederschlagen müssen. Doch nicht Elke. Die war zwar ein bisschen aufdringlich gewesen in den letzten Wochen, aber doch ihre Freundin.

Die Kabelbinder schnitten schmerzend in ihr Fleisch. Sie spürte ihre Hände schon nicht mehr. Mühsam zwang sie sich dazu, ihre Finger zu bewegen. Irgendwie musste sie es schaffen, dass die Durchblutung nicht aufhörte. Sie lag auf dem gestampften Lehmboden und fühlte die Kälte in sich hochkriechen. Sicher, erfrieren würde sie nicht so schnell. Die Nächte waren zwar kühl, aber in der Hütte war sie einigermaßen geschützt.

Die Hütte? Was war das für eine Hütte? Und wo stand sie? Hatte es überhaupt einen Sinn, um Hilfe zu rufen, oder befand sich die Hütte so tief im Wald, dass sie sowieso niemand hören würde? Sie lauschte angestrengt in die Stille. Aber da war nichts zu hören außer dem Wind, der in den Bäumen rauschte. Und da, klang das nicht wie Wasser? Wasser, das in leichter Bewegung war? Es konnten kleine Wellen sein, die an ein Ufer klatschten. Weit über sich hörte sie jetzt die Schreie. Die Kraniche! Sie flogen schon nach Süden. Glücksvögel hatte Jan sie genannt. Tränen schossen ihr in die Augen, als sie sich an den Tag erinnerte, als sie so selig in Jans Auto gesessen hatte und zum ersten Mal leibhaftig einen Schwarm Kraniche gesehen hatte. Sie hatten ihr kein Glück gebracht. Im Gegenteil.

Jetzt ertönten auch ganz in ihrer Nähe die charakteristischen Schreie. Die Kraniche mussten ganz in ihrer Nähe sein. Es klang, als würden sie ihren Brüdern am Himmel einen Gruß zuschicken, ihnen sagen, dass sie ihnen bald folgen würden.

Jetzt wusste sie es. Sie musste auf der Insel sein, mitten im See, in Sichtweite des Jägerhauses. Wenn Jan wüsste, wo sie war, würde er in fünf Minuten bei ihr sein und sie hier rausholen.

Sie schlug mit dem Kopf gegen die Bretterwand.

»Jan!«, schrie sie. »Jan, ich bin hier! Jan!«

Blut lief über ihr Gesicht. Die Wunde, die ihr Elke geschlagen hatte, musste durch ihr sinnloses Bumpern gegen die Wand wieder aufgeplatzt sein. Sie wischte sich mit den gefesselten Händen das Blut aus den Augen, versuchte, mit den Zähnen das Plastik des Kabelbinders durchzubeißen. Doch sie hatte keinen Erfolg. Natürlich nicht – diese schmalen Plastikbänder mussten ja etwas aushalten. Man konnte sie nicht so einfach durchbeißen.

Was wird sie mit mir tun? Sie kann mich doch nicht einfach wieder freilassen, nach dem, was passiert ist.

Würde sie überhaupt noch einmal hierher kommen? Oder würde sie hoffen, dass Laura hier elend umkam? Aber Jan würde die Polizei einschalten, wenn sie nicht nach Hause kam. Er würde eine Suchaktion starten, er würde sie finden und befreien. Wenn Elke nicht vorher zurückkam und sie umbrachte.

Das Tagebuch brannte in Hannos Jackentasche. War es wirklich Elke gewesen, die es gefunden hatte? Seine Tochter hatte sich gefreut, als sie ihn und Jan vor der Tür stehen sah. Sie und Marius hatten gerade angefangen zu essen. Spät, sicherlich. Aber Marius war, wie so oft, von Patienten aufgehalten worden und erst vor fünf Minuten nach Hause gekommen.

»Besuch, wie nett. Wollt ihr mit uns essen? Wieso habt ihr Laura nicht mitgebracht?«

Sie hatte die beiden Männer angeschaut und gesehen, dass es sich hier nicht um einen harmlosen abendlichen Besuch handelte.

»Ist was mit Laura?«

Ihr Gesicht war ganz blass geworden vor Angst.

»Sie hat doch nicht das Baby …«

Sie konnte es nicht aussprechen, aber es war klar, dass sie fürchtete, Laura könnte eine Fehlgeburt gehabt haben.

»Sie ist also nicht hier bei euch?«

Hanno konnte seine Sorge nicht verbergen.

Elkes Blicke waren von Hanno zu Jan gegangen.

Er ist so grau. Genauso wie damals, als Julia verschwunden war. Als sei ihm das Herz gebrochen.

Elke war voller Mitleid für Jan. Es konnte doch nicht sein, dass er das Gleiche noch einmal erleben musste.

Marius rief das Krankenhaus an. Vielleicht, wenn sie einen Unfall gehabt hätte … Aber ins Krankenhaus war Laura nicht eingeliefert worden. Jan wollte zurück ins Jägerhaus. Vielleicht war sie inzwischen schon zu Hause, und sie machten sich alle umsonst Sorgen. Elke umarmte ihn herzlich.

»Wenn du es nicht aushältst allein, dann komm jederzeit zu uns.«

Sie wollte ihm so viel sagen. Dass alles gut werden, dass sie dafür sorgen würde, dass er nur noch einmal durch ein Tal des Schmerzes gehen musste.

Ihre Augen brannten, als sie Jan verabschiedete. Ihr Herz zog sich zusammen, als sie ihn mit dem Hund in der Dunkelheit verschwinden sah.

Hanno und Marius beschlossen, dass sie, falls Laura bis zum nächsten Morgen nicht zurückkäme, eine Suchaktion starten würden. Sie würden den Wald durchsuchen und die Wiesen, würden den See abtauchen und seine Ufer absuchen.

»Es kann nicht sein, dass es wieder passiert.«

Elke sah Marius und Hanno flehend an.

»Ihr müsst mir versprechen, dass ihr sie findet. Jan würde es nicht überleben, wenn auch sie verschwindet. Wie Julia.«

Ihre Sorge war so erschütternd. Hanno nahm sie in die Arme und strich ihr beruhigend über den Rücken.

»Sie hat sich wahrscheinlich verlaufen. Und als es dunkel wurde, hat sie sich einen Unterschlupf gesucht. Sie wird irgendwo auf einem Hochstand sitzen oder in einer Jagdhütte und abwarten, bis es hell wird. Und dann wird sie nach Hause kommen.«

Er wusste selbst, wie hohl seine Worte klangen. Aber er gab sich alle Mühe, sie zu glauben.

Lauras Zähne schlugen hart aufeinander. Ihr war so kalt. Wind war aufgekommen und pfiff durch die Bretterwand. Sie zog die Knie so eng an sich, wie es mit ihrem Bauch ging. Wenn sie sich wenigstens die Arme hätte reiben können. Aber alle Versuche, die Kabelbinder aufzubekommen, waren fehlgeschlagen. Ein paar Mal hatte sie noch nach Jan gerufen, aber sie hatte gleichzeitig gewusst, dass ihre Stimme nichts gegen das Rauschen des Windes ausrichten konnte, egal, wie nahe Jan ihr war. Er würde sie nicht hören.

Jan stand auf der Terrasse und lauschte in die Nacht. Shadow drängte sich an sein Knie. Hin und wieder war ein leises Winseln zu hören. Er spürte Jans Unruhe. Und er vermisste Laura. Es war für ihn absolut nicht in Ordnung, dass sie nicht da war.

Wo bist du? Laura. O Gott, gib mir ein Zeichen. Irgendwas, damit ich nicht irre werde. Sie darf nicht tot sein.

Es war alles seine Schuld. Er hätte sie nicht hierher bringen dürfen. Es gab so viele Orte auf der Welt, und er hatte sie ausgerechnet hierher gebracht, in ein Haus, in dem schon seine Mutter unglücklich gewesen und aus dem Julia geflüchtet war. Wie hatte er nur annehmen können, dass Laura den Fluch, der auf dem Haus lag, würde bannen können?

Er machte sich jeden Tag seines Lebens Vorwürfe, dass er nie bemerkt hatte, wie unglücklich seine Mutter hier wirklich gewesen war. Erst ihre Tagebücher und der Abschiedsbrief, den die Polizei ihm nach dem Unfall übergeben und von dem er niemandem erzählt hatte, hatten ihm die Augen geöffnet. Sie hatte nicht hier leben wollen. Nicht mit dem Mann, der sein Vater war. Er hatte sie viele Jahre lang in dem Haus eingesperrt, nicht physisch, aber psychisch. Er hatte ihr ein Gefängnis gebaut, in dem er ihr nach und nach das Selbstbewusstsein genommen hatte. Und schließlich auch die Selbstachtung. Bis sie schließlich keinen Ausweg mehr gewusst und sich das Leben genommen hatte. Und ihm auch. Jan hatte nie mit irgendjemandem über den immensen Schmerz gesprochen, den die Erkenntnis, dass er das Leid seiner Mutter übersehen hatte, in ihm ausgelöst hatte. Die Scham und die Vorwürfe waren zu groß gewesen. Als er dann Julia in dieses Haus brachte, hatte er die Hoffnung gehabt, dass sie mit ihrer Jugend und ihrer Unbekümmertheit die Schatten, die hier noch immer umhergeisterten, vertreiben würde. Stattdessen war sie selbst zu einem der Schatten geworden.

Er schrak aus seinen Gedanken, als er den Schrei hörte. Er kam von der Insel. Hatte da nicht gerade jemand gerufen? Er lauschte angestrengt. Doch da war nichts. Er musste sich das eingebildet haben. Als in diesem Moment einige Kranichpaare vom Himmel stießen und auf der Insel landeten, wusste er, dass er sich nicht getäuscht hatte. Da war wirklich ein Schrei gewesen, aber er kam nicht von Laura. Es war der Schrei der Kraniche gewesen. Hoch und schrill hatte er eine Sekunde lang das Tosen des Windes übertönt.

Elke lauschte auf Marius' Atem. Sie musste los. Sie musste zur Insel und vollenden, was sie angefangen hatte, noch in dieser Nacht, denn morgen würde der Wald schon voller Suchtrupps sein. Doch Marius fand heute schwer in den Schlaf. Er wälzte sich unruhig von einer Seite auf die andere. Sie wusste, dass es die Sorge um Laura war, die ihn wach hielt. Er sorgte sich um seine Patienten, er sorgte sich um Hanno und Jan, er hatte sich um Julia gesorgt, und jetzt sorgte er sich um Laura. Er war ein guter Mensch. Das war er nicht immer gewesen. Er hatte sie belogen und betrogen, hatte sie verlassen wollen, obwohl er vor dem Altar geschworen hatte, dass er bei ihr bleiben würde, bis dass der Tod sie schiede. Er hatte es nicht geschafft, sondern war der Versuchung erlegen. Er hatte geglaubt, dass er mit Julia glücklicher werden konnte als mit ihr. Aber sie hatte ihn auf den rechten Weg zurückgeführt. Sie hatte die Versuchung eliminiert. Und er hatte sich daran erinnert, wohin er gehörte. Wenn er nur wüsste, was sie für ihn getan hatte – er würde ihr dankbar sein bis an sein Lebensende.

Als Marius endlich schlief, huschte Elke aus dem Haus. Die Zeit lief ihr davon. Sie musste sich beeilen.

Als sie über den mondbeglänzten See ruderte, stieg die Wut wieder in ihr hoch. Sie hatte sich das alles so schön ausgemalt. Es hatte noch nicht jetzt stattfinden sollen. Erst nach der Geburt des Kindes hatte sie aktiv werden wollen. Das Kind wäre ein Geschenk für Jan gewesen, ihr Geschenk. Das kleine Wesen hätte ihm geholfen, den Verlust seiner Laura schneller zu verschmerzen. Aber was hatte sie auch in Hannos Hütte zu suchen gehabt? Wieso war sie so unverschämt gewesen, in seinen Sachen herumzuschnüffeln? Wenn sie das Tagebuch nicht gefunden hätte … Wenn sie nicht begriffen hätte, was außer ihr, Elke, niemand wusste, dass Marius und Julia ein Liebespaar gewesen waren – sie hätte die letzten Monate ihrer Schwangerschaft noch gut überstehen können. Sicher, es wäre ihr immer schlechter gegangen. Elke hätte die Dosis Maiglöckchensamen, die sie ihr schon seit einiger Zeit in die Smoothies mischte, langsam erhöht. So langsam, dass Laura sich zwar schlecht fühlen, das Kind in ihr aber nicht gefährdet sein würde. Und dann, irgendwann nach der Geburt, hätte sie sie so hoch gesetzt, dass Laura an der Vergiftung sehr schnell gestorben wäre. Niemand hätte sich wirklich gewundert. Alle hätten gedacht, dass die Schwangerschaft ihr so sehr zugesetzt hatte, dass ihr schwacher Körper es letzten Endes nicht schaffen konnte. Das war alles Makulatur. Laura war selbst schuld, dass ihr Kind nicht leben würde. Sie allein trug die Verantwortung dafür. In ihrer Tasche fühlte Elke die Spritzen, die sie seit vielen Jahren in ihrem Haus versteckte. Sie hatte sie im Krankenhaus gestohlen, als sie sich endgültig sicher gewesen war, dass Julia ihr Marius wegnehmen würde. Sie würde Laura damit ruhigstellen, damit sie sie ohne Probleme von der Insel wegschaffen konnte. Ein kleiner Stich, und Lauras Muskeln würden auf der Stelle erschlaffen. Sie würde sich nicht gegen sie wehren können. Sie würde sie ins Boot schaffen, zum Nordufer rudern, und dann würde das schwerste Stück Arbeit kommen. Sie musste Laura dorthin schaffen, wo sie kein Suchtrupp finden würde.

Hanno saß grübelnd auf der Bank vor seinem Haus. Was hätte das für eine wunderbare Nacht sein können. Der Vollmond legte sein magisches Licht auf den See und den Wald, irgendwo sang eine letzte Nachtigall. Bald würde auch sie in den Süden ziehen. Täuschte er sich, oder war ihr Gesang heute noch wehmütiger als sonst? Er dachte an Laura. Wo war sie? Hatte sie wirklich einen sicheren Unterschlupf gefunden, in dem sie das erste Tageslicht abwartete? Oder war sie schon längst … Sie durfte nicht tot sein. Es durfte nicht noch einmal passieren. Aber was, wenn Elke, seine Tochter, wieder durchgedreht war? Nein!

Elke hatte sich verändert. Sie war nicht mehr die verzweifelte Frau, die sie vor zehn Jahren gewesen war. Marius und sie lebten eine harmonische Ehe. Sie hatte keinen Grund, Laura aus dem Weg zu räumen. Im Gegenteil, Laura würde Elke mit dem Kind so ein großes Geschenk machen. Sie freute sich doch fast so sehr darauf wie Laura selbst. Er durfte sich nicht verrückt machen. Es würde nichts geschehen. Morgen früh würde Laura wieder auftauchen, vielleicht ein bisschen unterkühlt, aber ansonsten gesund.

Er sollte ins Bett gehen. Einfach versuchen, ein paar Stunden zu schlafen. Doch er wusste, dass er kein Auge zutun würde. Also würde er jetzt schon nach Laura suchen. Er würde die Wege abgehen, von denen er wusste, dass Laura sie gern ging. Zur Pferdekoppel würde er gehen, ja, natürlich, die Koppel. Vielleicht hatte sich Laura in die kleine Hütte dort zurückgezogen.

Als er aufstand, fiel sein Blick auf seinen Steg. Etwas war anders dort als sonst. Er ging hin. Natürlich, das Boot, es war weg! Sollte Laura sich das Boot genommen haben? Hatte sie auf dem See einen Unfall gehabt? War ihr schwindlig geworden? War sie ins Wasser gestürzt? Alarmiert rannte er am Ufer entlang. Er musste zu Jan. Sie mussten sofort den See absuchen. Als er das platschende Geräusch von Rudern hörte, die ins Wasser tauchten, war er unendlich erleichtert. Sie lebte und ruderte gerade jetzt in seinem Boot über den See. Er starrte auf das Wasser. Das Boot tauchte aus einer Bucht auf. Der Mond beleuchtete es. Hanno erkannte die Frau, die das Boot ruderte. Es war nicht Laura, sondern Elke. Sie steuerte auf die Kranichinsel zu.

Laura bemühte sich, nicht einzuschlafen. Sie wollte auf jeden Fall wach sein, wenn Elke wieder zurückkam. In ihrem Kopf klopfte der Schmerz. Ihre Hände und Füße waren angeschwollen. Sie hatte versucht, einen Plan zu machen für den Moment, in dem Elke hier wieder auftauchte. Sie musste sie unter allen Umständen dazu bekommen, ihr die Fesseln zu lösen.

Als sie hörte, wie ein Schlüssel ins Türschloss gesteckt wurde, spannte sich ihr Körper an. Sie würde nicht kampflos aufgeben. Sie schloss die Augen. Elke sollte ihre Angst nicht sehen. Sie konnte ihren Herzschlag in jeder Faser ihres Körpers spüren.

»Schläfst du?«

Elkes Atem roch nach Wein und einem Hauch von Knoblauch. Das war doch nicht möglich! Hatte sie wirklich in den Stunden, in denen sie sie hier allein gelassen hatte, gegessen und getrunken, womöglich mit Marius zusammen? Hatte sie ihm die liebende Ehefrau vorgespielt und vielleicht sogar auch noch die besorgte Freundin, die behauptete, keine Ahnung zu haben, wo Laura steckte?

»Jan hat bestimmt schon die Polizei alarmiert. Sie suchen mich sicher schon. Du hast keine Chance, Elke.«

Sie riss die Augen auf und sah das Gesicht ihrer Entführerin hell im Mondschein leuchten.

»Du glaubst, er macht sich Sorgen?«

Ihr höhnisches Lachen gellte in Lauras Ohren.

»Dein lieber Ehemann hat mir gerade einen netten Besuch abgestattet. Wir haben Wein getrunken und ganz reizend geplaudert. Stell dir vor, er hat den Auftrag in Köln bekommen. Aber das interessiert dich jetzt vermutlich nicht so brennend.«

»Lass mich frei, Elke. Ich werde sagen, dass ich mich verlaufen habe. Ich werde niemandem erzählen, was wirklich passiert ist.«

»Das … wirst du ganz sicher nicht. Weil du keine Gelegenheit bekommen wirst, überhaupt noch irgendjemandem etwas zu erzählen.«

»Jan wird sich alles zusammenreimen. Er wird herausfinden, was du getan hast. Du glaubst doch nicht wirklich, dass du ungeschoren davonkommst.«

Der Schlag ins Gesicht kam unerwartet. Ihr Kopf wurde von der Wucht zur Seite gerissen. Laura konnte nicht verhindern, dass sie vor Schmerz aufschrie.

»Halt einfach den Mund. Was du denkst, interessiert hier keinen. Und jetzt komm, wir müssen hier weg.«

Sie will mich wegbringen. Kalte Angst ergriff Laura. Hier auf der Insel hätte sie vielleicht gefunden werden können, aber nicht irgendwo in der Tiefe der Wälder. Sie durfte sie nicht wegbringen.

Das Moor! Sie wird mich im Moor versenken. Wahrscheinlich hat sie das mit Julia auch gemacht. Was hatte Jan gesagt?: Wenn du im Moor umkommst, findet dich niemand mehr.

Elke griff ihr unter die Arme und versuchte, sie hoch zu zerren. Laura trat mit den gefesselten Beinen um sich, schlug mit den zusammengebundenen Händen nach ihrer Peinigerin. Sie wand sich und machte sich schwer. Auf keinen Fall würde sie Elke gestatten, sie von der Insel zu bringen.

»Okay, denn eben anders. Aber sag später nicht, du hättest das nicht gewollt.«

Sie zog eine der Spritzen aus der Jackentasche. Laura zuckte zusammen. Was wollte sie ihr da spritzen? Würde sie sie jetzt gleich umbringen? Die Nadel blinkte im Mondlicht, als Elke sie überprüfte. Die Tropfen der hellen Flüssigkeit funkelten wie Diamanten.

»Bitte nicht. Ich komm ja mit. Ich tu alles, was du willst. Bitte, Elke, tu das nicht.«

Es ging um ihr Leben. Um nichts als um ihr nacktes Leben – und das ihres Babys. Wenn nicht ein Wunder geschah, würde Elke sie beide töten.

»Ich verspreche dir, ich werde auch niemandem erzählen, dass du Julia getötet hast.«

Elke hielt inne. In dem Blick, den sie ihr zuwarf, lag der blanke Wahnsinn.

»Sie war ein Miststück. Sie hat alle betrogen. Sie wollte mein Leben zerstören und das von Jan.«

»Das Leben von Jan hast ja wohl du zerstört.«

Elke schlug wieder zu. Laura musste sich in Acht nehmen. Sie durfte sie nicht noch mehr reizen.

»Entschuldige, ich hab das nicht so gemeint. Natürlich war es Julia, die Jans Leben zerstört hat. Aber hör mir zu, Elke, ich bin nicht Julia. Ich habe nichts mit deinem Mann, und ich habe auch nicht vor, Jan zu verlassen. Du brauchst mich nicht zu töten. Bitte, lass mich frei. Es kann doch noch alles gut werden.«

Elke lachte höhnisch auf. Sie kniete sich zu Laura und setzte die Spritze an. Laura nahm all ihre Kraft zusammen und warf sich gegen Elke, die durch den Aufprall das Gleichgewicht verlor und zur Seite fiel.

Das war ihre Chance. Laura drückte sich gegen die Wand. Sie musste hier weg. Sie stand schon fast gerade, als Elke nach ihrem Knöchel griff und sie umriss. Die Spritze – sie musste ihr ausweichen. Es durfte Elke nicht gelingen …

»Elke, was machst du da?«

In der Tür stand Hanno. Elke fuhr herum. Verblüfft sah sie ihren Vater an, der blass wie ein Toter auf sie zukam.

»Gib mir die Spritze, Elke. Du willst sie doch nicht wirklich töten. Laura ist deine Freundin. Du magst sie doch. Und bald wird sie ein Kind haben. Du willst doch seine Patentante sein.«

Seine Stimme war ganz ruhig, fast hypnotisch. Ohne die Spritze aus den Augen zu lassen, ging er auf seine Tochter zu.

»Sie ist selbst schuld. Was schnüffelt sie auch in deinem Haus herum.«

Elke wandte Hanno den Rücken zu. Laura drückte sich in eine Ecke. Sie sah die Spritze auf sich zukommen. Hanno drängte Elke weg. Er versuchte, ihr die Spritze zu entreißen.

»Nein. Daran wirst du mich nicht hindern. Sie hat es verdient.«

Elke wand sich wie eine Schlange unter Hannos Griff. Schreiend kämpfte sie mit ihrem Vater. Und als sie merkte, dass sie keine Chance gegen seine Kraft hatte, holte sie weit aus und hieb ihm die Spritze in den Hals. Laura schrie auf.

»Hanno!«

Doch Hanno ging schon zu Boden. Seine Glieder gehorchten ihm nicht mehr. Er versuchte noch, nach Elke zu greifen, dann lag er still da. Die Augen weit aufgerissen, musste er mit ansehen, wie Elke Laura aus der Hütte zerrte.

»Hanno, hilf mir! Hanno!«

Laura schrie aus Leibeskräften. Sie sah zu Hanno hin, der hilflos auf dem Boden lag, ohne sich rühren zu können. Seine Augen baten sie um Vergebung.

Wie kann ein Mensch nur so schwer sein? Elke zerrte Laura an den Armen durch das Dickicht wie einen Sack Kartoffeln. Die Steine, über die sie geschleift wurde, waren selbst durch Lauras dicke Jacke zu spüren. Aber es war ihr, als würde der Schmerz nicht in ihr Bewusstsein gelangen. Vielmehr nahm sie ihn wie durch eine Watteschicht wahr. Eigentlich war alles egal. Sie würde heute Nacht sterben, daran hatte Laura keinen Zweifel mehr. Wieso brachte sie sie nicht gleich hier um?

Elke schrie gegen den Wind an.

»Für wie dumm hältst du mich eigentlich? Klar kann ich dich auf der Stelle töten. Ich könnte auch deine Leiche im See versenken. Dann wärst du wenigstens im Tod noch ganz in Jans Nähe. Das würde dir gefallen, ja?«

Sie schob Laura in das Ruderboot, wo ihr Kopf gegen den Mittelsitz knallte. Laura stöhnte leise auf und schloss dann die Augen.

»Wo bringst du mich hin?«

Als wenn es jetzt noch eine Rolle spielte, was Elke mit ihr vorhatte.

»Das wirst du schon sehen. Du brauchst keine Angst zu haben, du wirst dort nicht allein sein.«

Sie stieg in das Boot, machte die Leine los und ruderte das Boot über den See. Verzweifelt sah Laura, dass im Jägerhaus Licht brannte.

»Jan! Hier bin ich, Jan! Auf dem See!«

Elke stopfte Laura ein Taschentuch in den Mund und

ruderte weiter. Laura schloss die Augen. Sie versuchte, ihre Gedanken auf Jan zu konzentrieren.

Ich bin auf dem See. Jan, sieh hinaus. Sieh auf den See.

Wie ein Mantra wiederholte sie in Gedanken diesen Satz.

Jan musste doch spüren, dass sie in seiner Nähe war, dass sie in Lebensgefahr schwebte.

»Jan, hier bin …« Sie konnte den Satz nicht beenden. Elke schlug ihr so hart ins Gesicht, dass Lauras Kopf gegen das Mittelbrett knallte.

»Du naive Kuh! Glaubst du wirklich, dass er dich hören kann? Aber vielleicht hört er dich ja und will dir gar nicht helfen, weil er froh ist, dass du endlich weg bist!«

Ich habe keine Ahnung, ob es dich gibt, Gott. Aber falls du wirklich dieser gütige Gott bist, an den so viele glauben, dann lass nicht zu, dass Laura etwas zustößt. Hilf ihr. Und mir. Ich will ja nicht mehr, als dass sie gesund zurückkommt.

Er saß auf dem Sofa und starrte an die Wände. Wie viel heller und größer der Raum nach Lauras Verschönerungsaktion wirkte. Hatte er ihr eigentlich gesagt, wie sehr ihm das neue Gewand gefiel, das sie dem Haus verpasst hatte?

Auf der Terrasse stand plötzlich Marius. Jan öffnete ihm die Tür.

»Elke ist weg.«

»Was meinst du damit?«

»Ich bin aufgewacht, da war sie nicht mehr da. Ich hab keine Ahnung, wann sie abgehauen ist, aber länger als eine Stunde hab ich nicht geschlafen.«

Elke machte sich doch mindestens die gleichen Sorgen

um Laura wie er. Jan verstand nicht, wieso Marius so panisch war. Sie würde losgegangen sein, um Laura zu suchen. Vermutlich hatte sie vor Angst um Laura nicht einschlafen können und einfach etwas tun müssen.

Jan verstand Elke nur zu gut. Wenn er nicht jede Minute hoffen würde, dass Laura plötzlich wieder auftauchte, wäre er mit Shadow schon längst losgezogen, um seine Frau zu suchen. Aber die Vorstellung, dass Laura abgekämpft nach Hause kam und keiner da sein würde, war zu schrecklich. Er musste hier sein und sie in Empfang nehmen. Egal, was sie erlebt hatte da draußen, sie würde ihn nötig haben.

»Kannst du dir vorstellen, dass … Elke … etwas mit Lauras Verschwinden zu tun haben könnte?«

Jan starrte Marius an, als sei er plötzlich verrückt geworden.

Was redete er denn da? Was sollte Elke mit Lauras Verschwinden zu tun haben? Sie liebte sie, war ihr eine verlässliche Freundin. Sie würde sie doch nicht …

»Was meinst du denn? … Du kannst doch nicht im Ernst denken, dass Elke … Du meinst, sie hat Laura entführt?«

Aber wieso hätte sie das tun sollen? Elke, seine beste Freundin? Seine Schwester, Lauras Freundin? Es gab doch nicht den geringsten Grund, solche Gedanken zu denken. Aber Marius schien so voller Angst, dass er Jan nicht einmal in die Augen sehen konnte. Stattdessen starrte er aus dem Fenster auf den See, als würde er dort eine Erklärung für all die ungelösten Rätsel bekommen.

»Ich weiß es nicht. Könnte es nicht sein, dass sie das Gefühl hat, dass Laura … dir … schaden könnte?«

»Verdammt, du redest von Elke, deiner Frau, die ich kenne, seit sie auf die Welt gekommen ist … Wenn sie meinen würde, dass Laura nicht gut für mich ist, dann würde sie mir das sagen. Sie hat nie ein Blatt vor den Mund genommen. Meine Freundinnen hat sie mir in schöner Regelmäßigkeit dadurch vergrault, dass sie ihnen ins Gesicht gesagt hat, dass sie sie für die Falschen hielt. Sie ist wie eine Furie auf sie losgegangen, hat sie beschimpft und gedroht, ihnen das Leben zur Hölle zu machen, wenn sie es wagen würden, mich unglücklich zu machen.«

Er lächelte, als er die fünfzehnjährige Elke vor sich sah, die zornbebend vor einer seiner Freundinnen stand und sie zum Teufel wünschte. Er hatte das anfangs lustig gefunden, irgendwann aber auch lästig, und schließlich hatte er es sich verbeten, dass sie sich seinen Freundinnen gegenüber so benahm.

»Hast du niemals darüber nachgedacht, ob nicht vielleicht Elke etwas mit Julias Verschwinden zu tun haben könnte?«

Jan glaubte im ersten Moment, er habe ihn nicht richtig verstanden. Marius konnte so etwas doch nicht denken. Nicht von seiner eigenen Frau.

»Du meinst, sie hat ihr vielleicht das Ticket nach Costa Rica besorgt? Oder sie zum Flughafen gebracht? Marius, du bist völlig verrückt geworden. Das hätte sie mir doch gesagt.«

»*Das* hätte sie dir bestimmt gesagt, das glaube ich auch.«

»Und was hätte sie mir nicht gesagt?« Das Grauen baute sich in ihm auf wie eine schwarze Gewitterwolke. »Was, Marius? Was hätte Elke mir nicht gesagt?«

Marius konnte ihm nicht antworten. Zu fürchterlich war die Antwort, die ihm einfiel.

Elke ruderte das Boot ruhig und routiniert zum nördlichen Ufer des Sees. Dort sprang sie ins Wasser und zog das Boot auf den sandigen Strand der kleinen Bucht.

»Aufwachen! Wach auf, Laura!«

Sie rüttelte an Lauras Schulter und zerrte sie hoch.

»Wir machen jetzt eine kleine Wanderung.«

Laura versuchte, sich mit den Beinen am Mittelsitz festzuhaken, doch Elke hob ihre Beine über den Bootsrand und schubste sie dann ganz aus dem Boot. Sie hatte es jetzt eilig. Am Osthimmel zeigte sich schon ein rötlicher Streifen. In einer Stunde würde es hell sein, und dann würden sie mit der Suche nach Laura beginnen. Sie schob und zerrte ihre Gefangene in den Wald.

»Du musst mir die Fesseln losmachen, sonst kommen wir nirgendwohin.«

Elke zögerte. Die kleinen Hüpfschritte, zu denen Laura wegen der Fesseln nur fähig war, verhinderten wirklich ein schnelles Vorankommen.

»Damit du abhauen kannst, was? Das würde dir so passen. Nein, gib dir gefälligst Mühe.«

Sie gab Laura einen Stoß in den Rücken, so heftig, dass sie stürzte und mit dem Gesicht gegen einen Baumstumpf stieß. Sie sackte in sich zusammen.

Einfach liegen bleiben. Nicht mehr aufstehen, liegen bleiben und einfach einschlafen. Es ist doch sowieso alles sinnlos.

Laura gab auf. Es hatte alles keinen Zweck. Elke würde sie auf jeden Fall töten. Dann konnte sie es gleich hier machen. Wieso sollte sie also nicht einfach hier liegen bleiben und ihr Schicksal annehmen?

Als das Blut wieder durch ihre Füße zirkulierte, spürte sie einen scharfen Schmerz, der ihr die Tränen in die Augen trieb. Sofort waren ihre Lebensgeister wieder da. Einen Moment noch, bis sie wieder Gefühl in ihren Füßen hatte, dann würde sie losrennen. Sie würde Elke einfach überraschen, sie über den Haufen rennen und dann im Wald verschwinden. Natürlich, Elke kannte den Wald wie ihre Westentasche, aber alles war besser, als wie ein Schaf zur Schlachtbank zu gehen. Sie sammelte ihre Kräfte. Und ihren Mut. Doch bevor sie sich aufrichten konnte, um loszulaufen, spürte sie die Fessel an ihrem rechten Knöchel.

»Du hast doch nicht wirklich gedacht, dass du einfach abhauen kannst?« Elke zog an dem Strick, den sie um Lauras Knöchel gebunden hatte. »Komm.«

Sie hatte den Moment verpasst. Stolpernd, immer um ihr Gleichgewicht kämpfend, ging sie vor Elke her, die sie an der Leine hatte wie einen Hund.

Hanno lag auf dem Boden der Hütte. Er musste ihr nach, musste das Schlimmste verhindern. Sie durfte nicht noch einmal … Seine Gedanken überschlugen sich. Doch jede Bewegung, die er machen wollte, endete in einem grauenvollen Nichts. Seine Glieder gehorchten seinem Willen nicht mehr. So sehr er sich darauf konzentrierte, seine Beine zu bewegen, es tat sich nichts. Sie hatte ihn außer Gefecht gesetzt, seine eigene Tochter. Wenn es ihm nicht gelang, irgendjemanden zu alarmieren, würde sie in ihrem bösen Tun nicht mehr aufzuhalten sein.

Er hatte ein Monster großgezogen, das nicht davor zurückschreckte zu töten. Er musste sie verfolgen. Er musste sie daran hindern, Laura umzubringen. Allerdings hatte er keine Ahnung, wie lange die Wirkung des muskellähmenden Mittels, das sie ihm gespritzt hatte, anhalten würde.

Die Sonne war gerade aufgegangen und hatte einen Schleier aus magischem Septemberlicht über das Land gelegt. Jan hatte kein Auge für die Schönheit des anbrechenden Tages. Er rief Polizeiobermeister Kuhn an. Ein Suchtrupp musste zusammengestellt werden, der seine Frau finden sollte.

»Sie ist also heute Nacht nicht zurückgekommen? Haben Sie denn versucht, sie auf dem Handy zu erreichen? Haben Sie bei Nachbarn und Freunden gefragt, ob sie sie gesehen haben?«

Der Polizist belehrte Jan freundlich, dass die Polizei eine Fahndung frühestens nach achtundvierzig Stunden einleiten würde. Der Erfahrung nach würden neunzig Prozent der Vermissten nämlich am Tag nach ihrem Verschwinden wieder auftauchen. Außerdem sei Laura volljährig und bei guter Gesundheit. Es konnte doch sein, dass sie sich einfach eine Auszeit genommen hatte oder dass sie Freunde besuchte oder ihre Mutter in Bayern. Er solle sich nicht zu viele Sorgen machen, seiner Frau gehe es bestimmt gut.

In diesem Moment rannte Shadow bellend aus dem Haus. Jan stockte der Atem. Laura? Es konnte nur Laura sein, der der Hund so freudig entgegenrannte. Er lief ihm hinterher.

»Laura?«

Der Hund raste zum Wasser, wo er bellend stehen blieb. Was hatte er am Wasser zu suchen? Hatte er sie gefunden? War sie etwa dort angeschwemmt worden? Voller Angst lief Jan hinter dem Hund her.

»Bitte, lieber Gott, lass sie nicht tot sein.«

Schon von Weitem erkannte er, dass da jemand reglos am Ufer lag. Das Herz krampfte sich in ihm zusammen.

»Laura, nein!«

Er strauchelte, wurde aber von Marius gestützt. Sie liefen weiter zu der leblosen Gestalt, die der Hund vorsichtig anstupste. Es war nicht Laura. Neben dem Steg lag Hanno. War er tot? Jan war schon bei ihm.

»Hanno. Was ist passiert?«

Er konnte das Murmeln des alten Mannes kaum verstehen. Ganz nah ging er mit seinem Ohr zu dessen Mund.

»Elke … Laura … Sie tut es wieder … Moor.«

»Was soll das heißen? Ich versteh dich nicht. Hat Elke Laura gefunden? Wo sind sie? Hanno, sag es. Hanno!«

»Im Moor … Sie bringt sie ins Moor … wie … Julia.«

Sein Kopf fiel zur Seite. Marius suchte nach seinem Puls, legte seinen Kopf auf Hannos Brust. Schlug sein Herz noch?

»Ruf den Notarzt.«

Jan rannte zum Haus und telefonierte mit der Rettungsstelle.

»In zehn Minuten sind sie da. Wird er so lange durchhalten?«

Marius hatte inzwischen erkannt, dass Hanno mit einem Mittel, das die Muskeln lähmte, außer Gefecht gesetzt worden war. Er fragte sich, wie der Mann hierher ans Seeufer gekommen war. Er war klatschnass. War er geschwommen? Das hätte er eigentlich nicht gekonnt. Niemand konnte mit gelähmten Muskeln …

»Sie wird sie töten … ihr müsst … das Moor …«

»Sie sind im Moor? In welchem Moor, Hanno? Versuch es mir zu sagen. Hanno!«

»Da … wo die Kraniche … die Geisterkraniche … da …«

Jan wusste sofort, welches Moor Hanno meinte. Das, in das sich Shadow vor Kurzem verirrt hatte, als er das Wildschwein gejagt hatte.

»Wieso will sie sie töten, Hanno? Das ergibt doch keinen Sinn. Sie hat überhaupt keinen Grund, Laura umzubringen.«

Er überließ Hanno Marius' Fürsorge und raste los.

»Sag der Polizei Bescheid. Sag denen, was Hanno gesagt hat.«

Marius nickte. Er würde die Polizei rufen. Um sie seiner Frau auf den Hals zu hetzen. Er würde seine Frau der Polizei ausliefern.

»Wie Julia«, hatte Hanno gesagt. Sie würde Laura töten wie Julia?

Es wurde einen Augenblick lang schwarz um ihn herum.

»Hanno … was hast du damit gemeint: wie Julia? Julia ist nicht tot. Sie lebt seit zehn Jahren in …«

Hanno schüttelte mühsam den Kopf.

»Sie hat es gewusst.«

»Was hat sie gewusst? Hanno! Was hat Laura gewusst?«

Hanno schloss die Augen. Und Marius verstand.

Laura hatte gewusst, dass er sie mit Julia betrog. Aber wenn sie es gewusst hatte, wieso hatte sie nichts gesagt, ihn nicht zur Rede gestellt? Es konnte nicht sein. Es durfte nicht sein. Elke konnte Julia nicht getötet haben.

Er wusste tief in seinem Inneren, dass es stimmte. Es war so einfach: Elke hatte nicht gewollt, dass Marius sie wegen Julia verließ. Sie hatte nur einen Weg gesehen, das zu verhindern: Julia musste sterben. Marius hatte das Gefühl, in einen Abgrund zu stürzen. Deswegen war Julia nicht in Sassnitz gewesen, am Pier der Ostseefähre nach Trelleborg. Deswegen hatte er sie nicht auf ihrem Handy erreichen können. Einen Tag lang war er im Hafen von Sassnitz auf und ab gegangen. Bei jedem Schritt hatte er aufgeschaut und enttäuscht den Blick wieder weggewandt, als er erkannte, dass sie es wieder nicht war. *Sie hat gekniffen,* hatte er damals gedacht. *Sie hat es nie ernst mit mir gemeint.* Es war nur ein Spiel gewesen zwischen ihnen. Ein sehr leidenschaftliches zwar, aber am Ende doch nur ein Spiel. Er war gekränkt gewesen, enttäuscht bis in die tiefste Seele. Er war bereit gewesen, ihr sein ganzes Leben zu Füßen zu legen, und sie hatte nichts Besseres zu tun gehabt, als sich aus dem Staub zu machen. Ohne ein Lebenszeichen für ihn, ohne eine Erklärung. Sie war einfach wie vom Erdboden verschwunden. Sie hatte sich über ihn und über seine Liebe zu ihr lustig gemacht. Seine Zukunft war in sich zusammengebrochen. Und er war einfach zu seiner Frau zurückgekehrt, hatte all die Jahre neben ihr gelebt, als wäre nichts geschehen. Er hatte sich vorgemacht, dass er dankbar sein konnte, dass alles so ausgegangen war, dass er mit Julia niemals hätte glücklich werden können. Die Wut, die er auf sie hatte, war mit den Jahren geringer geworden. Die Kränkung aber war geblieben. Niemals, mit keinem Gedanken hatte er daran gedacht, dass Julia daran gehindert worden sein könnte, zu ihm zu kommen.

Als der Notarzt kam, hatte die Wirkung des Medikaments schon ein wenig nachgelassen. Hanno konnte seine Beine schon wieder bewegen. Trotzdem wurde er ins Krankenhaus geschafft.

»Such sie. Du musst sie suchen. Sie darf es nicht noch einmal tun.«

Jan raste mit dem Auto durch den Wald. Der Hund saß auf dem Beifahrersitz und wurde hin und her geschleudert, wenn Jan den Schlaglöchern auswich. Das Moor war groß. Wo sollte er anfangen zu suchen? Er versuchte sich zu konzentrieren, zu überlegen, wo er als Kind mit Elke am liebsten gespielt hatte. Das konnte doch alles nicht wahr sein. Er hatte das Gefühl, sich in einem Film zu befinden. Das konnte nicht das wirkliche Leben sein. Als die Räder des Wagens in einem Wasserloch versanken, sprang er aus dem Auto. Shadow raste an ihm vorbei in das Moor.

Obwohl der Tag angebrochen war, war es jetzt still und dämmrig. Hier im Moor, wo die Natur seit Langem sich selbst überlassen war, wo Büsche und Bäume kreuz und quer wuchsen, wo tote Bäume einfach umfielen und den Bibern jede Menge Unterschlupfmöglichkeiten boten, wo höchstens mal ein Naturkundler herumstreifte, um wissenschaftliche Beobachtungen zu machen, würde niemand Laura finden. Ebenso wenig, wie sie Julia gefunden hatten.

Elke zog an der Schnur, die sie um Lauras rechtes Bein geschlungen hatte.

»Wir sind da.«

Nein! Ich will nicht sterben. Das kann nicht sein, dass das das Ende ist.

Was würde sie tun? Sie einfach wieder fesseln und liegen lassen? Oder würde sie sie in dem Tümpel, der vor ihnen lag, ertränken?

»Bitte, tu das nicht. Du bist doch keine Mörderin. Elke, bitte. Sei doch vernünftig.«

Elke fühlte den Triumph in sich hochsteigen. Laura hatte doch keine Ahnung. Natürlich war sie keine Mörderin. Sie wollte nur die Ordnung wiederherstellen. Wollte, dass endlich wieder Ruhe einkehrte. Das war kein Mord, das war Gerechtigkeit. Laura hatte sich in ihr Leben gedrängt. Sie war dabei, alles zu zerstören. Wie sie da stand und um ihr Leben bettelte, um ihr armseliges, unbedeutendes kleines Leben!

»Du willst doch Jan nicht unglücklich machen. Er wird verzweifeln, wenn er mich verliert. Und sein Kind. Du hast doch gesehen, wie er sich auf sein Kind freut.«

Laura suchte verzweifelt nach Argumenten.

»Was weißt du schon von Jan? Du kennst ihn seit ein paar Monaten. Du hast doch keine Ahnung, wie es in ihm aussieht.«

»Er wird dir nie verzeihen, was du getan hast.«

»Er wird es nie erfahren.«

»Er liebt mich. Ich bin seine Frau.«

»Wie kann man sich nur so wichtig nehmen! Er wird eine andere finden. Er wird dich vergessen, so wie er Julia vergessen hat. Und jetzt halt den Mund. Es ist vorbei.«

Sie zog die zweite Spritze aus der Tasche.

Laura begriff. Sie würde sie lähmen und dann ins Wasser werfen, und sie würde ertrinken. Das Moor würde sie verschlingen.

Das leise Geräusch lenkte Elke einen Moment lang ab. Laura sah den Geisterkranich, der hinter ihr auftauchte und sofort wieder im Dämmerlicht verschwand.

Sie schlug Elke mit den gefesselten Händen die Spritze aus der Hand.

»Hilfe! Ich bin hier! Hilfe!«

Sie wollte losrennen. Doch Elke fand die Schnur, die sie um Lauras Bein gebunden hatte. Sie zog sie mit einem Ruck an. Laura stürzte. Elke suchte hektisch nach der Spritze, die ihr aus der Hand gefallen war, konnte sie aber nicht finden. Laura versuchte sich aufzurappeln. Elke war über ihr und drückte Lauras Gesicht unter Wasser.

Jan, schrie es in Laura, *hilf mir doch!*

Sie spürte, wie ihre Sinne schwanden.

Jan!

Es wurde schwarz um sie. Sie raste in einen Abgrund, immer schneller. Es sauste und brauste. Sie drehte sich um sich selbst. Das Licht tief unten – es war grell, blendete sie so sehr, dass sie die Augen schließen musste. Gleich würde es sie verschlingen, würde sie in ihm untergehen. Es war vorbei.

»Laura! Um Gottes willen, Laura, wach auf! Laura, ich bin da. Es ist alles gut. Bitte, sieh mich an.«

Jan war da? Aber es war zu spät. Sie war schon auf der anderen Seite.

»Es tut mir leid, Jan. Ich wollte das nicht. Jan, mein Liebster, es tut mir so leid.«

Sie spürte einen Druck auf ihrer Brust. Wasser brach aus ihr heraus.

»Komm schon, Laura, atme. Jetzt atme doch endlich!«

Sie fühlte seine Lippen auf ihrer Nase. Luft füllte ihre Lungen.

»Du sollst atmen, verdammt!«

Wieso schrie er sie so an? Sie versuchte es doch. Sie tat doch alles, was sie konnte.

Es durfte nicht sein, dass er zu spät gekommen war. Jan drückte Lauras Brust. Er presste ihr Luft in die Nase, bearbeitete wieder ihre Brust. Sie durfte nicht sterben. Sie durfte ihn nicht verlassen.

Laura spürte den Moment, als ihr Herz wieder anfing zu schlagen, wie einen Hammerschlag. Automatisch tat sie einen tiefen Atemzug. Wieder kam Luft in ihre Lungen, jetzt endlich durch ihre eigene Atemtätigkeit. Es war, als würde plötzlich alles hell um sie. Sie schlug die Augen auf.

»O Gott, da bist du ja wieder. Atme, Laura, du lebst! Es ist alles gut.«

Jans Tränen tropften warm auf ihr Gesicht. Er riss sie an sich, hielt sie fest. Sie spürte den rasenden Schlag seines Herzens. Sie war am Leben.

Shadow hatte sie gefunden. Er hatte wie verrückt angefangen zu bellen. Jan hatte sich durch die Nässe gekämpft. Da irgendwo im Dickicht mussten sie sein. Er merkte nicht, wie die Äste in sein Gesicht schlugen, spürte den Schmerz nicht, als sein Fuß umknickte, als er über eine Wurzel stolperte. Da! Da bewegte sich etwas. Das Bellen des Hundes überschlug sich. Jan sah Elke, sah sie über Laura knien, während sie Lauras Kopf unter Wasser drückte. Mit einem gewaltigen Schlag setzte er Elke außer Gefecht. Es kümmerte ihn nicht, dass sie mit dem Kopf gegen einen Baum krachte und in sich zusammensank. Sein einziger Gedanke war, dass er Laura gefunden hatte. Und dass er vielleicht zu spät gekommen war.

»Was ist mit Elke?«

Lauras Stimme war heiser, das Sprechen kostete sie Mühe.

Jan sah sich nach Elke um. Sie war nicht mehr da. Er richtete sich auf. Jetzt sah er sie, wie sie im Dämmerlicht davonstolperte. Es dauerte nicht lange, da war sie nicht mehr zu sehen. Der Moorwald hatte sie verschlungen.

3

Es war nichts mehr so, wie es gewesen war. Die Polizei hatte Elke ein paar Tage später gefunden, ertrunken in einem Moorsee. Hanno, der, als er aus dem Krankenhaus entlassen worden war, keinen Menschen sehen wollte und sich in seiner Hütte eingeschlossen hatte, war, als er die Nachricht von Elkes Tod bekam, zusammengebrochen. Er gab der Polizei den Hinweis, wo sie Julias Leiche finden konnten. Er gestand, dass seine Tochter ihn gerufen hatte, nachdem sie Julia Landau in ihrem Zimmer mit einem Kerzenständer erschlagen hatte. Er hatte ihr geholfen, die Leiche ins Moor zu bringen. Elke war doch seine Tochter. Er liebte sie mehr als sein Leben. Er konnte nicht zulassen, dass sie ins Gefängnis kam. Dafür hatte er einen Mord gedeckt – und war seines Lebens nicht mehr froh geworden. Als er sein Geständnis abgelegt hatte, setzte sein Herz aus, doch er wurde gerettet. Er würde sich seiner Schuld nicht entziehen können. Er wurde verhaftet und wartete nun in der Untersuchungshaft auf seinen Prozess.

Jan war fassungslos. Der Mann, dem er sein Leben lang vertraut hatte, hatte ihn hintergangen. Er hatte seine Verzweiflung gesehen, als Julia verschwunden war, er hatte den Schmerz erlebt, in dem Jan versunken war, aber nichts getan, um ihm zu helfen. Am Ende war ihm seine Tochter wichtiger gewesen als Jan.

»Sie war sein Ein und Alles, Jan. Er konnte sie nicht verraten.«

Laura schmerzte es, ihren Mann so verzweifelt zu sehen.

»Wer weiß, was wir für unser Kind tun werden, wenn es einmal in Schwierigkeiten ist.«

Wie durch ein Wunder hatte Lauras Baby alles gesund überstanden. Alle Untersuchungen hatten ergeben, dass es sich vollkommen normal in ihrem Bauch entwickelte. Laura hatte eine neue Ärztin in Templin gefunden, die sie fürsorglich durch die letzten Monate ihrer Schwangerschaft begleitete. Marius war ohne Abschied verschwunden. Seine Praxis wurde verkauft, ebenso wie das Häuschen, in dem er mit Elke sein falsches Leben gelebt hatte. Laura dachte hin und wieder an ihn. Er tat ihr leid. Sicher, es war nicht richtig gewesen, dass er Elke betrogen hatte. Aber was wusste sie schon von der Liebe, die über ihn und Julia hereingebrochen war? Wie sehr musste er gelitten haben, als die Frau, für die er sein ganzes Leben hinter sich lassen wollte, einfach nicht erschienen war? Sein Schmerz musste ebenso groß gewesen sein wie der von Jan. Aber er durfte sich nichts anmerken lassen. Er musste seine Trauer vor allen verbergen, musste sein Leben so weiterleben, als wäre nichts geschehen. Sie alle hatten Schuld auf sich geladen, hatten gehofft, dass das Leben gnädig sein würde und dass sie die Vergangenheit hinter sich lassen konnten. Aber das Leben hatte Jan und Laura zusammengeführt. Und als die Dinge ihren Lauf nahmen, hatten die Schatten, die das Verbrechen auf sie geworfen hatte, sie alle zu verschlingen gedroht.

»Das Haus hat zu viel Unglück gesehen. Wir sollten wegziehen.«

Nachdem sie vier Wochen bei Lauras Mutter in München gewesen waren, die ihre Tochter umsorgt und wieder aufgepäppelt hatte, hatte Laura, die endlich eine strahlende Schwangere war, darauf bestanden, wieder nach Hause zu fahren. Sie standen vor dem Haus. Es war nur ein kleiner Schauder, der Laura über den Rücken lief, als sie an ihre Träume, an die unheimlichen Geräusche, an alle die merkwürdigen Dinge dachte, die sie ausgehalten hatte. Vielleicht hatte das Haus sie aufmerksam machen wollen auf das Verbrechen, das hier geschehen war. Vielleicht hatte es sie auch warnen wollen. Vielleicht war es aber auch der unerlöste Geist Julias gewesen, der sie berührt und darum angefleht hatte, dafür zu sorgen, dass das Verbrechen, das an ihr begangen worden war, gesühnt wurde.

Es ist mein Haus. Ich hab es vom ersten Augenblick an geliebt.

Das Haus konnte nichts dafür, was hier geschehen war. Es waren die Menschen gewesen, die hier gelebt hatten, die ihr Glück nicht finden konnten.

»Ich will hier nicht weg.«

Laura nahm Jans Hand und legte sie auf ihren Bauch. Er lächelte, als er fühlte, wie das Kind sich bewegte.

»Glaubst du, dass wir das schaffen? Zu vergessen, was hier geschehen ist?«

Es geht nicht darum, es zu vergessen. Alles, was geschehen ist, gehört zu unserem Leben. Das Gute wie das Schlechte. Nur wenn wir uns der Vergangenheit stellen, können wir sie überwinden. Wenn wir versuchen, sie zu verdrängen, wird sie in uns schwären wie eine eitrige Wunde. Tief in uns. Sie würde uns langsam vergiften.

Jan spürte, wie sich Lauras Schultern strafften. Sie

nahm entschlossen seine Hand und zog ihn mit sich. In das Haus, das von Anfang an ihres gewesen war. Sie würde dafür sorgen, dass das Glück hier endlich Einzug halten konnte. Er wollte es glauben. Er wollte nichts anderes, als daran zu glauben, dass das Schicksal es gut mit ihnen meinte.

VI.

März – ein halbes Jahr später

Der erste Schrei des kleinen Mädchens hallte durch das Haus. Er flog über den See hinweg und mischte sich mit den Trompetenklängen der Kraniche, die von ihrem Winterquartier zurückkamen und aus dem blauen Frühlingshimmel auf die Insel herabstießen.

»Sie kommen gerade rechtzeitig, unsere Glücksvögel.«

Laura beobachtete ihren Mann, der am Fenster des Eckzimmers stand und seine kleine Tochter, die in seinem Arm lag, voll fassungsloser, inniger Freude betrachtete. Es war alles gut.